Kira Hoppe

Luca Elin Ebbert

Imperial Topaz
Golden Hour

Band 4

Kira Hoppe & Luca Elin Ebbert

Imperial Topaz

Golden Hour

Roman

Bibliografische Information der Deutschen Nationalbibliothek:
Die Deutsche Nationalbibliothek verzeichnet diese Publikation in der
Deutschen Nationalbibliografie; detaillierte bibliografische Daten
sind im Internet über http://dnb.dnb.de abrufbar.

Covergestaltung: Constanze Kramer, coverboutique.de

Bildnachweise:
©icemanphotos, ©panadesignteam – stock.adobe.com

©PippiLongstocking, ©Alliance Images – shutterstock.com

elements.envato.com, freepik.com

Verlag: BoD · Books on Demand GmbH, In de Tarpen 42,
22848 Norderstedt
Druck: Libri Plureos GmbH, Friedensallee 273, 22763 Hamburg

ISBN: 978-3-7597-9661-5

1

Panik stieg in Evelyn auf.

Nein.

Liam. Jemand musste ihm helfen.

Ohne weiter darüber nachzudenken, ließ sie mithilfe des Ventils die Luft aus ihrer Schwimmweste entweichen. Dabei verfolgte sie den immer noch sinkenden Liam aufmerksam mit ihrem Blick.

Er sank und sank immer weiter. Immer tiefer.

Das konnte er nicht überlebt haben. Niemals.

Tränen liefen Evelyn die Wange hinunter und sammelten sich in ihrer Taucherbrille.

Erst ganz wenige, dann endlos viele.

Bitte. Er durfte nicht sterben. Er musste überleben. Sie brauchte ihn. Sie brauchte ihn mehr als alles andere auf dieser Welt.

Plötzlich schien alles so unglaublich irrelevant. Alles war so egal. Egal, dass er sie vielleicht oder vielleicht auch nicht betrogen hatte. Egal, dass sie sich gestritten hatten. Egal, dass sie nicht wusste, was sie wollte.

Denn eigentlich wusste sie es ganz genau.

Hier und jetzt. In diesem Moment wusste sie mehr als alles andere, dass Liam immer das gewesen war, wonach sie sich sehnte.

Sie ließ immer mehr Luft aus ihrer Weste entweichen und sank so tiefer in die Dunkelheit.

Ihre Ohren schmerzten, denn sie sank so schnell, dass sie keine Zeit dazu hatte, einen Druckausgleich zu machen.

Doch sie musste es versuchen. Sie konnte nicht riskieren, dass ihr Trommelfell platzen und sie die Mission nicht zu Ende bringen könnte.

Ihre Maske füllte sich mit etwas Wasser, weshalb sie schnell den Kopf in den Nacken legte, und sie auspustete.

Dabei hatte sie nicht all das Wasser herausbekommen, doch das war ihr vollkommen egal.

Wichtiger war es, dass sie den Druck auf ihren Ohren irgendwie ausgleichen konnte und das hatte sie geschafft.

Alles andere - Nebensache.

Liam sank immer weiter.

Die Dunkelheit um sie herum gab ihr ein unheimlich schlechtes Gefühl. Sie hatte Angst. Angst vor dem, was sie nicht sehen konnte und Angst um Liam. Gerade in diesem Moment hatte sie vor allem Angst.

Ein Blick auf die Uhr verriet ihr, dass es eigentlich an der Zeit war, aufzutauchen. Die Lünette zeigte an, dass sie bereits eine Stunde im Wasser waren.

Ein eindringlicher Piepton riss Evelyn aus ihren Gedanken.

Was war das?

Sie sah sich um. Doch weit und breit nichts als Dunkelheit.

Schnell wurde Evelyn klar, was für ein Geräusch sie da gerade gehört hatte.

Die Anzeige an ihrer Sauerstoffflasche warnte sie davor, dass bald kein Sauerstoff mehr da sein würde.

Der Sauerstoff, der sie am Leben hielt. Der einzige Grund, wieso sie unter Wasser atmen konnte.

Erneut stieg Panik in ihr auf. Ein Gefühl, mit dem sie mittlerweile mehr als nur vertraut war.

Beinahe ein Dauerzustand.

Evelyn überlegte, wie sie es schaffen könnte, noch schneller zu sinken.

Ihr blieb keine andere Wahl, als die gesamte Luft aus ihrer Weste entweichen zu lassen.

Sie traute sich gar nicht, einen Blick auf ihre Uhr zu richten und nachzuschauen, wie tief sie mittlerweile gesunken waren.

Blut trat aus einer klaffenden Wunde an seinem Kopf aus. Das Wasser um ihn herum färbte sich in ein dunkles Rot. Er schwebte im Wasser. Arme und Beine von sich gestreckt.

Gott. So leblos wie er aussah. Wie eine Leiche.

Noch wenige Meter und Evelyn hatte ihn erreicht. Noch wenige Sekunden und sie war endlich bei ihm.

Ihre Sauerstoffflasche warnte sie immer noch ununterbrochen mit einem eindringlichen Piepen davor, dass ihr Sauerstoff bedrohlich knapp war.

Und endlich. Sie war auf Liams Höhe.

Sie packte ihn und rüttelte an ihm.

Wie gerne hätte sie ihn angeschrien, dass er sofort aufwachen sollte. Dass er die Augen öffnen und ihr sagen sollte, dass er noch lebte.

Doch mit dem Mundstück brachte sie keinen Ton heraus.

Evelyn führte ihre zitternden Finger an seinen Hals und versuchte seinen Puls zu ertasten.

Nichts.

Sie spürte rein gar nichts.

Inständig hoffte sie, dass sie gerade einfach keinen Puls spürte, weil sie unter Wasser waren, weil sie viel zu tief waren, weil sie zitterte, weil die Situation es gerade nicht zuließ.

Und jetzt?

Wie sollte sie jetzt wieder nach oben kommen?

Sie trieben viele Meter, viel zu viele Meter, unter der Oberfläche und hatten keine Chance wieder hochzutreiben.

Evelyns Atmung wurde schneller und immer unregelmäßiger. Sie verbrauchte dadurch viel mehr Sauerstoff. Viel zu viel. Viel mehr, als ihr noch blieb.

Ein letztes, langes Piepen verriet ihr, dass nun auch die letzte Reserve an Luft in ihrer Flasche aufgebraucht war.

Sie konnte nicht mehr atmen.

Panisch nahm sie das Mundstück heraus und versuchte einen klaren Gedanken zu fassen.

Doch durch den Sauerstoffmangel, der sie die letzten Meter begleitet hatte, durch den unglaublichen Druck auf ihren Ohren und in ihrem Kopf, war es ihr unmöglich, einen klaren Gedanken zu fassen.

Gerade, als sie aufgeben wollte. Gerade als sie die Luft, die sie mit einem letzten Zug aus der Sauerstoffflasche eingeatmet hatte, entweichen lassen wollte, entdeckte sie an der Wasseroberfläche ein Motorboot, welches mit unglaublicher Geschwindigkeit auf die beiden zukam.

Es kam über ihnen zum Stehen. Madison musste zurückgeschwommen sein und Fred geholt haben.

Sie hatte Hilfe geholt.

Evelyn erkannte, wie ihre Freundin vom Boot aus etwas ins Wasser schmiss. Es glitt in Windeseile auf die beiden zu.

Evelyn packte die große viereckige Matte, die ungebremst auf sie zu raste.

Es war ein Unterwasser-Hebekissen. Sie zog an einer Schnur, sodass sich die Matte in Sekundenschnelle mit Luft füllte, und Liam und Evelyn hoch an die Wasseroberfläche beförderte.

Beim Auftauchen spuckte Evelyn ihr Mundstück aus und rang nach Luft. Fred und Madison halfen sofort, Liam aus dem Wasser in das Rettungsboot zu hieven.

Mittlerweile waren auch Riley und Sienna dazugestoßen. Sie hatten aus der Entfernung erkannt, dass etwas schiefgegangen sein musste, als sie Fred und das Rettungsboot gesehen hatten.

„Was ist passiert?", fragte Sienna vollkommen außer Atem, während sie auf die anderen zu schwamm.

„Oh Gott. Evelyn. Alles in Ordnung? Geht es dir gut?", fragte sie, als sie erkannte, dass Evelyn nach Luft rang.

„Atmet er?", schrie Evelyn, während sie sich die Taucherbrille vom Kopf riss und ihre Tränen nun ungebremst ins Wasser flossen.

„Atmet er? Ich habe gerade keinen Puls gespürt. Ich konnte unter Wasser keinen Puls spüren", schrie sie verzweifelt und konnte sich nur mit Mühe über Wasser halten.

Sienna schwamm zu ihr und stützte sie, als sie erkannte, dass Evelyn gerade keinen Gedanken daran verschwendete sich ordentlich zu sichern. Ihr Gedanke galt einzig und allein dem Leben von Liam.

Fred legte Liam gerade auf den Boden des Bootes, die Sauerstoffflasche hatte er zuvor abgenommen. Er legte dessen Kopf in den Nacken, öffnete den Mund und beugte sich über ihn, sodass sein Ohr unmittelbar über seinem Mund-Nasen-Bereich war und er freien Blick auf seinen Oberkörper hatte. So konnte er sowohl seine Atmung hören als auch sehen, ob sich sein Brustkorb hob und senkte.

Alle waren vollkommen still.

Jeder wartete gebannt darauf, ob Fred ihnen gleich sagen würde, dass Liam atmete oder ob er die Herz-Druck-Massage einleiten würde.

„Er atmet. Ich spüre einen Puls", rief er erleichtert.

„Hilf ihm!", befahl Evelyn Fred und signalisierte ihm, dass er ohne sie losfahren sollte.

Madison sagte, dass sie sofort zurückkommen und sie abholen würde, sobald sie Fred und Liam am Boot abgesetzt hatte. Am Boot angekommen hievten sie Liam, der immer noch bewusstlos war, an Bord. Während Fred ihn in die stabile Seitenlage brachte, fuhr Madison zurück zu den anderen.

„Es wird schon alles gut gehen. Du hast so schnell geholfen, wie du nur konntest", versuchte Sienna Evelyn zu beruhigen, die immer noch unter Schock stand.

Ehe Madison ihnen aufs Rettungsboot geholfen hatte, begann Evelyn, sie mit Fragen zu durchlöchern.

„Habt ihr den IFS kontaktiert? Er muss sofort in ein Krankenhaus?! Und ist er zu sich gekommen?"

Madison nickte. „Ja, natürlich haben wir den IFS gerufen. Er ist schon unterwegs. Sie holen ihn ab. Es wird alles wieder gut", sagte sie und strich Evelyn beruhigend über die Schulter, während diese gerade ihre Ausrüstung ablegte.

Der IFS hatte natürlich auch seine Leute in Argentinien, die Fred kontaktiert hatte.

In weniger als einer halben Stunde waren sie mit einem Rettungshubschrauber gekommen und kreisten nun über ihnen.

Evelyn zog sich sofort an Bord der Titania, als Madison davor anlegte und eilte zu Liam. Er lag immer noch in der stabilen Seitenlage und bewegte sich nicht.

Sie griff seine Hand und strich ihm ein paar nasse Haare aus dem Gesicht.

„Du wirst schon wieder. Hörst du? Du musst das schaffen, Liam. Du musst überleben. Bitte", winselte sie und gab ihm einen Kuss auf die Stirn. Tränen rannen ihr ungebremst die Wange herunter. Sienna hockte sich hinter Evelyn und umschloss sie mit ihren Armen.

„Du zitterst ja völlig", sagte sie und schmiegte sich näher an sie.

„Komm. Wir ziehen uns um. Du kannst jetzt nichts mehr für ihn tun, Evelyn. Er wird ins Krankenhaus geflogen und dort bekommt er die beste Behandlung, das weißt du", erklärte Sienna und versuchte, ihr aufzuhelfen.

Fred wies derweil den Rettungshubschrauber ein, der gerade die Trage herunterließ.

Riley half ihm, Liam auf die Trage zu rollen und schnallte ihn an.

„Alles Gute, Bruder. Du wirst schon wieder", flüsterte Riley und gab dem Hubschrauber das Signal, dass er Liam hochziehen konnte.

Sienna half der vollkommen aufgelösten Evelyn aus ihrem Neoprenanzug und begleitete sie unter die heiße Dusche.

„Wir müssen deine Temperatur erhöhen", sagte sie und rieb vorsichtig Evelyns Arme.

Evelyn sagte kein Wort. Sie starrte einfach nur so ins Leere, während aus ihren grünen, immer noch glasigen Augen, Tränen flossen.

Die Tränen vermischten sich jetzt mit dem heißen Wasser. Es perlte an ihrem Körper ab und langsam konnte Evelyn ihn wieder spüren.

Langsam spürte sie wieder, wie alles an ihr schmerzte.

Sie wandte sich zu Sienna und sah sie aus verweinten Augen an.

„Er darf nicht sterben", flüsterte sie.

„Er wird nicht sterben!", betonte Sienna und nahm sie in den Arm.

Es klopfte. Riley kam herein. „Ich unterbreche euch nur ungern, aber wir sollten weitersuchen. Ich weiß, es ist schrecklich, was mit Liam passiert ist, und glaubt mir, es nimmt mich genauso mit wie euch. Vor allem, dass wir noch nicht einmal wissen, was er hat und wie es ihm geht…aber wir sollten weitersuchen. Nein, wir müssen weitersuchen. Wir müssen das Portal vor den Opposites finden und wir haben immer noch keine Ahnung, wo es sein könnte. Liam hätte nicht gewollt, dass wir jetzt aufgeben. Er hätte gewollt, dass wir weitersuchen. Das Ganze soll doch nicht umsonst passiert sein", versuchte Riley sie zu motivieren und dabei so mitfühlend wie möglich zu sein.

Seine Ansprache wäre gar nicht nötig gewesen. Sowohl Sienna als auch Evelyn wussten, dass sie weitersuchen mussten und genau das hatten sie auch vor.

Einige Stunden vergingen.

Stunden, in denen sie den See weiter nach dem Portal abtauchten.

Sie wussten jetzt, dass sie sich besser von den Gletschern fernhielten und machten daher einen großen Bogen um diese.

Doch sie suchten überall vergebens.

Selbst nach stundenlanger Suche und mehreren Pausen, in denen sie sich wieder aufwärmten, fanden sie nichts.

Nicht mal etwas, was auf das Portal hinweisen könnte, wie ein orangefarbener Schimmer oder etwas Ähnliches.

„Ich habe ja gesagt, dass ich glaube, dass es an dem Steg ist, von dem ich euch erzählt habe", brachte Riley während des Abendessens an.

„Wir sollten morgen mal dahinfahren und dort suchen!"

Die anderen stimmten ihm nickend zu.

Alle, außer Evelyn. Evelyn war mit ihren Gedanken ganz woanders. Sie dachte einzig und allein an Liam.

Wie es ihm wohl ging?

Was er wohl hatte?

Wieso hatte sich eigentlich noch niemand gemeldet und sie über die derzeitige Situation aufgeklärt?

„Findet ihr es auch komisch, dass uns noch niemand wegen Liam kontaktiert hat?", warf sie plötzlich ohne jeglichen Zusammenhang in den Raum und unterbrach Fred in seinem Redefluss.

Sienna legte ihre Gabel hin und sah sie mitfühlend an. „Ja, du hast recht. Vielleicht solltest du Marco gleich nach dem Essen mal anrufen", schlug sie vor und strich ihr beruhigend über die Schulter.

Evelyn nickte.

Eine gute Idee.

2

„Hey", meldete sich Marcos Stimme am anderen Ende des Hörers.

Evelyn stand draußen an der Reling. Es war bereits dunkel. Eine glasklare Nacht. Keine einzige Wolke und die vielen Sterne erhellten den Nachthimmel.

Der Vollmond strahlte auf das Wasser, schimmerte und spiegelte sich darin.

Wie lange sie seine Stimme schon nicht mehr gehört hatte.

Wenn sie auf Mission war, vergaß sie alles um sich herum. Sie vergaß, dass es auch noch eine Welt außerhalb der Mission gab. Sie vergaß, dass es auch noch andere Menschen außerhalb der Missionsgruppe gab.

„Hey Marco, hier ist Evelyn. Alles gut bei dir?", fragte sie und strich dabei über die nasse Reling.

„Hey Evelyn, ja, bei mir ist so weit alles gut. Im Moment alles etwas hektisch hier, aber deshalb wollte ich euch eh noch anrufen. Und wie ist es bei euch? Du willst sicher wissen, wie es Liam geht? Oder hat dein Anruf einen anderen Grund?"

Evelyn schämte sich beinahe ein bisschen. Natürlich war Liam der einzige Grund gewesen, wieso sie Marco anrief. Noch nie hatte sie darüber nachgedacht, ihn zu kontaktieren, um sich darüber zu erkundigen, wie es ihm so ging. Dabei war Marco über die vielen Jahre hinweg, die sie sich jetzt schon kannten, ein wirklich guter Freund geworden. Einer der besten Freunde. Genau wie Tarek. Er war und würde immer einer ihrer besten Freunde sein und trotzdem hatte sie seit Wochen kein einziges Mal wissen wollen, wie es ihm ging.

Schuldgefühle kamen in ihr auf. Das Gefühl, dass sie ihrer Pflicht als Freundin nicht nachgekommen war. Auch bei ihrer Mutter hatte Evelyn eine Ewigkeit nicht mehr angerufen oder sich erkundigt, wie es ihr ging. Sie war wahrscheinlich krank vor Sorge. Das würde sie als erstes tun, wenn sie wieder einen Zwischenstopp im IFS machten.

Sie war mit ihren Gedanken vollkommen woanders, als Marco sie zurück in die Realität holte.

„Evelyn?", fragte er, um herauszufinden, ob sie überhaupt noch am anderen Ende des Hörers war.

„Oh, tut mir leid. Ich war mit den Gedanken gerade ganz woanders. Ja, ich rufe wegen Liam an. Wie geht es ihm? Ist er aufgewacht? Liegt er bei uns im Krankenhaus?"

So viele Fragen, die den ganzen Tag in ihrem Kopf kreisten und Unruhe stifteten, seitdem Liam von dem Rettungshubschrauber abgeholt worden war. Endlich bekam sie eine Antwort auf all ihre ungeklärten Frage.

„Ja, er ist bei uns. Er wurde im Rettungshubschrauber von einem Arzt untersucht und anschließend in ein Flugzeug umgelegt, das ihn hierher brachte. Ich war bereits bei ihm und der Arzt hat es mir so erklärt, dass sich das Tauchen sowohl auf das äußere, mittlere und innere Ohr auswirken kann. Und Liam hat durch das schnelle Sinken viel zu viel Druck auf den Ohren gehabt, den er nicht ausgleichen konnte. Er hat dadurch ein Barotrauma erlitten, also sein Trommelfell ist gerissen. Der

Arzt meinte jedoch, dass keine Operation nötig wäre. Er bekommt nun Antibiotika zur Vorbeugung einer bakteriellen Infektion, da es sehr wahrscheinlich ist, dass Wasser durch den Trommelfellriss in sein Ohr gelangt ist. In 95% der Fälle heilt das gerissene Trommelfell aber innerhalb von ein paar Tagen von selbst. Der Arzt ist sich sicher, dass das bei Liam auch der Fall sein wird. Und naja, dann kommt halt noch die Kopfverletzung dazu, die er durch den Aufprall des Gletschers erlitten hat. Da hat er sich eine Gehirnerschütterung zugezogen. Auch dahingehend muss er sich ein paar Tage schonen. Gegen die Kopfschmerzen, den Schwindel und die Übelkeit bekommt er Medikamente."

Evelyn fiel mehr als nur ein Stein vom Herzen. Er war aufgewacht. Er lebte. Und anscheinend war alles halb so wild. Hoffentlich war er dann in ein paar Tagen wieder einsatzklar und konnte mit ihnen zum nächsten Portal reisen.

„Gott sei Dank geht es ihm gut", sagte Evelyn erleichtert und strich sich eine Strähne, die ihr ins Gesicht gefallen war, zurück hinters Ohr.

„Ja. Ich bin auch sofort zu ihm ins Krankenzimmer gegangen, als ich gehört habe, was passiert ist. Ihr müsst wirklich vorsichtiger sein. Eigentlich wisst ihr doch, dass von den Gletschern Teile abbrechen und ins Wasser fallen können", ermahnte Marco sie besorgt.

Ja, er hatte recht. Eigentlich wussten sie das. Aber nur, weil man es mal gelernt hatte, konnte man nicht automatisch alles umsetzen. Sie mussten Tag für Tag auf so Vieles achten, Rücksicht nehmen und vorsichtig sein, da konnte man schon einmal den einen oder anderen Fehler machen. Zumal ihnen in dieser Situation nicht einmal bewusst gewesen war, dass sie so nah bei den Gletschern getaucht waren.

„Ja, ich weiß. Das ist mir auch schon aufgefallen, aber man denkt nicht immer an alles, das ist leider so", erklärte sie.

„Ich weiß. Hauptsache es ist alles gut gegangen und Liam geht es auch den Umständen entsprechend gut. Er hat direkt nach dir gefragt, als ich das Zimmer betreten habe…"

Evelyn wusste nicht, was sie dazu sagen sollte. Beschämt sah sie zu Boden und spielte mit ihrem Schuh in einer der Wasserpfützen.

„Was läuft denn da wieder zwischen euch? Oder immer noch? Seid ihr wieder zusammen?", hakte Marco nach, als er feststellte, dass Evelyn lieber nichts dazu sagen wollte.

Und wieder blieb es still.

Naja, diese Frage konnte sie sich nicht einmal selbst beantworten, wie sollte sie diese dann jemand anderes beantworten können.

„Nein, wir sind nicht wieder zusammen. Aber ja, wir haben wieder etwas miteinander. Was genau das ist, kann ich nicht definieren und ich kann dem auch keinen Namen geben. Ob wieder etwas daraus wird, kann ich erst recht nicht sagen…"

„Aber willst du denn, dass wieder etwas daraus wird? Liebst du ihn noch?", hakte Marco nach.

„Natürlich liebe ich ihn noch. Wie könnte ich nicht? Er war es immer und er ist es auch noch. Ich kann ihm nur nicht mehr glauben, geschweige denn vertrauen. Was er gemacht hat…ich kann ihm das vergeben, aber ich kann es niemals vergessen", erklärte Evelyn und sah hoch in die Sterne.

Selten hatte sie so eine klare Nacht gesehen. Jeder einzelne Stern am Himmel strahlte unglaublich hell. Der Mond schimmerte und erweckte etwas Mystisches.

Ihre Augen wurden glasig und füllten sich mit Tränen. Sie blinzelte sie weg.

Liam ging ihr unter die Haut.

Das, was er getan hatte, verletzte sie so sehr. Es tat weh. Alles tat weh, wenn sie daran dachte, wie er es mit einer anderen trieb. Am liebsten würde sie sich jedes Mal bei diesem Gedanken übergeben. Sie wurde dann so unfassbar wütend. Wütend auf Liam, auf Joleen, auf alles und jeden. Am liebsten hätte sie Liam in diesen Momenten eine reingehauen.

Wut und Trauer überwogen einfach. Diese Gefühle waren stärker als jede Liebe, die sie für ihn übrig hatte und das war eine Menge.

„Willst du meine Meinung dazu hören?", fragte Marco zurückhaltend.

„Ja", sagte sie und nickte.

„Ich kenne Liam jetzt auch schon sehr lange und ich kann mir immer noch nicht vorstellen, dass er das wirklich getan haben soll. Aber mal abgesehen davon, ob er es wirklich getan hat oder nicht. Du liebst ihn. Du liebst ihn und es quält dich, nicht mit ihm sein zu können. Meiner Meinung nach solltest du bei ihm bleiben. Du solltest bei ihm bleiben, wegen allem, was er richtig gemacht hat und nicht wegen dieser einen Sache, die er vielleicht falsch gemacht hat."

Seine Worte verschlugen Evelyn die Sprache. Er hatte so recht. Er hatte wirklich so Vieles richtig gemacht. Er hatte sie immer so gut behandelt und sie so sehr geliebt. Liam war gut zu ihr gewesen. Immer.

Dennoch stand ihr etwas im Weg. War es ihr verletztes Ego oder einfach die Tatsache, dass sie das niemals vergessen könnte? Sie wusste es nicht.

„Du wirst schon das Richtige tun. Hör auf dein Herz. Das wird immer das Richtige sein", fügte Marco hinzu, als von Evelyn keine Antwort kam.

Seit wann konnte man so gut mit ihm über so etwas reden? Oder generell mit ihm reden, ohne, dass er einen dummen oder unnötigen Kommentar einwarf?

„Danke", sagte sie und zog den Reißverschluss ihrer Jacke bis ganz nach oben, sodass sie ihr Gesicht darin vergraben konnte. „Es wird hier auch langsam wirklich kalt. Ich sollte schlafen gehen, damit ich morgen fit bin. Immerhin haben wir das Portal immer noch nicht gefunden", erklärte Evelyn und wollte gerade das Gespräch beenden, als Marco sie aufhielt.

„Ach Moment. Wo du jetzt Portal sagst. Ich muss euch noch etwas erzählen. Das Gespräch über Liam hat mich völlig abgelenkt und aus dem Konzept gebracht. Tarek hat mich angerufen. Die Opposites kommen dieses Mal wohl mit sechs Männern und vor allem mit Alexander. Tarek hat mir von ihm erzählt und mir mehrfach aufgetragen, euch eindringlich zu warnen. Alexander ist der bekannteste und gefährlichste Auftragskiller Russlands. Er ist gemeingefährlich. Tarek hat, obwohl er meinte, dass ihr die Besten seid, wirklich ernsthafte Zweifel daran, dass ihr diesen Angriff der Opposites überleben werdet. Ihr müsst euch was einfallen lassen. Es darf zu keinem Kampf zwischen euch und den Opposites kommen, zumal ihr jetzt auch noch einer weniger seid und damit absolut in der Unterzahl. Ihr würdet diesen Kampf verlieren und das können wir nicht zulassen. Nach Tareks Anruf haben wir sofort eine Versammlung einberufen und überlegt, was ihr tun könnt, um einen Angriff zu verhindern. Leider können wir euch keine Verstärkung schicken, da so gut wie jede Missionsgruppe gerade unterwegs ist und die Auszubildenden können wir einer solchen Gefahr keinesfalls aussetzen", erklärte Marco. Und wieder raubte er mit seinen Worten Evelyn den Atem. Was sollte denn noch alles passieren? Was konnte auf dieser Mission eigentlich noch alles schiefgehen?

„Aber Emilia ist auf eine wirklich gute Idee gekommen. Sie ist Forscherin und hat sich viel mit den Portalen beschäftigt. Sobald sie angegriffen werden, aktivieren sie ja für eine Woche ihren Selbstschutz. Also haben wir uns überlegt, wie es wäre, wenn ihr einen Angriff auf das Portal simuliert, sodass es seinen Selbstschutz aktiviert, ohne dass die Opposites es überhaupt jemals erreicht haben. Vorausgesetzt ihr findet es, bevor die Opposites euch finden", sagte Marco.

„Ja, das ist eine wirklich gute Idee. Aber wie sollen wir das Portal denn angreifen ohne es zu zerstören?", fragte Evelyn.

„Mhh, das haben wir auch noch nicht so ganz herausgefunden. Sucht ihr erst einmal nach dem Portal und findet es so schnell wie möglich und wir machen uns darüber weiter Gedanken. Ich werde mich bei euch melden und euch über alles weitere auf dem Laufenden halten", sagte Marco, verabschiedete sich und beendete damit das Telefonat.

Evelyn ließ den Hörer sinken und blickte auf das Wasser. Das Gespräch mit Marco über Liam hatte ihr richtig gut getan.

Sie musste sofort den anderen von dem erzählen, was Marco ihr gerade erzählt hatte.

Schnell ging sie zu den anderen runter in die Schlafkabine und berichtete ihnen von den Opposites und von Alexander. Davon, dass sie diesen Kampf verlieren würden und dass sie sich etwas anderes einfallen lassen sollten, damit es nicht zu einem Kampf gegen die Opposites kommen würde. Evelyn erzählte ihnen auch von der Idee, dass sie das Portal angreifen und so den Selbstschutz aktivieren sollten.

„Wir sollten morgen unbedingt an dem Steg suchen. Da finden wir das Portal, da bin ich mir so sicher", sagte Riley und ließ sich zurück in sein Kopfkissen fallen.

Auch Evelyn legte sich in ihr Bett, schloss ihre Augen und schlief sofort ein. Sie brauchten nun alle Kraft, die sie hatten, und Schlaf war das Wichtigste.

Am nächsten Morgen schien das Licht der aufgehenden Sonne durch das Bullauge und kitzelte Evelyn im Gesicht.
Verschlafen rieb sie sich die Augen und setzte sich auf. Ihr Rücken schmerzte und wirklich gut hatte sie auf diesem kleinen Bett, was man aus der Wand ausklappte, nicht geschlafen. Es war hart und unbequem. Doch das spielte keine Rolle. Wie alles andere. Das einzige, was eine Rolle spielte, war die Suche nach dem Portal heute und die Aktivierung des Selbstschutzes. Wie auch immer sie das machen sollten.
Fred war bereits auf den Beinen und löste den Anker, der das Schiff davor bewahrte, wegzutreiben.
„Guten Morgen. Nehmt euch Frühstück! Ich habe bereits alles auf den Tisch gestellt und fahre euch in der Zwischenzeit schon mal zu dem Steg, von dem Riley erzählt hatte. Ich glaube ich weiß, welchen Steg er meint. Dann könnt ihr sofort anfangen zu suchen, sobald ihr mit dem Frühstück fertig seid. Soweit ich es gestern mitbekommen habe, wird die Zeit knapp und das Portal zu finden hat höchste Priorität".
Evelyn bedankte sich bei Fred und setzte sich mit den anderen an den Tisch. Sie schmierte sich drei Scheiben Brot mit Marmelade und besprach mit den anderen den heutigen Tauchgang.
Nach einer guten halben Stunde blieb das Boot stehen. Riley sah über die Schulter hinaus aus dem Fenster. Vor ihnen befand sich ein langer Steg, der einige Meter über den Lago Argentino reichte. Er war mit einer Schneeschicht bedeckt, doch Riley erkannte sofort, dass es genau der Steg war, an dem er vor wenigen Jahren in die Ären gelangt war.

„Ja, das ist der Steg. Hier war das Portal", rief er und sprang auf. „Heute ist das Wetter deutlich schlechter als gestern. Es ist bewölkt und es sieht so aus, als würde es bald regnen. Es ist windig und das Wasser ist unruhig. Seid vorsichtig!", sagte er und verschwand mit diesen Worten im Badezimmer.

Auch Evelyn und die anderen verschwanden wieder in ihrer Kabine und zogen sich ihre Taucherausrüstung an. Wenige Minuten später waren sie bereits im Wasser und begannen ihren Tauchgang.

„Denkt dran: Nach einer Stunde tauchen wir wieder auf und wärmen uns auf, bevor wir weitermachen", sagte Evelyn.

Sie warf einen letzten Blick auf ihre Uhr, nahm das Mundstück in den Mund und tauchte ab.

Fred hatte recht. Das Wasser war heute deutlich unruhiger und noch kälter. Es war eine halbe Stunde vergangen, als Evelyn erneut auf ihre Lünette blickte. Sie waren direkt zu dem Steg getaucht. Fred hatte in einigen Metern Entfernung geankert, sodass sie noch eine kurze Strecke zurücklegen mussten. Evelyn tauchte unter dem Steg hindurch und erkannte plötzlich unmittelbar vor sich einen orangefarbenen Schimmer. Das Wasser glänzte an dieser Stelle und tauchte den Steg in ein leuchtendes Orange.

Das Portal.

Sie hatte es gefunden. Sie hatte es wirklich gefunden. Aufgeregt drehte Evelyn um und wandte sich den anderen zu. Sie gestikulierte wild mit den Armen, um ihnen irgendwie zu signalisieren, dass sie das Portal gefunden hatte. Das erwies sich als deutlich schwerer, da sie weder sprechen noch rufen konnte. Nicht einmal ein Geräusch konnte sie von sich geben, was die anderen auf sie aufmerksam gemacht hätte, denn das Mundstück machte es ihr unmöglich, auch nur einen Ton herauszubringen.

Nach einer kurzen Weile richtete Sienna ihren Blick auf Evelyn und entdeckte dessen Versuche, auf sich aufmerksam zu machen.

Schnell stieß sie sowohl Riley als auch Madison an, die ganz bei ihr in der Nähe tauchten und immer noch Ausschau nach dem Portal hielten.

Evelyn zeigte mit dem Finger nach oben und wies sie an, aufzutauchen.

Aufgeregt spuckte sie ihr Mundstück aus. „Ich habe es gefunden. Das Portal. Es ist ein ganzes Stück unter dem Steg. Riley, du hattest recht", rief Evelyn und begann dabei zu lächeln.

Endlich. Ein Hoffnungsschimmer.

„Ja, ich wusste es. Ich wusste, dass das Portal hier ist", sagte Riley triumphierend.

„Gut, das Portal haben wir schon mal gefunden, aber was jetzt?", fragte Sienna und versuchte, sich mit Mühe über Wasser zu halten.

Evelyn schlug vor, dass sie erst einmal zurück zum Boot schwimmen sollten, denn immerhin waren sie jetzt knapp 45 Minuten getaucht und ausgekühlt.

„Wärmen wir uns erst einmal kurz auf. Dann rufe ich Marco noch mal an. Vielleicht haben sie jetzt eine Idee, wie wir den Selbstschutz der Portale aktivieren können", schlug Evelyn vor und machte sich bereit für den Rückweg.

Auf dem Boot angekommen empfing Fred sie bereits mit heißem Tee und einer wohltuenden Suppe.

„Hey", meldete Marco sich.

„Hey, wir haben das Portal gefunden", berichtete Evelyn glücklich.

„Ohh gut! Das ist sehr gut, Leute", erwiderte Marco erleichtert.

„Ja, aber wie sollen wir es jetzt dazu bringen, seinen Selbstschutz zu aktivieren?", fragte Evelyn.

Einen Augenblick blieb es still.

„Also…", begann Marco seinen Satz. „Wir haben alle gemeinsam überlegt, was ihr machen müsstet, damit die Portale ihren Selbstschutz aktivieren. Dabei ist uns aufgefallen, dass es nie zu einem Angriff auf die Portale selbst kam. Immer, wenn die Opposites eintrafen, haben sie gegen euch gekämpft, nicht aber gegen das Portal. Wir haben uns daher überlegt, dass das Portal womöglich wahrnimmt, wenn in einem gewissen Umkreis ein Kampf stattfindet. Ob nun gegen das Portal selbst oder zwischen anderen. Daraufhin aktiviert es seinen Selbstschutz", erklärte Marco.

Sienna nickte. „Ja, das könnte wirklich sein", rief sie so laut, dass auch Marco es ohne Lautsprecher deutlich hören konnte.

„Ja, Sienna hat recht. Das könnte wirklich funktionieren. Ich habe nie darüber nachgedacht, dass die Opposites das Portal nicht selbst angegriffen haben und sich der Selbstschutz trotzdem aktiviert hat. Aber es stimmt. Weder im Aokigahara, noch an der Villa oder im Hartwood Hospital in Schottland haben die Opposites das Portal selbst angegriffen. Sie haben immer nur uns angegriffen", sagte Evelyn.

„Ja, genau so ist es. Und deshalb haben wir gedacht, wenn ihr einen Kampf simuliert, also ihr euch gegenseitig angreift, dass das Portal seinen Selbstschutz aktiviert", schlug Marco vor.

Evelyn nickte.

Sie beendete das Gespräch und sie machten sich fertig, um am Steg anzulegen.

„Müssen wir den Kampf nicht eigentlich unter Wasser simulieren? Immerhin liegt das Portal ja auch dort", fragte Riley, während er vom Boot auf den Steg kletterte.

„Ja, darüber habe ich auch schon nachgedacht. Aber ich wüsste nicht, wie. Auf dem Land ist es deutlich einfacher einen Kampf zu simulieren als unter Wasser. Deshalb dachte ich, dass wir es erst einmal so probieren und falls das nicht funktionieren sollte, tauchen wir noch einmal und probieren das Ganze unter Wasser", erklärte Evelyn ihr Vorhaben.

„Ja, das Ganze ist unter Wasser wohl deutlich schwieriger, aber wir sollten beides versuchen. Wir wissen immerhin nicht, wann die Opposites hier auftauchen und ich bin auch nicht scharf darauf, das herauszufinden. Ich möchte, dass dieses Portal seinen Selbstschutz aktiviert und dann nichts wie weg hier. Ich bin dafür, dass Sienna und ich den Kampf an Land simulieren und ihr beide unter Wasser. Ihr seid die besten Taucher", schlug Riley vor und signalisierte Evelyn und Madison, dass sie mit dem Rettungsboot zurück zu Fred fahren und sich die Taucherausrüstung anziehen sollten.

Evelyn wusste, dass er recht hatte, doch hatte sie leider wenig Lust zu tauchen, geschweige denn einen Kampf unter Wasser nachzustellen.

Etwas widerwillig fuhren Evelyn und Madison zurück zum Boot und warfen sich in ihre Taucherausrüstung.

Wenige Minuten später, nachdem sie sich fertig gemacht hatten, kamen sie wieder zum Steg zurück.

Sie konnten schon aus der Ferne beobachten, wie Riley und Sienna gegeneinander kämpften.

Es sah wirklich echt aus.

Kein Wunder. Immerhin hatten sie drei Jahre nichts anderes gemacht, als Kämpfe zu simulieren, um so die Verteidigung zu üben.

„Uhh, das tat bestimmt weh", sagte Madison, während sie ihr Gesicht schmerzhaft verzog, als Riley einen heftigen Tritt von Sienna abbekam.

„Wie sehen wir eigentlich, ob das Portal seinen Selbstschutz aktiviert hat?", fragte Madison und sah Evelyn unsicher an.

Diese zuckte mit den Schultern. „Keine Ahnung, das habe ich mich auch schon gefragt. Aber ich denke wir sehen es, wenn es so weit ist oder einer von uns muss ins Portal gehen."

Madison sah sie erschrocken an und dachte, sie mache eine Scherz. Doch Evelyn meinte es todernst.

Am Steg angekommen befestigte Evelyn das Boot, nahm das Mundstück in den Mund und setzte sich auf den Rand des Bootes.

Sie formte mit ihren Fingern das Zeichen für „Okay", woraufhin Madison und Evelyn sich rückwärts vom Boot ins Wasser fallen ließen.

Evelyn brauchte einen kurzen Augenblick, um zu verstehen, wo oben und unten war, doch als sie sich wieder gefangen hatte, erkannte sie Madison, die bereits auf das Portal zu schwamm.

Sie folgte ihr und erkannte nach wenigen Metern schon aus Entfernung das orangefarbene Schimmern des Portals.

Madison hielt an und wandte sich Evelyn zu.

Evelyn meinte ein: „Und was jetzt?" von Madison gehört zu haben, doch sie war sich nicht sicher.

Auch Evelyn hatte keine Ahnung, wie so ein Kampf unter Wasser aussehen sollte.

Sie schwamm ein Stück auf Madison zu, bis sie unmittelbar vor ihr war, und begann, auf sie einzutreten.

Erst etwas leichter und dann fester. Mit Beinen und Armen schlug sie auf sie ein.

„Aua", rief Madison und wehrte sich.

Es musste unglaublich ulkig aussehen, wie sie sich gegenseitig unter Wasser mehr streichelten als schlugen.

Evelyn hielt inne und konnte sich ein Lachen nicht verkneifen.

Madison hob ihren Zeigefinger und signalisierte ihr, dass sie auftauchen sollten.

„Das ist doch dämlich", sagte Evelyn, nachdem sie das Mundstück herausgenommen hatte. Madison nickte und begann zu lachen.

Als Riley zum Schlag ausholte, duckte Sienna sich und wollte ihn im selben Moment grätschen, so dass er den Halt verlor und zu Boden ging.

Riley fiel zu Boden und schnitt sich dabei an einem spitzen Stein den Arm auf.

„Ahh", rief er und hielt sich schmerzerfüllt die Wunde.

„Alles gut?", fragte Sienna und kam schnell auf ihn zu. Sie packte ihn am Arm und machte die Wunde frei.

Eine kleine Schnittwunde.

„Schon okay, lass uns das hier zu Ende bringen. Es geht schon", sagte er und ließ sich von Sienna hochhelfen.

„Na gut, aber das bringt hier doch nichts. Noch ist doch rein gar nichts passiert", sagte sie und zuckte mit den Schultern.

„Ja, da hast du recht. Vielleicht sind wir zu weit vom Portal weg. Vielleicht müssen wir näher dran", schlug Riley vor und ging in Richtung des Stegs.

Sienna folgte ihm.

„Los, schlag mich", befahl Riley ihr und stellte sich breitbeinig vor sie. Er hob die Arme zur Abwehr und machte sich bereit zum Kampf.

Sienna befolgte seine Anweisung und holte zum Schlag aus.

Riley wehrte ihn ab, doch der Schlag traf ihn direkt an dem Arm, an dem er die Wunde hatte, sodass er kurz inne hielt und seine Finger darauf drücken musste.

Sienna bekam von alldem nichts mit und holte zum Tritt aus.

Mit einem heftigen Tritt in Rileys Magengrube, der

vollkommen ohne Deckung dastand, trat sie ihn vom Steg, sodass er mitten ins eiskalte Wasser fiel.

Evelyn und Madison, die derweil wieder abgetaucht waren, schreckten zusammen, als sie hörten, wie etwas über ihnen ins Wasser fiel.

Sie richteten ihren Blick nach oben und erkannten, dass einer der beiden ins Wasser gefallen sein musste. Doch ob es Riley oder Sienna war, konnten sie zu diesem Zeitpunkt noch nicht genau erkennen. Eine Minute später waren die Luftblasen, die sich durch den Fall ins Wasser gebildet hatten, verschwunden und gaben den Blick auf Riley frei.
Evelyn stieß Madison an und machte sie auf die Wunde an Rileys Arm aufmerksam. Es handelte sich dabei zwar nur um eine kleine Schnittwunde, die jedoch höllisch blutete.
Das Wasser um seinen Arm herum färbte sich leicht rot. Schnell schwamm Riley wieder an die Wasseroberfläche. Evelyn und Madison folgten ihm. Sie wollten wissen, wieso Riley ins Wasser gefallen war.
Gerade, als Evelyn auftauchen wollte, hielt sie inne. Sie erkannte im Augenwinkel, dass der ihr so bekannte Schimmer des Portals verschwunden war. Sie verengte ihre Augen zu Schlitzen, um so erkennen zu können, wo das Portal war. Doch es war weg.
Das einzige Erkennungsmerkmal des Portals war sein orangefarbener Schimmer gewesen.
Doch der war nicht mehr da.
Wieso?
Wo war er?

Eilig tauchte Evelyn auf, riss sich die Brille vom Kopf und fiel Sienna, die Madison gerade von der Situation erzählte, mitten ins Wort.

„Ey, Leute", brachte sie schwer atmend heraus. „Das Portal. Es schimmert nicht mehr. Aus irgendeinem Grund ist der orangefarbene Schimmer, nicht mehr da."

Ungläubig tauchte Madison ab, um sich selbst davon zu überzeugen, dass der Schimmer nicht mehr da war.

„Ja, natürlich", sagte Riley und Evelyn konnte ihm genau ansehen, dass er gerade einen Geistesblitz hatte.

„Was natürlich?", wollte sie wissen und sah ihn erwartungsvoll an.

„Das Portal hat seinen Selbstschutz aktiviert", sagte er.

„Aber wieso sollte es? Das war doch kein Kampf zwischen euch? Habt ihr selbst gesagt", fragte Madison, die gerade wieder aufgetaucht war. Sienna nickte. „Ja, das stimmt. Ich habe dir einen Tritt verpasst und gut, du bist ins Wasser gefallen, aber das war's auch schon. Das war wirklich kein richtiger Kampf", sagte Madison zustimmend.

„Darum geht es auch gar nicht", widersprach Riley ihr.

„Oh mein Gott." Evelyn sah ihn erleichtert an. „Natürlich geht es nicht darum! Es geht darum, dass du mit einer blutenden Wunde ins Wasser gefallen bist", erklärte sie.

Riley nickte.

„Was hat denn eine blutende Wunde mit dem Selbstschutz des Portals zu tun? Zumal diese Wunde wirklich lächerlich klein ist", sagte Madison beinahe etwas spöttisch, woraufhin Riley ihr einen bissigen Blick zuwarf.

„Darum geht es gar nicht. Egal wie groß oder klein seine Wunde war. Riley hat recht. Das ergibt Sinn. Es geht nur darum, dass durch Blut in der Nähe des Portals vergossen wird", erklärte Evelyn. „Aber wenn wir natürlich auf Nummer sicher gehen

31

wollen, dann schwimmt einfach einer von uns rein", fügte Evelyn hinzu und zuckte mit den Schultern.

Sie setzte ihre Taucherbrille wieder auf und tauchte ab. Entschlossen darüber, dass das Portal seinen Selbstschutz aktiviert hatte und sie nicht damit in die Ären reisen konnte, schwamm sie darauf zu.

Dort, wo vorher der orangefarbene Schimmer gewesen war, war jetzt nur noch eine harte Steinwand.

Kein orangefarbener Schimmer und was viel wichtiger war, auch kein Portal.

Sie hatten es geschafft. Sie hatten den Selbstschutz des Portals aktiviert.

3

Evelyn legte ihre Tasche auf dem Bett ab.

Sie war so unglaublich müde nach der langen Heimreise, doch an Schlaf war kaum zu denken. Sie musste unbedingt zu Liam, bevor sie die nächste Reise der Mission antreten würden.

Bei dem Gedanken daran, wie es ihm gerade wohl ging, begann sie nervös an ihren Fingernägeln zu kauen. Sienna riss sie, als sie ins Zimmer kam, aus ihren Gedanken.

„Was machst du noch hier, Evelyn?", fragte sie und sah ihre Freundin fragend an. „Du solltest endlich zu Liam gehen. Die ganze Heimreise hast du uns allen die Ohren voll geheult, dass du dir solche Sorgen um ihn machst und dass du unbedingt wissen musst, wie es ihm geht. Also los. Geh hin und sieh nach ihm."

Gerade als Evelyn ihr zustimmen wollte, klopfte es an der Tür.

Evelyn sah in die Richtung der Tür und ihre Miene verfinsterte sich bei dem Anblick der Person, welche im Türrahmen stand und sie erwartungsvoll ansah.

Joleen.

Wenn es eine Person gab, der sie in der kurzen Zeit, in der sie sich im IFS aufhalten mussten, nicht begegnen wollte, dann war es Joleen.

An Siennas abwertendem Blick, erkannte sie, dass auch sie von ihrer Anwesenheit sichtlich angewidert und vor allem irritiert war.

Schon oft hatte Evelyn das Gefühl, dass Sienna Joleen beinahe mehr hasste als sie selbst es tat. Aber na gut, beste Freundinnen hassten immer mehr als die betroffene Person.

Sienna musterte sie von oben bis unten. „Was willst du hier?", fragte sie schnippisch.

„Ich würde gerne mit Evelyn reden", sagte Joleen und schluckte den Kloß in ihrem Hals herunter. „Hast du bitte eine Minute für mich? Ich würde dir gerne etwas erzählen…"

Evelyn überlegte eine kurze Minute. Eigentlich war das das Letzte, was sie jetzt gebrauchen konnte. Sie konnte Joleen weder sehen noch ihre nervige piepsige Stimme hören. Das ertrug sie heute wirklich nicht. Nicht nur heute, eigentlich ertrug sie es niemals. Immerhin hatte Liam sie mit ihr betrogen. Jedes Mal, wenn sie wieder daran dachte, stieg der Hass in ihr und am liebsten hätte sie dann jeden um sich herum angeschrien und alles um sich herum kaputtgeschlagen.

Doch etwas in ihr hielt sie heute davon ab.

Neugier.

Neugier darauf, was Joleen ihr zu sagen hatte.

Evelyn nickte Sienna zu und signalisierte ihr, dass sie das Zimmer verlassen solle, damit Joleen reinkommen konnte.

„Ja, dann lass ich euch mal allein. Ich wollte sowieso noch mal zu Marco gehen und mit ihm über die nächste Resie quatschen", sagte Sienna und vergewisserte sich noch mit einem letzten Blick in Evelyns Richtung, dass es wirklich das war, was sie wollte.

Einige Sekunden herrschte eine erdrückende Stille zwischen den beiden. Joleen war derweil ins Zimmer gekommen und fuhr sich nervös durch die Haare.

„Ich weiß, dass das jetzt wahrscheinlich alles viel zu spät kommt und ich erwarte nicht, dass du mir verzeihst. Ich würde dich niemals um Verzeihung bitten, aber ich habe noch einmal über alles nachgedacht, was passiert ist und ich kann das so wie es jetzt gerade ist, nicht einfach stehen lassen. Es tut mir wirklich sehr leid, Evelyn. Alles, was passiert ist und was du meinetwegen durchmachen musstest und wahrscheinlich immer noch durchmachst, tut mir wirklich leid. Und noch viel mehr tut mir leid, dass das, was ich dir erzählt habe, was zwischen mir und Liam nach der Ära alles passiert wäre, gar nicht stimmt. Ich habe mir das alles nur ausgedacht." Joleen zögerte und schluckte, bevor sie weiterredete. „Und dafür schäme ich mich wirklich sehr. Aber dich leiden zu lassen und, dass du mit Liam Schluss gemacht hast, wegen etwas, was überhaupt nicht passiert ist, das konnte ich einfach nicht mehr mit mir vereinbaren. Ich muss dir einfach die Wahrheit sagen, auch wenn das alles mehr als nur unangenehm für mich ist", erklärte Joleen stotternd.

Nach diesen Worten hielt Evelyn inne. Sie hatte sich schon auf diese typische Entschuldigungs-Floskeln eingestellt und hatte nur darauf gewartet, dass Joleen ihr davon erzählte, wie schlecht sie sich mit all dem, was passiert war, fühle und wie unglaublich leid ihr alles tue und, dass Evelyn ihr das alles bitte verzeihen solle.

Aber damit?

Nein, damit hatte sie keinesfalls gerechnet.

Hatte sie sie wirklich richtig verstanden?

Hatte sie gerade ernsthaft zugegeben, dass alles, was sie ihr von Liam und ihr erzählt hatte, gelogen war?

Evelyn wusste nicht was schlimmer war. Dass sie gedacht hatte, dass Liam sie betrogen hatte oder, dass sie den Worten dieser dahergelaufenen Schnepfe mehr Glauben geschenkt hatte als den Worten ihres eigenen Freundes?

„Wie bitte?", brach es aus ihr heraus. „Was genau war gelogen? Wovon redest du da bitte?", hakte Evelyn entsetzt nach.

Joleen schluckte den schwer und erklärte Evelyn, dass alles bis hin zu der Affäre mit Liam gelogen war.

Ja, das, was in den Ären damals zwischen ihr und Liam passiert war, das war wahr. Das gab sie zu. Aber alles darüber hinaus war niemals passiert.

Entsetzt, enttäuscht, verwirrt, traurig und vor allem wütend sah Evelyn sie an. Am liebsten hätte sie sie auf der Stelle gepackt und ihr den Hals umgedreht.

All der Schmerz, den Evelyn die letzten Wochen durchlitten hatte, all die Wut, die Tränen, der Streit, all das, vollkommen umsonst.

Vollkommen ohne Grund.

Sie konnte kaum fassen, dass all das, was sie Liam vorgeworfen hatte und wie sie ihn behandelt hatte, all das war vollkommen unberechtigt gewesen.

Ihr Gefühl von Entsetzen, Enttäuschung, Verwirrtheit, Trauer und Wut schlug in Scham um.

Sie schämte sich.

Sie schämte sich so sehr für all das, was sie Liam gesagt hatte. Wie sie ihn behandelt hatte und das, obwohl er ihr von Anfang an beteuert hatte, dass das alles niemals so passiert war und dass er ihr das niemals angetan hätte. Aber sie…sie hatte seinen Worten keinen Glauben geschenkt. Lieber hatte sie Joleen geglaubt, die sie nicht einmal kannte.

Schon verrückt, was ein paar kleine Worte in einem Menschen auslösen und kaputt machen konnten. Nach den gesagten

Worten von Joleen war Evelyn so verunsichert gewesen und wusste nicht, wem oder was sie glauben sollte und so hatte sie ihrem Gefühl von Unwohlsein und Unbehagen geglaubt und Liam, zu Unrecht und viel zu voreilig, als Fremdgeher abgestempelt.

„Es tut mir wirklich unglaublich leid. Ich weiß selbst nicht, was da in mich gefahren ist, dass ich dir solch eine Lügengeschichte erzählt habe. Ich war eifersüchtig und es war wirklich alles ganz schön dumm von mir", versuchte Joleen sich noch einmal bei Evelyn zu entschuldigen.

Bis Joleen anfing zu reden und sie so aus ihren Gedanken riss, hatte Evelyn vollkommen vergessen, dass sie überhaupt noch neben ihr stand.

Sie war so in ihren eigenen Gedanken versunken, dass sie sie vollkommen vergaß.

Jegliche Entschuldigung war ihr absolut egal. Es interessierte sie nicht, weshalb Joleen sich schlecht fühlte und was ihr leid tat oder auch nicht.

Das Einzige…wirklich das absolut Einzige, was sie in diesem Moment überhaupt interessierte, war, wie es Liam ging und wie sie das alles wieder gutmachen konnte.

Sie konnte nur hoffen, dass er ihr all das vergeben würde und dass sie das einfach vergessen würden und genauso weitermachen würden wie zuvor. Bevor Joleen das alles in die Welt gesetzt und damit alles zwischen ihnen kaputt gemacht hatte.

„Hör zu. Mir ist das alles wirklich vollkommen egal. Solange das, was du mir jetzt sagst, wirklich der Wahrheit entspricht. Stimmt es, dass zwischen dir und Liam, bis auf das, was in der Ära passiert ist, niemals etwas gelaufen ist?", vergewisserte Evelyn sich noch einmal und sah sie erwartungsvoll an.

„Ja, das stimmt. Ich schwöre es", sagte Joleen.

Evelyn nickte und mit diesen Worten drückte sie sich an Joleen vorbei, verließ wortlos das Zimmer und ließ Joleen allein zurück.

4

Schneller als ihre Beine sie trugen, rannte Evelyn in den Krankenflügel. Sie musste unbedingt mit Liam reden.

Sie erkundigte sich bei einer der Schwestern darüber, wie es Liam ging.

Liam sei, kurz nachdem er eingeliefert worden war, schon wieder vollkommen bei Bewusstsein gewesen. Im Flugzeug habe man ihn aufgewärmt und seine Temperatur reguliert. Alles, was er davontragen habe, sei war ein Barotrauma und eine Gehirnerschütterung. Und jetzt sei er mittlerweile wieder richtig gut zurecht. Erleichtert atmete Evelyn aus.

„Ein Glück", sagte sie und ließ die Luft, die sie vor Anspannung angehalten hatte, zwischen ihren Lippen entweichen.

„Kommen Sie, Miss O'Grady. Ich bringe Sie hin", sagte Teresa, die Krankenschwester, die für Liam zuständig war. Gerade, als Evelyn die Hand hob, um an die Tür zu klopfen, hielt sie inne.

Sie wusste gar nicht, was sie jetzt sagen sollte.

Sie wusste gar nicht, wie sie ihm begegnen sollte.

Alles in ihr war vollkommen wirr und ungeordnet. Sie wusste, dass Liam sie nicht betrogen hatte und doch spürte sie es noch nicht. Sie fühlte sich dennoch so betrogen und hintergangen. Gleichzeitig verspürte sie Scham und war unendlich traurig darüber, was sie Liam alles an den Kopf geworfen hatte.

Dass sie ihm nicht geglaubt hatte, war ihr unendlich peinlich. Er war ihr Freund, ihre Liebe, er war alles für sie und dennoch hatte sie an seinen Worten gezweifelt.

An seiner Ehrlichkeit.

Wieso?

Lag es an ihrer eigenen Unsicherheit? Sie schob jeglichen Gedanken beiseite, atmete tief ein und aus und klopfte gegen die Zimmertür.

„Ja, herein." Hörte sie seine Stimme aus dem Inneren des Zimmers. Sofort durchströmte sie eine wohlige Wärme.

Liam saß aufrecht im Krankenbett und aß einen Schokoladenpudding als Evelyn das Zimmer betrat.

„Oh, hey, Evelyn. Du bist es. Wie schön", sagte er und stellte seinen Joghurt auf den Nachttisch neben sich.

„Hey", sagte sie zögerlich und begutachtete ihn von oben bis unten, so als würde sie sich vergewissern wollen, dass noch alles an ihm dran war und ihm wirklich nichts fehlte, bis auf das Barotrauma und die Gehirnerschütterung.

„Wie geht es dir?", fragte sie und setzte sich auf die Kante seines Krankenbetts. Er rückte einige Zentimeter zur Seite, sodass Evelyn genug Platz hatte, sich richtig hinzusetzen.

„Also, tatsächlich geht es mir recht gut. Mein Kopf dröhnt immer noch extrem, aber die Schmerzmittel machen es erträglich. Ich darf heute sogar wieder zurück auf mein Zimmer", erzählte er ihr. „Ich habe gehört, dass du mich gerettet hast…danke!", flüsterte er und griff nach ihrer Hand, mit der sie sich auf dem Bett abstützte.

„Ist doch klar. Ich hätte niemals zugelassen, dass dir irgendetwas passiert. Aber als du da gesunken bist, das war das Schlimmste, was ich je gesehen habe. Das Schlimmste, was ich je gefühlt habe…ich dachte wirklich, ich hätte dich verloren. Niemals hätte ich gedacht, dass du so glimpflich davonkommst. Wirklich. Ich habe gedacht, du wachst nie mehr auf…", flüsterte sie und bei dem Gedanken daran durchfuhr sie ein Schauer.

„Ich kann mir gut vorstellen, wie du dich gefühlt haben musst, wenn ich mir vorstelle, wie ich mich gefühlt habe, als ich gesehen habe, wie du im Aokigahara fast gestorben wärst. Das war auch wirklich einer der schlimmsten Momente meines Lebens", sagte er und strich behutsam mit seinem Daumen über ihren Handrücken.

„Apropos schlimmster Moment deines Lebens…einer der schlimmsten Momente meines Lebens war es, als ich erfahren habe, dass du mich mit Joleen betrogen hast." Bei diesen Worten verdrehte Liam kaum erkennbar die Augen. Vor ein paar Stunden noch wäre Evelyn auf diese Reaktion hin unglaublich wütend geworden und hätte ihn wahrscheinlich angeschrien oder wäre einfach gegangen, aber jetzt. Jetzt da sie wusste, dass alles eine Lüge war und er einfach nur genervt und verzweifelt darüber war, dass sie seinen Worten sowieso keinen Glauben schenkte, verstand sie ihn.

„Joleen war bei mir", fügte sie zusammenhangslos hinzu.

Verwirrt sah Liam sie an. „Was hat sie dir diesmal erzählt? Dass sie für eine schnelle Nummer an mein Krankenbett gekommen ist, als du noch auf Mission warst?", fragte er sarkastisch. Seine gesamte Körperhaltung änderte sich von gelassen und entspannt zu vollkommen angespannt und wütend.

Und zum ersten Mal konnte sie seine Wut auf sie wirklich nachvollziehen. Wie frustrierend es für ihn gewesen sein musste bei ihr quasi gegen eine Wand zu reden und dabei auch noch zu wissen, dass man mit dem, was man sagt, vollkommen im Recht war. „Nein, tatsächlich war sie bei mir, um sich für alles zu entschuldigen und vor allem dafür, dass alles, was sie über dich und sie gesagt hat, gelogen war", erklärte Evelyn und atmete dabei schwer ein.

Liams Augen blitzten auf. Und seit Langem konnte sie etwas darin erkennen.

Hoffnung.

Die Hoffnung darüber, dass Evelyn ihm und seinen Worten, seinen Versprechungen, endlich Glauben schenken würde.

„Ehrlich?", fragte er verwirrt nach und vergewisserte sich, dass er ihre Aussage richtig verstanden hatte.

Evelyn nickte.

Liam sah sie erwartungsvoll an.

„Es fällt mir trotzdem schwer, bei den ganzen Geschichten zu erkennen, welche gelogen und welche die wahre ist. Ich versuche aber zu glauben, dass sie mir jetzt die Wahrheit gesagt hat und falls das so ist, dann tut es mir unendlich leid, dass ich dich all die Wochen zu Unrecht beschuldigt, beleidigt, angeschrien und von mir weggestoßen habe…ich war einfach so verletzt. Ich war so verwirrt. Ich wusste nicht, wem ich was glauben sollte und ja, im Endeffekt, hätte ich nur deinen Worten Glauben schenken sollen und das tut mir aufrichtig leid", sagte Evelyn und ergriff seine Hand. Sie umfasste sie und schloss sie fest in ihre. Ihre Finger fügten sich, wie, als wären sie füreinander bestimmt, von selbst zusammen.

Auf Liams Gesicht machte sich ein Lächeln breit.

Evelyn war sich nicht sicher, wann sie ihn zuletzt so hatte strahlen sehen.

Sie räusperte sich. „Aber nur, weil ich versuche ihr zu glauben, heißt das nicht, dass ich das alles einfach vergessen kann. Ja, es ist alles niemals passiert, aber trotzdem habe ich all den Schmerz durchlebt und trotzdem ist da noch irgendetwas in mir, was noch nicht zu 100% damit abgeschlossen hat. Ich brauche einfach noch etwas Zeit...", sagte sie vorsichtig und sah ihn erwartungsvoll an. Liam löste seine Hand aus ihrer und blickte sie fassungslos an. „Du brauchst noch Zeit? Evelyn...ich hatte die letzten Wochen viel Verständnis für dich und habe immer geschaut, dass es dir gut geht, obwohl ich wusste, dass ich rein gar nichts falsch gemacht habe. Und jetzt, wo du sogar weißt, dass ich keinen Fehler gemacht habe und dich niemals betrogen habe, brauchst du Zeit? Hast du bei all dem auch nur eine Sekunde an mich gedacht? Dass ich auch gelitten habe die letzten Wochen? Dass es mir auch miserabel ging?"

Evelyn rutschte von einer auf die andere Seite und sah ihn entgeistert an.

Mit so einer Reaktion hatte sie nun wirklich nicht gerechnet.

Natürlich dachte sie auch an ihn, aber was sollte sie tun, wenn sie einfach noch nicht so weit war? Wenn da in ihr einfach noch etwas war, mit dem sie zu 100% abschließen wollte?

„Bitte geh jetzt", sagte er und wandte seinen Blick ab.

Jetzt wusste sie überhaupt nicht mehr, wie ihr geschieht. Wieso sollte sie jetzt gehen? Was hatte ihn jetzt so sehr getroffen von dem, was sie gesagt hatte?

„Aber", begann sie ihren Satz, doch Liam fiel ihr ins Wort.

„Bitte Evelyn. Komm auf mich zu, wenn du dir sicher bist, was du willst", sagte er beinahe schnippisch, ohne sie eines Blickes zu würdigen. Sprachlos und enttäuscht über seine Worte verließ sie das Krankenzimmer.

Evelyn blieb auf dem Flur des Krankenbereichs stehen und dachte über seine Worte nach.

Wieso? Wieso musste alles zwischen ihnen so unglaublich kompliziert sein?

Nur schwer konnte sie ihre Tränen zurückhalten. Sie sah sich um, um sich zu vergewissern, dass sie niemand so sah.

Was sollte sie jetzt tun?

Sie musste einfach mit Sienna und Madison darüber reden. Ohne weiter darüber nachzudenken, lief sie aus dem Gebäude in Richtung des Strandes. Sie wusste, dass sie sich für heute Nachmittag am Strand verabredet hatten.

Gedankenversunken ging sie zum Strand und sah sich um. Sie scannte den gesamten Strandabschnitt nach Sienna und Madison. Als sie sie entdeckte, zog sie ihre Schuhe aus und winkte ihnen hektisch zu.

Der Sand war heiß und sie rannte zu ihnen hinüber, um sich nicht die Füße zu verbrennen. Die Sonne kribbelte auf ihren Wangen und das Geräusch der sich brechenden Wellen im Sand beruhigte sie ein wenig.

Sie setzte sich auf Siennas Handtuch und schob sie beiseite, womit sie sie etwas unsanft aus dem Dösen riss. Erschrocken fuhr Sienna hoch und linste über die Gläser ihrer Sonnenbrille.

„Oh Evelyn, hast du mich erschreckt", sagte sie und fasste sich panisch ans Herz. Madison lachte nur.

„Was ist passiert? Hat diese Dumme schon wieder irgendwas zu dir gesagt?", fragte Sienna, als sie Evelyns Gesichtsausdruck sah und erkannte, dass sie etwas beschäftigte.

Sienna richtete sich auf und setzte die Sonnenbrille auf ihren Kopf. Erwartungsvoll und unglaublich genervt von Joleen wartete sie darauf, dass Evelyn ihr alle Einzelheiten erzählte.

„Moment mal", fiel Madison Evelyn jedoch ins Wort, bevor diese anfangen konnte zu erzählen. „Die Dumme? Joleen? Du hast mit Joleen gesprochen? Wieso das denn?", fragte sie empört und blickte Evelyn fassungslos an.

„Ja, sie stand vor unserem Zimmer und wollte mit mir reden", erklärte Evelyn schulterzuckend.

„Ja und, was wollte sie?", hakte Madison nach.

„Sie hat sich bei mir entschuldigt. Sie hat mir gesagt, wie leid ihr das alles tue und am meisten leid täte ihr, dass alles, was sie über sich und Liam erzählt habe, erfunden sei."

Evelyn blickte in empörte Gesichter.

Sienna räusperte sich. „Ich wusste es", sagte sie ganz lässig, als ob sie von Anfang an gewusst hätte, dass Joleen nur Mist erzählt hatte.

Evelyn sah sie ungläubig an. „Wie du wusstest es?"

„Ja, mal ehrlich. Jeder Blinde mit einem Krückstock sieht, wie sehr Liam dich liebt. Niemals hätte er dir sowas angetan", erklärte Sienna sich. Madison sah immer noch misstrauisch zwischen Evelyn und Sienna hin und her.

„Ach komm, Sienna. Du hast auch teilweise daran gezweifelt, dass Liam die Wahrheit sagt", erwiderte Evelyn.

Sienna nickte. „Ja, das stimmt. Vor allem am Anfang war ich mir sicher, dass Joleen die Wahrheit erzählt und dass Liam dich betrogen hat. Aber mit jedem Tag und jedem verzweifelten Versuch von ihm, dir zu erklären, dass das niemals passiert ist, zweifelte ich an ihren Worten."

Madison nickte. „Ja, das stimmt. Er hat wirklich von Anfang an gesagt, dass das niemals passiert ist und so überhaupt nicht stimmt", fügte sie bei.

„Und jetzt? Glaubst du auch, dass alles, was sie dir erzählt hat, gelogen war? Warst du schon bei Liam?", fragte Sienna.

Evelyn nickte. „Ja, ich war bei Liam. Es geht ihm übrigens gut. Er denkt, dass er zur nächsten Mission wieder mitkommen kann", erklärte Evelyn.

„Ja, ich weiß. Ich war ja bei Marco, als Joleen da war und der hatte mir genau dasselbe erzählt."

„Ich habe ihm gesagt, dass ich Joleen glaube, aber dass ich trotzdem noch etwas Zeit brauche. Nachdem, was alles passiert ist, muss ich erst mal meine Gedanken und Gefühle sortieren. Immerhin dachte ich jetzt eine ganze Weile, dass er mich betrogen hat und dieses Gefühl und diese Schmerzen, die sind nicht einfach so weg, nur weil ich jetzt weiß, dass das alles doch nicht passiert ist. Ich kann das gar nicht erklären, das klingt so paradox, weil es ja niemals passiert ist, aber trotzdem bin ich einfach noch so durcheinander", erklärte Evelyn. Die Verzweiflung in ihrer Stimme war kaum zu überhören.

Mitfühlend sah Sienna sie an und amtete schwer aus.

„Und wie hat er darauf reagiert? Nicht so gut, oder?", fragte sie.

Evelyn schüttelte den Kopf. „Nein, er war beinahe etwas zickig. Er konnte gar nicht verstehen, wieso ich noch Zeit brauche, um mit der neuen Situation klarzukommen. Er meinte, dass er viel Verständnis in den letzten Wochen hatte, obwohl er wusste, dass das alles niemals passiert ist, er nichts falsch gemacht hat und ich seinen Worten überhaupt keinen Glauben geschenkt habe…er hat mich weggeschickt und meinte, dass ich auf ihn zukommen soll, wenn ich dann zu 100% weiß, was ich will."

„Hä, aber du weißt doch zu 100%, dass du ihn willst, oder nicht?", fragte Madison verwirrt.

„Ja, ich brauche einfach nur etwas Zeit, um alles zu verarbeiten, aber ganz eventuell habe ich das vorhin bei ihm nicht so zum Ausdruck gebracht und es hat sich mehr so angehört, als wenn ich mir unsicher bin, ob ich ihn will", erklärte Evelyn und versuchte dabei so unschuldig wie nur irgend möglich auszusehen.

„Oh Evelyn", sagte Sienna genervt.

„Du musst das klar stellen!", sagte Madison.

„Ja, auf jeden Fall. Ich mein, ich kann ihn sogar verstehen. Er hat nie etwas falsch gemacht und musste sich die letzten Wochen von dir so viel anhören. So viele Vorwürfe, Beleidigungen und er hat sie alle hingenommen, damit es dir gut geht und das, obwohl er absolut im Recht war und immerhin hat er dich auch verloren. Er hatte genauso Herzschmerzen wie du, das darfst du nicht vergessen. Aber natürlich kann ich dich auch verstehen, du wusstest einfach nicht, was du glauben sollst. Ich verstehe euch beide und das macht es nicht gerade leichter", erklärte Sienna.

Evelyn nickte gedankenversunken.

„Leg dich erstmal hin. Sonn dich etwas und lass dir alles durch den Kopf gehen. Und dann redest du morgen nochmal mit ihm und stellst klar, wie du das wirklich gemeint hast und dass du einfach Zeit zum Verarbeiten brauchst und nicht Zeit dafür brauchst, um herauszufinden, ob du ihn wirklich willst", erklärte Sienna und holte ein weiteres Handtuch aus ihrer Strandtasche heraus, welches sie Evelyn in die Hand drückte.

Sie setzte sich ihre Sonnenbrille wieder auf die Nase, legte sich hin und schloss die Augen.

Evelyn tat es ihr gleich und verschwand in ihren Gedanken.

5

Gedankenverloren starrte Evelyn an die Zimmerdecke. Das Gespräch zwischen ihr und Liam ließ ihr keine Ruhe. Die Gedanken, die in ihrem Kopf kreisten, wurden einfach nicht leiser.

Ganz im Gegenteil. Sie wurden immer lauter und erdrückten sie beinahe. Sie sah zu Sienna herüber, doch diese schlief bereits seit einigen Stunden tief und fest.

Ein Blick auf den Wecker auf ihrem Nachttisch verriet ihr, dass es mittlerweile halb zwei war. Und obwohl sie unendlich müde war und ihrem Körper nach den letzten Wochen jegliche Kraft fehlte, konnte sie einfach nicht einschlafen.

Leise schob sie die Decke beiseite und schlüpfte in ihre Pantoffeln, die vor dem Bett standen.

Der Einzige, der ihre Gedanken zum Schweigen bringen konnte, war Liam.

Sie konnte nicht zulassen, dass das Gespräch im Krankenzimmer so zwischen ihnen stand.

Auf Zehenspitzen schlich sie den Flur entlang zu Liams Zimmer.

Vorsichtig klopfte sie an die Tür und wartete einige Sekunden, doch nichts. Er schlief natürlich.

„Das war sowieso eine dumme Idee", flüsterte sie und wollte sich gerade umdrehen, als sich die Tür einen Spalt öffnete.

Liam sah sie aus verschlafenen Augen an. Doch als er sie erkannte, war er mit einem Mal hellwach. Er riss die Tür förmlich auf und bat sie herein.

„Ist alles gut? Geht's dir gut oder ist irgendetwas passiert?", vergewisserte er sich, rieb sich verschlafen die Augen und sah sie fragend an.

Evelyn schob sich an ihm vorbei ins Zimmer und setzte sich auf die Bettkante. Liams Zimmergenosse war aktuell auf Mission. So konnten sie endlich einmal ungestört reden.

Sie schluckte.

„Ich weiß es nicht…das Gespräch zwischen uns, das war nicht so, wie ich es mir vorgestellt hatte. Ich wollte nicht…ich muss nicht darüber nachdenken, ob ich dich will, das weiß ich. Ich musste nachdenken, um all die Gedanken zu sortieren", flüsterte sie kaum hörbar.

Doch er verstand sie.

Liam verstand sie.

Er verstand sie immer.

Ob mit oder ohne Worte und daran hatte sich auch die letzten Wochen nichts geändert. Er lehnte sich unmittelbar vor ihr an seinen Schreibtisch und sah ihr tief in die Augen.

Evelyn wandte den Blick ab und stand auf. Sein Blick machte sie nervös. Wenn er sie so eindringlich ansah, tief in die Augen, das benebelte ihre Sinne. Sie stellte sich vor das Panoramafenster und sah hinaus. Ein klarer Sternenhimmel und der Vollmond warfen spärliches Licht ins Zimmer.

„Evelyn, was ich im Krankenzimmer gesagt habe, tut mir wirklich leid. Ich war verletzt darüber, dass du dir mit irgendetwas immer noch nicht zu 100% sicher bist, aber ich habe jetzt verstanden, dass alles, was die letzten Wochen passiert ist, einfach etwas viel auf einmal war und du einfach noch ein wenig Zeit brauchst, alle Gedanken und Gefühle, die du hast, zu sortieren. Aber du weißt auch, was ich will. Ich will dich. Daran hat sich nie etwas geändert, egal was zwischen uns vorgefallen ist, für mich warst es immer du", flüsterte Liam, richtete sich auf und machte einen Schritt auf sie zu.

Ohne es zu sehen, spürte Evelyn, dass er unmittelbar hinter ihr stand. Ihr Herz begann zu rasen.

Noch immer löste er so viele Gefühle in ihr aus. Er brachte sie beinahe um den Verstand.

Sie drehte sich um, sodass sie sich nun genau auf Augenhöhe befanden. Sein Gesicht war ihrem so nahe, dass sie kleine braune Kristalle und den dunklen Rand seiner Iris in seinem Auge erkennen konnte.

Eine Weile sahen sie sich einfach nur an. Dann atmeten sie gleichzeitig ein, als würden sie etwas sagen wollen, hielten jedoch beide inne. Die Stimmung zwischen ihnen war so aufgeladen, und Evelyns Puls raste so schnell, dass sie es keine Sekunde länger ertragen konnte. Sie drehte sich wieder in Richtung des Fensters und sah hinaus.

Sie schluckte.

Was war das nur zwischen ihnen?

Sie konnten einfach nicht mit und nicht ohne einander.

„Ich bin immer noch so wütend und verletzt. Auch wenn das alles nicht passiert ist, ist doch so unglaublich viel zwischen uns vorgefallen. Ich kann meine Gedanken überhaupt nicht sortieren und sie werden einfach nicht leise", flüsterte sie verzweifelt.

Liam nickte verständnisvoll, schob seine Hand in ihren Nacken und umfasst ihn. Er vergrub sein Gesicht an ihrem Hals, holte tief Luft und presste seine Lippen auf ihre Halsbeuge.

Evelyns Atem stockte, gleichzeitig durchfuhr sie ein heftiges Prickeln.

Sie legte ihre Hand über seine und hielt sie fest, zugleich überkam sie ein unstillbares Verlangen, ihm noch näher zu sein.

Er drückte sie weiter gegen die eiskalte Glasscheibe. Evelyn ging dem Ganzen entgegen und drückte sich fest gegen ihn, bis sie ihn scharf einatmen hörte.

Mit einem Mal bewegte Liam sich kein Stück mehr. Ihr Atem ging viel zu schnell und viel zu unregelmäßig. Als sie seine Hand kurz fester drückte, brauchten sie keine Worte mehr.

Liam drehte sie schwungvoll zu sich um und im nächsten Moment fanden sich ihre Lippen von selbst.

Evelyn legte ihre Hände auf seine Brust. Sein Puls war schnell und kraftvoll. Sie ließ sie weiter nach unten wandern, bis sie seinen Bauch berührte, was ihm ein Stöhnen entlockte.

Es klang genau so verzweifelt, wie Evelyn sich fühlte.

In diesem Moment hatte sie nicht das Gefühl, dass noch eine Grenze zwischen ihnen bestand.

Sie waren einfach sie.

Genau wie vorher und dennoch verändert.

Alles fühlte sich bedeutungsvoller an.

Seine Berührungen.

Seine Küsse.

Alles, was er tat, war voller Bedeutung für sie.

Evelyns Knie wurden weich.

Was machte er nur mit ihr?

Wie schaffte er es, sie immer wieder so um den Verstand zu bringen?

Sie drängte sich gegen ihn, bis er fast nach hinten stolperte, küsste ihn energisch, und ließ sich völlig von ihren Gefühlen und dem heißen Brennen in ihrem Inneren leiten.

Liam reagierte mindestens genau so energisch darauf, packte sie an ihrer Taille und hob sie ruckartig auf seinen Arm. Er lief mit ihr zum Schreibtisch, auf dem er sie behutsam absetzte, alles, ohne dass sie auch nur ein einziges Mal ihre Lippen voneinander lösten.

Evelyn knallte trotz Liams Versuch, der vorsichtigen und langsamen Ablage, unsanft gegen die Wand. Doch das nahm sie nicht einmal wahr. Nichts schien mehr relevant zu sein, es gab in diesem Moment nur sie und ihn.

Diesmal würde niemand kommen und Lügen verbreiten.

Niemand würde das kaputt machen, was zwischen ihnen war.

Liams Mund wanderte zärtlich über jeden Millimeter ihres Gesichts. Er küsste ihre Wangen und ihre Mundwinkel bis hin zu ihrer Nasenspitze, womit er ihr ein leises Lachen entlockte.

Sie war angekommen. Im Hier und Jetzt.

Bei ihm.

Sie wollte ihn. Nur ihn.

Energisch fuhr sie mit ihren Händen durch seine Haare, zog daran, woraufhin er ihre Schenkel packte und die Finger fest in ihre Haut vergrub. Er stöhnte tief und ließ eine Hand zu ihrem Hintern gleiten. Mit der anderen fuhr er ihr über den Rücken nach oben und legte sie in ihren Nacken.

All die Wochen, in denen Evelyn mit aller Kraft versucht hatte ihn zu ignorieren, ihn zu vergessen, ihn nicht mehr so sehr zu lieben, wie sie es nun mal tat, brachen über sie herein wie ein Tornado. Ihr Kuss war eine Fortführung des Streits, ein Kampf, der die Wut in ihr in etwas anderes verwandelte.

Er entlockte Evelyn ein Geräusch. Ein verzweifeltes Stöhnen, das fast wie ein Schluchzen klang.

Im nächsten Moment packte Liam sie fest und küsste sie tief und innig. Jetzt fühlte sich sein Kuss plötzlich an wie eine Entschuldigung.

Aber wofür wollte er sich entschuldigen?

Er hatte doch überhaupt nichts falsch gemacht...

Liam küsste sie, als würde er in ihr ertrinken. Es war eine Mischung aus Begehren, Verzweiflung, Hass und allen Gefühlen, die dazwischenlagen. Es machte Evelyn wahnsinnig, aber gleichzeitig hatte sie sich noch nie so lebendig gefühlt.

Und so gerne sie es wollte. So sehr sie ihn wollte.

Sie war noch nicht so weit.

Auch wenn sie wusste, dass alles, was passiert war, eine Lüge war, konnte sie nicht abstellen, was sie fühlte.

Wie sehr es sie zerrissen hatte.

Wie sehr ihr Herz immer noch schmerzte.

Die Erinnerung an dieses Gefühl überkam sie plötzlich mit so einer Wucht und mit ihr die Verzweiflung und der Schmerz, sodass sie innehielt und Liam von sich wegdrückte. Sie konnte das Brennen auf ihren Augen nicht mehr zurückhalten. Heiße, verzweifelte Tränen bildeten sich dann und liefen ihr übers Gesicht.

Liam erstarrte.

Sie bekam keine Luft. Sie konnte nicht mehr atmen. Die Gefühle übermannten sie.

Noch nie hatte sie sich so hilflos und überfordert gefühlt. Egal, wie aussichtslos jede Situation auf jeder Mission war, lieber wäre sie in einer tödlichen Situation, als noch einmal nicht zu wissen, wohin mit all dem, was sie fühlte.

Evelyn verdeckte ihr Gesicht mit ihren Händen, damit er ihre Tränen nicht sehen konnte, aber Liam nahm ihre Hand und hob sie vorsichtig hoch.

Doch sie konnte nicht. Sie konnte einfach nicht mehr atmen. All diese Gedanken und Gefühle erdrückten sie.

Evelyn schob Liam unsanft beiseite und lief zur Balkontür. Sie öffnete sie hektisch und stürmte hinaus.

Sie schnappte nach Luft und hielt sich am Geländer fest. Sie krallte ihre Finger in das Metall, als ob ihr Leben davon abhing.

Immer noch rannen ihr die Tränen unaufhörlich die Wange herunter und ließen ihre Sicht verschwimmen.

Wie passend.

Denn genau so sah Evelyn die Welt.

Verschwommen und verworren.

Überfordert mit ihren Gedanken und Gefühlen.

Sie hatte doch alles, was sie wollte.

Liam hatte sie nie betrogen und da war er. Er wollte sie. Nur sie.

Wieso zur Hölle konnte sie ihre Gedanken und den Schmerz der letzten Wochen nicht einfach abstellen?

Vergessen?

Einige Minuten vergingen und Evelyn stand einfach so da und sah auf den Wald vor sich. Sie atmete tief ein und aus. Ihre Lunge brannte und erst jetzt merkte sie, dass es in Strömen regnete. Der Regen prasselte unaufhörlich auf sie ein, doch das war ihr egal.

Die kühle, frische Luft half ihr dabei wieder regelmäßiger zu atmen und klarer zu denken. Der Nebel um sie herum verschwand und sie fasste sich wieder.

Sie hörte, wie Liam hinter ihr auf den Balkon kam und sich neben sie ans Geländer lehnte. Sein Blick auf das Panoramafenster gerichtet.

Er sah sie nicht an.

Er sagte nichts.

Er stand einfach da und gab ihr das Gefühl, bei ihr zu sein und für sie da zu sein.

Eine Zeit lang, Evelyn konnte kaum sagen wie lange, standen sie einfach schweigend nebeneinander.

„Ich brauche leider noch etwas Zeit…es tut mir so leid", flüsterte Evelyn und wandte ihren Blick das erste Mal, seitdem sie draußen waren, Liam zu.

Er erwiderte ihren Blick. Seine Augen waren glasig.

Auch an ihm ging alles, was die letzten Wochen passiert war, nicht spurlos vorbei. Das wusste Evelyn, doch es zu sehen, war schmerzhafter als sie in diesem Augenblick gedacht hatte, und es versetzte ihr ein Stechen in der Brust.

Er nickte. „Ich weiß Evelyn, es ist okay…", flüsterte er kaum hörbar.

6

„Marco ruft an", sagte Liam verwundert als er sein vibrierendes Diensthandy aus der Tasche seiner Uniformhose zog und den Namen im Display las.

„Was könnte er uns denn schon jetzt mitteilen wollen? Wir sind ja noch nicht mal gestartet", warf Sienna ein wenig genervt im Vorbeigehen ein.

„Hey", begrüßte Liam ihn reserviert, während er sich auf einem der Sitze zum Gang niederließ.

„Hey, ich bin's."

Liam schwieg. Natürlich war es Marco.

„Marco", fügte dieser hinzu als keine Reaktion erfolgte.

„Ich weiß. Was ist los?"

„Naja, eigentlich nichts. Ich wollte mich nur einmal erkundigen, ob du dir wirklich sicher bist, dass du die Mission antreten möchtest. Fühlst du dich gut?"

Liam huschte ein Lächeln über die Lippen. Das musste er Marco lassen: Auch wenn er manchmal nervte, war er doch sehr bemüht und eine gute Verwaltungskraft. Die beste, die sie da oben in der Zentrale hatten.

„Ja, ich fühle mich gut. Richtig gut. Nett, dass du fragst."

„Okay, super. Freut mich. Meldet euch bitte, wenn ihr da seid. Dann überlegen wir uns, wie wir weiter verfahren."

Mit diesen Worten verabschiedeten sie sich voneinander. Marco drückte auf den roten Hörer an seinem kleinen Diensttelefon und setzte sich anschließend wieder das Headset auf. Die Diensthandys waren wirklich ein Witz. Natürlich hatten sie sie nur zum Telefonieren und alles andere konnte er mit der Technik an seinem Computer herausfinden, aber dennoch fühlte es sich irgendwie merkwürdig an, im Jahr 2022 ein Nokia Tastenhandy in den Händen zu halten, das selbst dann nicht kaputt ging, wenn es ihm zu Boden fiel und seine Kollegin Claudia mit ihrem Schreibtischstuhl aus Versehen darüber fuhr. Bei der Erinnerung daran musste er kurz schmunzeln.

Sein Blick glitt automatisch zu Claudia, die gerade neben ihm saß und auf ihren drei Bildschirmen herumscrollte.

Sie kam aus Österreich und arbeitete dauerhaft als Fluglotsin in der Zentrale des IFS. Auch jetzt arbeitete sie hochkonzentriert, weil sie gerade den Start des Flugzeugs von Liam, Evelyn und den anderen koordinierte.

Für Marco war es jetzt an der Zeit, sich mit den Gegebenheiten der Katakomben vertraut zu machen. Denn das nächste Ziel war Ägypten.

Recherchearbeit, Karten einsehen, Eingänge und mögliche Auswege oder Fluchtwege festlegen.

Dies war nach wenigen Tagen schon zu seiner Routine geworden.

Ein Blick auf die Uhr in seinem privaten Handy verriet ihm, dass es kurz nach 11 Uhr mittags war. Der Flug würde jetzt etwa elf Stunden dauern. Eigentlich ein ganzer Feierabend für Marco. Aber seine Schicht hatte gerade erst begonnen, da sie bis eben noch hier im IFS gewesen waren. Daher konnte er die Zeit besser nutzen, um sich vorzubereiten und sie später mit Informationen zu versorgen.

Noch einmal tippte er das Display seines Handys an. Diesmal fiel sein Blick auf das charmanteste und süßeste Lächeln, das er je gesehen hatte.

Ava strahlte in die Kamera, während Marco ihr einen Kuss auf die Wange gab und einen Arm um sie legte. Im Hintergrund war der Sonnenuntergang über dem Meer zu erkennen.

Verträumt fuhr er mit seinen Fingern über Avas Gesicht, als könne er damit die Haarsträhnen aus ihren Augen streichen, die sich vom Wind aus dem Zopf gelöst hatten.

Wie lange er sie schon nicht mehr gesehen hatte.

Drei Wochen.

Es fühlte sich viel länger an, weil er sie zudem auch kaum gesprochen hatte in dem Zeitraum. Tarek hatte zum Großteil die Telefonate geführt, um den privaten Anteil in ihren Gesprächen auf das Minimum zu reduzieren, was Ava und Marco ganz sicher nicht gelungen wäre.

Er vermisste sie.

Als sein Handy-Bildschirm sich wieder schwarz färbte, erhob er sich von seinem Stuhl und machte seinen täglichen Gang zur Kaffeemaschine am anderen Ende des Büros.

Die Zentrale befand sich im Hauptgebäude des IFS unmittelbar am Strand. Dennoch war hier kaum Urlaubsstimmung zu spüren.

Der rechteckige Raum hatte keine Fenster und der Boden war mit dunklem Teppich ausgelegt. Warum das so war, fragte Marco sich spätestens seit seinem ersten Arbeitstag hier.

Vermutlich damit sich niemand von den Geschehnissen draußen ablenken ließ. Dort war immer viel Trubel. Waren es Hubschrauber, die ein- und ausflogen, Fallschirmspringer, Prüfungen, Parcours, Schwimmtrainings, Kampftrainings, Partys, der wunderschöne Sonnenauf- und -untergang, oder einfach der übliche Publikumsverkehr am Fuß des Hauptgebäudes.

Gedankenversunken stellte er seine Tasse unter den Auslauf und ließ den heißen, frisch gemahlenen schwarzen Kaffee hineinlaufen.

Das Summen der Maschine erinnerte ihn daran, wann er heute aufgestanden war. Bereits um fünf Uhr hatte sein Wecker geklingelt, um Ava und Tarek anzurufen. Bei denen war es da nämlich noch Mitternacht gewesen. Wie sie herausgefunden hatten, ein guter Zeitpunkt, um sich auszutauschen, da dann viele der Opposites schon schliefen, aber niemand sich Gedanken machte, wenn vereinzelte Nachteulen noch wach waren. Tarek hatte Marco von Anfang an über die Machenschaften seines Zimmergenossen Alexander in Kenntnis gesetzt. Marco musste ihn nicht persönlich kennenlernen, um die Ferndiagnose zu stellen, dass er ein eiskalter Killer war. Jetzt war er mit auf Mission geschickt worden.

Die Opposites kamen nun nicht mehr nur mit fünf, sondern mit sieben Soldaten und hatten auch noch ihre größte Geheimwaffe, den russischen Auftragskiller, im Gepäck. In Argentinien hatten die anderen den Selbstschutz der Ären aktivieren können, bevor die Opposites vor Ort gewesen waren, sodass zumindest fürs Erste ein Aufeinandertreffen ausgeblieben war. Doch zwei Portale standen ihnen noch bevor und Marco bezweifelte stark, dass ihnen dies, auch in der Kürze der Zeit, noch zwei weitere Male gelingen würde.

Ein Unwohlsein machte sich in seinem Magen breit. Er nahm seine Kaffeetasse und schlenderte zurück zu seinem Platz. Das Brötchen, das auf seinem Schreibtisch vor der Tastatur lag, wirkte auf einmal gar nicht mehr so appetitlich wie noch vor wenigen Minuten als sein Hunger ihn fast wahnsinnig gemacht hatte. Jetzt war sein Hungergefühl einem flauen Grummeln gewichen.

Er fuhr mit der Maus über seinen Desktophintergrund zu dem blauen Icon, das einen Globus zeigte, und klickte es an. Neben dem Mauszeiger erschien kurz eine kleine Sanduhr, dann öffnete sich ein Fenster, das er mit einer schnellen Bewegung auf den rechten seiner Bildschirme zog, um es dort auf Vollbild zu vergrößern.

Während die App lud, öffnete er seine Dateien, dort den Ordner Missionen, den Unterordner 1. Mission und schließlich die Datei zum afrikanischen Portal. Diese war im Gegensatz zu den Dateien vom asiatischen, australischen, europäischen und südamerikanischen Portal noch leer. Die nächsten Stunden hatte er genügend Zeit, sie zu füllen.

Auch dieses Fenster brachte er in den Vollbildmodus und zog es auf seinen mittleren der drei Bildschirme, bevor er sein letztes Informationssystem öffnete. Sein Mauszeiger fuhr zu einem orangefarbenen Icon, das einen Imperial Topaz zeigte. Er klickte es an und wartete, bis alle Systeme hochgefahren waren.

Wie immer, wenn er nervös war, begann er mit seinem rechten Bein hektisch auf- und abzuwippen. Normalerweise störte Claudia sich immer sehr daran, doch die war immer noch vertieft darin, den Start zu koordinieren.

Eigentlich mussten sie bald auf Reiseflughöhe sein. Lange konnte es jedenfalls nicht mehr dauern, dachte Marco.

Seine Augen blitzten auf als alles geladen hatte und er endlich mit seiner Arbeit anfangen konnte.

Auf seinem linken Bildschirm hatte er Zugriff auf alle Informationen, die dem IFS über die Portale und die Ären bekannt waren. Er wählte auch hier das afrikanische Portal aus und scrollte sich zunächst grob durch die ersten Reiter dort.

Sie waren gegliedert in Forscher, Hüter und Spione sowie in die erste, zweite und dritte Ära. Außerdem gab es einen Reiter mit dem Namen „Sakkara".

Die ersten drei Reiter waren für Marco nahezu uninteressant. Sie beinhalteten Informationen über das Personal, das für dieses Portal zuständig war, sprich die Hüter, die es unter normalen Umständen bewacht hätten, und über die Spione und Forscher, die in den Ären ihrer Arbeit nachgingen. Hier waren auch die falschen Identitäten und die einzelnen Aufträge hinterlegt.

Die drei Ären waren für diese Mission ebenfalls unerheblich. Dort war all das Wissen, was sie bereits über diese gesammelt hatten, gespeichert.

Was für Marco wirklich relevant war, war der Reiter „Sakkara", denn dies war der Ort, an dem sich das Portal zwischen echter Welt und Parallelwelt befand.

Dies war der Ort, zu dem die anderen gerade reisten.

Sakkara war der Name einer altägyptischen Totenstadt am Westufer des Nils. Sie lag südlich von Kairo und war vor tausenden von Jahren als Begräbnisstätte erbaut worden.

Er wählte den Reiter aus und begutachtete das Dropdown-Menü, das sich daraufhin öffnete.

An oberster Stelle fand er den Reiter „Djoser-Pyramide".

Ein Lächeln huschte über seine Lippen. Er war sich absolut sicher, dass genau das der Ort des Portals war.

Djoser war im alten Ägypten ein Pharao gewesen, der die Pyramide als Zentrum der Stadt Sakkara hatte erbauen lassen.

Unter dieser Pyramide gab es einen zweiten Teil der Stadt. Einen verborgenen.

Marco wählte den Reiter aus und sah sich die Fotogrammmetrie sowie die daraus erstellten 3D-Modelle der Nekropole und insbesondere der unterirdischen Gänge an. Er erstellte sich Skizzen und markierte wesentliche Ein- uns Ausgangspunkte.

Die Größe der oberirdischen Stadt betrug 15 Hektar und war dennoch nur ein Bruchteil von dem, was Djoser im Ganzen hatte erbauen lassen. Unter dem Knotenpunkt „Ägyptische Mythologie" fand Marco heraus, dass die unzähligen unterirdischen Gänge den Weg ins Jenseits symbolisieren sollten. Die alten Ägypter hatten damals geglaubt, dass die Toten dort unten mit Messern bewaffnet gegen Dämonen kämpfen müssten, bis sie mit ihrem Totengott Osiris vereint werden würden.

Es dauerte Stunden, doch Marco klickte sich immer weiter durch die Aufzeichnungen, notierte sich mehr und mehr Background-Informationen.

Aufgrund eines Erdbebens in der Vergangenheit gab es seit wenigen Jahren keinen Tourismusverkehr mehr dort, was den anderen wohl sehr in die Karten spielen würde. Er freute sich, ihnen alles mitteilen zu können, was er herausgefunden hatte.

Auch hiernach hatte er immer noch die starke Vermutung, dass das Portal sich in der Grabkammer des Pharaos befinden musste. Diese bestand aus massivem Rosengranit und lag nach bisherigen Erkenntnissen im Zentrum der unterirdischen Gänge – unmittelbar unter der Pyramide.

Ihm kam der Gedanke, dass die alten Ägypter womöglich auch schon von dem Portal gewusst, es aber völlig falsch als das Jenseits eingestuft hatten.

Dämonen und Geister gab es in den Tunneln unter der Stadt mit absoluter Sicherheit - insbesondere wenn sich das Portal dort verbarg - was die Überzeugung über die Vereinigung mit Osiris erklären konnte. Das war es.

Er musste sofort nach der Landung mit den anderen sprechen.

7

Angestrengt ließ Marco seinen Stift fallen und rieb sich schmerzerfüllt das Handgelenk. Er hatte gar nicht gemerkt, wie sehr er beim Schreiben verkrampft war, so intensiv hatte er sich auf seine Recherche fokussiert.

Nachdenklich musterte er seine Aufzeichnungen. Ein wenig stolz war er schon darauf, welche Schlussfolgerungen er daraus gezogen hatte.

Das würde ihnen mit Sicherheit bedeutend viel Zeit schenken, wenn sie wussten, wo sie suchen mussten. Und vor allem, wo sich das Ziel ihrer Suche befand.

Er schloss das Informationssystem wieder und brachte seine handschriftlichen, unübersichtlichen Notizen in ein übersichtliches Schaubild in seinen Dateien und speicherte es unter dem Ordner „Afrikanisches Portal" ab. Anschließend lenkte er seine Aufmerksamkeit zum ersten Mal auf seinen rechten Bildschirm, auf dem er immer noch die Globus-App geöffnet hatte. Vor schwarzem Hintergrund schwebte die

Erdkugel und drehte sich mit immer derselben Geschwindigkeit um sich selbst.

In das Suchfeld über der Erde gab er die Koordinaten von Sakkara ein und wartete.

Der Globus begann sich schneller zu drehen und das Bild zoomte in den Norden des afrikanischen Kontinenten, genauer in Ägypten, hinein bis hin zur Nekropole Sakkara. Auf dem Bildschirm erschien eine Streetview-Aufnahme, durch die er zumindest den äußeren Teil der Totenstadt genauer in Augenschein nehmen konnte.

Um die Stadt herum verlief eine Ringmauer, die sämtliche Tempel und Totengräber oberirdischer Natur sowie die Pyramide selbst vor Eindringlingen schützen sollte.

Er machte einige Bildschirmaufnahmen von den Eingängen und Zugängen, Detailaufnahmen von der Pyramide und den Tempeln und speicherte auch diese in seinen Dateien ab.

Anschließend wagte er einen kurzen Blick auf die Uhr. Es waren fünf Stunden vergangen seit dem Beginn seiner Schicht und dem Start des Jets.

Nachdenklich lehnte er sich in seinem Schreibtischstuhl zurück. Die Lehne gab unter seinem Gewicht quietschend nach. Er überlegte, was er jetzt noch tun könnte. Vorgearbeitet hatte er bereits alles. Sollte er Tarek und Ava nochmal anrufen?

Nein, niemals. Sie mussten ihn anrufen. Andersherum war es ein zu großes Risiko. Die anderen könnte er auch noch kurz vor der Landung oder auf dem Weg vom Stützpunkt ins Camp anrufen. Dafür war genügend Zeit.

Einige ruhige Atemzüge später merkte er, dass seine Augenlider allmählich schwerer wurden. Sechs Stunden zum Ausruhen hatte er noch. Dann könnte er eine halbe Nachtschicht hinten dranhängen und den anderen zur Seite stehen, wenn sie in Sakkara ankämen.

Diesen Einfall hielt er für eine gute Idee.

„Claudia, ich lege eine Pause ein, wenn du mich gerade nicht brauchst. Zum Landeanflug bin ich wieder hier."

Seine aschblonde Kollegin lächelte ihn an. Auf ihrer Stirn und neben ihren Augen bildeten sich kleine Fältchen. Marco wusste nicht viel über sie, aber er schätzte, dass sie etwas über 40 Jahre alt sein musste. Ihr Mann arbeitete ebenfalls als Fluglotse im IFS und saß immer am Nachbartisch. Er betreute Missionsgruppe 21.

„Geh nur, Marco. Ich rufe dich an, wenn es etwas Wichtiges gibt", sagte ihre dunkle und raue Stimme.

Marco erschrak jedes Mal wieder darüber, wie tief ihre Stimme war. Zwar rauchte sie jeden Tag eine beachtliche Menge an Zigaretten, aber dennoch passte die Stimme nicht so ganz zu ihrer zierlichen und kleinen Erscheinung.

Dankend lächelte er ihr zu und erhob sich von seinem Stuhl.

Auf dem Weg zu seinem Zimmer machte er kurz Halt in der Kantine und genehmigte sich eine Portion Chili con Carne.

Anschließend legte er sich schlafen. Er konnte von Glück reden, dass sein Mitbewohner Cedric heute bis spät in den Nachmittag Unterricht hatte. Er war erst seit Kurzem beim IFS und vor wenigen Wochen in Marcos Zimmer gezogen. Zudem war er unfassbar begeisterungsfähig und mitteilungsbedürftig, was in Marcos Augen nicht gerade eine angenehme Mischung darstellte. Während seine Gedanken noch kurz von Cedric zu Ava glitten, merkte er gar nicht, wie schnell er eingeschlafen war.

Das Klingeln seines Handys riss ihn unsanft aus dem Tiefschlaf.

Ein müdes Stöhnen entfuhr ihm, bevor seine Hand im Dunkeln nach dem Telefon tastete, das auf dem Nachttisch lag. Sein Blick fiel auf das Display.

Claudia.

War ja klar, dachte er.

Immer fiel ihr irgendwas ein, um ihn in seinen Pausen zu stören. Etwas genervt hob er ab und wartete darauf, dass sie begann zu erzählen, wie sie es immer tat.

Doch am anderen Ende blieb es still. Er hörte nur gedämpfte hektische Stimmen aus dem Hintergrund.

„Claudia?", grummelte er. Wenn das wieder einer ihrer zahlreichen Hosentaschenanrufe war, dann würde er ihre private Nummer bald blockieren, so viel war sicher.

Doch diesmal schien es das nicht zu sein.

„Marco?", hörte er ihre atemlose Stimme am anderen Ende der Leitung krächzen.

Sofort wusste er, dass etwas nicht stimmte.

Mit Herzrasen richtete er sich auf, saß kerzengerade im Bett und konnte nicht mehr eine Sekunde an Schlaf denken.

„Was ist los?", fragte er angespannt.

„Ich habe den Kontakt zum Flugzeug verloren."

„Was?", entfuhr es ihm geschockt. Sofort bekam er zittrige Knie und schwitzige Hände.

Er wusste, dass die Nachricht nicht weniger schlimm werden würde, wenn Claudia sie noch einmal wiederholte. Aber er konnte es nicht fassen.

Er konnte einfach nicht fassen, was sie da sagte.

„Marco, der Funkkontakt ist abgebrochen. Ich kann den Piloten und auch den Co-Piloten der Maschine nicht mehr erreichen."

Marco musste schlucken. Nochmal und nochmal.

Seine Kehle war wie ausgedörrt.

„Aber…aber", stammelte er. „Aber was heißt das? Ist das Flugzeug denn noch auf Kurs? Die Landung wäre doch jetzt gleich."

„Das Flugzeug kreist wohl über dem ägyptischen Zielflughafen. Die Regierung befürchtet, dass es von Terroristen entführt wurde. Wir kriegen keinen Kontakt zur ägyptischen Zentrale für Luftverkehr. Du musst sofort herkommen. Ich schaffe das alleine nicht. Sie schicken Kampfjets los, die unseren Jet abschießen sollen."

„Verdammte Scheiße", entfuhr es ihm mit Tränen in den Augen. Das konnte doch nicht wahr sein.

Nichts davon.

Wie in Trance legte er auf und rannte aus dem Zimmer, raus aus dem Komplex, durch den Wald zum Hauptgebäude des IFS.

Für den Fahrstuhl hatte er jetzt absolut keine Ruhe. Er sprintete zu den Treppen und rannte sie in Rekordgeschwindigkeit hinauf. Seine Gedanken kreisten in einer Tour um die Frage, wie er diese unfassbare Katastrophe noch abwenden konnte.

Die ägyptische Regierung durfte auf keinen Fall auf das Flugzeug schießen.

Aber warum zur Hölle reagierte auch keiner?! Waren die Piloten etwa Feinde? Opposites? Hatten sie die anderen bereits alle getötet? Aber was war ihr Plan?

Fragen über Fragen, die – je öfter er sie sich stellte – immer weniger Zusammenhang zu haben schienen.

Er stürmte durch die Tür in die Verwaltung zu Claudias Schreibtisch und ließ sich völlig atemlos neben ihr auf seinem Stuhl nieder.

Zittrig fingerte er an seinem Headset herum, bevor es sich aufsetzte und die Funktaste bediente: „Cessna 48, hören Sie mich? Hier spricht die Zentrale."

Cessna 48 war der Rufname der Maschine. So funkte er die Piloten an, wenn er Kontakt mit ihnen wollte.

Normalerweise kam immer die schnelle und prägnante Antwort: „Hier Cessna 48 hört."

Doch diesmal blieb es still.

Er funkte noch einmal. Für den Fall, dass er nicht gehört worden war. Aber noch immer erfolgte keine Reaktion.

„Scheiße", fluchte er und wippte wieder einmal hektisch mit seinem Bein auf und ab, während er die Möglichkeiten im Kopf durchspielte. Er musste die anderen anrufen. Eine andere Lösung gab es gerade nicht.

Schnell zog er sein Handy aus der Hosentasche und wählte Liams Nummer. Erst die Dienstnummer, dann die private.

Niemand hob ab. Bei keinem der Fünf.

„Das darf doch nicht wahr sein." Schweiß rann ihm die Stirn hinunter. Auch Claudia wusste nicht weiter, was nicht gerade zu seiner Entspannung beitrug.

„Los, wir müssen nochmal versuchen, mit der Zentrale in Ägypten Kontakt aufzunehmen. Die müssen darüber in Kenntnis gesetzt werden, dass unser Flugzeug nicht entführt wurde."

„Und wenn es das doch ist?", entgegnete Claudia und fing sich damit einen eisigen Blick von Marco. „Du weißt es nicht", fügte sie daher schnell hinzu. „Wir haben keinen Kontakt ins Cockpit. Niemals wird die ägyptische Zentrale uns einfach vertrauen, wenn wir nicht mit Sicherheit sagen können, dass es nicht so ist."

„Ja, aber wir kennen die Piloten doch, oder nicht? Wir können doch bestätigen, dass die keine Terroristen oder sonst irgendwer Bedrohliches sind."

Claudia zuckte mit den Schultern. „Ich denke, dass die immer durchgewechselt werden. Ich kenne die Piloten nicht."

Marco antwortete ihr nicht. Er erhob sich von seinem Platz und sprach zu allen anderen im Büro.

„Hört mal alle her. Wir brauchen jetzt die Hilfe von jedem Einzelnen hier. Der Kontakt zur Cessna 48 ist abgebrochen. Die Maschine fliegt Schleifen über dem Zielflughafen in Ägypten und steht jetzt im Fokus der Regierung. Es sind Kampfjets auf dem Weg, die unser Flugzeug abschießen sollen. Wir müssen schnellstens Kontakt zur ägyptischen Luftzentrale herstellen. Jeder, der Kapazitäten hat, muss uns helfen und versuchen, sowohl das Flugzeug als auch die Zentrale zu erreichen."

Die anderen stellten ihre Arbeit sofort ein und lauschten gebannt seinen Worten. Als er seine Ansprache beendet hatte und sich sofort wieder an die Arbeit machte, breitete sich ein leises Getuschel im Raum aus.

Marco war zu sehr auf seine Aufgabe fokussiert, um sagen zu können, was die anderen redeten. Doch er schnappte einzelne Wortfetzen auf wie „das ist deren Ende", „die schaffen das niemals", „das Flugzeug wird abstürzen" und „Katastrophe".

Das Blut schoss in unsagbarer Geschwindigkeit durch seine Adern, ließ jede Zelle seines Körpers vor Hitze glühen, während er immer wieder die Funktaste bediente und die Cessna ansprach.

Ein Rauschen auf der anderen Seite ließ ihn aufhorchen und einen winzig kleinen Hoffnungsschimmer in ihm aufkeimen.

„Komm nochmal", funkte er kurz und knapp ohne jede Disziplin zurück.

Bitte. Bitte. Bitte. Wiederholte er leise für sich und faltete seine Hände ineinander.

Wieder setzte ein Rauschen in seinem Ohr ein. Sein Blick fiel auf die Anzeige am Funk.

Die Worte *Cessna 48* erschienen dort und verrieten ihm, dass der Funkspruch tatsächlich aus dem Cockpit des Flugzeugs kam. Doch was hatte er davon, wenn niemand mit ihm kommunizieren konnte.

Was war das Problem?

8

„Ha...lloo?", ertönte eine hauchdünne weibliche Stimme in Marcos Headset.

Ein Keuchen und Husten mischten sich dazu und beendeten den Funkspruch.

Für einen Augenblick blieb sein Herz stehen. Wer war das?

Das war keiner der Piloten.

Sienna? Madison oder Evelyn?

Was machten sie im Cockpit? Flogen sie etwa das Flugzeug?

Sie hatten doch keinerlei Kenntnisse dafür!

„Hey, ich habe dich gehört. Was ist euch zugestoßen?", fragte er und hatte dabei zu kämpfen, überhaupt einen Ton hervorzubringen.

Wieder setzte kurz ein Rauschen ein. Dann ein Husten.

„Die anderen... sie ..."

Auch wenn sie immer noch zu brechen drohte, erkannte Marco die Stimme nun zweifelsfrei. Sie gehörte Madison.

Ein erster Stein fiel ihm vom Herzen, als er realisierte, dass zumindest sie noch lebte.

„Was ist da los bei euch?", hakte er ein weiteres Mal nach.

„… schlafen. Oder tot", säuselte sie hörbar benommen.

Sein Magen zog sich auf ein Minimum zusammen und jagte ihm einen stechenden Schmerz durch den Bauch.

„Tot?!", entfuhr es ihm schockiert.

Niemals. Nein, das konnte nicht sein.

Nie im Leben. Sie durften nicht tot sein. Sie konnten nicht tot sein.

Marco hätte damit fast alles verloren, was er im Leben hatte. Seine Freunde, nein seine Familie.

Alles.

„Madison, hör mir zu. Wo sind die Piloten?" Auf diese Frage blieb es erst still.

Er konnte sehen, dass sie versuchte, zu funken, doch bei ihm kam nichts an. Nicht einmal ein Rauschen.

„Madison. Ich brauche die Piloten!", schrie er nun eindringlicher in sein kleines Mikrofon.

Es vergingen endlose drei Sekunden bis endlich wieder das Rauschen einsetzte und Madisons Stimme erklang: „Tot", brachte sie hervor.

In Marcos Augen stiegen Tränen auf. Er verstand nicht, was gerade passierte.

Wieso sagte Madison erst, dass die anderen schliefen und dann, dass sie tot waren? Das ergab doch absolut keinen Sinn.

Aber wenn die Piloten tot waren, konnten sie einpacken. Niemand von ihnen war qualifiziert, ein Flugzeug zu fliegen, geschweige denn zu landen.

Wenn sie nicht wirklich schon tot waren, dann waren sie es spätestens wenn ihnen der Kraftstoff ausgehen und die Maschine abstürzen würde.

Im selben Augenblick schreckte er zusammen als eine laute und eindringliche Stimme hinter ihm ertönte: „Ich habe Kontakt zur ägyptischen Zentrale! Sie stellen mich zu den Piloten der Kampfjets durch. Kann jemand solange das Gespräch mit der Zentrale übernehmen?"

„Ich spreche mit den Piloten, niemand anders! Du bleibst in der Leitung mit der Zentrale!", befahl Marco dem Kollegen. „Claudia, übernimm du das Gespräch mit Madison hier! Ich wechsle kurz den Platz", wies er nun auch sie an.

Die anderen taten wie Marco es vorgab. Er eilte zum Platz des Kollegen und setzte sich das Headset auf. „Hier Zentrale des IFS, mit wem spreche ich?", begann er das womöglich schwerste Gespräch seines Lebens.

„Hier Horus 14. Wir haben Sichtkontakt zu Cessna 48."

Marco wischte sich mit dem Handrücken den Schweiß von der Stirn und versuchte vergebens seine Lippen zu befeuchten, bevor er antwortete: „Wir haben Kontakt ins Cockpit. Der Jet wurde nicht entführt. Bitte schießen Sie nicht."

Marco wusste, dass es sinnlos war, den Piloten das zu sagen. Sofern der Befehl von der ägyptischen Regierung kommen würde, würden sie ihn wohl oder übel ausführen.

Es war viel wichtiger, herauszufinden, was eigentlich das Problem an Bord der Maschine war.

„Erkennen Sie, was an Bord gerade passiert?"

„Ich als Horus 14 und mein Kollege als Horus 22 sind nun mit unseren Jets auf selber Höhe wie Cessna 48. Wir erkennen keine Bewegung im Cockpit. Das Flugzeug wird ausschließlich vom Autopiloten gesteuert. In der Kabine befinden sich Personen. Sie sind augenscheinlich..."

Ein Rauschen ging durch die Leitung. Der Pilot fiel ab.

Genau das wichtigste Wort seines Satzes wurde abgeschnitten.

„Bitte was? Kommen Sie nochmal. Sie waren nicht aufzunehmen", gab Marco mit zittriger Stimme zurück.

„Die gesamte Besatzung der Cessna 48 ist augenscheinlich leblos."

Ein Schwall von Übelkeit überkam Marco. Seine allerschlimmste Befürchtung bewahrheitete sich.

Die anderen waren tot.

Aber...wie in aller Welt waren sie umgekommen?!

Was hatte sie getötet? Oder wer?

Er verharrte an seinem Platz, war wie paralysiert. Sein Körper war nicht fähig, etwas zu tun. Aber sein Innerstes schrie so laut und verzweifelt wie noch nie.

Was für ein Alptraum.

Was für ein abscheulicher Alptraum.

Er wollte nichts als hier raus. Weinen. Schreien. Um Hilfe rufen.

Doch niemand konnte ihm helfen.

All das Leben und all die Liebe, die er im Herzen trug, wurden in diesem Augenblick schmerzhaft herausgerissen.

Zurück blieb Leere.

Ein tiefes schwarzes Loch.

So unsagbar groß, dass es niemals jemand flicken könnte.

„Zentrale, sind Sie noch da?", drang es plötzlich dumpf zu ihm durch.

Hatte er das wirklich gehört? Oder war das Teil seiner Fantasie?

Es war ihm gerade unmöglich, Gedanken, Einbildung und Realität voneinander zu unterscheiden.

Er schüttelte sich und lauschte noch einmal.

„Zentrale?", ertönte es wieder gedämpft.

Die Stimme in seinem Ohr war nur eine Nebensächlichkeit. Viel lauter und präsenter war der helle kreischende Ton, der nach dem Wort *leblos* wie ein Vorschlaghammer in seine

Schädeldecke eingeschlagen war und seinen Kopf jetzt nahezu zum Explodieren brachte.

„Ja, ich bin noch da", presste er benebelt hervor.

„Wir haben keine Genehmigung zu schießen. Wir ziehen uns zurück."

„Nein!", schrie Marco. „Sie sind unsere einzige Chance, herauszufinden, was an Bord passiert ist."

„Der Befehl ist eindeutig. Horus 14 und Horus 22 ohne Quittung Ende."

„Stopp!", schrie Marco noch, doch er wusste ganz genau, dass er keine Antwort mehr bekommen würde.

Sein Blick wanderte wie von allein einen Tisch weiter nach vorne auf Claudias Bildschirm. Dort konnte er zwei Punkte erkennen, die neben der Cessna 48 flogen und in diesem Moment abdrehten.

Tränen stiegen in seinen Augen auf, brannten auf seiner Netzhaut. War wirklich schon alle Hoffnung verloren?

„Claudia, wie viel Kraftstoff hat das Flugzeug wohl noch?"

Claudia nahm ihn erst gar nicht wahr, drehte sich dann aber nach weiteren eindringlicheren Kontaktversuchen von Marco zu ihm um.

„Madison antwortet mir nicht mehr. Es sind mittlerweile zwei Stunden vergangen, seitdem wir den Kontakt zu ihnen verloren haben. Das war kurz vor der eigentlich geplanten Landung. Lange wird es wohl nicht mehr dauern, bis der Kraftstoff aufgebraucht ist."

Er musste schlucken.

Das war es. Jetzt waren sie endgültig verloren.

Und niemals würde er erfahren, was mit ihnen geschehen war.

Niemals würde er wissen, was sie wirklich das Leben gekostet hatte.

9

Madison kämpfte gegen das Gefühl an, sich durch bleischwere Luft zu bewegen. Ihre Sicht war von einem grauen Schleier bedeckt und ihre Wahrnehmung verlangsamt.

Ein Husten und Röcheln stahlen sich aus ihrer Brust und verteilten den Geschmack von Blut in ihrem Mund.

Wieder drohte der Schwindel in ihrem Kopf, sie zu Boden zu reißen – einzuschläfern – und ihre wackeligen Beine gaben bei jedem Schritt nach, so viel Kraft kostete es sie.

Ihr Blick wanderte ein letztes Mal durch die Kabine des Flugzeuges. Die anderen waren schon seit zwei Stunden nicht mehr ansprechbar und auch die Piloten waren in einen tiefen Schlaf gefallen, gegen den Madison als einzige noch mit aller Macht ankämpfte.

Im Vorbeigehen streifte sie Evelyns Arm, der schlaff auf der Sitzlehne auflag und in den Gang hineinragte. Kraftlos fiel sie auf die Knie.

„Bitte Evelyn, lass mich gehen", wimmerte sie und verstand dabei gar nicht mehr, dass diese sie überhaupt nicht hören konnte. Evelyns Kinn lag auf der Brust und ihre braunen Locken fielen ihr ins Gesicht. Dass sie noch atmete, vermochte Madison nicht zu sagen.

Sie wusste es nicht. Ebenso wenig konnte sie diese Frage im Hinblick auf die anderen beantworten.

Liams Kopf lehnte an dem kleinen Fenster neben ihm und Sienna und Riley waren von ihren Sitzen auf den Boden gerutscht.

Niemals könnte Madison sie alle retten. Für einen Sprung aus dem Flugzeug mussten sie zumindest bei Bewusstsein sein.

Aber das waren sie nicht.

Vielleicht waren sie auch schon tot.

Der eindringliche Signalton der Kraftstoff-Reserve-Anzeige gewann wieder ihre Aufmerksamkeit und führte ihr schmerzlich vor Augen, was jetzt das Wichtigste war: Sie musste hier raus. Sofort.

Die Anzeige war vor wenigen Sekunden oder Minuten – sie wusste es nicht mehr - bedrohlich laut und rot aufgeleuchtet, als sie sich mühselig aus dem Cockpit geschleppt hatte.

Die Angst machte sie nahezu handlungsunfähig. Aber sie musste diese letzte Chance, die ihr noch blieb, nutzen, ehe das Flugzeug in Richtung Boden stürzen würde.

Mit dem Not-Fallschirm auf dem Rücken, robbte sie sich die letzten Meter durch die Kabine über den Boden.

Die vergangene halbe Stunde hatte sie damit verbracht, ihn sich umzuschnallen. Jetzt konnte sie nur noch beten, dass alles richtig saß und sie sich nicht in ihren eigenen Tod stürzte. Aber wie so vieles war ihr das gerade völlig gleichgültig. Ihr Verstand funktionierte nicht mehr.

Sie hatte so oder so keine Wahl.

„Cessna 48, hier spricht die Zentrale. Seid ihr imstande, das Flugzeug zu landen?" Mit einem Rauschen erstickte der Funk aus dem Cockpit.

Madison konnte nicht mehr antworten. Dann hätte sie es niemals wieder zum Ausgang geschafft.

Zumindest nicht rechtzeitig. Nicht, ehe der Kraftstoff versagte.

Ihr blieben wenige Minuten bis zu ihrem Tod.

Sie musste so schnell wie möglich hier raus.

„Madison, kannst du mich hören?", schrie Marco jetzt noch eindringlicher in den Funk. Er hatte jegliche Funkdisziplin abgelegt. Aber das spielte auch überhaupt keine Rolle mehr.

Nichts spielte mehr eine Rolle.

Sie stützte sich schwer atmend an einem Sitz ab, während sie sich aus aller letzter Kraft aufrichtete und den Hebel der Tür ergriff.

Diese flog durch den Druck in der Kabine nahezu selbstständig auf und sog Madison binnen Sekunden aus der Öffnung ins Freie.

Klirrende Kälte umgab sie, fror ihre Gesichtszüge ein als zeitgleich ein stechender Schmerz durch ihre Magengegend schoss und sie ungebremst in die Tiefe stürzte.

Der Wind peitschte ihr ins Gesicht - nahm ihr die Luft zum Atmen. Dabei sehnte sie sich nach nichts mehr als nach Sauerstoff.

Eine gefühlte Ewigkeit hatte sie an Bord der Maschine verbracht, ohne richtig atmen zu können.

Eine gefühlte Ewigkeit hatte sie gegen die narkotisierende Wirkung des Druckes angekämpft. Und jetzt war es ihr noch immer nicht möglich, die frische Außenluft zu atmen, nach der ihre Lunge und ihr Gehirn so lechzten.

Ihrer Kehle entfuhr ein ungehemmter Schrei, der auch nach Sekunden und Minuten des Fallens nicht erstickte.

Genauso wenig wie das Pfeifen in ihren Ohren.

Sie konnte schon lange nicht mehr sagen, ob dieses Pfeifen vom Wind oder vom massiven plötzlichen Druckabfall kam. Was sie aber sagen konnte, war, dass es unheimlich weh tat.

Unkontrolliert und immer noch benebelt vom Sauerstoffmangel drehte sie sich vielfach um die eigene Achse. Mal stürzte sie kopfüber, mal mit dem Blick in den Himmel, gen Boden. Ihre Orientierung hatte sie schon längst verlassen.

War es wirklich eine gute Idee gewesen, zu springen?

Hätte sie sich ihrem Schicksal nicht einfach hingeben sollen? Dann wäre sie jetzt nicht in dieser qualvollen Situation.

Sie versuchte einen Blick auf ihren Höhenmesser zu erhaschen, bekam dies aber nicht koordiniert.

Wobei ihr im selben Moment auch einfiel, dass sie ihn gar nicht trug. Sie musste abschätzen, auf welcher Höhe sie den Schirm ziehen musste.

Aber wie in Gottes Namen sollte sie das wissen, wenn sie mit Blickrichtung Himmel fiel? Sie startete einen weiteren Versuch und lenkte mit ihrer rechten Schulter ein, sodass sie endlich wieder den Blick auf die Erde unter sich richten konnte.

Das erste Mal, seit sie aus dem Flugzeug gesprungen war, hatte sie Kontrolle über ihren freien Fall. Sie breitete die Arme und Beine aus, um den größtmöglichen Widerstand zu erzielen. Genau wie sie es im Training gelernt hatte.

Endlich hatte sie ein wenig Zeit, um ihre Gedanken zu sortieren. Der Boden kam immer näher.

Mit Entsetzen musste sie feststellen, dass hier nichts als Wüste war. Weit und breit Sand, keine Stadt, keine Zivilisation.

Wie um alles in der Welt sollte sie hier wieder herausfinden?

Konnte sie überhaupt einen Notruf absetzen? Oder gab es hier kein Netz?

Ihre Hand wanderte auf ihren Rücken zum Rucksack mit ihrem Fallschirm und zog an dem Band.

Die üblichen Sekunden vergingen bis der Schirm sich öffnete.

Doch irgendetwas war anders. Er öffnete sich nicht wie sonst.

Bremste nicht wie sonst ihren Fall so stark ab, dass sie in einen sanften Gleitflug überging.

Nein. Nichts davon geschah.

Ein Blick nach oben verriet ihr, dass sich die Schnüre ineinander verfangen hatten.

Ihr Herz setzte aus. Sie fiel weiter.

Weiter und weiter.

Ungebremst.

Mit jeder Sekunde Fall verlor sie etwa 55 Meter an Höhe.

Der Boden war geschätzt nur noch wenige 100 Meter unter ihr.

Von hier an blieben ihr vielleicht noch 10 Sekunden.

Panisch versuchte sie, den Schirm zu entwirren, doch es half nichts. Gar nichts.

Ein Schluchzen entfuhr ihr und sie kniff die Augen so fest zusammen, wie sie konnte.

Als sie sie wieder öffnete, sah sie den Boden direkt vor sich.

Gleich dachte sie, gleich war es vorbei.

In ihrer Verzweiflung zog sie als letzten Ausweg noch einmal die Schnur. Diesmal löste sich der zweite Schirm aus ihrem Rucksack und rettete ihr damit das Leben.

Dieser öffnete sich in Sekundenschnelle und bremste sie auf den letzten 50 Metern von 200 km/h auf 5km/h aus.

Mit zitternden Händen ergriff sie die Steuerleinen und leitete die Landung ein. Tränen der Erleichterung, aber auch Verzweiflung rannen ihr die Wange hinunter und verursachten ein Brennen auf ihrer Haut.

Was hatte sie nur getan?

Als sie die ersten Schritte auf festem Boden machte und auslief, brach sie weinend zusammen.

Ihre Ohren dröhnten, fühlten sich an wie mit Watte ausgestopft.

Sie konnte nichts hören.

Gar nichts, außer diesen schrecklich dumpfen Ton.

Ehe sie die Zeit hatte, zu realisieren, was sie gerade Unmögliches geschafft hatte, gewann etwas anderes ihre Aufmerksamkeit.

Das Flugzeug.

Es…

Madison blinzelte die Tränen weg und verfolgte ungläubig die Maschine am Himmel, die unkontrolliert und ungebremst in Richtung Boden stürzte.

Sie war mit den letzten Reserven des Kraftstoffes noch einige Kilometer weiter gekommen und verlor sich jetzt in der Ferne hinter den Gipfeln der gigantischen Dünen, ehe sie dort zerbarst und alle Insassen mit in den Tod riss.

10

Madison biss sich wimmernd auf die Lippe. Sie hörte keinen Knall, aber das musste nichts heißen. Schließlich hörte sie gerade gar nichts außer das Rauschen in ihren Ohren und das rasante Pochen ihres Herzens.

Sie ächzte laut als sie sich aus der Bauchlage in die Rückenlage drehte und jeder einzelne Muskel vor Schmerzen brannte. „Verdammt".

Die Tränen rannen ihr nun zu Tausenden über das Gesicht.

Hätte sie die anderen nicht vielleicht doch retten können?

Vorsichtig versuchte sie sich hinzustellen, doch sie war noch viel zu wackelig auf den Beinen, sodass sie sofort wieder in den Sand fiel. „Scheiße", fluchte sie.

Während sie nachdachte, scannte sie die Umgebung.

Sand, Dünen, Sonne, blauer Himmel.

Unsagbare Hitze. Ihre Uniform war schon literweise mit Angstschweiß getränkt, doch jetzt floss der Schweiß an ihrem ganzen Körper herunter.

Wieder einmal wurde ihr bewusst, was sie gerade Unglaubliches durchlebt hatte.

Je länger sie darüber nachdachte, desto schlimmer wurde es.

Desto schmerzhafter wurde die Erkenntnis.

Die anderen waren tot.

Sie waren gegangen. Für immer.

Und Madison war allein.

Vollkommen allein - auf sich gestellt in dieser endlosen Weite.

Was sollte sie nur tun?

Sie musste mit irgendwem sprechen. Sie musste telefonieren.

Aufgeregt zog sie das Handy aus ihrer Hosentasche und wählte die Nummer, die ihr als erstes in den Sinn kam.

Während es klingelte, rasten ihr noch einige unbestimmte Gedanken darüber durch den Kopf, wie sie dieses Telefonat am besten beginnen könnte, doch als die ihr vertraute Stimme am anderen Ende abhob, kamen die Worte völlig undurchdacht über ihre Lippen: „Sie sind tot."

Marco drückte auf den roten Hörer seines Telefons.

Fassungslos starrte er in die Gesichter seiner Kollegen. Er spürte nichts als Leere in sich.

All die Emotionen, all die Angst und die Panik um seine Freunde hatten sich mit einem Mal in Luft aufgelöst. Es gab nichts mehr, vor dem er Angst oder Panik haben konnte.

Denn genau das, wovor er Angst gehabt hatte, war jetzt eingetreten.

Er schluckte einmal schwer, bevor er den anderen mitteilte, was Madison ihm gerade gesagt hatte: „Unsere Befürchtung hat sich soeben bestätigt. Evelyn, Liam, Riley und Sienna sind abgestürzt. Zusammen mit den zwei Piloten. Sie sind tot."

Der Schock stand den anderen ins Gesicht geschrieben. Nicht alle in diesem Raum konnten die Namen den Personen zuordnen, da sie sie nicht kannten, dennoch waren es Kollegen von ihnen, die heute ihr Leben verloren hatten.

Und das auf tragischste Weise.

Claudia fühlte sich verantwortlich für die Katastrophe, weshalb sie bei dieser Nachricht sofort zu weinen begann.

Schluchzend vergrub sie ihr Gesicht in der Brust ihres Mannes, der sie vergebens versuchte zu trösten. Auch ihm kamen die Tränen.

Ein merkwürdiger Anblick, wie Marco fand, da er immer ein sehr starker und schlauer Mann war, der unerschütterlich wirkte.

Bei dem Schluchzen, das durch die Reihen ging, drohte auch Marco wieder die Fassung zu verlieren. Er sammelte sich kurz und atmete tief durch, bevor er weitersprach: „Madison hat es überlebt. Sie ist mit dem Notfallschirm aus dem Flugzeug gesprungen und zum Glück unversehrt gelandet. Wenn jemand Kapazitäten hat, wäre es lieb, wenn er ein Rettungsteam zu ihr schicken lassen könnte. Ich kümmere mich um die

Benachrichtigung meiner Spione. Außerdem muss eine neue Missionsgruppe mit der Mission betraut werden. Das muss ich auch in Angriff nehmen..." Seine Stimme wurde immer brüchiger und dünner, bis sie in ein benommenes Säuseln überging.

Er war mit seinen Gedanken schon lange nicht mehr bei seinen Worten.

Liam, Evelyn, Sienna, Riley – tot.

Diese Namen mit diesem Wort in Verbindung bringen zu müssen, war unfassbar.

Er kannte Evelyn und Sienna seit der Schule. Er war gewissermaßen mit ihnen groß geworden.

Die Vorstellung eines Lebens ohne sie war undenkbar.

„Marco", hörte er plötzlich Thomas' Stimme hinter sich, während er vage wahrnahm, dass sich eine Hand auf seine Schulter legte.

Er drehte sich zu dieser Stimme um und sah in die mit Tränen gefüllten Augen seines Chefs.

„Komm mit in mein Büro. Du machst heute gar nichts mehr."

Seine Stimme sollte wohl beruhigend klingen, doch sie zitterte und ließ in Marco nur noch mehr Unbehagen aufkommen.

Was wollte Thomas mit ihm besprechen?

Würde man ihn feuern?

Hatte er gerade nicht nur seine Freunde, seine Familie, sondern auch noch seinen Job verloren?

Seine Kehle schnürte sich enger und enger zu. So eng, dass Luft holen ihm nur noch mit Mühe gelang.

Er folgte seinem Chef über die scheinbar endlosen Flure zu seinem Büro und ließ sich wie ferngesteuert auf einem Stuhl dort nieder.

Hier hatte er zuletzt in seiner Ausbildung gesessen.

Als die Welt noch in Ordnung gewesen war.

Sein Blick wanderte beschämt auf seine Hände hinunter. Sie lagen in seinem Schoß und zitterten noch immer unaufhörlich. Thomas ließ sich ebenfalls auf der anderen Seite des Schreibtisches nieder und räusperte sich einmal.

Marco konnte sehen, dass auch er um Fassung rang.

„Marco, ich wurde soeben über..." Er machte eine Pause. Die nachfolgenden Worte kosteten ihn all seine Kraft.

All seine Beherrschung.

„Den Tod meiner Tochter unterrichtet."

Eine Träne stahl sich über seine Wange.

„Erstmal möchte ich mich bei dir bedanken. Dafür, dass du so tapfer und mutig bis zum Schluss darum gekämpft hast, das Flugzeug zu retten." Wieder eine Pause. „Ich möchte auf keinen Fall, dass du dir für irgendwas die Schuld gibst. Ebenso wenig wie Claudia. Mit ihr werde ich gleich auch noch ein Gespräch führen. Es stand schlichtweg nicht mehr in unserer Macht, was mit dem Flugzeug passiert. Diese schreckliche Nachricht muss an die Familien der Verstorbenen und die anderen Mitarbeiter weitergesteuert werden. Natürlich zählen hierzu auch Ava und Tarek. Aber das wird nicht mehr deine Aufgabe sein Marco. Es ist mir ein persönliches Anliegen, dich jetzt mit all meinen Mitteln zu unterstützen. Du wirst beurlaubt und bekommst eine Seelsorge-Therapie, die mit dir das Geschehene aufarbeitet. Wenn du Abstand von all dem hier brauchst, dann darfst du natürlich jederzeit zu deiner Familie fliegen. Ich bitte dich nur darum, zu kommunizieren, wenn du etwas brauchst oder du merkst, dass du damit nicht klarkommst."

Marco richtete das erste Mal seinen Blick von seinen Händen auf und sah seinem Chef jetzt direkt in die Augen.

Thomas' Trauer schmerzte ihn zusätzlich. Dabei war es seine Tochter, von der sie sprachen, und damit unbegreiflich, wie er überhaupt noch hier sitzen und dieses Gespräch führen konnte.

Er nickte stumm, war aber nicht imstande, darauf zu antworten. Die Reaktionen jedes Einzelnen in den vergangenen Minuten führten ihm einmal mehr das Ausmaß an Tragik vor Augen.

„Wir werden nie erfahren, was an Bord der Maschine passiert ist, oder?", fragte Marco.

Thomas atmete tief ein, ehe er ihm antwortete. „Ich werde ein Team losschicken, das das Flugzeug und die Leichen bergen wird. In dem Zuge soll auch der Flugdatenschreiber gefunden und ausgewertet werden. Vielleicht bekommen wir so Klarheit über die Ursache."

Marco nickte wieder nur. Eine Weile schwiegen sie sich an, waren gefangen in ihren Gedanken.

„Kann ich gehen?", fragte er schließlich.

Thomas lächelte ihn gezwungen an. „Natürlich."

Mit diesen Worten erhob Marco sich von seinem Stuhl und begab sich zur Tür, wo er sich ein letztes Mal umdrehte.

„Thomas? Es tut mir unfassbar leid, dass Evelyn tot ist."

Thomas nickte ihm leidend zu.

„Ja, mir auch."

Marco schleppte sich in einem Zustand der Trance zurück zu seinem Komplex. Er konnte kaum sagen, wie er dort hingelangt war, geschweige denn, wie lange er für den Weg gebraucht hatte. Seit Madisons Anruf war er nur noch ein Zuschauer des Geschehens. In seinem Zimmer angekommen ließ er die Jalousien herunter, schloss das Fenster, legte sich in sein Bett und versteckte sich unter der Decke.

Die Tränen flossen jetzt unkontrolliert über seine Wangen und seine Atmung ging in ein abgehacktes Schluchzen über.

Schreie und Wimmern lösten sich aus seiner Brust und machten ihn etwas freier von dem schweren Druck, der darauf lastete.

Es vergingen Stunden.

Aus Stunden wurden Tage.

Bis das Klingeln seines Telefons ihn aus dem schier endlosen Tief herausriss.

„Hallo?", meldete er sich mit kratziger Stimme.

„Marco?"

Sein Herz setzte aus.

Was zur Hölle?!

Er kannte die Stimme. Er kannte sie.

Aber…das konnte nicht sein.

„Evelyn?"

11

„Ja, ich bin's."

Ein gellender Schrei jagte einen stechenden Schmerz durch das Ohr, an das sie das Telefon hielt.

Ein erleichtertes Weinen und Lachen mischten sich unter den Schrei.

„Wie...?", ertönte es am anderen Ende.

Auf Evelyns Lippen bildete sich ein Lächeln.

„Wir haben Madison wiedergefunden und konnten dich endlich anrufen."

Marco saß kerzengerade im Bett. Seine Atmung ging schnell und flach.

Die Worte in seinem Kopf bildeten keinen klaren zusammenhängenden Satz, den er über die Lippen bringen konnte.

„Aber...aber ihr seid doch abgestürzt!"

Evelyn durchfuhr ein nervöses Kribbeln. Wieder erinnerte sie sich an den Moment, in dem sie zu sich gekommen war und das Flugzeug sich im freien Fall befunden hatte.

Es war schrecklich gewesen.

„Ja, deswegen waren unsere Handys auch zerstört. Sie sind überall durch die Kabine geflogen und zum Teil sogar aus der offenen Tür vom Flugzeug gefallen. Keins hat die Landung unbeschadet überstanden. Daher konnten wir niemandem Bescheid sagen. Aber der Pilot hat es geschafft, eine Notlandung einzuleiten. Bis auf ein paar blaue Flecken geht es uns gut."

Marco schossen Tränen in die Augen.

Tränen der Erleichterung.

Er wusste nicht, was er sagen sollte. Auch wenn er so viele Fragen hatte.

Evelyn hörte ihm geduldig dabei zu, wie er weinte. Sie wusste, dass das alles viel zu viel für ihn war.

Bis gerade hatte er noch gedacht, dass er sie nie wiedersehen oder -sprechen würde und im nächsten Moment erhielt er einen Anruf, in dem er erfuhr, dass nichts von dem, was er befürchtet hatte, stimmte.

„Was ist passiert? Erzähl es mir", sagte er schließlich.

„Die Piloten haben alles überprüft. Sie sind sich sicher, zu wissen, was passiert ist. Das alles stimmt auch mit Madisons Schilderungen überein."

„Evelyn, spann mich nicht so auf die Folter. Sag schon, was passiert ist!"

„Die Piloten haben alle Schalter und Einstellungen im Cockpit überprüft. Einer der Schalter war umgelegt. Er stand auf Manuell anstatt auf Automatik."

„Ja und was war das für ein Schalter?"

Evelyn lachte. „Marco, wenn du mich ausreden lässt, kann ich es dir auch erklären."

„Ja, tut mir leid."

„Also…Der Schalter ist für die Regulation des Druckes in der Kabine und im Cockpit zuständig. Er wird bei der Wartung des Flugzeuges immer auf Manuell gestellt. Für den Flug aber muss er auf Automatik stehen, damit der Druck in der Kabine niedriger gehalten wird als der Außendruck. Ohne diese Regulation herrscht in der Kabine derselbe Druck wie draußen. Daher sind wir schleichend bewusstlos geworden, weil wir immer schlechter atmen konnten. Auch der Pilot hat das Bewusstsein verloren."

„Aber wie hat Madison es dann geschafft, wach zu bleiben?"

„Sie musste stark gegen die Ohnmacht ankämpfen, aber sie hat die Sauerstoffflaschen vor dem Cockpit gefunden und sich damit bei Bewusstsein gehalten, um sich den Fallschirm umzuspannen und zu retten. Die Tür vom Flugzeug ist wohl nahezu aufgeflogen, als sie sie geöffnet hat, weil der Außendruck sie nicht zugehalten hat. Als die Maschine abgestürzt ist, ist auch der Druck in der Kabine wieder gesunken. Die Piloten sind noch rechtzeitig wieder zu sich gekommen, um eine Notlandung einzuleiten."

Marco schluchzte immer lauter.

Er konnte kaum fassen, was sie ihm da sagte.

Unglaublich.

Wenn er diese Geschichte den anderen erzählen würde, würde ihm niemand glauben.

„Evelyn, ich kann nicht in Worte fassen, wie erleichtert ich bin. Ich habe Tage – keine Ahnung wie viele – in der Illusion gelebt, dass ich euch alle verloren habe. Das waren die schlimmsten Tage meines Lebens. Und die Stunden der Ungewissheit, als ich versucht habe, euer Flugzeug zu retten, waren die nervenaufreibendsten. Ich kann nicht mehr." Wieder begann er zu weinen.

Evelyn schwieg noch immer. Sie wusste nicht, was sie sagen sollte. Ihr selbst fehlten die Worte für all das.

Sie hatte in den letzten vier Wochen so oft, wie noch nie zuvor, Angst um ihr Leben gehabt.

Nicht nur Angst, sondern nackte Panik. Doch der Moment als das Flugzeug zu Boden gestürzt war, war anders gewesen als all die anderen Momente davor.

Nicht zu vergleichen mit Spiel 32, nicht zu vergleichen mit dem Todeswald, mit der Flucht vor dem Doktor und seinen Puppen sowie der Einmauerung in der ersten europäischen Ära. Nicht zu vergleichen mit irgendwas.

Weil sie das erste Mal ihr Schicksal nicht in den eigenen Händen gehabt hatte.

Sie hatte nicht weglaufen, nicht schreien, nicht kämpfen können. Sie hatte einfach dagesessen, durch den Schock das Atmen vergessen und sich in die Lehne ihres Sitzes gekrallt.

Gegen die schlimme Übelkeit angekämpft, von der sie nicht hatte sagen können, ob sie der Panik oder dem Fall geschuldet war.

Sie hatte aus dem Fenster gesehen und dabei zugeschaut, wie der Boden bedrohlich schnell näher gekommen war.

Ihr Magen war so schmerzhaft verkrampft wie noch nie, ihre Kehle so zugeschnürt wie noch nie.

Ja, soviel konnte sie sagen.

Das war der schlimmste Moment ihres Lebens gewesen.

„Marco, ich verstehe dich so gut. Das waren auch die schlimmsten Minuten meines Lebens." Ihre Stimme versagte als der Verstand ihr wieder all die Gefühle vor Augen führte, die sie in diesem Augenblick gehabt hatte. Sie warf einen Blick zu den anderen hinüber, die das Telefonat aufmerksam mitverfolgten und sich bei Evelyns Worten tröstend in die Arme nahmen. Sienna war noch immer sehr fertig. Ebenso wie

Madison, die jede einzelne Sekunde bei Bewusstsein gewesen war.

„Aber Marco…", versuchte Evelyn ihn und auch sich selbst zurück in die Realität zu holen.

„Wir müssen uns auf das Wesentliche konzentrieren. Uns läuft die Zeit davon. Es sind vier Tage vergangen, womit uns nur noch drei Tage bleiben, um das Portal zu finden. Die Opposites haben bestimmt schon einen gewaltigen Vorsprung."

Sie konnte hören, wie Marco sich am anderen Ende der Leitung die Nase putzte. „Du hast recht", begann er seinen Satz. „Ich muss euch alle Informationen geben, die ich gesammelt habe. Gib mir ein paar Minuten. Erstmal muss ich deinem Vater mitteilen, dass ihr noch lebt."

„Das mache ich selbst", fiel Evelyn ihm ins Wort. „Ruf mich an, wenn du wieder im Büro bist und den Rechner hochgefahren hast."

„Meinst du nicht, dass du etwas mehr Zeit brauchst, um mit ihm zu sprechen?"

Evelyn rann eine Träne über die Wange. Sie schüttelte den Kopf, obwohl sie ganz genau wusste, dass Marco das nicht sah.

„Nein, entweder ich spreche Stunden mit ihm oder nur wenige Minuten. Ich muss ihm nur mitteilen, dass wir alle unversehrt sind. Andernfalls endet dieses Telefonat niemals."

Marco stimmte ihr zu, beendete etwas widerwillig das Gespräch und begab sich auf immer noch wackeligen Knien in sein Büro.

Am liebsten hätte er niemals aufgelegt.

Am liebsten hätte er die anderen sofort wieder bei sich gehabt, sie fest in den Arm geschlossen und nicht mehr losgelassen.

Wer wusste schon, ob er sie wiedersehen würde? Und auch, wenn diese Befürchtung immer präsent gewesen war, hatte ihn bisher irgendetwas davor geschützt, daran kaputtzugehen.

Irgendetwas - Er wusste nicht, ob es sein Glaube an das Gute und das Schicksal oder doch eher Naivität gewesen war.

Die vergangenen Tage hatten ihm nun mehr als schmerzlich vor Augen geführt, dass die Tode der anderen alles andere als unwahrscheinlich waren und ihn in die tiefsten Tiefen hinabziehen würden, sofern sie eintreten sollten.

Er betete, dass es nicht dazu kommen würde.

So etwas wollte er nie wieder fühlen.

Nie wieder.

Im Büro angelangt rief er seine Dateien auf und wählte erneut Evelyns Nummer. Sein Blick glitt unauffällig durch den Raum, bevor er auf den grünen Hörer drückte. Die anderen wussten noch nicht, dass sie lebten. Diese schöne Nachricht wollte er Thomas überbringen lassen. Oder womöglich war ihm auch einfach nicht danach, irgendwem zu erklären, was passiert war. Er hatte es ja selbst noch nicht einmal verstanden.

Als er den Raum betreten hatte, war ihm aufgefallen, dass seine Kollegen ihn fast alle wie immer behandelten. Zumindest versuchten sie es. Ein trockenes Hallo, ein Händedruck. Mehr war zur Begrüßung nicht drin. Nur in vereinzelten Gesichtern glaubte Marco einen Ausdruck von Bedauern oder Mitleid erkennen zu können.

Dennoch, nicht mal ein ‚Wie geht es dir?‘ oder ein ‚Kommst du klar?‘

Niemanden interessierte es, ob er etwas brauchte, ob er reden wollte oder was in ihm vor sich ging. Und das, obwohl er die letzten Tage nicht zur Arbeit oder aus seinem Zimmer gekommen war und nicht gegessen oder gesprochen hatte.

Irgendwie hätte er sich etwas mehr Anteilnahme gewünscht.

Aber das Verhalten seiner Kollegen zeigte ihm einmal mehr, dass es eben nur Kollegen und keine Freunde waren. Seine Freunde waren da draußen.

Und sie brauchten seine Hilfe.

Seufzend drückte er den grünen Hörer und wartete schier endlose Sekunden, bis Evelyn endlich abnahm.

Sie sagte nichts, was vermutlich dem vorangegangenen Gespräch mit ihrem Vater geschuldet war.

„Ich habe viele nützliche Informationen für euch", begann Marco daher, direkt zu sprechen, um ihr diesen Part zu ersparen.

12

Evelyn legte auf. Ihr Kopf qualmte. Das waren sehr viele Informationen und die anderen hatten nicht mitgehört. Sie hatten in der Zwischenzeit nach einem Weg gesucht, der sie endlich aus dem endlosen Meer aus Sand und Hitze führen würde.

Als sie sich wieder zusammenfanden, nahm Evelyn einen Schluck von ihrem Wasser, das sie sich seit vier Tagen einteilte. Ihre Kehle war staubtrocken.

„Okay Leute, zusammengefasst", begann sie das Gespräch wiederzugeben. „Von hier aus sind es noch wenige 100 Meter zur Totenstadt Sakkara. Die müssen wir so schnell wie möglich aufsuchen. Sie liegt südlich von uns. Dort ist eine Pyramide, an der sich ein Zugang zu den Katakomben befindet. Marco vermutet sehr stark, dass das Portal sich im Pharaonengrab befindet. Die unterirdischen Gänge sind sehr verzwickt und eng. Wir müssen uns außerdem wieder auf übernatürliche Geschehnisse einstellen. Marco hat irgendwas von Jenseits und

Dämonen und Geistern erzählt. Da habe ich kurz den Faden verloren, aber an sich ist das ja keine neue Information."
Die anderen verzogen die Gesichter zu Grimassen als Evelyn das sagte.
„Ich kann das nicht mehr. Überall Geister, Dämonen oder Menschen, die uns töten wollen. Und wenn von denen keiner da ist, dann übernimmt es einfach die Natur selbst", beschwerte Sienna sich.
„Wie auch immer, lasst uns schnell losgehen, dann sollten wir gleich da sein. Ich hoffe so sehr, dass es noch nicht zu spät ist", erwiderte Evelyn kühl.
Ihr war nicht nach Gesprächen. Eigentlich war ihr nach gar nichts zumute.
Sie wollte einfach nur zurück zum IFS, eine ganze Flasche Wasser exen und anschließend in einen tiefen Schlaf fallen.
Sie hatte keine Kraft, keine Energie und keinen Willen mehr zu alldem hier.
Aber wenn sie vor etwas noch mehr Angst hatte als vor ihrem Tod, dann war es davor, ihren Vater zu enttäuschen.
Vielleicht auch ein Stück weit davor, sich selbst zu enttäuschen.
Während sie krampfhaft versuchte, sich einzureden, dass das hier alles nicht so schlimm war und sie es fast geschafft hatten, kämpften sich ihre müden Beine einen Weg durch den dichten Sand.
Jeder Schritt schmerzte und kostete sie die letzten Kraftreserven, die sie noch hatte. Die heißen und grellen Sonnenstrahlen brannten auf ihrer nassgeschwitzten Haut.
Nach einer gefühlten Ewigkeit richtete sie ihren Blick von ihren Schuhen auf und sah in die Ferne.
Das flimmernde Bild einer Stadt erschien am Horizont und ließ ihr Herz einen Satz machen.
Wohl eher aus Nervosität und Angst als aus Freude.

Dennoch huschte ein Lächeln über ihre Lippen, als sie sich zu den anderen umdrehte. „Leute, da ist Sakkara. Die Totenstadt, von der Marco gesprochen hat."

Die anderen waren nicht fähig, ihr zu antworten, doch auch in ihre Gesichter stahl sich ein Lächeln.

Sie gingen weiter und weiter, bis sie schließlich vor der hohen Mauer, die die Stadt umschloss, zum Stehen kamen.

Evelyn legte ihren Kopf in den Nacken. Wie hoch die Mauer wohl war?

Mindestens fünf bis sieben Meter.

Sie war aus Stein gebaut, ebenso wie der Rest der Stadt.

„Wo ist der Eingang?", knurrte Riley ungeduldig und begann, der Mauer entlang nach einem Tor zu suchen.

Die anderen hängten sich an seine Fersen, hielten dabei stets das Umfeld im Blick. Die Opposites konnten von allen Seiten kommen und sie angreifen. Sogar aus der Luft.

Mittlerweile trauten sie ihnen alles zu.

Nach einer Weile stießen sie auf den Eingang zur Stadt. Für einen kurzen Moment hielten sie inne. Was würde dort auf sie warten?

Wenn sie einmal hinter den Mauern waren, gab es kein Zurück mehr. Dann waren sie im Visier ihrer Gegner. Zumindest waren sie sich da sicher.

Riley überquerte die Schwelle als Erster und verschaffte sich einen Überblick über die 15 Hektar Gestein und Sand, die sich vor ihm auftaten.

Inmitten der Tempeln und Grabstätten stand sie.

Die Djoser-Pyramide. Die älteste Pyramide Ägyptens.

Sie war anders als er sie sich vorgestellt hatte.

Das Gestein war stufenförmig aufgeschichtet und hatte, anders als die drei Pyramiden von Gizeh, eine abgeflachte Spitze. Die

Pyramide war 60 Meter hoch und damit größer als alle anderen Bauwerke der Totenstadt.

Kein Wunder, schließlich war dies das Grabmal des Pharaos.

Er hatte die Stadt errichten lassen und seine Grabkammer sollte das Zentrum werden.

„Ab jetzt höchste Konzentration. Wir trennen uns nicht und decken unsere ungeschützten Seiten. Waffen in entschlossener Schießhaltung. Die ganze Zeit. Bis wir eine sichere Stelle in den Katakomben gefunden haben. Verstanden?" Liam flüsterte.

Niemand von ihnen wusste, ob die Opposites schon hier waren oder nicht.

Die letzten vier Tage hatten sie keinen Kontakt zu Marco und daher auch keinen Kontakt zu Tarek und Ava gehabt.

Sie bewegten sich in der geschlossenen Formation fort, die sie immer in heiklen Situationen anwendeten und arbeiteten sich so weiter in die Mitte der Stadt vor.

Bisher war alles ruhig.

Aber nicht selten trog der Schein.

Als sie am Fuß der Pyramide standen und den Eingang zu den Katakomben vor sich hatten, senkten sie für ein paar Sekunden ihre Waffen. Die Arme waren schwer, die Muskeln brannten und zitterten.

Nichts fiel mehr so leicht wie noch vor vier Wochen zu Beginn der Mission. Und schon lange war ihnen klar, dass kein Training der Welt, sie auf das hier hätte vorbereiten können.

Liam stieß Luft durch seine gespitzten Lippen aus und nahm die Maschinenpistole wieder in Anschlag. „Los, wir dürfen keine Zeit verlieren."

Dicht gefolgt von den anderen trat er in die Dunkelheit. Seine Taschenlampe hatte er schneller zur Hand als er darüber nachdenken konnte. Ein Automatismus.

Der Staub wirbelte im Schein seiner Lampe tornadoförmig auf und kletterte in seine Lunge, wo er ein unangenehmes Stechen hinterließ.

Ein Husten entfuhr ihm.

Hoffentlich lauerte niemand in der Dunkelheit, der ihn gehört hatte.

Zu vermeiden war das so oder so nicht, das wusste er. Aber er wollte den Moment, in dem sie entdeckt werden würden, so lange wie möglich herauszögern.

Ehrfürchtig setzte er einen Fuß vor den anderen. Die Luft hier unten war lehmig und kühl.

Auszuhalten.

Im Gegensatz zu oben. Die brütende, unerträgliche Hitze tagsüber und die Eiseskälte in der Nacht hätten ihn bald um den Verstand gebracht. Dennoch wäre er jetzt lieber oben als hier unten gewesen.

Denn, wenn etwas noch beängstigender als enge Gänge war, dann waren das dunkle, unterirdische, enge Gänge, die einen vermutlich direkt in die Arme des Feindes trieben.

Hinter ihm vernahm Liam leises Getuschel. Er wusste, dass die anderen gerade den Weg markierten, den sie nahmen. So hofften sie, wieder herauszufinden, wenn es nötig war.

Vielleicht aber kamen die Opposites auch nach ihnen und wurden so auf direktem Wege zu ihnen geführt.

Es war ein Spiel mit dem Feuer, aber überlebensnotwendig. Wenn sie eins vermeiden wollten, dann einen solchen Verlust der Orientierung wie im japanischen Todeswald.

Einige Stunden vergingen, in denen sie die Gänge abgingen und nichts passierte.

Es war immer noch ruhig.

Viel zu ruhig.

Liam schielte auf die Anzeige seiner Uhr.

21 Uhr. Die Nacht brach herein und langsam mussten sie sich eine sichere Nische zum Schlafen zu suchen.

Sein Blick wanderte nach links und blieb unmittelbar an einer kleinen Sackgasse hängen. Bingo.

13

Die Nische war so unfassbar eng, dass gerade einmal zwei von ihnen nebeneinander Platz fanden. Die Isomatten konnten sie hier keineswegs ausrollen.

Liam schnaubte. „Das muss reichen."

„Hauptsache, wir sind von drei Seiten komplett geschützt", sprach Riley seine Gedanken laut aus.

Sienna entfuhr ein genervtes Stöhnen. „Bei meinen Eltern zu Hause schlafe ich in einem Kingsize Bett mit tausend Kissen und der geilsten Matratze überhaupt. Wie ist es passiert, dass ich jetzt auf hartem und dreckigem Boden auf etwa einem Quadratmeter nächtigen muss?!"

„Wow, chill. Die Diva in dir muss wohl mal wieder gebändigt werden", merkte Riley möglichst neutral an.

Evelyn zog eine Braue hoch und suchte sofort Siennas Blick in der Dunkelheit.

„Anzüglicher Kommentar", äußerte sie dabei und spitzte amüsiert die Lippen.

Riley schoss Hitze in die Wangen. Zum Glück konnten die anderen seine neue Gesichtsfarbe nicht erkennen.

„So war das nicht gemeint", stammelte er.

Eigentlich hatte das viel selbstsicherer klingen sollen.

Aber das gelang ihm einfach nicht. Nicht bei Sienna.

Als sie noch ein Verhältnis gehabt hatten, war es für ihn auch nur Spaß gewesen. Doch seitdem es vorbei war, wusste er, was er für sie empfand.

Und, dass dieses Gefühl keine Einbildung war, zeigte sich jeden gottverdammten Tag. Mit jedem Lächeln, das sie ihm schenkte, jedem Satz, den sie mit ihm sprach, und jedem Mal, in dem der Name Tarek fiel.

All diese Situationen verursachten Krämpfe in seinem Innern.

Eingebettet in gute wie auch schlechte Gefühle.

Er wusste, dass da etwas zwischen ihnen war, aber er wusste auch, dass sie es niemals zugeben würde.

Wie so häufig schüttelte er die ungebetenen Gedanken ab und versuchte sich auf das Hier und Jetzt zu konzentrieren.

Die anderen breiteten schon ihre Schlafsäcke aus und quetschten sich in die enge Nische. Die erste Wache übernahmen Madison und Liam.

Sie positionierten sich mit ihren Maschinenpistolen am Eingang der Nische und horchten in die Stille hinein.

Bisher hatten die beiden noch nicht so viel alleine geredet.

Dabei waren sie schon so lange jeden Tag zusammen. Ob das der richtige Zeitpunkt zum Reden war, war zweifelhaft.

Dennoch brannte Liam eine Frage auf der Zunge, die er ihr unbedingt stellen musste: „Madison, wie hast du es geschafft, so lange gegen die Ohnmacht anzukommen?"

Sie schmunzelte sanft. Fast so, als hätte sie schon damit gerechnet, dass diese Frage früher oder später kommen würde.

Insbesondere von Liam. Er war schließlich der Leader und selten erfreut darüber, wenn jemand anders mehr Überlebensstrategien besaß als er es tat.

„Gibt's da irgendeinen Trick?", hakte er weiter nach als sie nicht antwortete.

„Ja, mehr oder weniger."

Er wartete. Doch sie machte keine Anstalten, es ihm zu erzählen.

„Ja, sag schon", befahl er barscher als es hatte klingen sollen.

„Er ist aber ziemlich simpel, also erwarte nicht, dass ich dir jetzt das größte Geheimnis der Welt verrate."

Schulterzuckend starrte er sie an. „Tu ich nicht."

„Also, es war ein Zusammenspiel aus Glück und dem Trick, oder wie du es nennen willst. Ich war aus irgendeinem Grund noch bei Bewusstsein als ihr es schon nicht mehr wart. Das wusste ich zuerst aber gar nicht. Ich dachte, dass ihr schlaft. Schließlich hatten wir alle die Augen geschlossen und seit ein paar Stunden nicht mehr wirklich miteinander geredet. Ich hatte zwar Druck auf den Ohren und auch Kopfschmerzen, aber die Ursache dafür war mir in dem Moment gar nicht bewusst. Erst als mich eine der herunterfallenden Sauerstoffmasken im Gesicht traf, begriff ich, dass der Druck in der Kabine massiv angestiegen sein musste. Ich habe mir die Sauerstoffmaske übergestreift und einige Minuten damit geatmet, um dem benebelten Zustand zu entkommen, in dem ich mich befand. Ich wusste, dass es vorne vor dem Cockpit richtige Sauerstoffflaschen gab, die ich mir umschnallen könnte, um länger als nur 12 Minuten Zugang zu Sauerstoff zu haben.

Ich habe die Flaschen gefunden, da kam der erste Funkspruch aus dem Cockpit. Genau kann ich dir das auch nicht wiedergeben, Liam. Meine Erinnerung ist total verwaschen. Aber ich weiß noch, dass ich unsagbare Angst hatte. Ich wollte den Piloten wieder zu Bewusstsein bringen. Doch nichts half. Ich habe versucht, ihm die Sauerstoffflasche umzuschnallen. Dafür war ich viel zu schwach. Er lehnte am Sitz und es war mir unmöglich, ihm die Flasche auf den Rücken zu schnallen. Als ich ihm die Maske auf Mund und Nase presste, machte mein Arm schlapp. Ich hatte selbst keine Kraft. Um mir den Fallschirm anzulegen, habe ich ewig gebraucht. Ich dachte schon, ich schaffe es nicht mehr. Dann funkte Marco mich erneut an. Ich habe geantwortet. So lange, bis die Kraftstoffreserveanzeige aufblinkte. In dem Moment wusste ich, dass es ausweglos war."

Sie warf Liam einen entschuldigenden und leidenden Blick zu. Aber der sah nur schnell weg. Er wusste, dass es für Madison schwer gewesen sein musste, aber der Gedanke, dass sie alle im Stich gelassen hatte, machte ihm zu schaffen.

„Glaub mir, wenn ich euch hätte retten können, dann hätte ich das getan. Dass ich überhaupt wach war, grenzt, glaube ich an ein Wunder. So sehr am Limit meiner Energie war ich wirklich noch nie in meinem Leben. Ich hätte nichts für euch tun können. Und das hat mich innerlich zerrissen, Liam."

Liam brummte zustimmend. Er wusste das. Er wusste das ganz genau.

Aber die Erinnerungen an die Tage nach dem Absturz, in denen sie geglaubt hatten, dass Madison sie einfach hätte sterben lassen, konnte er noch nicht so ganz vergessen.

„Ist schon okay. Du hast alles getan, was in deiner Macht stand. Ich mache mir nur extrem Sorgen darum, wieder in ein Flugzeug zu steigen. Allein der Gedanke daran erfüllt mich mit Panik. Wenn die Mission wegen meiner dämlichen Flugangst scheitert, kündige ich und verlasse die Insel. Das wäre so peinlich."

„Nein, Quatsch. Was redest du da?!" Sie ließ ihre Maschinenpistole sinken und rückte näher an ihn heran, um einen Arm um seine Schultern zu legen.

„Das ist doch vollkommen legitim und normal, dass man jetzt Angst vor Flugzeugen hat. Ich werde mich auch überwinden müssen, in die nächste Maschine zu steigen. Das war eine der traumatischsten Erfahrungen meines Lebens."

„Ja, du hast recht. Ich bin da immer etwas streng mit mir selbst", gestand er sich ein.

„Weiß ich doch. Wir kennen uns schließlich auch schon eine ganze Weile", sie stupste ihn vorsichtig mit der Schulter an.

„Und trotzdem haben wir nie so richtig geredet."

„Nein, das stimmt. Ich bin eher mit den Mädels."

Liam lächelte verschmitzt. „Keine Typen in deinem Leben?"

Madison wurde rot. „Nichts Festes. Ich kann nicht so gut mit Männern. Vielleicht stehe ich noch nicht mal auf sie."

Liams Grinsen wurde breiter. Ehe er begreifen konnte, wie das Gespräch so schnell in diese Richtung hatte gehen können, stellte er schon die nächste Frage: „Du meinst, du stehst auf Frauen?"

„Ja. Nein, ich weiß es nicht. Ich mag beide Geschlechter würde ich sagen. Aber so richtig binden kann ich mich mit niemandem. Ich habe ein Problem mit zu viel Nähe, weißt du?"

Liam suchte im Dunkeln Blickkontakt zu ihr. Ihre honigblonden Haare schimmerten sonst immer golden im Sonnenlicht. Jetzt konnte er höchstens Madisons Umrisse erkennen. Dennoch spürte er eine Nähe und Vertrautheit zu ihr, die er in den letzten drei Jahren nicht ansatzweise so hatte aufbauen können.

„Ja, das kenne ich von Evelyn. Sie hatte zu Beginn unserer Beziehung auch etwas Schwierigkeiten, mich an sich ranzulassen. Aber das kommt mit der Zeit. Wenn es sein soll, wirst du auch jemanden finden, bei dem du dich so wohl fühlst, dass du dich ihm öffnen kannst."

„Ich hoffe es. Und ja, Evelyn hat davon erzählt. Sie ist eine ganz tolle Frau."

„Ist sie."

„Ich will mich wirklich nicht in eure Beziehung einmischen, aber, wenn Joleens erste Geschichte nicht gelogen war, wie sie jetzt auf einmal behauptet, dann hast du Evelyn nicht verdient, Liam. So hart das auch klingt."

„Ich weiß." Er machte eine Pause. Was sollte er dazu sagen? Abstreiten brachte ihn nicht weiter. Niemand glaubte ihm.

Oder besser gesagt, Evelyn glaubte ihm nicht. Zumindest noch nicht so ganz. Auch nicht nach dem Gespräch mit Joleen. Und Evelyn war schließlich diejenige, von der Madison die Geschichte kannte. Ihm würde sie daher wohl kaum Glauben schenken.

„Sie ist zu gut für mich", fügte er deshalb nur hinzu.

„Sei ehrlich Liam. Hast du sie betrogen?"

Stille.

„Nein, Madison. Ich habe sie nicht betrogen. Ich hatte etwas mit Joleen, bevor wir zusammen waren. Dafür habe ich mich auch entschuldigt und es gibt nichts, was ich mehr bereue. Aber betrogen habe ich sie nie. Und das kann ich mit gutem Gewissen behaupten."

Wieder Stille.

Sein Herz begann zu klopfen, während er auf eine Reaktion wartete.

„Ich glaube dir."

Überrascht sah er auf und stellte erneut fest, dass er keine Mimik oder sonst irgendwas in ihrem Gesicht erkennen konnte. Doch eins konnte er mit Gewissheit sagen: die Worte waren ehrlich.

„Ich glaube dir auch", mischte sich plötzlich eine weitere Stimme dazu, die ihrem Klang nach, alles andere als müde war. Im Gegenteil: Sie hatte aufmerksam gelauscht.

Liams Magen verkrampfte sich.

„Evelyn?"

14

Madisons Lippen formten ein verschmitztes Lächeln. Sie hatte gewusst, dass Evelyn das Gespräch gehört hatte. „Dann lass ich euch mal alleine", sagte sie und legte den Gurt ihrer Maschinenpistole ab, bevor sie mit dieser in der Hand nach hinten in die Nische kroch. Evelyn flüsterte ihr ein leises „Dankeschön" zu und ließ sich mit wummerndem Herzen neben Liam nieder. Ihre Kehle war staubtrocken und die Worte, um das Gespräch zu eröffnen, fehlten ihr. Doch Liam kam ihr zum Glück schon zuvor: „Du glaubst mir?", fragte er ungläubig und konnte die Euphorie in seiner Stimme dabei nicht verstecken.
Sie nickte, fügte dieser ungesehenen Geste jedoch noch ein leises „Ja" hinzu.
„Wie kommt das auf einmal?", wollte er wissen. Das Gespräch fühlte sich so unwirklich an. Seit Wochen träumte er davon, dass genau diese Situation eintraf und jetzt war es endlich so weit.
„Ich habe mir das Gespräch mit Joleen nochmal durch den Kopf gehen lassen. Sie wirkte diesmal viel ehrlicher als bei der ersten

Geschichte. Damals haben der Hass und der Neid aus ihr gesprochen. Das ist mir jetzt klar geworden. Außerdem vertraue ich dir viel mehr als ihr."

Liam ließ die Luft aus seiner Lunge entweichen. Er war so angespannt gewesen, dass er sie angehalten hatte.

„Das war das Minimum an Respekt, das sie dir entgegenbringen konnte, nachdem sie alles zerstört hat", sprach Evelyn weiter als von Liam nichts kam.

„Was meinst du, warum sie auf einmal ehrlich war? Hatte sie Mitleid, weil ich im Krankenhaus lag? Hat sie den Ernst der Lage erkannt und konnte nicht mit dem Gewissen leben, dass ich vielleicht mit einer Lüge sterben würde?"

Evelyn schnaubte verächtlich. „Ich weiß nicht, ob sie darauf so viel Rücksicht nehmen würde. Sie hat mir die Geschichte schließlich erst aufgetischt, als ich im Krankenhaus lag. Darum ging es ihr nicht. Ihre Gründe sind mir auch egal. Ich mag sie deshalb nicht mehr oder weniger. Ich konnte sie immerhin von Sekunde 1 nicht ausstehen."

„Du hast eine gute Menschenkenntnis", sagte Liam und suchte im Dunkeln nach ihrer Hand. Sie verwoben ihre Finger ineinander und er strich sanft mit seinem Daumen über ihren Handrücken.

„Liam", hauchte Evelyn mit rauer Stimme. Ihre Lippen zitterten, ihre Finger zitterten. Das Kribbeln in ihrem Körper wurde stärker, ihre Atmung flacher. „Ich glaube, es ist an der Zeit, dass ich mich bei dir entschuldige."

Gott, sie hasste Entschuldigungen so sehr.

Darin war sie so schlecht. Aber es war das Mindeste, um wieder gut zu machen, was sie ihm angetan hatte.

„Schhhh…", Liam legte einen Zeigefinger auf ihre Lippen.

„Aber…", presste sie protestierend hervor.

„Nein." Sein Finger fuhr von ihren Lippen hinunter zu ihrem Kinn. Ohne, dass sie ihn in der Dunkelheit sehen konnte, wusste sie, dass er ganz nah bei ihr war. Sie spürte seinen Atem dicht an ihren Lippen.

„Sag jetzt gar nichts. Du musst dich nicht entschuldigen. Deine Reaktion war krass und sie hat mich zutiefst verletzt, aber sie zeigt mir auch deine Gefühle für mich. Und die sind unfassbar stark. So wie meine Gefühle für dich."

Sie schluckte.

Alles, was sie wollte, war seine Worte zu erwidern, doch ihre Worte erstickten in seinem Mund, den er jetzt sanft auf ihren legte.

Es fühlte sich merkwürdig an, an diesem Ort und in dieser Situation, in der sie weder alleine noch in Sicherheit waren, über dieses Thema zu sprechen und sich zu küssen. Aber das war ihnen vollkommen egal.

Der Kuss ließ Hitze in Evelyns Wangen steigen. Sie wollte mehr. Immer mehr.

Doch Liam ließ von ihr ab.

„Ich liebe dich, Evelyn", flüsterte er und lehnte seine Stirn an ihre.

„Ich liebe dich auch, Liam." Nach einer kurzen Pause schob sie noch eine Frage hinterher, die ihr auf der Seele brannte:

„Und nachdem wir das jetzt geklärt haben. Wie soll es dann weitergehen?"

„Na, wir machen da weiter, wo wir aufgehört haben. Du bist meine Freundin und ich dein Freund", antwortete Liam und musste lächeln.

„Ohhh, ihr seid so kitschig. Echt, wie soll man denn da pennen? Ist ja ekelig", beschwerte sich Riley, der scheinbar alles mitangehört hatte.

Peinlich berührt entfuhr den beiden ein Schnaufen.

„Hast du etwa zugehört?", fragte Liam entsetzt, als sei das nicht ohnehin klar gewesen. Als hätte Riley sich dagegen wehren können, das Gespräch mitzuhören.

„Nicht nur er", erwiderte Madison und musste hörbar ein Lachen unterdrücken.

„Sienna du auch?", wollte Evelyn wissen.

Keine Reaktion. Evelyn bekam sofort ein ungutes Gefühl. Sie schaltete ihre Taschenlampe auf der niedrigsten Helligkeitsstufe ein und leuchtete hinter sich an den Platz, an dem Sienna sich schlafen gelegt hatte. Und Gott sei Dank: Sie schlief tief und fest.

„Ich dachte schon, sie wäre vielleicht wieder weg. Wie in Japan", erklärte sie den kurzen Anflug von Panik.

„Alles gut. Kann ich verstehen, aber mach dich nicht so verrückt. Sie kann hier nicht weg. Wir haben die ganze Zeit aufgepasst. Niemand kann weg, ohne an uns vorbeizumüssen. So stellen wir sicher, dass wir die ganze Nacht zusammenbleiben", beruhigte Liam sie.

Evelyn atmete einmal kurz durch.

Immerhin, so konnte sie wenigstens noch *einer* Freundin die guten Nachrichten über die Versöhnung mit Liam selbst überbringen.

„Wie kann sie bloß so tief schlafen?", fragte Riley mit einer Mischung aus Neid und Unverständnis.

„Scheinbar fühlt sie sich sicher hier in der Nische", gab Liam belustigt zurück.

„Wo?", hörten sie Sienna plötzlich sagen.

Evelyns Herz machte einen Satz, so sehr hatte sie die energische Stimme erschreckt. Im schwachen Schein ihrer Lampe erkannte Evelyn, dass Sienna jetzt kerzengerade unter ihrer Decke saß.

„In der Nische hier", wiederholte Liam.

„Ich möchte sie sehen", sagte Sienna. Erneut viel zu laut.

Evelyn und Liam sahen sich stirnrunzelnd an.

„Wieso das denn?"

„Bring mich zu ihr."

„Hä?", machte Liam verwirrt. Er spürte Evelyns Hand auf seiner Schulter und wandte sich für einen Augenblick von Sienna ab.

Evelyns Augen mahnten ihn, still zu sein. „Sie spricht nicht mit uns."

Seine Pupillen weiteten sich. Evelyn konnte in seinem Gesicht ablesen, was er dachte: *Mit wem redet sie dann?*

Im schwachen Schein der Taschenlampe konnte er sehen, dass niemand in ihrer Nähe war. Sienna starrte in die Leere hinein. Durch sie hindurch.

Evelyn schluckte den Kloß in ihrem Hals herunter und sah wieder zu Sienna. Diese war wie hypnotisiert und schien überhaupt nicht zu sehen, was um sie herum geschah.

„Ich folge dir", sagte sie bestimmt und krabbelte blitzschnell durch die Lücke zwischen Liam und Evelyn.

„Sienna!", rief Riley ihr noch nach, doch sie bog schon um die nächste Ecke und war außer Sichtweite.

„Los, wir müssen ihr nach", hetzte er die anderen und packte schnell seine Sachen zusammen, legte den Tragegurt seiner Waffe um und begab sich an die Spitze der Formation. Die anderen folgten ihm. Sie durfte keinen großen Vorsprung ausbauen, sonst war sie verloren. Die Wege hier unten teilten sich ständig entzwei und führten in ein noch tieferes Geflecht aus Gängen.

Wo wollte sie nur hin?

Und wen zur Hölle hatte sie gesehen?

15

Das reine Weiß seines Gewandes strahlte anmutig in der Dunkelheit.

Um sie herum war es stockduster und doch konnte Sienna alles klar erkennen.

„Geht es ihr gut?", wollte sie wissen. Mit ihrem Blick fixierte sie die blau-goldene Doppelkrone, die der Fremde auf dem Kopf trug. Er kehrte ihr noch immer den Rücken zu, dennoch wusste sie, dass er sie gehört hatte und ihr sogleich eine Antwort geben würde.

„Sie ist an einem wunderbaren Ort. Wie könnte es ihr dort schlecht gehen?"

Sienna wusste sofort, wovon er sprach.

Vom Jenseits.

Hitze stieg in ihr auf, die sich zu einem aufgeregten Kribbeln in ihren Extremitäten mischte.

Gleich, dachte sie, gleich würde sie nach all den Jahren der Trauer endlich wieder ihrer Schwester gegenüberstehen. Und diesmal wusste sie, dass es kein Traum war. Es war die Realität.

Wieder glitt ihre Aufmerksamkeit unbewusst zu dem fremden Mann vor ihr. Er war sonnengebräunt, trug langes schwarzes Haar, das er unter der blau-goldenen Krone zusammengebunden hatte. Sein Kinn war mit Bändern umwickelt, die seinen künstlichen langen Ziegenbart halten sollten.

Den Namen des Mannes kannte Sienna zwar noch nicht, aber die Frage danach kam ihr auch gar nicht.

Er hatte mit seiner sanften Stimme im Schlaf zu ihr gesprochen und sie so aus ihren Träumen geholt. Sofort hatte sie sich geborgen gefühlt.

Wo auch immer er sie hinbrachte, alles war besser als dieser düstere Ort hier.

Sie bogen um einige Ecken, drangen tiefer in die Katakomben ein. Die drückende Hitze, die sie am Vortag noch in der Wüste verspürt hatte, war verschwunden. Hier unten fühlte sich die Luft lehmig und kalt an. Und je weiter sie gingen, desto kälter wurde sie. Dennoch fror Sienna nicht, denn seine Aura war erwärmend und beflügelnd. Das konnte sie spüren.

Nach einer langen Zeit des Schweigens, in der sie ihm blind gefolgt war, kamen sie in einer Sackgasse zum Stehen.

Aus der Ferne drangen Stimmen zu ihnen hervor. Viele Stimmen.

Der Fremde drehte sich zu ihr um und legte ihr eine warme Hand auf die Schulter. Sofort verschwand das der Nervosität geschuldete Unwohlsein und wich einem gesunden Maß an Neugier.

„Sienna." Seine Stimme war so unfassbar eindringlich, dass es ihr eine Gänsehaut über den Rücken jagte. „Warte hier. Ich rufe dich gleich herein."

Ihr Blick wanderte zu einem großen runden Stein, der unmittelbar vor ihr an der Wand lehnte. Sie schluckte schwer. „Was ist dahinter?", fragte sie mit krächzender Stimme.

Der Fremde sah ihr so tief in die Augen, dass sie das Gefühl hatte, er könne ihre Seele sehen. Noch immer lag seine Hand auf ihrer Schulter. „Der Gerichtshof der Unterwelt."

Verwirrt runzelte sie die Stirn, weshalb er schnell hinzufügte: „Das ist das altägyptische Totengericht."

Ihr Kinn bebte. „Bedeutet das, ich werde sterben?"

Der Mann nickte ihr zu, doch die Antwort erfüllte sie weder mit Angst noch mit Trauer oder Verzweiflung. Sie akzeptierte ihr Schicksal, wenn es der einzige Weg war, der sie ihrer Schwester wieder nahe brachte.

Dennoch brannte ihr nun eine letzte Frage auf der Seele, die sie stellen musste, bevor der Fremde sie verlassen würde.

„Wer bist du?"

Kaum hatte sie die Frage ausgesprochen, nahm Sienna ein warmes Leuchten in seinen Augen wahr. Erst jetzt bemerkte sie, dass diese von schwarzem Kajal umrandet waren.

„Ich bin Osiris. Totengott im Jenseits und Vorsitz des Totengerichts."

Mit diesen Worten löste er die Hand von ihrer Schulter und brachte seine Aufmerksamkeit auf den großen und augenscheinlich schweren Stein, den er aber völlig mühelos beiseite schob, um gleich darauf dahinter zu verschwinden.

Für einen kurzen Augenblick wurden die Stimmen, die zuvor noch gedämpft zu ihr hervorgedrungen waren, lauter und klarer. Es klang nach einer großen Menge an Menschen, die wild durcheinander redeten. Doch im selben Moment, in dem Osiris hinter dem Stein verschwand und damit in den dahinter befindlichen Raum trat, erstarb das Gerede.

Mit seinem Verschwinden war nicht nur die Dunkelheit zu Sienna zurückgekehrt. Auch die Kälte nahm sie jetzt eindringlich wahr. Fröstelnd rieb sie sich die Arme.

„Oh", flüsterte sie, als sie merkte, dass sie noch immer ihre Maschinenpistole umgelegt hatte.

Mit dieser Waffe konnte sie wohl kaum vor das Gericht treten.

Entschlossen legte sie die Maschinenpistole auf dem Boden vor sich ab, da hörte sie ihren Namen.

„Sienna Evans!"

Wieder lief ihr ein Schauer über den Rücken. Es war Osiris, der sie gerufen hatte.

Jetzt war es so weit. Ihre Tage als Lebende waren gezählt.

Sie würde gleich sterben. Oder war sie bereits tot? Worüber würde vor dem Totengericht überhaupt verhandelt werden?

Aufgeregt und mit hundert Fragen im Kopf schlüpfte sie durch den kleinen Spalt zwischen Stein und Wand, der sie in einen riesigen kreisrunden Raum führte.

Bedächtige Stille umgab sie, ließ sie ihren eigenen Herzschlag im Ohr pulsieren hören.

Sie trat ehrfürchtig in die Mitte des Kreises und ließ dabei ihren Blick durch die Zuschauerränge rundherum gleiten. Doch es schien ihr nicht so, als seien es irgendwelche beliebigen Zuschauer, die heute in ihrer Verhandlung anwesend waren.

Jeder einzelne von ihnen hatte einen zugewiesenen Thron, an dem sein Name stand. Kein einziger von ihnen saß auf derselben Höhe wie sie. Im Gegenteil, jeder musste auf sie hinabschauen, um sie zu sehen. Die Ränge reichten bis an die Decke des Raumes. Je höher die Personen saßen, desto mehr Einfluss schienen sie zu haben, denn Osiris als Vorsitz des Gerichts thronte im obersten Rang und führte den Prozess.

Wenn Sienna hätte schätzen müssen, hätte sie gesagt, dass um die 40 bis 50 Menschen anwesend waren.

Waren das etwa alles Richter?

Wieder ließ sie ihre Augen über die goldenen Throne wandern. Das spärliche Licht, das die aufgehängten Fackeln an den Wänden spendeten, machte es nicht gerade leichter, die Inschriften zu entziffern.

So erkannte sie in der untersten Reihe einen jungen Mann mit vergleichsweise wenig Kopfschmuck und schwarzem Gewand. Er musterte sie ohne jeden Ausdruck, während er seine mit etlichen goldenen Ringen bestückten Finger in seinem Schoß faltete. Über seinem Kopf war der Name „Amhehu" in den Thron eingraviert. Darunter stand etwas kleiner die Übersetzung zu dem Namen: „Schattenverschlinger". Wenig später gewann der Richter darüber ihre Aufmerksamkeit.

Kurz erschrak sie, als sie erkannte, dass seine Krone in Flammen stand. Unwillkürlich kam ihr der Gedanke, dass er gleich vor ihren Augen verbrennen würde, doch dann verstand sie, dass das Feuer sich nicht weiter ausbreiten würde und es keine Bedrohung war. Im Gegenteil: Es schien zu ihm zu gehören. „Nebj. Brennender", las sie nahezu lautlos die Schrift vor, die über seinem Kopf stand und durch die tänzelnden Flammen mal besser, mal schlechter zu erkennen war. Er war in ein feuerrotes Gewand gehüllt und hielt in seiner rechten Hand ein goldenes Zepter.

Auch seine Aufmerksamkeit galt einzig und allein Sienna. Dennoch verzog er keine Miene als ihre Blicke sich kreuzten.

Bevor sie in der Mitte zum Stehen kam, schaute sie noch einen Rang höher und erhaschte dort einen weiteren Richter, der um seinen Hals und in seinen Händen eine Schlange trug. Auch diese Schlange war golden, ebenso wie seine Krone und sein Gewand. „Mehen. Üble Schlange."

Er war nicht der einzige, der eine Schlange bei sich hatte. Auch „Wamemti" schien dieses Tier für sich auserkoren zu haben. Er saß unmittelbar neben Mehen. Seine Schlange hingegen war dunkelgrün.

Ehe Sienna sich einen Reim auf all das machen konnte, eröffnete Osiris den Prozess.

„Sienna Evans, du westliche Seele. Ich heiße dich herzlich willkommen im Totengericht. Du befindest dich im Übergang aus der Welt der Lebenden in die Welt der Toten. Ins Jenseits."

Bei diesen Worten schluckte Sienna schwer.

Das wusste sie bereits. Aber es zu hören, gab ihr das Gefühl, dass sie nun keine Wahl mehr hatte, den Weg zurück in die Welt der Lebenden zu nehmen.

„Meine 42 Totenrichter und ich werden heute über den Weitergang deiner Seele entscheiden."

Wieder wanderte ihr Blick durch die Ränge. 42 Richter also. Das waren eine Menge Köpfe, die über ihr Schicksal entscheiden würden.

„Ich möchte ins Jenseits zu meiner Schwester", hörte sie sich sagen. Sie glaubte mittlerweile selbst zu einem Zuschauer des Geschehens geworden zu sein, so sehr stand sie neben sich.

Ein Lachen ging durch die Reihen. Hatte sie etwas Falsches gesagt?

Sofort machte ihr Herz einen Satz und ihre Hände begannen zu zittern.

„Dies liegt nicht in deiner Macht, Sienna. Deine Schwester Emily war eine reine Seele. Sie schied früh aus dem Leben, hatte keine Sünden begangen und war demnach eine klare Entscheidung für das Jenseits." Osiris sprach von seinem strahlenden Thron in der obersten Reihe zu ihr und dennoch hatte sie den Eindruck, er würde direkt vor ihr stehen und zu ihr sprechen, so klar vernahm sie seine Stimme. In seinem Thron waren klare und funkelnde Diamanten eingelassen, die im

Schein seines rein weißen Gewandes noch mehr zu strahlen schienen.

„Du aber bist keine so reine Seele wie sie es war."

„Aber, ich habe immer auf der Seite des Guten gekämpft…", entfuhr es ihr ungläubig. Sie hatte sich doch dafür entschieden, die Ären und damit auch die Menschheit vor der Zerstörung zu retten?! War das etwa der Dank dafür, dass sie jeden Tag ihr Leben riskierte?

„Das hast du. Dies werden wir in unserer Entscheidung auch berücksichtigen. Dennoch hast du immer wieder gesündigt. Du hast dich viel zu oft deiner Lust und deinen Trieben hingegeben, deinen Leib einer männlichen Seele unterworfen, ohne Liebe, ohne Eheschluss, hast andere Menschen beschimpft und psychisch unterdrückt."

Meinte er etwa die Streits, die sie damals immer mit Evelyn gehabt hatte?

„I-Ich habe mich gebessert!", rief sie schnell, um seine Worte zu entkräften.

„Auch das werden wir in unsere Entscheidung mit einbeziehen. Dennoch hast du auch Menschen getötet. Zu morden ist die größte Sünde, die eine Seele begehen kann. Diese Sünde hast du nicht nur ein einziges Mal begangen, Sienna."

Beschämt senkte sie den Blick zu ihren Fußspitzen. Diese gruben sich immer tiefer in den sandigen Boden. Ebenso wie ihr Selbstbewusstsein.

Diese Menschen hatten es alle verdient.

Das wusste sie und das wusste auch Osiris. Sie brauchte es nicht zu sagen.

„Trotzdem muss ich berücksichtigen, dass diese Menschen deinen Tod herbeigeführt hätten, wenn du dessen nicht zuerst herbeigeführt hättest."

Ein kurzes Gemurmel erfüllte den Raum, bevor er weitersprach.

„Du handeltest zudem im Sinne der gesamten Menschheit. Diese Sünden kann ich dir daher vergeben und stattdessen als Heldentaten verorten." Wieder brach Unruhe im Saal aus.

Was bedeutete das?

„Sofern meine Richter etwas dagegen haben, die Morde als Heldentaten anzusehen, sollen sie sich nun erheben."

Sienna scannte gebannt die Reihen. Ihr Herz wummerte ununterbrochen und mit einer solchen Kraft, dass sie kaum glaubte, schon tot sein zu können.

Keiner der Richter erhob sich. Auch nach einigen vergangenen Sekunden nicht.

Erleichterung lockerte Siennas angespannte Muskulatur. Ob das allerdings etwas Gutes war, wusste sie nicht so recht. Sie wusste ehrlich gesagt überhaupt nicht, was das nun bedeutete.

Zum Glück wartete Osiris nicht lange mit seiner Erklärung:

„Heldentaten sprechen dich von all deinen anderen Sünden frei."

Kaum waren die Worte über seine Lippen gekommen, schossen ihr Freudentränen in die Augen.

Bedeutete das etwa…?

Bedeutete es das, was sie glaubte? Dass sie von nun an mit ihrer Schwester vereint sein würde?

„Das Totengericht kommt einstimmig zu dem Entschluss, dass Sienna Evans eine reine Seele ist. Ihr Weg ins Jenseits ist hiermit geebnet. Ich, der Totengott Osiris, und meine 42 Totenrichter wünschen dir alles Glück der Welt auf dem Weg dorthin."

Kaum hatte sie die Worte verstanden, tat sich unmittelbar vor ihr eine schwarze Flügeltür auf, die den Blick auf eine weite, schier endlose, Landschaft freigab.

War das schon das Jenseits?

Wartete ihre Schwester dort auf sie?

Sie drehte sich ein letztes Mal über ihre Schulter zu dem Eingang um, durch den sie in das Gericht gekommen war. Dieser war jetzt verschlossen.

Sie wusste nicht, wieso sie überhaupt noch einen kurzen Gedanken daran verschwendet hatte, zurückzugehen, wenn doch Emily auf der anderen Seite auf sie wartete.

Es war eine endgültige Entscheidung, die sie hier traf. Eine unumkehrbare.

Wobei diese Entscheidung gar nicht mehr bei ihr lag. Das Gericht hatte bereits entschieden.

Das wurde ihr vor allem dann bewusst, als sie an sich herunter sah und merkte, dass es ihren Körper nicht mehr gab. Er war fort. Es war nur noch ihre Seele hier.

Ihr Leben war vorbei. Und der Weg in ihren Tod geebnet.

16

Die Landschaft, die sich hinter der Flügeltür auftat, bestand aus ewig langen Bergketten, durch die sich ein wilder Fluss schlängelte. Sattgrüne Wiesen, Wälder, Seen und sandige Ufer stachen Sienna ins Auge.

„Nimm dich in Acht vor dem Blindgesicht, dem Rotäugigen und dem Knochenbrecher, Sienna. Sie werden versuchen, deine Seele auf dem Weg ins Jenseits einzufangen."

Ehrfürchtig nickte Sienna. Dabei war sie sich nicht einmal sicher, ob irgendjemand in diesem Saal das sehen konnte. Schließlich war sie nur noch ein Schimmer. Kein physischer Körper mehr.

Für wen standen diese komischen Namen?

„Wer ist das? Woher weiß ich, vor wem ich mich in Acht nehmen muss?"

Osiris sah wissend zu ihr hinunter. „Das wirst du spüren."

Sienna wusste, dass er mehr nicht sagen würde.

Etwas zögerlich verabschiedete sie sich von Osiris und schritt über die Türschwelle. Sie hoffte sehr, dass sie ihn im Jenseits wiedertreffen würde. Er war eine wunderbare Erscheinung und erfüllte sie mit all der positiven Energie, die sie lebtags je verspürt hatte.

Die schwarzen Türflügel fielen hinter ihr ins Schloss und ließen sie zusammenzucken. Erschrocken fuhr sie herum und musste feststellen, dass die Tür verschwunden war und sie nun meilenweit nichts anderes sehen konnte als Berge, Bäume, Wasser und Wiesen.

Die Stille, in der Sienna zurückgeblieben war, gab ihr Zeit, über ihre nächsten Schritte nachzudenken.

In welche Richtung sollte sie gehen?

Wo war das Ziel?

Wie sah das Ziel überhaupt aus?

Wo war Emily?

In der Ferne erkannte sie einen Berg, der höher, massiver und eindrucksvoller war als alle anderen Berge um sie herum.

Sie wusste nicht, was es war, aber irgendwas tief in ihrem Inneren sagte ihr, dass dies das Jenseits war.

Dort musste sie hin.

Dort war ihre Schwester.

Eine Anziehung trieb sie in diese Richtung, ließ sie etliche Meilen zurücklegen, in denen sich das Bild vor ihren Augen nicht veränderte. Der Berg schien immer noch unerreichbar weit weg.

Kam sie überhaupt voran? Das einzige, das sie daran glauben ließ, war der reißende Fluss, an dessen Ufer sie sich bei ihrem Marsch orientierte und der jetzt unmittelbar vor ihr in einen riesigen See mündete.

Suchend sah sie sich um. Es musste doch so etwas wie eine Brücke oder einen Weg um den See herum geben. Aber zu ihrer Enttäuschung wurde sie nicht fündig. Auch nicht als sie wenig später an ihrer Uferseite auf und ab ging.

Der See erstreckte sich endlos weit in die Breite. Sie bezweifelte stark, dass sie in den nächsten Stunden einen Weg finden würde, der an dem Gewässer vorbeiführte.

Das andere Ufer konnte sie von hier aus nur erahnen, so weit lag es in der Ferne. Bloß eine kleine Insel in der Mitte des Wassers ließ Hoffnung in ihr aufkommen, dass es von dort aus einen anderen Weg über den See gab.

Doch den Weg zu dieser Insel hin müsste sie erst einmal schwimmen.

Seufzend sah sie zu ihren Füßen hinunter, die sich unter normalen Umständen in den Sand des Ufers gegraben hätten. Diesmal allerdings fand sie wieder nichts als einen weißlichen Schimmer vor. Sie musste sich erst noch an den Gedanken gewöhnen, dass sie keinen Körper mehr hatte.

Eine Weile stand sie regungslos da und schaute in die Ferne, bevor sie einen weiteren Schritt ins Wasser machte.

Wie weit es wohl bis zu der Insel war?

Wie weit sie wohl schwimmen musste?

Sie hatte keine Ahnung, ob sie ohne ihren Körper überhaupt noch in der Lage war, zu schwimmen.

Doch ehe sie sich den Kopf darüber zerbrechen konnte, testete sie es schon im flachen Bereich des Sees aus.

Es gelang ihr, sich ohne jede Mühe über Wasser zu halten. Wie mit ihrem menschlichen Körper zuvor auch.

Das Wasser war sumpfig und kühl.

Als sie sich tiefer hineinsinken ließ, überkam sie schleichend ein ungutes Gefühl. Die Stille und der scheinbare Frieden konnten nicht von langer Dauer sein. Osiris hatte sie vor einer Bedrohung gewarnt.

Genau genommen sogar vor drei Bedrohungen.

Wie hatte er sie noch gleich genannt? Blindgesicht und Rotäugiger? Wie war noch der dritte Name gewesen?

Sie dachte angestrengt nach, aber er wollte ihr beim besten Willen nicht einfallen.

Egal, sie musste weitergehen. Schließlich konnte sie nicht ewig am Ufer dieses matschigen Sees verharren. Ihr Ziel war Emily. Und das trieb sie mehr als alles andere voran.

Ihr Fokus lag auf der kleinen Insel in der Mitte des Gewässers. Genau dort wollte sie hin. Dann hatte sie einen Großteil der Distanz geschafft.

Für einen kurzen Moment kam die Frage in ihr auf, wie tief es hier wohl war. Ob sie gegebenenfalls stehen oder sogar laufen konnte. So könnte sie mit Sicherheit Kraftreserven sparen.

Hatte sie überhaupt noch so etwas wie Kraftreserven? Oder war sie nun ein unerschöpfliches Wesen?

Sie versuchte, mit Zehenspitzen den Grund des Sees zu ertasten. Vergebens.

Etwas enttäuscht entfuhr ihr ein Seufzer.

Die Situation war neu und herausfordernd. So viele Fragen und keine Antworten fluteten ihren Verstand.

„Los Sienna, schwimm weiter."

Gänsehaut.

Sie horchte in die einsetzende Stille hinein, ob die Stimme noch mehr sagen würde.

Nichts.

Emily, dachte Sienna. Die Stimme hatte ihrer Schwester gehört. Aber wo war sie?

Suchend sah sie sich um, konnte sie aber nirgends ausmachen.

Aufregung, Nervosität und Vorfreude mischten sich zu ihrem Unbehagen, ließen sie noch schneller schwimmen.

Wenn sie gewusst hätte, von wo die Stimme gekommen war, dann hätte sie jetzt wenigstens eine Orientierung. Eine Richtung, in die sie schwimmen musste.

So aber verließ sie sich einzig und allein auf ihr Bauchgefühl.

Wobei ihr jedoch immer unwohler wurde, je mehr Minuten der Stille verstrichen.

Hatte sie sich das vielleicht doch nur eingebildet?

Hatte ihre Schwester gar nicht zu ihr gesprochen?

Oder war es eine Falle?

Worauf konnte sie hier schon vertrauen?

Die Fragen zermarterten ihr das Hirn, während sie immer weiter schwamm.

Die kleine Insel kam näher und näher. So nah, dass sie sich erlaubte, eine kurze Pause einzulegen.

Das Plätschern ihrer Bewegungen im Wasser wurde leiser und ließ sie empfänglicher für andere Geräusche werden.

Vogelzwitschern, aber auch Schreie eines Adlers drangen von der Insel zu ihr durch. Knackende Äste, die aus den sich im Wind wiegenden Baumkronen zu Boden fielen.

Sienna nahm einen tiefen Atemzug der frischen Brise.

Dieser Ort hier war wunderschön. Und trotzdem spitzte sich ihr Unbehagen immer weiter zu.

Sie ließ ihren Blick über die bräunliche Wasseroberfläche gleiten und blieb an etwas hängen, das das ebenmäßige Bild störte.

Was war das?

Nicht allzu weit von ihr entfernt erkannte sie etwas aus dem Wasser herausschauen.

Das Unbehagen verwandelte sich in aufsteigende Angst, die sie gerade noch so zu zügeln schaffte. Weiterhin bewegte sie sich keinen Millimeter.

Es sah aus wie ein Augenpaar, das sich schwimmend auf sie zubewegte.

Krokodile.

Das musste ein Krokodil sein, kam es ihr in den Sinn.

Verdammte Scheiße.

Kräftige und großflächige dunkle Schuppen ragten hinter dem Augenpaar aus dem Wasser.

Ja, sie war definitiv in das Visier eines Krokodils geraten.

Panisch ging sie die Möglichkeiten im Kopf durch. Sie befand sich vollkommen schutzlos mitten in seinem Revier. Wenn sie jetzt wegschwimmen würde, hätte sie keinerlei Chancen schneller zu sein. Andererseits hatte es sie bereits entdeckt und nahm Kurs auf sie. Je eher sie losschwamm, desto besser standen ihre Chancen, dass sie sich vor einem Angriff auf sicheres Land retten konnte.

Obwohl. Bei genauerem Hinsehen geriet sie ins Zweifeln.

Die Augen waren schwarz und...

Sie fehlten.

Sah das Krokodil sie überhaupt? Oder schwamm es nur seine Bahnen? Ahnungslos? Ohne jede Intention auf eine Attacke?

Wieder schossen Sienna die Namen durch den Kopf, die der Totengott ihr mit auf den Weg gegeben hatte: Blindgesicht. Rotäugiger.

War das Krokodil etwa das Blindgesicht? War es die erste von drei Bedrohungen?

Ihre Gedanken versetzten sie mehr und mehr in Panik, machten es ihr nahezu unmöglich, besonnen zu handeln.

Wenn es wirklich blind war, dann würde sie womöglich unbemerkt zur Insel gelangen, solange sie jetzt nur ruhig genug blieb. Aber wie sollte das gehen?

Das Krokodil steuerte geradewegs auf sie zu.

Was machte es überhaupt hier? Hier war das Totenreich. Es gab kein Leben. Und schon gar keine Tiere.

Aus dem Unterricht wusste Sienna, dass Dämonen nicht nur die Gestalt von Menschen annahmen, sondern auch die von Tieren.

Manchmal kam es sogar zu Mischformen.

Natürlich, das Krokodil war ein Dämon.

Es würde ihre Seele fangen, wenn es sie bemerkte. Nach dieser Theorie würde sie also niemals ins Jenseits zu ihrer Schwester gelangen.

Noch immer hatte sie den Blick nicht von dem Tier losgerissen, das seelenruhig auf sie zu schwamm. Irgendwie musste sie ein paar Meter Platz schaffen, ohne die Bewegungen des Wassers zu sehr zu verändern.

Schließlich war es jeden Augenblick bei ihr.

Mit höchster Vorsicht schwamm sie wenige Meter nach vorne.

Das Wasser bewegte sich kaum um sie herum und dennoch hielt das Krokodil inne, streckte seinen Kopf weiter aus dem Wasser heraus und blähte seine Nasenlöcher auf. Die scharfen Zähne – Es hatte etliche davon – schoben sich bedrohlich weit aus dem Maul heraus und legten sich seitlich an seine schuppige dunkelgraue Schnauze.

Sienna trennten maximal drei Meter von dem Raubtier.

Dem Dämon.

Wenn sie noch ein Herz gehabt hätte, hätte dieses nun rasend schnell und energisch zu schlagen begonnen. Sie wusste, dass dem nicht so war, aber sie spürte dennoch das Phantompochen in ihrer Brust.

Schwimm weiter. Schwimm schon weiter.

Die Stimme in ihrem Kopf betete immer lauter, immer nachdrücklicher, dass das Krokodil endlich weiterschwamm.

Sekunden verstrichen. Sekunden, die sich anfühlten wie Minuten, ehe das Tier sich endlich wieder in Bewegung setzte und geradewegs an Sienna vorbeischwamm.

Kaum hatte es etwas Abstand gewonnen, atmete sie erleichtert aus. Noch immer war sie unfassbar verängstigt, aber sie wusste jetzt, wie sie die Schwachstelle des Dämons ausnutzen konnte und das würde ihr hoffentlich dabei helfen, auch die letzten Meter zu der Insel unbeschadet zu überstehen.

Einige Minuten wartete sie noch, bevor sie wieder begann zu schwimmen.

Diesmal führte sie ihre Züge kraftvoller und schneller aus. Sie war getrieben von dem unguten Gefühl, dass das Krokodil nicht lange damit warten würde, zu ihr zurückzuschwimmen, wenn es die Bewegungen des Wassers merken würde.

Es war ein Wettlauf gegen die Zeit.

Noch einmal würde sie es gegebenenfalls nicht täuschen können.

Sie musste das Ufer erreichen, bevor es umdrehen und sie einholen würde.

Das Prickeln in ihrem Nacken wurde von einer anfänglichen Nebensächlichkeit zu einem nicht mehr aushaltbaren Stechen.

Es war, als könnte sie die Blicke des Krokodils auf ihrer Haut spüren.

Die Blicke von den Augen, die es nicht hatte, auf der Haut, die Sienna nicht mehr hatte.

Ein unfassbar merkwürdiges Gefühl, das sich in dem Moment bestätigte, als sie einen kurzen Blick über die Schulter wagte und das schwarze Augenpaar wieder wenige Meter hinter sich als Verfolger ausmachen konnte.

Es kostete sie all ihre Nerven, jetzt nicht in Panik auszubrechen.

Es kostete sie alles.

Tränen brannten in ihren Augen. Sie wollte nicht sterben.

Dieser Gedanke war so lachhaft. Sie war ja schon längst tot.

Aber sie wollte ihrer Seele die letzte Ehre erweisen. Unbedingt.

Und noch viel mehr als das wollte sie zu Emily.

Sonst wäre alles umsonst gewesen.

Ihr Verfolger ließ sich nicht abschütteln. Er kam immer näher, legte mehr und mehr Distanz zurück, während Sienna scheinbar kaum voran kam.

Dieses Wettrennen würde sie niemals gewinnen.

17

Sie sah das rettende Ufer unmittelbar vor sich und trotzdem war es für den Moment unerreichbar.
Nein. Sie konnte das schaffen.
Da war sie sich sicher.
Noch einmal zog sie das Tempo an. Das Brennen in Armen und Beinen ließ sie glauben, sie sei noch immer mehr als ein bloßer Schleier ihrer Existenz.
Von nun an vertraute sie auf ihre Schnelligkeit.
Die Blicke nach hinten ließen sie den Fokus verlieren.
Blick nach vorne, keine Ablenkung.
Da war das Ufer. Sie hatte es geschafft. Gerade spürte sie festen Grund unter ihren Füßen, da hörte sie ein Schnappen hinter sich. Sie rannte aus dem Wasser aufs Trockene und ließ sich erschöpft in den Sand fallen. Das Krokodil hatte sie verfehlt.
Aber es hatte sie scheinbar wirklich bemerkt. Keine Sekunde, nachdem Sienna sicher an Land gelangt war, löste sich die erste gemeisterte Bedrohung vor ihren Augen in Luft auf.
Das Krokodil war fort.

Einen Moment lang saß sie da und sah in die Ferne.

Beobachtete den Weg, den sie gerade zurückgelegt hatte und verspürte so etwas wie Stolz.

Doch der Stolz verflog schnell wieder, als sie realisierte, dass es zwei weitere Bedrohungen gab, die sie noch zu meistern hatte.

Der Schock saß tief.

Dennoch versuchte sie sich mit der neuen Situation vertraut zu machen. Sie nahm die Insel in Augenschein und merkte, dass diese doch etwas größer war als sie zunächst angenommen hatte.

Eine halbe Stunde Fußmarsch musste sie bestimmt einplanen, um auf die anderen Seite zu gelangen.

So genau vermochte sie es nicht zu sagen, schließlich versperrte ihr die dicht bewucherte Landschaft den Blick. Büsche und Bäume gab es hier zuhauf. Wege hingegen gar nicht.

Soweit sie das beurteilen konnte.

Welche Bedrohung hier wohl auf sie wartete?

Sie hoffte, keine. Schließlich musste sie sich erstmal wieder sammeln nach der Begegnung mit dem Krokodil.

Für einen Moment der Ruhe schloss sie die Augen und horchte den Klängen der Natur.

Das Vogelzwitschern war lauter und eindringlicher geworden. Sie konnte jetzt sogar das Flügelschlagen der kleinen Tiere vernehmen. Es kam aus den Baumkronen hoch über ihr. Sie wandte ihren Blick gen Himmel und beobachtete etliche Vögel dabei, wie sie scheinbar ziellos und wild umherflogen. Doch bei genauem Hinsehen konnte sie erkennen, dass jeder Vogel seine Route in und auswendig kannte.

Ein warmes Gefühl durchflutete sie und sie konnte spüren, dass ihr Schimmer jetzt noch viel kraftvoller war als zuvor. Die

Energie, die sie in sich trug, schien sie auch nach außen zu verkörpern.

Vielleicht war das gar kein Nachteil, wenn sie sich noch zwei weiteren Feinden gegenüber beweisen musste, dachte sie.

„Sienna, folge meiner Stimme."

Ein Kribbeln machte sich in ihr breit. Emily.

Die Stimme war von der anderen Seite der Insel gekommen.

Jetzt war sie sich sicher: Sie musste nur noch durch diesen kleinen Urwald und dann wäre sie bei ihrer Schwester.

Kaum hatte sie diesen Gedanken bewusst wahrgenommen, setzte sie sich auch schon in Bewegung.

Sienna bahnte sich ihren Weg durch Geäst und Gestrüpp.

Das Unterholz knackte unter ihren Füßen, oder dem, was davon noch da war.

„Emily?!", rief sie nach einer Weile mehr fragend als fordernd.

Wenn sie noch einmal mit ihr sprechen würde, dann wüsste sie genau, dass sie auf dem richtigen Kurs war.

Sie irrte mittlerweile schon eine gefühlte Stunde durch den Wald und hatte vollkommen die Orientierung verloren. Sie wusste, dass sie einfach immer weiter geradeaus gehen musste. Dann würde sie schon an einem Ufer auskommen. Schließlich war das hier eine Insel.

Aber wenn alles gleich aussah, war es eben schwer, das richtige Ufer überhaupt auszumachen. Und das, was sie am allerwenigsten wollte, war es, den ganzen Weg zurückzugehen, ohne es zu merken.

Die einzige Orientierung, die sie hatte, war der Berg.

Der Berg, der größer und imposanter war als alle anderen Berge in dieser Landschaft.

Dort müsste sie hin.

Sie rief noch einmal nach ihrer Schwester. Jetzt viel eindringlicher und lauter als zuvor.

Eine Antwort blieb noch immer aus. Aber beim Lauschen fiel ihr jetzt ein Geräusch auf, das sie bisher noch nicht gehört hatte, seitdem sie auf die Insel gelangt war.

Und sie ahnte sofort, was das bedeutete.

Das Kreischen eines Adlers, das nicht einfach nach einem ziellosen Vogelruf klang.

Nein.

Es klang nach viel mehr als das.

Es klang danach, als würde er Sienna anschreien.

Sie richtete ihren Blick erschrocken in die Bäume über sich.

Von dort hatte sie es vernommen.

Suchend scannte sie jeden Ast und jeden Baum.

Wo war dieses verdammte Vieh?

Beunruhigt ging sie ein Stück weiter, schaute aber immer wieder nach oben.

Sie wusste, dass der Adler irgendwo da war. Und sie wusste, dass er sie im Auge hatte.

Auge.

Sie stockte.

Wen hatte Osiris nochmal direkt nach dem Blindgesicht genannt? Den Rotäugigen?

Das war es! Sie musste nach roten Augen Ausschau halten!

Kaum war ihr dieser Gedanke gekommen, erblickte sie die Bedrohung auch schon ein Stück weit hinter sich in den Baumkronen.

Sienna versteinerte an Ort und Stelle.

Es war kein Adler. Zumindest nicht so, wie sie sich den Adler vorgestellt hatte.

Das rote Augenpaar leuchtete hell in all dem Grün der Bäume. Es fixierte Sienna mit jedem Schritt, den sie machte. Mit jedem Blick, den sie über die Schulter warf.

Sie war in den Fokus des Tieres geraten. Aber…

Was war das überhaupt für ein Tier?

Die Augen gehörten zu einem Adlerkopf. Der Schnabel spitz und gelb, das Gefieder weiß und glatt. Wie bei einem Weißkopfseeadler. Der Kopf bewegte sich ruckartig, hektisch und schnell mit jeder Bewegung, die Sienna machte.

Doch der Kopf saß nicht auf einem gewöhnlichen Vogelkörper mit Flügeln und Krallen.

Der Kopf gehörte zu einem der wohl schnellsten und kräftigsten Tiere der Welt.

Einem schwarzen Puma.

Das muskulöse Tier schlich nahezu lautlos von Baum zu Baum, sprang dabei problemlos von Ast zu Ast, ohne Sienna aus den Augen zu lassen. Das schwarzglänzende Fell legte sich nahezu perfekt um den schlanken Körper des Pumas.

Bei dem Gedanken daran, dass es sich hierbei um einen Dämon handeln musste, lief es ihr eiskalt den Rücken hinunter. So eine Mischform zweier Tiere konnte kein Zufall sein.

Das konnte nichts Natürliches sein.

Aber was sollte sie nun mit diesem Wissen anfangen?

Sie würde dieses Tier niemals abhängen können.

Rennen oder fliehen war demnach aussichtslos. Aber auch ein Versteck zu finden, schien unmöglich. Schließlich ließen die roten Augen nicht eine Sekunde von ihr ab.

Das Kreischen des Adlers wurde immer lauter und auffordernder.

Was wollte er?

Ihr kam der Gedanke, was der Schnabel eines Adlers wohl alles anrichten konnte. Welche Verletzungen er ihr zufügen konnte.

Aber auch, wenn ihr da nicht viel einfiel, wollte sie es besser nicht herausfinden.

Möglichst unbeirrt ging sie weiter. Verschnellerte ihren Schritt möglichst unauffällig. Am liebsten wäre sie einfach gerannt, aber das hätte alles nur schlimmer gemacht, schließlich folgte dieses Wesen ihr jetzt schon auf Schritt und Tritt.

Und es war unfassbar schnell. Ihres Wissens konnten Pumas bis zu 80 km/h schnell werden.

Das Ende des Waldes war bereits zu erkennen und ein kleiner Hoffnungsschimmer keimte in ihr auf.

Was war, wenn sie auch hier einfach weitergehen musste?

Wie bei dem Krokodil?

Aber das Krokodil war blind gewesen. Es hatte sie nur deswegen nicht angegriffen. Der Puma oder Adler, was auch immer es war, war nicht blind.

Es würde mit seinem Angriff sicher nicht mehr lange warten.

Während Sienna die begrenzten Möglichkeiten in ihrem Kopf durchspielte, ging sie weiter und weiter.

Doch ein dumpfes Geräusch hinter ihr gewann wenige Minuten später ihre Aufmerksamkeit.

Das Tier war von den Bäumen auf den Boden gesprungen und jetzt unmittelbar hinter ihr.

Verdammte Scheiße, schoss es ihr durch den Kopf.

Sie würde es niemals rechtzeitig bis zur anderen Seite schaffen.

Aber was blieb ihr anderes übrig?

Sie löste ihren Blick von den bedrohlich roten Augen und rannte mit all ihrer Kraft los.

Das Kreischen hinter ihr ertönte erneut, jetzt so unfassbar hell, dass es in ihren Ohren schmerzte und sich mit einem Stechen im Kopf ausbreitete.

Weiterrennen, Sienna. Weiterrennen.

Sie hörte die Stimme ihrer Schwester in ihren Gedanken zu ihr sprechen. Das gab ihr Selbstvertrauen und Kraft.

Doch das Tier hinter ihr hatte nun ebenfalls zu rennen begonnen und damit Siennas ganze Aufmerksamkeit gewonnen. Die Pfoten schmiegten sich nicht mehr so lautlos in den Untergrund wie noch zuvor.

Sie konnte jeden Schritt vernehmen. In Sekundenschnelle bewegte ihr Verfolger sich fort und war damit ohne jede Mühe sofort bei ihr.

In dem Moment, als sie spürte, dass es sich von hinten auf sie schmiss, ließ sie sich zu Boden fallen.

Das Gewicht des Pumas lastete für einen kurzen Moment schwer auf ihrem Rücken, dann verlor das Tier den Halt an ihr und fiel über sie.

Sienna spürte die Wärme und das Herzrasen am Bauch des Pumas, als er auf ihrem Oberkörper landete. Sie drehte sich blitzschnell unter ihm, während er wieder den sicheren Stand suchte.

Millisekunden später spürte sie das Picken des Schnabels an ihrer Stirn.

Es war unsagbar schmerzhaft und noch schlimmer wurde es, als sie verstand, dass er versuchte, ihr die Augen auszupicken.

Ehe sie darüber nachdachte, schnellte ein Bein von ihr in die Höhe und traf den Puma mitten in seinem Bauch. Das Tier schrie kurz auf und signalisierte Sienna damit, dass sie genau die richtige Stelle getroffen hatte. Wieder ließ sie ihr Bein hochschnellen. Jetzt aber bohrte sie ihr Knie tiefer und tiefer in die verwundbare Stelle.

Der Puma zog sich kurz zurück und gewährte ihr den Moment, um sich auf ihn zu stürzen. Ihre Hände legten sich um seinen Hals und drückten zu.

Fester.

Immer fester.

Die Schreie des Adlerkopfes wurden kehliger und leiser, während die roten Augen immer stärker hervortraten.

Sie erwürgte ihren Angreifer gerade mit bloßen Händen.

Es dauerte etwas, bis jede Regung aus der merkwürdigen Kreatur verschwand, aber dann löste auch diese sich vor Siennas Augen auf und sie wusste, dass sie den Kampf gewonnen hatte.

18

Atemlos richtete Sienna sich auf.

Sie war stolz auf sich, nun auch diese Herausforderung gemeistert zu haben.

Dann fehlte jetzt nur noch die dritte.

Die letzte.

Sie hoffte inständig, dass diese ebenso leicht zu bestehen war wie die ersten beiden.

Nach einigen Sekunden des Verharrens, in denen sie über das Vergangene nachgedacht hatte, ging sie weiter.

Mit jedem Meter, den sie zurücklegte, stieg die Außentemperatur spürbar um einige Grad an.

Nicht, dass es davor kalt gewesen wäre, nein.

Vielmehr war es so, dass die Wärme in Hitze überging und langsam unerträglich wurde.

Was war das bloß?

Verängstigt hielt Sienna Ausschau nach der Quelle des Temperaturanstiegs.

Zunächst vergebens.

Bäume, Büsche, Vögel.

Alles sah gleich und harmlos aus.

Doch mit der Zeit wurde der gerade noch so dicht bewachsene Wald lichter und gab den Blick auf das andere Ufer des Sees frei.

Einen See, der lichterloh in Flammen stand.

Sienna erstarrte.

Der Feuersee.

Davon hatte Marco ihnen am Telefon berichtet, als er vom Weg ins Jenseits und der altägyptischen Mythologie gesprochen hatte.

Das Feuer strahlte eine unsagbare Hitze aus, die es Sienna nahezu unmöglich machte, sich auf wenige Meter zu nähern.

Die Flammen tanzten vollkommen außer sich über das Wasser, schlängelten sich umeinander und kletterten aneinander hoch.

Sie waren mächtig und angsteinflößend.

Eine Naturgewalt.

Sienna schluckte und kämpfte gegen den inneren Drang an, schreiend davonzulaufen. Unter größter Anstrengung bewegte sie sich weiter fort, scannte den See und entdeckte eine schmale Brücke, die auf die andere Seite führte.

War das alles, was sie machen musste?

Über die tosenden Flammen zu laufen?

Auf einer Brücke, die womöglich instabil war?

Wollte sie riskieren, in das Feuer zu fallen oder gab es einen anderen Weg?

Die Fragen in ihrem Kopf überschlugen sich.

Etwas anderes als auszuprobieren, ob die Brücke sie bis zur anderen Seite tragen würde, gab es nicht.

Ein anderer Weg existierte schließlich nicht.

Sienna blieb kurz vor der Brücke stehen, schloss die Augen und konzentrierte sich auf das Gefühl tief in ihr drin.

Hitze, Schmerzen und Angst dominierten ihr Bewusstsein.

Doch ganz weit unter diesen Qualen versteckte sich noch immer die Hoffnung und die Sehnsucht nach ihrer Schwester.

Dem einst wichtigsten Menschen in ihrem Leben.

Sie wollte sie unbedingt sehen. Der einzige Gedanke, der sie all die Jahre hatte weitermachen lassen, war dieser, dass sie irgendwann wieder mit ihr vereint sein würde.

Dieses Irgendwann war jetzt.

Dass es nicht so selbstverständlich war, wie sie immer gedacht hatte, war ein Rückschlag gewesen.

Aber es gab die Chance auf ein Leben danach. Ein zweites Leben mit Emily.

Und sie hatte nur diese eine Chance.

Also setzte sie einen Fuß auf die Brücke und folgte ihr auf den See hinaus.

Die Brücke war zwar aus Holz, fing aber kein Feuer.

Die Flammen kletterten durch die Lücken der Bretter und streiften Siennas Fußsohlen in schmerzhaften unregelmäßigen Abständen.

Das Hinübergehen wurde zum Spießroutenlauf.

Einem so fordernden Spießroutenlauf, dass sie den Blick nach vorne verlor.

„Sei achtsam, Sienna."

Wieder hatte Emily zu ihr gesprochen. Sienna versteinerte.

Wieso achtsam? Das war sie doch?!

Immerhin wich sie gerade erfolgreich allen Flammen aus, die ihr zu nahe kamen und ihr den Weg versperrten.

Doch bevor sie selbst eine Antwort finden konnte, hob sie ihren Blick und erkannte, was Emily gemeint hatte.

Gänsehaut überkam sie.

Vor ihr stand eine Gestalt, die in ein pechschwarzes Gewand gehüllt war. Die Kapuze tief ins Gesicht gezogen.

Doch Sienna bezweifelte, dass es da überhaupt so etwas wie ein Gesicht gab, denn die Hände der Gestalt, die aus den langen breiten Ärmeln des Gewandes schauten und sich lechzend nach ihr ausstreckten, bestanden bloß aus Knochen, Muskeln und Sehnen. Eine Haut hatte das Wesen nicht.

Der Anblick der Hände war bereits verstörend genug, weshalb Sienna innerlich betete, dass es die Kapuze niemals abnehmen würde.

Die unbekannte Gestalt stand etwa 10 Meter vor ihr und versperrte den Weg.

Den einzigen Weg, der hinüber auf die andere Seite führte.

Sienna wusste ganz genau, dass sie ohne Zweikampf nicht weitergehen konnte. Doch diesen auf einer so kleinen Brücke auszutragen, war ein Wagnis, das sie nicht eingehen wollte.

In diesem Moment kam ihr unweigerlich ein grauenvolles Bild in den Sinn. Wenn sie in den See fallen würde, dann müsste sie entweder ertrinken, wenn sie nicht verbrennen wollte, oder aber verbrennen, wenn sie nicht ertrinken wollte.

Und wenn sie auf eines ganz bestimmt verzichten konnte, dann darauf, einen dieser beiden qualvollen Tode zu sterben.

Viel Zeit blieb ihr nicht. Der geringe Abstand zwischen ihr und dem Gegner wurde immer kleiner. Er bewegte sich selbstsicher und zielstrebig auf sie zu. Bei jedem Schritt schauten seine knochigen Füße kurz unter dem langen Gewand hervor und jagten Sienna dabei jedes Mal einen Schauer über den Rücken.

In diesem Moment fiel ihr plötzlich geistesgegenwärtig etwas ein, das sie im Unterricht gelernt hatte: Wenn du den Namen eines Dämons kennst, kannst du ihn zurück in die Hölle verbannen.

Den Namen.

Den Namen.

Wie war noch der verdammte letzte Name?!

Sie hatte ihn in dem Moment vergessen, in dem sie das Totengericht verlassen hatte.

Seine knochigen Finger streckten sich immer begieriger nach ihr aus, bald schon konnten sie Sienna berühren.

Ekel durchfuhr sie bei dem Gedanken daran, von diesen Händen angefasst zu werden.

Bei jeder Bewegung der Knochen konnte sie sehen, wie die Sehnen und Muskeln zuckten.

Er stand jetzt unmittelbar vor ihr, doch verharrte einen kurzen Moment, in dem sein kalter und schleimiger Atem wie ein unangenehmer modriger Luftzug in ihre Nase stieg.

Was dachte er wohl gerade?

Konnte er überhaupt denken?

Sienna wäre am liebsten an ihm vorbeigerannt, aber sie war schlau und erfahren genug, um zu wissen, dass sie das gar nicht erst zu versuchen brauchte. Für den Hauch einer Sekunde ließ sie ihren Blick an der Kreatur auf- und abgleiten. Das Gewand war aus pechschwarzer Seide und ließ kein Hindurchsehen zu. Vielleicht gut, vielleicht aber auch schlecht. Sienna wollte nicht sehen, was sich darunter verbarg, aber vielleicht hätte es ihr einen Vorteil gebracht. Langsam hob sich der linke Arm der Gestalt und wieder kam die knochige Hand darunter zum Vorschein. Sienna fröstelte es innerlich. Sie war zu versteinert, um einen Schritt zurückzumachen.

Sie war zu versteinert, um sich zu wehren.

Versteinert vor Angst? Oder weswegen konnte sie sich nicht bewegen?

Sie wusste es nicht.

Die langen knochigen Finger legten sich um Siennas Hals und drückten zu.

Ehe sie realisieren konnte, was passierte, schnürte er ihr die Luftzufuhr ab.

Verzweifelt keuchte sie auf und Druck stieg in ihren Kopf.

Luft.

Luft.

Sie brauchte Luft.

Schwarze Punkte tänzelten vor ihren Augen und verdichteten sich immer mehr zu einem undurchsichtigen Schleier.

Ein Schmerz im Rücken durchfuhr ihren Körper. Am Rande nahm sie wahr, dass sie jetzt am Boden der Brücke lag und die Flammen seitlich an ihr hochstiegen. Gerade noch so verstand sie, dass das Feuer vermutlich ihren Rücken streifte und daher Auslöser für die höllischen Schmerzen war.

Die unbekannte Kreatur beugte sich über sie und drückte noch ein bisschen fester zu.

Die Schmerzen waren kaum mehr auszuhalten.

Sienna griff panisch nach dem knochigen Handgelenk und versuchte die einzelnen Finger um ihren Hals zu lösen.

Knochen… Ekelhafte dürre Knochen bekam sie zu fassen.

Knochen… Knochenbrecher! So hieß der letzte Dämon!

„Knochenbrecher", brachte sie ächzend hervor.

Die Gestalt erstarrte und lockerte ihren Griff. Dieser kurze Moment der Verwirrtheit machte es Sienna möglich, die Worte auszusprechen, die ihr vermutlich das Leben retteten.

„Knochenbrecher, ich verbanne dich zurück in die Hölle!", rief sie, um gleich darauf in ein Röcheln und Husten auszubrechen.

Auch wenn sie sein Gesicht nicht sehen konnte, spürte sie die Panik in ihm aufsteigen. Panik vor was?

Was würde jetzt passieren? Sienna merkte, dass sich etwas veränderte. Ihr Blick fiel hinunter auf den See und sie sah, dass die Flammen stärker, dichter und heißer wurden.

Keine Sekunde später explodierte das Feuer in einer riesigen Stichflamme und riss alles mit sich.

Alles, nur Sienna nicht. Sie lag inmitten des Feuersturms und sah dabei zu, wie der Knochenbrecher und die Brücke im roten Meer der Flammen verschwanden.

Es vergingen Sekunden, die sich anfühlten wie Minuten, bis das Feuer erloschen war und Sienna sich sitzend im Sand des Ufers auf der anderen Seite wiederfand.

Verwirrt schaute sie sich um. Der See war jetzt wieder strahlend blau und friedlich. Kein Krokodil, kein Feuer, keine Brücke.

Sie konnte nicht zurückgehen, aber das wollte sie auch gar nicht, denn sie war an dem Ort angekommen, den sie gesucht hatte: dem Jenseits.

19

Einige Meter weiter erkannte sie einen prachtvollen großen Baum, an dessen Ästen die reifsten Äpfel hingen, die sie je gesehen hatte. Die Blätter waren satt grün und wiegten sich in der leichten Sommerbrise.

Der Baum strahlte das pure Leben aus. Seine volle Blüte.

Und doch wuchs er hier - im Reich der Toten.

Tränen schossen Sienna in die Augen, als sie sah, wer unter diesem Baum saß und sie erwartungsvoll anlächelte.

Ein Schwall von Glücksgefühlen überkam sie, ehe sie sich in Bewegung setzte und zu ihrer Schwester ging.

„Emily", presste sie gerade noch so hervor, als sie vor ihr zum Stehen kam. Ein Schluchzen überwältigte sie und machte es unmöglich, ein Wort zu verstehen von dem, was sie sagte.

„Setz' dich zu mir, Sienna." Emily klopfte links neben sich auf den grünen Rasen, in dem sie saß.

Der Baum spendete Schatten und machte die sommerlichen Temperaturen erträglich.

Bevor Sienna sich neben ihrer Schwester niederließ, musterte sie sie eindringlich von Kopf bis Fuß.

Sie sah immer noch genauso aus, wie vor ihrem Tod. Und doch war sie irgendwie verändert.

Sienna hatte sie blass und kraftlos in Erinnerung gehabt. Als ein Mädchen, das ständig unter Schmerzen gelitten und im Bett gelegen hatte. Ein Mädchen, das gerade genug Kraft gehabt hatte, um einen Satz herauszubringen. Und jetzt?

Jetzt saß sie da, ihre Haut und ihre Augen strahlten eine Freude und Stärke aus, die sie zu Lebzeiten lange nicht mehr gehabt hatte.

Sie sah aus, wie die Emily, die sie ohne den Krebs gewesen war.

Sienna ließ sich mit Bedacht neben ihr nieder und sah sie an. Eine lange, lange Zeit war vergangen seitdem sie sich das letzte Mal gesehen hatten und es kostete sie alles, ihr nicht weinend um den Hals zu fallen. Stattdessen schloss sie ihre Schwester freudestrahlend in die Arme und drückte sie fest an sich. „Ich habe dich so unfassbar vermisst", sagte Sienna und wurde dabei schließlich doch von einem Wimmern überwältigt.

Emily rannen ebenfalls Tränen über die Wangen. „Und ich dich erst. Ich habe dich wie wahnsinnig vermisst. Tag und Nacht."

„Wie geht es dir, Kleine?", wollte Sienna schniefend wissen, als sie sich wieder von ihr löste.

„Sehr gut. Es ging mir noch nie besser. Mein Leben war gegen das hier eine reine Qual. Nur du, unsere Familie und meine Freunde fehlen mir natürlich schrecklich."

„Ich freue mich so unfassbar, dass du an einen besseren Ort gekommen bist. All die Jahre habe ich mich gefragt, wo du bist und wann wir uns wiedersehen. Aber ich habe nie daran gezweifelt, *dass* wir uns wiedersehen."

Emily schüttelte weinend den Kopf. „Ich auch nicht – im Gegenteil: Ich wusste, dass du kommen würdest. Aber ich habe gehofft, dass du es dir anders überlegen würdest. Es ist noch zu früh für dich."

„Für dich war es auch viel zu früh.", gab Sienna verwundert zurück.

Wieder schüttelte Emily den Kopf. „Nein, Sienna. Ich habe gekämpft, aber meine Zeit war gekommen. Ich habe mich meiner Krankheit nie hingegeben."

„Das stimmt. Trotzdem weiß ich ganz genau, dass du das manchmal gerne getan hättest. Du hast nur für uns so lange durchgehalten."

Emily holte tief Luft. „Ja, schließlich hatte ich kein lebenswertes Leben mehr. Ich habe mich nur noch gequält. Du hast recht, manchmal habe ich mir gewünscht, dass ich den Kampf gegen den Krebs gar nicht erst geführt und mich direkt für den Tod entschieden hätte. Der Tod hat mir all meine Leiden und Qualen genommen."

Sienna musste schlucken. Das war ihr klar gewesen, beziehungsweise hatte sie das immer gehofft. Dass Emily nach dem Tod befreit worden war. Aber jetzt zu hören, dass sie gerne noch viel eher von ihnen gegangen wäre, als sie es getan hatte, schmerzte.

Sie war mit 7 Jahren erkrankt und mit 11 Jahren gestorben. Beinahe die Hälfte ihres Lebens hatte aus Schmerzen, Therapien, Angst und Medikamenten bestanden.

„Das kann ich verstehen. Sehr gut sogar", sagte Sienna und senkte ihren Blick kurz auf ihre Hände im Schoß.

Emily hielt inne, schaute Sienna tief in die Augen und legte schließlich eine Hand auf ihre Schulter.

„Sienna, du gehörst nicht hierher. Du musst zurück zu deinen Freunden und Tarek. Sie lieben dich alle. Du kannst nicht hier bleiben."

„Aber Osiris hat mich hierher geführt! Ist das nicht ein Zeichen?", protestierte sie. „Ich gehöre sehr wohl hierher. Ich gehöre dahin, wo du bist. Jetzt habe ich diesen schweren Weg schon auf mich genommen – da kannst du mich nicht einfach wieder zurückschicken."

„Kann ich auch nicht. Die Entscheidung liegt einzig und allein bei dir."

„Ich habe mich bereits entschieden."

Emily nickte wissend.

„Und ich muss deine Entscheidung akzeptieren."

Sienna seufzte. „Das tust du aber nicht. Du möchtest, dass ich umkehre."

Emily nickte wieder. „Es ist zu früh für das hier. Geh und beschütze deine Freunde, solange du noch kannst. Gib nicht auf. Du bist eine Kämpferin."

Sienna senkte wieder beschämt ihren Blick. „Ich kann nicht mehr zurück. Die Tür zum Totengericht ist verschwunden, nachdem ich hindurchgegangen bin."

Ihre Schwester ließ ihre Hand von Siennas Schulter zu Siennas Wange wandern. „Sienna, der Weg zurück ist nicht physischer Natur."

Jetzt verstand Sienna überhaupt nichts mehr. Sie runzelte die Stirn. Auch wenn sie bezweifelte, dass Emily dies erkennen konnte, da sie ja nur ein Lichtschimmer war.

„Den Weg zurück in die echte Welt kannst du nur in deinem Kopf gehen. Du entscheidest, ob du leben oder sterben willst. Das alles hier, der See, die weiten Wiesen, die Bergketten, der Baum, wir beide – das alles spielt sich nur in deinem Kopf ab. Du kannst mit deinen Gedanken und Entscheidungen steuern, ob du hier sein willst oder nicht."

„Ich möchte hier sein, sonst wäre ich es nicht, oder?"

„Du bist noch nicht hier. Noch nicht ganz."

Sienna verstand immer weniger, wovon ihre Schwester da sprach.

Es fühlte sich viel zu echt an, um nur eine Halluzination zu sein.

„Schließ deine Augen und stelle dir vor, dass du wieder in der Nische liegst, in der du eingeschlafen bist."

„Ich habe Angst. Was passiert dann?"

„Das wirst du schon sehen. Vertrau mir einfach."

Sienna wollte nicht, dass das Gespräch schon endete. Sie hatte so viele Fragen und so viel zu sagen. Ihre Schwester wusste alles aus ihrem Leben.

Sie kannte Siennas Gedanken und Entscheidungen, ihre Freunde und Mitmenschen, die Emily selbst nie kennengelernt hatte. Sie war ein ständiger Begleiter in ihrem Leben.

In diesem Moment wurde es Sienna klar: Ihre Schwester war bei ihr.

Zu jeder Zeit.

20

„Wo kann sie nur hingegangen sein? Wir sind ihr so schnell gefolgt! Eigentlich hätten wir sie gar nicht verlieren können", fluchte Riley verzweifelt.

Sie suchten bereits seit Stunden nach Sienna. Doch von dieser fehlte nach wie vor jede Spur.

Sie hatte mit einer für die anderen nicht sichtbaren Erscheinung gesprochen, war dann aufgesprungen, um die nächste Ecke gebogen und seitdem verschwunden.

„Ich mache mir wirklich Sorgen um sie. Wen hat sie wohl gesehen?", dachte Evelyn zum wiederholten Mal laut nach. Diese Frage hatte sie in den vergangenen Stunden schon unzählige Male gestellt, niemand hatte ihr eine Antwort geben können und doch trieb es sie um.

„Vermutlich wird es so eine Erscheinung wie aus dem japanischen Todeswald gewesen sein. Die zeigen sich doch nur ihrem auserwählten Opfer", brachte Liam sich nun das erste Mal sinnvoll auf diese Frage ein.

Während Evelyn die tausendste Sackgasse mit der Mündung ihrer Waffe abschwenkte, dachte sie nach. Sie rechnete schon gar nicht mehr damit, jemanden zu sehen oder schießen zu müssen. „Nein, das kann ich mir nicht vorstellen", gab sie zurück. „Die Erscheinungen im japanischen Todeswald haben uns erst voneinander separiert und sich dann gezeigt. Ich glaube nicht, dass es möglich wäre, dass sie sich nur einer Person von uns zeigen, während wir anderen alle daneben stehen."

„Sei dir da mal nicht zu sicher", mischte Madison sich nun auch ein.

Sie drehten sich mit ihren Diskussionen im Kreis. Nichts davon brachte ihnen eine Erkenntnis über Siennas jetzigen Aufenthaltsort.

„Wir wissen praktisch nichts über die Dämonen und Geister, die uns an den Portalen begegnen. Ich traue denen alles zu", ergänzte sie ihre eigene Aussage.

„Leute!", hörten sie plötzlich Riley aus einer Nische einige Meter weiter vor ihnen rufen. Evelyn fuhr herum und rannte zu ihm. „Was ist los?"

Der Lichtkegel ihrer Taschenlampe wanderte von seinem geschockten Gesicht zum Boden. „Scheiße", entfuhr es ihr. Kalter Schweiß brach auf Evelyns Stirn aus. Das war kein gutes Zeichen. Überhaupt kein gutes Zeichen.

„Ist das ihre?", fragte Riley daraufhin.

Die anderen beiden kamen nun auch dazu und schauten sich die am Boden liegende Maschinenpistole an. „Die gehört eindeutig dem IFS. Das ist Siennas", stellte Liam fest.

„Wieso legt sie das Einzige ab, womit sie sich zur Wehr setzen könnte? Das ergibt doch überhaupt keinen Sinn", rätselte Evelyn.

„Es hat auch keinen Sinn ergeben, dass ich all meine Kleidung abgelegt habe und in einen eiskalten See gestiegen bin", brachte

Liam sich nun wieder berechtigterweise ein. „Du weißt nicht, wer oder was sie dazu gebracht hat, die Waffe abzulegen. Immerhin können wir jetzt sicher sagen, dass sie hier war. Wir suchen also an der richtigen Stelle."

Riley schnaubte verächtlich. „Ja, toll. Dass wir suchen, bringt uns auch nicht weiter, wenn wir sie nicht finden. Und noch viel weniger bringt es uns etwas, sie zu finden, wenn sie tot ist."

Liam strafte ihn mit einem abwertenden Blick. „Nur, weil du auf sie stehst, musst du uns nicht so behandeln."

Im Schein von Madisons Taschenlampe war zu erkennen, dass eine Krampfader an Rileys Hals zu pochen begann. Sein Kopf nahm langsam einen rötlichen Ton an. „Liam", zischte er. „Wie behandele ich euch denn deiner Meinung nach?!"

Liam zuckte mit den Schultern. „Na, so. Du bist aggressiv und schnauzt uns seit Stunden an. Deine Emotionen kochen total über. Lass das nicht an uns aus."

Es folgte ein Moment der Stille, in dem Evelyn nicht deuten konnte, was in Riley vorging. Wenige Sekunden später machte dieser einen schnellen und bedrohlichen Schritt auf Liam zu. „Dann sag mir mal, wie du dich verhalten würdest, wenn Evelyn jetzt verschwunden wäre und nicht Sienna." Obwohl Riley sich schon herausfordernd vor ihm aufbaute, blieb Liam ruhig. Er schluckte nur einmal kurz, bevor er antwortete: „Das ist was anderes."

„Wieso ist das was anderes?!", schrie Riley wütend.

„Weil du und Sienna nie zusammen wart und euch nicht liebt." Evelyn hielt innerlich die Luft an. Sie zählte die Sekunden im Kopf, die es brauchte, bis Riley wie ein Pulverfass explodierte. Er schmiss seine Waffe zu Boden und schlug Liam mit der Faust ins Gesicht. Blut schoss aus Liams Nase, lief rasend schnell zu seinen Lippen hinunter und färbte all seine Zähne rot, ehe er benommen zurücktaumelte und zu Boden ging.

„Riley, was machst du denn?!", rief Evelyn und stieß ihren schweratmenden Kollegen beiseite, um ihrem Freund zu Hilfe zu eilen. Mit diesem Schlag hatte Liam nicht gerechnet. Niemals hätte er gedacht, dass Riley so aus der Haut fahren und all seine Wut gegen ihn richten könnte.

„Du spinnst ja wohl völlig", fauchte auch Madison und schubste ihn zu Boden. Dann holte sie ein Kühlakku aus ihrem Rucksack, boxte mehrfach hinein und aktivierte so die Kühlfunktion. Dieses legte sie Liam in den Nacken, während Evelyn ihr Trinkwasser nutzte, um das Blut abzuspülen.

„Alles gut, Schatz?", fragte sie besorgt und strich ihm vorsichtig über die Stirn.

Als Liam wieder zu sich kam und Evelyn sah, begann er zu lächeln. „Ja, jetzt geht's wieder", hauchte er.

„Soll ich noch schluchzende Geigen organisieren?", fragte Riley genervt und ironisch zugleich. Er saß hinter ihnen an die kalten Steine gelehnt und spielte an seiner Maschinenpistole herum.

Seine Arme waren mit so viel Staub bedeckt, dass man nur noch erahnen konnte, wie viele Tattoos sich darunter verbargen. Seine Handknöchel bluteten ebenfalls und er zitterte am ganzen Körper, so geladen war er.

„Krieg dich mal wieder ein. Du kannst froh sein, dass wir dich noch brauchen. Das ist der einzige Grund, warum ich dir nicht gleich an Ort und Stelle eins auf die Schnauze gehauen habe", zischte Evelyn erbost.

„Ja, ihr beiden Süßen. Erst stört ihr mit eurer nervigen Dreiecksgeschichte die Gruppendynamik, gefährdet dadurch die ganze Mission und jetzt, da bei euch wieder alles gut ist, darf niemand anders emotional sein." „Das ist ja wohl was völlig anderes. Wir haben unsere Emotionen schließlich nicht gegen euch gerichtet."

„Was soll ich denn machen, wenn die Frau, die ich liebe, verschwindet?"

„Die du liebst?!", entfuhr es Evelyn.

„Ja, sicher. Was dachtest du denn?"

„Dass du dich damit abgefunden hast, dass sie Tarek liebt und nicht dich."

„Autsch."

Erdrückende Stille legte sich über sie. Madison drückte noch immer das Kühlakku in Liams Nacken, um die Blutung in der Nase zu stoppen.

„Tut mir leid", sagte Evelyn schließlich und brach damit das Schweigen. „Ich wusste, dass du sie gern hast, aber ich wusste nicht, dass du sie liebst. Ich kann nur erahnen, wie du dich gerade fühlen musst", mit diesen Worten ging sie zu ihm herüber, nahm seine immer noch zittrige Hand und ließ die letzten Milliliter Wasser aus ihrer Flasche darüber fließen. „Wir werden sie finden. Das verspreche ich dir."

Riley sah sie an und blinzelte seine aufsteigenden Tränen weg. Evelyn wusste, dass es ihm peinlich war, vor anderen zu weinen, weshalb sie so tat, als hätte sie es nicht gemerkt.

„Danke. Wir müssen sie einfach finden. Sonst werde ich mir das in diesem Leben nicht mehr verzeihen."

„Vielleicht ist dahinter ein Weg, den sie genommen hat", unterbrach Madison plötzlich das Gespräch, als sie den großen runden Stein direkt vor ihnen entdeckte. In der Dunkelheit war er ihnen bisher gar nicht aufgefallen. Die anderen hielten inne und musterten den Stein, den Madison jetzt mit dem Lichtkegel ihrer Taschenlampe anleuchtete.

„Niemals. Wie soll sie den weggeschoben haben? Dazu ist sie doch nicht stark genug", rätselte Riley.

„Schon. Aber wir haben hier alles abgesucht. Sie ist nicht hier. Also bleibt nur noch die Möglichkeit, dass es noch weitere

Räume oder Gänge hinter diesem Stein gibt", entgegnete Madison ihm daraufhin.

„Du willst sie doch unbedingt finden, oder?", fragte Liam provokant nach, während er sich vorsichtig aufrichtete.

„Wir *alle* wollen sie unbedingt wiederfinden, Liam", sagte Evelyn mahnend.

Doch Riley sprang zu ihrer Erleichterung diesmal nicht auf den Kommentar an. „Ein Versuch ist es wert", antwortete er stattdessen auf Madisons Einwurf und erhob sich, um den Stein wegzuschieben.

Schmerzerfüllt keuchte er, als er sich dagegen stemmte und das Gestein sich keinen Zentimeter rührte. „Verdammt, Leute ich brauche eure Hilfe. Der ist extrem schwer."

„Niemals hat sie den alleine bewegt", fügte er noch hinzu, ehe die anderen sich aufgerafft hatten, um ihn zu unterstützen.

„Okay, auf 3. 1…2…3…", schnaufte er und drückte mit aller Kraft.

Die anderen taten es ihm gleich. Endlich verrückte sich der Stein um einige Zentimeter und gab den Blick auf einen großen Raum dahinter frei.

„Schiebt weiter! Da ist ein Raum hinter!"

Die Vier sammelten noch einmal ihre letzten Kraftreserven, um den Stein schließlich so weit zur Seite zu schieben, dass ein kleiner Spalt zum Hindurchgehen entstand.

Riley zwängte sich als Erster hindurch, dicht gefolgt von Madison. Evelyn hatte nicht einmal Zeit, einen Blick dahinter zu erhaschen, da hörte sie schon einen unsagbar lauten und gellenden Schrei. Gänsehaut breitete sich auf ihrem Körper aus und ein Schwall von Übelkeit überkam sie.

Nein.

Nein.

Bitte nicht.

Sie wusste nicht, warum, aber sie hatte unmittelbar das Bild der toten Sienna vor Augen und brachte es daher kaum zustande, einen weiteren Schritt zu machen. Liam zog sie mit sich.

Sein panischer Blick verriet ihr, dass er genau dieselben Gedanken hatte. Dass er genau dieselbe Angst verspürte wie sie.

Die beiden stolperten durch den Spalt und fanden sich inmitten einer großen, stockdusteren Arena wieder. Die Zuschauerränge ringsherum erstreckten sich bis an die Decke.

Evelyns Blick wanderte kurz durch die leeren Reihen, dann sofort zu der scheinbar leblosen Sienna am Boden in der Mitte der Arena.

„Sienna!", rief sie und stürzte zu ihr. Weinend schmiss sie sich neben ihr auf den sandigen Boden und begann, an ihrer Schulter zu rütteln. „Wach auf! Komm schon, wach auf! Lass mich nicht alleine!" Ein Schluchzen übermannte sie. „Bitte, Sienna. Komm zu dir! Wir brauchen dich. Wir brauchen dich alle. Tarek, Riley, Madison, Liam, Marco, Ava und ich, Evelyn." Sie schniefte kurz und wischte die Tränen von der Wange. „Bitte."

Sekunden verstrichen.

Sekunden, in denen Evelyn die ausdruckslosen Gesichtszüge ihrer Freundin beobachtete.

Sie lebte noch. Schließlich war sie warm und atmete. Aber was war dann los mit ihr?

Weitere Sekunden vergingen, in denen nichts geschah.

In denen Sienna sich nicht regte.

Doch dann… sprach sie.

„Ich vertraue dir", wisperte sie kaum hörbar.

„Was?"

Die anderen sprangen auf und schöpften neue Hoffnung, während sie auf eine weitere Regung warteten.

Siennas Lider zuckten einmal.

Zweimal.

Bis sie endlich die Augen öffnete und wieder reagierte.
Die anderen brachen in Tränen aus und fielen ihr zeitgleich um den Hals.
„Was… Was mache ich hier?", fragte Sienna verwirrt.

21

„Das wüssten wir auch gerne. Wir suchen dich schon seit Stunden", sagte Riley mit brüchiger Stimme und kniete sich neben sie, um ihr dabei zu helfen, sich aufzusetzen.

„Du hast mit irgendwem geredet, den wir nicht sehen konnten und dann warst du auf einmal weg", erklärte Evelyn ihr und erhoffte sich dabei, endlich eine Antwort auf diese Frage zu bekommen.

„Ihr habt ihn nicht gesehen?"

„Nein, wen denn?"

„Osiris. Den Totengott. Er hat im Schlaf zu mir gesprochen, mich so geweckt und wollte mich dann zu meiner Schwester führen. Ich stand vor dem Totengericht. Hier." Aufgeregt sah sie sich um und zeigte in die Zuschauerränge. „Hier! Hier waren überall Menschen. Richter. 43 Richter insgesamt. Sie saßen auf Thronen und einer von ihnen trug eine brennende Krone, das weiß ich noch. Das hier ist der Totengerichtssaal. Da vorne war eine Tür", mit diesen Worten sprang sie auf und eilte zu der kahlen Steinwand, in der sich nun definitiv keine Tür mehr befand.

„Die Tür öffnete sich, nachdem ich von all meinen Sünden freigesprochen worden war. Ich ging hindurch und kam in einer unendlich weiten Landschaft mit Seen, Wiesen und Bergen aus. Dort habe ich gegen ein Krokodil, einen Puma mit Adlerkopf und eine schwarze Gestalt gekämpft. Es gab einen See, der gebrannt hat und einen Dschungel. Wirklich, so etwas habe ich noch nie in meinem ganzen Leben gesehen. Das war beängstigend. Als ich alle drei Dämonen besiegt hatte, war mir der Weg ins Jenseits sicher. Dort habe ich meine Schwester getroffen. Sie saß unter einem wunderschönen Baum und hat auf mich gewartet." Tränen stiegen in Siennas Augen auf als sie sich erinnerte.

„Sie sah wunderschön aus. So voller Kraft und Zufriedenheit. Ohne Schmerzen und Qualen wie damals immer. Wir haben lange geredet und sie hat mir eine Menge gesagt, was ich nicht verstanden habe." Mit diesen Worten sah sie an sich hinunter. „Mein Körper. Er ist wieder da. Ich war doch nur ein Lichtschimmer! Ich war eine Seele!"

Die anderen erhoben sich jetzt ebenfalls und folgten ihr misstrauisch einige Meter durch den Raum. Sie hielten sich auf Abstand. Was Sienna da erzählte, ergab überhaupt keinen Sinn. Bisher hatten die Erscheinungen sich zwar gezeigt und Eindrücke aus der Umgebung verändert, was sie aber nie getan hatten, war jemanden von ihnen in eine völlig andere Welt zu führen, die nicht existierte. Dennoch konnte natürlich keiner mit Sicherheit sagen, dass Dämonen und Geister nicht dazu in der Lage waren.

„Das muss eine Falle gewesen sein. Dir hätte Gott weiß was passieren können. Ich bin so froh, dass es dir gut geht!", rief Madison und fiel ihr erleichtert um den Hals. Sie war die einzige, die die Situation nicht merkwürdig zu finden schien. Sienna erwiderte die Umarmung nicht. Stattdessen schüttelte sie nur den Kopf und starrte nachdenklich in die Leere. „Nein, das war keine Falle. Das war echt."

Die anderen schwiegen und wechselten vielsagende Blicke.

„Das war auf jeden Fall echt", wiederholte Sienna noch einmal. Diesmal jedoch mehr zu sich selbst als zu den anderen.

Während Madison weiter auf sie einredete, dass es sich um eine Erscheinung von Geistern oder Dämonen gehandelt haben müsse, zog Liam Evelyn an der Hand ein Stück zurück.

„Ich kann nicht der Einzige sein, dem das komisch vorkommt, oder?"

Evelyn schüttelte den Kopf, ohne dabei die Augen von der aufgewühlten Sienna zu lassen. „Denkst du dasselbe, was ich denke?", fragte Liam, um ihre Aufmerksamkeit wieder zu gewinnen.

Erst jetzt konnte Evelyn sich losreißen und sah ihn aus ernsten Augen an, bevor sie sagte: „Was ist, wenn das gar nicht Sienna ist?"

Liam nickte verängstigt. „Genau mein Gedanke. Was ist, wenn sie von einer übernatürlichen Kraft besessen ist? Von einem Dämon? Dämonen besitzen menschliche Seelen und halten sich hier zuhauf auf. Wenn Sienna schwach war und sie das gemerkt haben, dann haben sie vielleicht bereits Besitz von ihr ergriffen."

Evelyn nickte wieder. „Vielleicht ist ein Teil von ihr bereits tot."

Riley hatte die beiden belauscht und kam jetzt zu ihnen. „Das ist nicht euer Ernst."

„Ich bitte dich, Riley. Denk doch mal nach. Was erzählt sie denn da für einen Müll?!"

„Ja, ich weiß, dass das völliger Schwachsinn ist, aber wir können nicht einfach davon ausgehen, dass sie von einem Dämon besessen ist. Es kann immer noch genauso gut eine Erscheinung gewesen sein. Es kann auch immer noch sein, dass sie sich beim Absturz den Kopf so sehr eingeschlagen hat, dass sie jetzt sowas sieht. Es kann auch ein Traum gewesen sein. Es kann alles gewesen sein. Hört auf, direkt an das Schlimmste zu denken!"

Die beiden tauschten kurz genervte Blicke, seufzten dann aber einsichtig. Riley hatte recht. Sie wussten gar nichts.

„Na gut. Wir dürfen aber auch diese Möglichkeit nicht außer Acht lassen. Wir müssen aufpassen. Ich traue ihr erst wieder über den Weg, wenn ich mir sicher sein kann, dass das meine Sienna ist", sagte Evelyn und ging daraufhin wieder zu ihren beiden Freundinnen zurück.

„Ich habe solche Kopfschmerzen, Leute! Könnt ihr mal wenigstens für zwei Minuten aufhören, auf mich einzureden?", beschwerte Sienna sich und legte eine Hand an ihre Stirn.

„Alles gut, Sienna. Wir sind jetzt still. Hast du deine Schmerztabletten denn dabei?"

Sie nickte.

„Gut, dann nimm die doch erstmal."

Auf diesen Vorschlag hin reichte sie Sienna ihren Rucksack und diese kramte eine kleine Packung daraus hervor. Sie drückte eine ihrer Tabletten aus dem Blister und schob sie sich mit einem Schluck Wasser aus ihrer Trinkflasche in den Mund.

„Vielleicht hast du dir beim Absturz den Kopf eingeschlagen. Das solltest du auf jeden Fall ärztlich abklären lassen, wenn wir wieder zurück im IFS sind", ergänzte Evelyn noch besorgt.

Verwirrt runzelte Sienna die Stirn. „Welcher Absturz?"

Hinter ihnen verstummten jetzt auch Madison, Riley und Liam, die das Gespräch zwischen den beiden am Rande mitbekommen hatten.

„Der Flugzeugabsturz, den wir vor wenigen Tagen hatten?", brachte Riley sich nun ein.

Wieder schien sie kein Wort zu verstehen.

„Wir hatten einen Flugzeugabsturz? Davon weiß ich ja gar nichts mehr. Bin ich deshalb tot?"

„Hä? Sienna, was redest du da? Du bist nicht tot." Evelyn begann zu zittern. Was ging nur in Siennas Kopf vor sich? Was hatte sie gesehen, das sie glauben ließ, tot zu sein?

Die Freude darüber, ihre Freundin endlich wiedergefunden zu haben, wich langsam einem beklemmenden und unguten Gefühl.

Es wurde alles immer seltsamer. Und es gab viel zu viele Theorien dafür, warum sie sich so benahm.

„Ich rufe jetzt in der Zentrale an. Die sollen jemanden schicken, der dich abholt und zum IFS bringt. Du könntest schwer am Kopf verletzt worden sein", sagte Riley und zückte sein Telefon.

„Dann sind wir aber nicht mehr genug Kräfte, um gegen die Opposites anzukommen", protestierte Liam.

Riley brachte ihn mit einem kurzen Blick zum Schweigen und drückte dann auf die grüne Taste des Telefons.

Am liebsten hätte Liam noch hinzugefügt, dass die Opposites so oder so schon in der Überzahl waren und mit ihrer Geheimwaffe, dem russischen Auftragskiller Alexander, eindeutig einen Vorteil hatten, aber die Zentrale schien bereits abgehoben zu haben.

„Hi, ich mach's kurz. Wir brauchen hier dringend jemanden für Sienna. Sie ist vielleicht schwer verletzt. Sie muss sofort zurück zum IFS und ärztlich untersucht werden", mit diesen Worten verließ er den Raum, um ungestört schildern zu können, was geschehen war.

„Mir geht es gut! Ich bin nicht verletzt und ich brauche auch keine ärztliche Untersuchung."

Evelyn schnaubte. „Sienna, ich fasse mal kurz für dich zusammen: Du hattest heute Nacht eine Halluzination von deinem Weg ins Totenreich, die so real war, dass du noch immer glaubst, tot zu sein. Du hast so schlimme Kopfschmerzen, dass du deine Tabletten wieder nehmen musst, obwohl du sie jetzt länger nicht gebraucht hast und du kannst dich nicht mehr an den Absturz von vor wenigen Tagen erinnern. Das sind doch alles ganz eindeutige Anzeichen dafür, dass du eine Kopfverletzung haben könntest. Bitte lass dich untersuchen. Der Absturz war wirklich nicht harmlos, auch wenn du das nicht mehr weißt."

Ehe Sienna überhaupt etwas antworten konnte, kam Riley zurück. „Das glaube ich einfach nicht", fluchte er.

„Was ist?", fragte Madison stellvertretend für alle.

„Die schicken niemanden. Wir seien schneller selbst zurück im IFS als die hier sein könnten. Außerdem will man nicht, dass unqualifiziertes Personal die Katakomben betritt, geschweige denn, dass wir bereits erschlossenen Raum aufgeben und uns nach draußen stellen."

„Lächerlich. Es geht hier um die Gesundheit einer Mitarbeiterin. Wollen die mich verarschen? Sonst stellen die unser Wohl doch auch über alles andere! Ich rufe meinen Vater an, wenn es sein muss."

„Nein, Evelyn lass gut sein. Die haben recht. Wir kümmern uns schnell darum, dass der Selbstschutz des Portals aktiviert wird und dann sehen wir zu, dass wir hier wegkommen. Mir geht's nicht so schlecht. Es ist okay", entgegnete Sienna jetzt das erste Mal etwas besonnener und ruhiger als zuvor.

„Das kannst du gar nicht beurteilen. Woher willst du wissen, dass du keine Hirnblutung oder sowas bekommst?"

Sienna sah sie an, blieb aber stumm.

„Du kannst es nicht wissen", fügte Evelyn daher noch hinzu.

„Doch Evelyn, ich weiß es."

Die Überzeugung in der Stimme ihrer Freundin ließ Evelyn an ihrer eigenen Aussage zweifeln. Sie wusste, dass es ausweglos war, mit ihr darüber zu diskutieren.

„Dann lasst uns weitergehen. Wir verlieren nur noch mehr Zeit. Da vorne ist ein weiterer Gang", bestimmte sie daher, während sie auf den kleinen Gang neben dem Eingang zeigte und setzte sich in Bewegung.

22

„Wir müssen zu dieser Rosengranitkammer, oder wie die heißt", bestimmte Liam und drängte sich an Evelyn vorbei.

„Die Grabkammer des Pharaos. Da wird mit Sicherheit das Portal sein", ergänzte Evelyn seine Aussage.

„Es muss da einfach sein. Ich habe so Angst davor, den Opposites hier in die Arme zu laufen. Das wäre richtig übel", sagte Madison und schaute immer wieder ehrfürchtig über ihre Schulter.

„Ja, gerade dieser Alexander muss den Schilderungen von Tarek und Ava zufolge ja wirklich boshaft und eiskalt sein."

„Erinnere mich bitte nicht dran, Riley", zischte Liam. Er war noch immer genervt von der Situation eben. Genauer gesagt nahm er ihm immer noch krumm, dass er ihn geschlagen hatte. Wenn er sich auf den Schmerz konzentrierte, pochte seine Nase sogar ziemlich stark. Glücklicherweise gab es andere Dinge, die ihn gerade davon ablenkten.

Wichtigere Dinge.

Wieder vergingen Stunden, in denen sie die Gänge durchforsteten, um jede Ecke bogen und nicht fanden, wonach sie suchten.

„Noch eine Nacht kann ich nicht beruhigt schlafen. So kommen wir unserem Ziel kein Stück näher", dachte Madison laut nach. Die anderen sagten nichts und indem sie nichts sagten, stimmten sie ihr zu.

Die Suche zerrte mittlerweile mehr als nur ein bisschen an ihren Nerven. Sie freuten sich nicht darüber, dass nach dem afrikanischen Portal *nur noch* ein Portal folgte, sondern waren genervt davon, dass es *immer noch* ein Portal zu beschützen gab.

Mit einem Mal kam Liam vor ihnen so abrupt zum Stehen, dass die anderen von hinten gegen ihn stießen. „Au, was machst du denn?", fragte Riley. Die angespannte Situation zwischen den beiden schwang in seinen Worten mit. Doch Liam sagte nichts, sondern zeigte nur auf den steinähnlichen Quader unmittelbar vor ihnen.

Ein Lächeln huschte über Rileys Lippen. Kaum hatte er dies bemerkt, versteinerten seine Gesichtszüge wieder, als wolle er Liam den Erfolg nicht eingestehen.

„Sehr gut, Liam. Das hätte ich niemals so schnell gefunden", jubelte Evelyn und fiel ihm um den Hals. Riley verdrehte nur die Augen. „Schnell", äffte er sie verächtlich nach.

Überrascht hielt sie inne und drehte sich zu ihm um. „Möchtest du etwas loswerden?", fragte sie wertend.

Er schnaubte. „Stundenlang durch die Gänge zu irren und nicht zu wissen, wo Westen, Osten, Norden oder Süden ist, bedeutet für mich nicht, dass man den Durchblick hat."

„Ignorier den, Evelyn. Der hat seine Tage", sagte Liam abgeklärt.

"Tzz, du hast wohl einen Clown gefrühstückt, was?!"

„Leute", grätschte Madison dazwischen. „Das ist alles schön und gut mit der Grabkammer, aber wo ist das Portal?"

Gänsehaut machte sich auf Evelyns Körper breit, als auf Madisons Frage nur Stille folgte, in denen sie alle realisierten, dass sie recht hatte.

Da war kein Portal.

Hier war kein Portal.

Riley stöhnte extra laut und genervt auf. „Jetzt sind wir doch nicht etwa stundenlang auf der Suche nach etwas gewesen, das uns kein Stück weiterbringt, oder?", fügte er seiner offensichtlichen Provokation noch hinzu.

Liam versuchte sich nichts anmerken zu lassen. Aber in diesem Moment war es so oder so mehr die Enttäuschung als die Wut, die dominierte.

„Lass es Riley", wies Sienna ihn zurecht, womit endlich die richtige Person den Mund aufgemacht hatte, um ihn zum Schweigen zu bringen.

„Ja, was soll ich sagen, Leute? Tut mir leid, dass wir es immer noch nicht gefunden haben. Langsam weiß ich auch nicht mehr weiter", entschuldigte Liam sich und ließ seine Maschinenpistole ein Stück sinken.

Seine Arme waren schwer, sein Kreuz schmerzte und der Schweiß lief ihm die Stirn hinunter. Vorsichtig zog er die Wasserflasche aus der Seitentasche seines Rucksacks, in der noch kaum mehr als 100 Milliliter Flüssigkeit war.

„Möchte mal jemand anders vorausgehen?", fragte er, nachdem er einen großen Schluck des Wassers seine staubtrockene Kehle hinunterlaufen lassen hatte.

„Ja, ich mache das", sagte Riley und ging an den anderen vorbei einen Schritt weiter in die Grabkammer hinein.

Sienna warf Liam einen entschuldigenden Blick zu. Dabei war sie überhaupt nicht für das unausstehliche Verhalten Rileys verantwortlich.

Erschöpft folgten sie ihm in den Gang, der sich hinter der Kammer verbarg. Mittlerweile war der Tag schon so weit vorangeschritten, dass sie ihr Lager für die Nacht suchen mussten. Doch niemand von ihnen konnte gerade an Schlaf denken. Vermutlich auch nicht in den kommenden Stunden. Das hier würde eine Nachtschicht werden.

Nach einer Weile vernahmen sie ein leises Rauschen, das dem Klang von fließendem Wasser glich. „Hört ihr das?", flüsterte Madison aufgeregt.

Wasser.

Das war genau das, was sie jetzt brauchten.

Frisches Trinkwasser.

Riley beschleunigte seine Schritte und folgte dabei dem unbekannten Rauschen. Wenige Sekunden später fanden sie sich in einer größeren unterirdischen Höhle wieder, durch die ein kleiner Fluss floss. Sie war zu Land geschlossen. Eine Sackgasse.

Der Kanal, in dem sich das Wasser gen Süden bewegte, war von Menschenhand erbaut worden und führte weiter in einen dunklen Gang hinein, der scheinbar den einzigen Weg weiter durch das Tunnelgeflecht bildete. Es faszinierte sie immer wieder, dass sowohl die oberirdische als auch die unterirdische Stadt durch die alten Ägypter geschaffen worden war. Dabei vergaßen sie manchmal, wie viel Schweiß, Tränen und Blut für den Bau geflossen sein mussten.

„Wollen wir hier eine kurze Pause einlegen und unsere Flaschen mit Wasser füllen?", schlug Madison vor.

Riley presste die Lippen aufeinander. Er fischte seine transparente Flasche aus dem Rucksack, exte den letzten

Schluck daraus und ging zum Ufer des Kanals. „Ich überprüfe erstmal, ob man das Wasser überhaupt trinken kann. Nicht, dass wir uns einen Infekt einfangen."

Vorsichtig ging er in die Hocke und tauchte die Flasche in das fließende Wasser.

„Schau dir das aber erstmal an, bevor du es trinkst. Wir wissen nicht…", weiter kam Madison nicht, denn Riley unterbrach sie mit einem lauten Schrei.

Panisch ließ er die Flasche in den Fluss fallen, als wäre sie viel zu heiß, um sie noch eine Sekunde länger in der Hand zu halten. Entsetzt stolperte er einige Schritte zurück, ehe er das Gleichgewicht verlor und taumelnd zu Boden ging.

Erschrocken rannten die Mädels zu ihm, während Liam weiterhin das Umfeld im Auge behielt.

„Oh mein Gott, was ist passiert?", rief Sienna besorgt.

Riley antwortete nicht. Er saß nur schwer atmend da und starrte auf das schwarze Gewässer. Evelyn leuchtete mit ihrer Taschenlampe dorthin, wo er die Flasche verloren hatte. Sie folgte weder der Fließrichtung des Flusses, noch trieb sie an der Oberfläche. Sie ging einfach unter und war binnen Sekunden verschwunden.

„Die Flasche ist weg!", brüllte Evelyn den anderen zu.

„Vergiss' die scheiß Flasche!", gab Madison schnippischer zurück, als es hatte klingen sollen.

Riley atmete noch immer unkontrolliert schnell. Er sah verstört aus, schüttelte aber jetzt den Kopf.

„Nein, etwas hat die Flasche nach unten gezogen. Etwas im Wasser."

Bei dem Gedanken daran schüttelte es ihn.

„Hast du gesehen, was es war?", mischte Liam sich jetzt von weiter weg ein.

Sofort verneinte Riley diese Frage. Fast schon als hätte er gewusst, dass sie kommt.

Fast schon etwas zu schnell.

Es folgte Schweigen. Das einzige Geräusch, das sie hörten, war das Fließen des Wassers. Nichts weiter.

„Vielleicht sollten wir uns doch mal ausruhen", sagte Sienna daher vorsichtig, um die unerträgliche Stille zu brechen.

„Aber nicht hier", schimpfte Riley noch immer sichtlich mitgenommen.

„Wo denn sonst? Wir müssen schwimmen. Natürlich können wir auch zurückgehen, aber dann kommen wir nicht weiter. Dann geben wir auf", brachte sich nun auch Evelyn ein.

„Dann lasst uns sofort weitergehen. Ich kann nicht noch länger warten."

„Riley, da war doch gerade definitiv etwas im Wasser. Du willst doch nicht etwa jetzt direkt dadurch schwimmen?!", sagte Liam fassungslos.

„Nein, so schlimm war das nicht, was ich gesehen habe. Jedenfalls war es nichts Bedrohliches."

Liam und Evelyn tauschen vielsagende Blicke.

„Nichts Bedrohliches also. Wie kannst du das denn so sicher sagen, wenn du nichts gesehen hast?", hakte Evelyn daher misstrauisch nach.

Ertappt wandte Riley sich von ihnen ab. Er hatte etwas gesehen. Und er wusste auch ganz genau, was. Aber wie brachten sie ihn zum Reden? Schließlich war er ihnen aktuell nicht gerade wohlgesonnen.

Die anderen sahen hilflos zu Sienna. Wenn jemand mit ihm sprechen konnte, dann war sie es.

Widerwillig seufzte sie. Sie wusste, was die anderen von ihr erwarteten. Eigentlich wollte sie ihre Position nicht ausnutzen. Eigentlich.

Aber dies war eine Ausnahmesituation. Es war vielleicht überlebenswichtig zu erfahren, was er im Wasser gesehen hatte. Also kniete sie neben ihm nieder und legte eine Hand auf seine Schulter.

„Riley, sprich mit uns. Wir sind ein Team. Was hast du gesehen?" Ihre Stimme klang so sanft und verständnisvoll, wie man es überhaupt nicht von ihr kannte.

Gespannt beobachteten sie seine Reaktion, als er sich mit Tränen in den Augen zu ihr drehte.

„Ich habe dich gesehen."

Er schniefte kurz und senkte seinen Blick. Er konnte sie nicht angucken, wenn er das sagte.

„Ich habe gesehen, wie du tot am Grund des Flusses treibst."

Siennas Augen weiteten sich. „Ich?"

23

„Aber was bedeutet das?", fragte Evelyn aufgewühlt.

Was war, wenn der Fluss ihnen die Zukunft zeigte?

Was war, wenn der Fluss sie davor warnen wollte, dass Siennas Körper besessen und sie selbst schon längst tot war?

Die anderen zuckten ratlos mit den Schultern. Sie tauschten bedrückte Blicke, wobei es keiner wagte, Sienna anzusehen.

Wie sie sich gerade wohl fühlen musste?

„Lasst uns Marco anrufen und fragen. Er wird doch bestimmt etwas dazu gelesen haben", schlug Riley vor.

„Bei ihm ist es gerade mitten in der Nacht. Er wird nicht arbeiten. Ich schreibe ihm eine Nachricht. Er soll sich schlau machen."

„Evelyn, das ist nicht dein Ernst. Wenn du es nicht machst, dann mach ich es. Wir haben vielleicht keine Zeit. Womöglich ist Sienna in Gefahr. Es zählt jede Sekunde", während er das sagte, tippte er Marcos private Nummer ein und führte sein Handy zum Ohr. „Wenn er schläft, dann soll er verdammt nochmal seinen Arsch aus dem Bett erheben und sich in die Zentrale begeben. Das hier ist wichtiger als sein Schlaf."

Evelyn verdrehte die Augen.

„Du bist wirklich unmöglich. Ruf doch in der Zentrale an und bitte dort jemanden darum. Die sind wenigstens gerade im Dienst."

Doch ehe er auf ihre Aussage antworten konnte, schien am anderen Ende jemand abzuheben. Rileys Augen leuchteten freudig auf, dann begann er zu erzählen.

Kopfschüttelnd wandte Evelyn sich von ihm ab und ging zu Liam herüber. „Reg dich nicht auf, Babe", flüsterte dieser ihr nur zu und strich ihr beiläufig über den Oberarm.

„Schwierig, sehr schwierig."

Liam nickte wissend. Er konnte zu gut nachvollziehen, welche Wut seine Freundin empfand. Seit sie hier unten in den Katakomben waren, war Riley kaum noch zu ertragen.

Nach einer Weile beendete dieser sein Telefonat mit Marco und seufzte so laut, dass er schnell die gesamte Aufmerksamkeit besaß. Doch statt eine Erklärung für all das zu geben, bat er Liam nur darum, sich an das Ufer des Flusses zu stellen.

Etwas misstrauisch beäugte Liam seinen Kollegen. „Wieso sollte ich das tun? Damit du mich reinschubsen kannst?"

Riley lachte spöttisch.

„Wohl kaum. Wir ziehen doch alle an einem Strang. Habt ihr selbst gesagt. Was habe ich davon, einen meiner Mitstreiter zu erledigen? Ich möchte doch lebend hier rauskommen."

Recht hatte er. Sinnvoll wäre das keineswegs gewesen.

Liam war überzeugt von seinen Argumenten und setzte sich daher in Bewegung Richtung Flussufer.

Als er sich mit den Fußspitzen an die Abbruchkante stellte, warf er einen kurzen Blick über die Schulter. So ganz traute er Riley immer noch nicht.

„Und jetzt schaust du hinunter in die Wasserspiegelung."

„Was hast du vor Riley?", fragte Evelyn ebenfalls verwundert über die Befehle, die er ihrem Freund erteilte.

„Wartet ab, ihr werdet es gleich sehen."

Liam atmete tief durch, bevor er den Blick von seinen Fußspitzen löste und ihn in das schwarze Wasser gleiten ließ.

„Ich sehe nichts, jemand muss mir leuchten."

„Du brauchst kein Licht. Du wirst es auch so sehen", entgegnete Riley geduldig.

Angestrengt starrte Liam hinunter. Es dauerte einige Sekunden, aber dann erkannte er, was Riley ihm zeigen wollte.

Sein Herz setzte für einen Moment aus, als er den toten Körper sah, der unmittelbar unter der Wasseroberfläche an ihm vorbeitrieb.

Die Augen waren starr geöffnet und mit Blut unterlaufen, die Lippen blau. Der Körper war nicht bekleidet, sodass Liam etliche Stichverletzungen und Hämatome daran erkennen konnte.

Die braunen Locken umspielten mit der Bewegung des Wassers sanft den Schädel.

Liam schluckte schwer. Das war Evelyn.

Panisch drehte er sich über die Schulter, um sich zu vergewissern, dass seine Freundin quicklebendig hinter ihm stand.

Diese sah ihn erwartungsvoll an, was ihn sofort zurück in die Realität holte. Ein letztes Mal noch lenkte er seine Aufmerksamkeit wieder auf das Wasser, doch die tote Evelyn war bereits an ihm vorbeigetrieben. Er sah sie nicht mehr.

Erleichtert atmete er aus. Das war nicht echt, sagte er sich.

Nicht echt.

Aber was hatte es dann zu bedeuten?

Nach der ersten Erleichterung mischten sich nun doch wieder Bedenken dazu.

Er musste einfach wissen, was es mit diesem Fluss auf sich hatte.

„Du hast sie gesehen, nicht?", brach Riley die Stille.

Liam drehte sich nicht um. Er brauchte noch einen kurzen Moment, um sich zu sammeln, bevor er ihm gegenübertreten konnte.

„Sienna, oder wen?"

„Du weißt genau, wen ich meine. Du hast Evelyn gesehen."

Bei diesen Worten versetzte es Liam einen Stich in die Magengegend. Die Erinnerung an das Bild seiner toten Freundin fühlte sich viel zu real an.

Liams Schweigen bestätigte Riley in seiner Aussage. Zustimmend nickte er den anderen zu. Diese suchten im Gegensatz zu ihm nämlich noch nach einer Antwort.

„Jetzt mach es nicht so spannend und rück' schon mit der Sprache raus", knurrte Madison. Ihr wurde Rileys Wichtigtuerei langsam auch zu viel.

„Marco wusste sofort, wovon ich spreche. Er hat davon gelesen und sagte, dass dieser Fluss, der durch die Katakomben unter Sakkara fließt, auch *Fluss der Tränen* genannt wird. Die Legende besagt, dass er nur aus den Tränen der alten Ägypter besteht und daher jedem, der in die Wasserspiegelung schaut, das zeigt, was ihm das größte Leid bescheren würde. Es wird ihm als Realität vorgespielt. In der Vergangenheit haben sich Menschen darin verloren und suizidiert, weil sie wirklich dachten, dass ihre größte Angst eingetreten sei."

Hoffnungsvoll drehte Liam sich zu Riley um. „Also zeigt das Wasser uns nicht die Zukunft, sondern das, was wir am meisten fürchten?"

„Genau", sagte Riley nickend.

„Ah, Gott sei Dank. Das ist so eine wichtige Info", atmete Liam erleichtert auf.

„Trotzdem finde ich es gruselig, dass sich so viele Menschen darin umgebracht haben. Die Leichen sind ja nicht einfach weg", brachte sich Madison nun wieder ein.

„Nein, aber das sind mittlerweile sicherlich nur noch Knochen. Außerdem sind hier doch überall Geister und Dämonen, vor denen du viel mehr Angst haben solltest als vor den Überresten von Menschen", entgegnete Sienna ihr.

Ein kurzer Moment der Stille trat ein, bevor sich nun Evelyn zu Wort meldete.

„Okay, nachdem wir das geklärt hätten - Wie machen wir weiter?"

Riley zögerte, bevor er das Nachfolgende sagte: „Eine kleine Sache gibt es da noch, die ihr wissen solltet."

Die anderen sahen ihn mit einer Mischung aus Neugierde und Misstrauen an, sagten aber nichts.

„Die Menschen, die sich darin umbrachten, sind nicht ertrunken."

Sienna runzelte verwirrt die Stirn. „Was meinst du?"

„Der Fluss funktioniert wie eine Uhr."

„Jetzt verstehe ich gar nichts mehr", warf Madison ein.

„Überlegt doch mal. Es ergibt alles Sinn. Der Fluss ist der einzige Weg zum Portal. Das heißt, er beschützt es. Wie könnte man ein Portal am besten vor Angreifern schützen?"

„Indem man die Angreifer beseitigt", beantwortete Liam seine Frage und schien gedanklich schon zu ahnen, was Riley noch erzählen würde.

„Richtig. Das Wasser verändert sich zu 6 Stunden am Tag. Dabei hält der Fluss sich an die Abschnitte einer Uhr. Angenommen das Wasser verändert sich im ersten Abschnitt der Uhr, dann passiert dies um 0 Uhr, 1 Uhr und 2 Uhr. Sowohl morgens als auch mittags. Am nächsten Tag ist der nächste Abschnitt dran. Da verändert sich das Wasser um 3 Uhr, 4 Uhr, und 5 Uhr. Ebenfalls morgens und nachmittags. Jetzt gerade ist das Wasser ungefährlich. In diesem Zustand sehen Betroffene ihre größten Ängste, wenn sie hineinsehen. So wie wir gerade. Abgesehen davon gibt es aber eben diese sechs Stunden am Tag, zu denen das Wasser keine Ängste zeigt. Dann verändert es sich entweder zu Schwefel, Salzsäure oder Lava. In diesen Substanzen sind auch die Selbstmorde begangen worden."

„Warte, warte, warte", rief Evelyn dazwischen. „Du willst mir also sagen, dass der Fluss uns töten könnte?"

„Ja und das größte Problem ist, dass wir nicht wissen, wann."

„Aber du hast doch gerade gesagt, dass es sechs Uhrzeiten am Tag sind", sagte sie wieder.

„Habe ich, ja. Aber der Abschnitt für den heutigen Tag ist uns nicht bekannt. Sie wechseln schließlich von Tag zu Tag. Sonst wäre es für mögliche Angreifer viel zu einfach."

Die anderen dachten über seine Worte nach.

„Das ist absolut verrückt. Wie sollten hier denn so Touristen in das Portal gelangen? Unser Lehrer Mr Yeshi ist doch damals über dieses Portal in die Ären gelangt", fragte Sienna sich.

„Naja, die Hüter haben ja teilweise versucht, einen Kontakt zwischen Touristen und Portal herzustellen. Mit Sicherheit hatte der Hüter hier früher ein Boot oder so, mit dem er die Touristen über den Fluss gebracht hat, wenn das Wasser ungefährlich war. Und zu den besonderen Uhrzeiten konnte er das Portal allein lassen, denke ich mal", antwortete Liam ihr.

„Dann wäre das ja das erste Portal, das einen doppelten Selbstschutz hat", fiel ihr wieder auf.

„Im Grunde hat den doch jedes Portal. Schließlich war es für uns auch nicht gerade leicht, lebend an die anderen Portale zu kommen. Sonst sind es eben nur andere

Verteidigungsstrategien, wie Dämonen, Geister oder Orientierungsverlust wie im japanischen Todeswald, wisst ihr noch?!"

„Eben. Wir müssen unbedingt hier weg, ehe das Wasser sich verändert", stimmte Riley Liam zu.

„Und wohin? Das Portal ist doch definitiv dahinter!", keifte Madison ihn von der Seite an.

„Ja genau, ich meinte auch, dass wir schwimmen müssen", sagte Riley platt, als hätte er ihnen damit gerade eben nicht ihr mögliches Todesurteil verkündet.

„Aber es ist gleich 21 Uhr. Die Wahrscheinlichkeit, dass es heute der letzte Abschnitt des Tages ist, liegt bei 1 zu 3. Immerhin können wir den dritten Abschnitt von 6 bis 8 Uhr ausschließen. Außerdem wissen wir nicht, wie lang der Fluss ist und ob wir es zeitlich schaffen", protestierte Evelyn.

„Es gibt aber keinen anderen Weg."

„Dann lasst uns lieber zurückgehen und warten. Ich nehme mal an, dass wir die Substanzen auch nicht einatmen sollten. Am besten bringen wir uns in Sicherheit und kommen später wieder, wenn wir uns sicher sein können, dass wir mehr Zeit haben, um ins Wasser zu gehen", schlug Evelyn stattdessen vor.

„Woher willst du wissen, dass das Wasser sich verändert, wenn wir nicht hier sind? Vielleicht haben wir danach dieselbe Problematik. Noch viel schlimmer ist, dass 3 Stunden kostbare Zeit für uns sind. Die Opposites sind uns so dicht auf den Fersen. Wenn sie uns zuvorkommen, haben wir die Mission verloren. Das kann ich nicht mit meinem Gewissen vereinbaren. Ich gehe rein. Wie viel Zeit habe ich noch?", fragte Sienna und zog ihre Schuhe aus, um sie an den Schnürsenkeln zusammenzubinden und sich um den Hals zu hängen.

„10 Minuten", sagte Riley.

„Du spinnst ja völlig. Was soll das Sienna?!", rief Evelyn entsetzt dazwischen.

Sie konnte nicht fassen, dass ihre Freundin sich so waghalsig, nahezu todesmutig benahm. Dass ihr Job gefährlich war, stand außer Frage, aber das hier – jetzt gerade – war ein selbstgewähltes Risiko.

„Du spielst mit dem Feuer", sagte Madison besorgt.

Doch Sienna ließ sich überhaupt nicht beirren.

Sie legte ihren Rucksack und ihre Waffe ab und sprang mit einem Kopfsprung in das fließende Wasser. Binnen weniger Sekunden verschwand sie im dunklen Tunnel, in den das Wasser flussabwärts strömte.

24

„Du lässt sie jetzt nicht wirklich einfach alleine, oder? Sie hat vielleicht eine schwere Kopfverletzung, die sie umbringen könnte! Sie darf auf keinen Fall unbeaufsichtigt sein!", schimpfte Madison Riley aus.

„Wieso ist das denn meine Aufgabe? Ihr könntet Sienna doch genauso gut hinterherschwimmen. Tut ihr aber auch nicht."

„Weil wir es uns nicht leisten können, dass wir alle sterben", entgegnete sie wieder.

„Richtig, genau deswegen bleibe ich auch hier."

Kopfschüttelnd wandte Madison sich von ihm ab.

„Das ist so bescheuert. Wenn das Wasser sich zu Schwefel verändert und wir hier stehen, sind wir sofort bewusstlos und tot. Die Mengen können wir keine Sekunde einatmen. Wir müssen gehen", betonte Evelyn nun eindringlicher.

„Ich kann nicht gehen, solange Sienna da drin ist", sagte Madison und schaute immer wieder rastlos auf die Uhr. „Du überlegst doch nicht etwa ihr zu folgen, oder?!", entfuhr es Liam entsetzt.

Madison ließ die Luft zwischen den gespitzten Lippen entweichen, bevor sie antwortete. „Doch. Aber ich bin noch so traumatisiert von der Säure, die mich in der dritten Ära fast umgebracht hätte. Die Schmerzen waren höllisch und nicht zu ertragen. Ich habe unsagbare Angst davor, in der Säure zu verätzen."

Liam lachte ein kurzes verzweifeltes Lachen. „Ich stelle es mir auch nicht viel angenehmer vor, plötzlich in Lava oder Schwefel zu schwimmen."

Kaum hatte er diesen Satz zu Ende gesprochen, näherte Riley sich ein paar Schritte an das Ufer des Flusses an und schaute auf seine Uhr. „Sieben Minuten hast du noch", sagte er zu Madison, stieß sich aber im selben Moment von der Kante ab und sprang ebenfalls in das schwarze Gewässer.

Evelyn hielt die Luft an. Sie war geschockt. Was war bloß mit ihren Kollegen los? Verloren sie etwa komplett den Verstand?

Madison tastete sich nun vorsichtig auch einige Meter an das Ufer heran.

„Maddy, ich warne dich. Tu es nicht. Ihr werdet alle Drei sterben", sagte Evelyn vorwurfsvoll.

Doch Madison hatte nicht vor, ins Wasser zu springen. Sie verschaffte sich einen Überblick über den Verlauf des Tunnels. Der Lichtkegel ihrer Taschenlampe wanderte in das dunkle Loch. Von Sienna und Riley war keine Spur mehr. Vermutlich hatte die Strömung sie relativ schnell einige Meter weiter in die Dunkelheit getragen.

Evelyn bekam Gänsehaut bei der Vorstellung, jetzt in Siennas oder Rileys Haut zu stecken. Orientierungslos in der Dunkelheit zu treiben und nicht zu wissen, ob sie in wenigen Minuten sterben würden.

An welchem Punkt der Verzweiflung mussten die beiden bereits angelangt sein, dass sie ihr Leben so verantwortungs- und kopflos wegwarfen. Nur weil sie nicht bereit waren, drei Stunden abzuwarten.

„Leute!", schrie Madison und riss Evelyn damit aus ihren Gedanken. Erschrocken fuhr sie herum und leuchtete jetzt auch mit ihrer Taschenlampe in den Tunnel hinein.

„Da ist ein kleiner Felsvorsprung am Rand, auf dem wir entlangbalancieren können. Der reicht auch ziemlich weit in den Tunnel hinein, vielleicht kommen wir so zum Portal."

Liam runzelte die Stirn. „Wieso sollte es diesen Weg geben, wenn das Portal sich schützen will?"

„Das ist mit Sicherheit schon gefährlich genug, Liam", wies Evelyn ihn zurecht.

„Aber nicht unmöglich", erwiderte dieser.

Evelyn verschränkte die Arme und dachte nach. Sie biss sich auf die Unterlippe und starrte ins Leere. „Nein, unmöglich nicht. Wir sollten es versuchen. Es ist zwar fast genauso riskant, wie das Manöver der anderen beiden, aber ich kann auch nicht einfach tatenlos herumstehen."

Sie nahm ihren Rucksack ab und schulterte ihn andersherum, sodass sie ihn nun vor dem Bauch trug. Die Maschinenpistole schob sie ein Stück zur Seite an ihre Hüfte. Die von Sienna und Riley nahmen Madison und Liam an sich.

„Das ist saugefährlich. Wir haben kaum Platz auf dem kleinen Vorsprung und unser ganzes Gewicht zieht uns nach vorne. Wir müssen extrem vorsichtig sein." Als Liam das sagte, erhaschte er einen erneuten kurzen Blick auf das Ziffernblatt seiner digitalen Uhr. 20:57 Uhr.

Er atmete tief durch.

„Drei Minuten. Lasst uns beten, dass wir es schaffen, Leute."

Die beiden Mädels tauschten ängstliche Blicke. Vielleicht waren das ihre letzten drei Minuten.

Vielleicht war die endlose Hölle danach doch vorbei.

Vielleicht war alles danach vorbei.

Madison überholte Evelyn und drückte dabei kurz ihre Hand.

Es war ein fester Händedruck, der ihr Zuversicht geben sollte.

Das wusste Evelyn.

Sie dankte ihr mit einem kurzen Lächeln.

Danach erstarrten ihre Gesichtszüge, denn ab jetzt galt höchste Konzentration.

Jeder Fehler konnte sie das Leben kosten.

Liam ging voraus, Madison folgte ihm und das Schlusslicht bildete Evelyn.

Sie hielten genügend Abstand, um sich nicht gegenseitig in die Quere zu kommen oder aus dem Gleichgewicht zu bringen.

Evelyns Herz begann zu rasen, als sie den ersten Fuß auf den schmalen Vorsprung stellte und ihren Rücken gegen die kalte Steinwand presste, als könne sie sich daran festhalten.

Als könne die Wand sie vor dem Fall ins Wasser bewahren.

Das schwere Atmen der Drei hallte zwischen Tunneldecke und Wasseroberfläche wider. Es bohrte sich wie eine Spirale weiter in die Dunkelheit hinein. Evelyn betete innerlich, dass das Wasser sich nicht in Schwefel oder Salzsäure verwandeln würde. Das wäre nämlich ihr sicheres Todesurteil.

Ihr *absolut sicheres* Todesurteil.

Noch immer hatte sie den Rücken so fest gegen die Wand gepresst, dass nicht ein Zentimeter Luft dazwischen war. Sie wagte es auch nicht, einen Blick hinunterzuwerfen, da sie fürchtete, so das Gleichgewicht verlieren zu können.

Die beste Strategie war es, sich auf einen Punkt direkt gegenüber an der Wand zu fokussieren und diesen nicht aus den Augen zu lassen. So hatte sie es früher in der Schule gelernt, wenn sie geturnt hatten und sie über den schmalen Schwebebalken balanciert war. Schon damals war sie nicht die Beste in dieser Disziplin gewesen. Das Wissen, dass jeder

Fehltritt einen Sturz bedeuten konnte, hatte sie im Kopf blockiert.

Es hatte sie ängstlich gemacht. Wenn sie sich also nicht gerade gesträubt hatte, überhaupt auf den Balken zu steigen, dann war sie oben stehen geblieben und hatte so lange geweint, bis die Lehrerin ihr die Hand gereicht und sie bis ans andere Ende geführt hatte.

Die Angst aus der Kindheit hing ihr noch immer nach. Doch diesmal war es eine völlig andere Situation.

Ein Sturz bedeutete keinen verstauchten Knöchel oder ein gebrochenes Handgelenk.

Er bedeutete keine blauen Flecken oder das Gelächter anderer Schüler.

Er bedeutete ihren Tod. Vermutlich.

Sie erinnerte sich, dass die Lehrerin sie damals nie wirklich gehalten oder gestützt hatte. Evelyn war immer selbst auf die andere Seite gekommen. Das Einzige, was ihr dazu gefehlt hatte, war der Mut gewesen. Mit der Hand der Lehrerin, hatte sie es immer geschafft, über den Schwebebalken zu balancieren.

Also tastete Evelyn schon fast instinktiv in der Dunkelheit nach Madisons Hand. Sie verwoben ihre schwitzigen Finger ineinander und drückten sie zwei Mal fest, um sich zu signalisieren, dass alles okay war.

Mit der anderen Hand wagte Evelyn einen letzten Blick auf die Uhr und erkannte, dass ihnen noch 10 Sekunden bis 21 Uhr blieben.

Noch einmal versuchte sie, sich zu beruhigen und einzureden, dass nichts passieren würde. Vielleicht war heute nicht der vierte Abschnitt des Tages dran.

Vielleicht war es der erste Abschnitt. Oder der zweite.

Es würde gut gehen.

Es würde…

3…

Gut…

2…

Gehen…

1…

Evelyn schloss die Augen und presste die Lippen aufeinander.
Der Angstschweiß lief ihr jetzt literweise den Körper hinunter.
Sie zitterte unsagbar und kämpfte mit allem, was sie hatte,
gegen den Schwindel in ihrem Kopf an.

Das Piepsen von Madisons Uhr verriet ihr, dass es jetzt 21 Uhr
war.

Ihr Herz setzte aus, als sie sich endlich traute, die Augen wieder
zu öffnen und ihren Blick auf das Wasser unter sich zu richten.
Eine rötlich-orangefarbene Substanz brach aus dem Grund des
Gewässers hervor und stahl sich in unsagbarer Geschwindigkeit
an die Oberfläche – nahm immer mehr des schwarzen Wassers
ein. Die dickflüssige Substanz glühte hell und verdrängte in
weniger als einem Wimpernschlag alles um sich herum.
Unerträgliche Hitze stieg ihnen entgegen, brachte ihre Haut zum
Brennen und die Luft in ihren Lungen zum Pulsieren. Binnen
Sekunden waren sie klitschnass. Ebenso wie das Gestein, auf
dem sie sich entlang bewegten, was nicht gerade zum besseren
Halt beitrug.

Wieder drückte Madison Evelyns Hand. Evelyn wusste, was sie
ihr sagen wollte: Zwar hatten sie Pech und das Wasser hatte sich
tatsächlich verändert, aber glücklicherweise zu Lava. Die
anderen beiden Substanzen hätten sie allein durch ihre Dämpfe
sofort getötet.

Evelyns erster Anflug von Panik wich neuer Zuversicht und sie
drückte Madisons Hand ebenfalls kurz, um mit ihr zu
kommunizieren.

Niemand der Drei brachte ein Wort über die Lippen. Dazu hatten sie keine Kraft und keine Kapazitäten.

Seitwärts bewegten sie sich Stück um Stück weiter in den Tunnel hinein, während die Lava wenige Zentimeter unter ihren Schuhsohlen in dreifacher Geschwindigkeit an ihnen vorbeischoss.

Allmählich fiel es ihnen schwer, die Augen offen zu halten, da ihre Netzhäute von der drückenden Hitze staubtrocken wurden und zu brennen begannen.

Tränen bildeten sich in Evelyns Augen und beeinträchtigten ihre Sicht. Die rot-orangefarbene Lava verschwamm zu einer gleißend hellen Masse und bohrte sich mit einem stechenden Schmerz in ihr Gehirn. Wimmernd legte sie ihren Kopf in den Nacken und schloss die Augen. Madison bemerkte ihre kurze Unsicherheit und löste ihre Hand kurz aus Evelyns, um dessen Oberkörper mit sanftem Druck wieder gegen die Steinwand zu schieben.

Evelyn entfuhr ein angestrengtes Seufzen.

Sie wusste nicht, wo genau sie diesen Moment auf der Skala der schlimmsten Augenblicke in ihrem Leben einordnen sollte.

Dafür gab es viel zu viele davon.

Eins konnte sie aber mit Sicherheit sagen: Dieser würde einen Platz auf dem Siegertreppchen belegen.

Ehe sie darüber nachdenken konnte, wann er endlich vorbei war, riss sie ein Schrei aus der Trance.

Ein dunkler massiver, verzweifelter Schrei aus tiefster Kehle.

Dazu mischte sich ein weiblicher, quietschend hoher Schrei.

Sienna.

Riley.

Geschockt hielten die Drei inne. Sie wagten es nicht, sich zu rühren, in der Hoffnung, weiteren Geräuschen zu entnehmen, was geschehen war.

War Riley etwa von der Lava erfasst worden?

Oder Sienna? Oder beide?

Was war geschehen?

Für einen kurzen Augenblick überkamen Evelyn Schuldgefühle. Bis gerade hatte sie keinen Gedanken mehr an Sienna oder Riley verschwendet. Sie war nur bei sich gewesen. Hatte nur an ihr eigenes Leben gedacht.

Dabei war es gar nicht unwahrscheinlich, dass Sienna und Riley von der Lava verschluckt worden waren.

Dem Schrei nach zu urteilen, war etwas Schreckliches passiert. Sie mussten ihnen so schnell wie möglich zu Hilfe eilen.

25

„Schnell Liam, beeil dich!", schrie Evelyn ihrem Freund aus einigen Metern Entfernung zu. Dabei wusste sie ganz genau, dass das kaum möglich war.

„Witzig Evelyn. Wenn ich noch schneller werde, fällt gleich einer von uns in die Lava", brüllte er vollkommen außer sich zurück.

„Du hast die Schreie doch auch gehört", drängelte Madison nun auch.

„Ja, natürlich habe ich die gehört. Aber wir können den anderen nicht helfen, wenn wir nicht ankommen, also seid bitte mal leise. Ich muss mich konzentrieren."

Nicht nur die Stimmung zwischen ihnen wurde immer aufgeheizter, auch die Luft in dem Tunnel drohte sich selbst zu entzünden, so sehr kochte die Lava zu ihren Füßen.

„Ich krieg langsam keine Luft mehr", jammerte Madison und schloss verzweifelt die Augen. Ihre Haut war schweißnass und gerötet.

Es war unbeschreiblich heiß.

„Halt durch! Du darfst auf keinen Fall ohnmächtig werden", warnte Liam sie vor.

Madison schnaubte. Als wenn sie darauf einen Einfluss gehabt hätte. Aber sie besaß nicht die Kraft, um ihm etwas zu entgegnen.

Wieder drangen Stimmen zu ihnen. „Hör auf!"

Erneut eindeutig Sienna. Sie lebten!

Aber womit sollte Riley aufhören?

Es wurde alles immer seltsamer.

Riley antwortete nicht. Stattdessen kam nur ein Zischen an, das Sienna wohl signalisieren sollte, still zu sein.

Die anderen arbeiteten sich immer weiter in den Tunnel hinein.

So lange, bis sie endlich das Ende erkennen konnten.

Wie lang musste er gewesen sein?

500 Meter?

Das Ziel vor ihren Augen machte es ihnen möglich, noch schneller voranzukommen. Ganz von allein.

Von jetzt an sagten sie kein Wort mehr zueinander. Sie versuchten weiterhin herauszufinden, was bei Sienna und Riley vor sich ging. Doch die beiden waren verstummt.

Evelyns Herz schlug mittlerweile so schnell und kräftig, dass sie das Gefühl hatte, es würde ihre Brust sprengen. Denn Liam war jetzt unmittelbar vor dem Ziel. Es konnte nur noch wenige Sekunden dauern, ehe er wieder richtigen Boden unter den Füßen haben würde.

Da die beiden Maschinenpistolen, die er bei sich hatte, noch immer an seiner Hüfte baumelten und er den Rucksack vorne an seinem Bauch trug, griff er zu seinem Hüftholster, in dem er seine Glock 44 trug.

Er führte sie in Schießhaltung und atmete ein letztes Mal tief ein und aus, bevor er um die Ecke bog und aus Evelyns Sicht verschwand.

Schüsse ertönten.

Schreie.

Eins war klar: Die Opposites hatten sie bereits erwartet.

Ein Stich in Evelyns Herz und Magen zwang sie zum Anhalten. Es war nur ein kurzer Augenblick der Unachtsamkeit. Doch dieser wurde sofort bestraft. Sie verlor das Gleichgewicht, kam ins Taumeln. Noch mehr Adrenalin schoss durch ihre Adern – brachte ihr Blut zum Kochen.

Die Lava brodelte unter ihr und wartete schier schon sehnsüchtig darauf, sie bei lebendigem Leib zu verschlingen. Es vergingen Millisekunden – Millisekunden, die zu ganzen Sekunden wurden.

Schreckliche, endlose Sekunden, in denen Evelyn gegen die Schwerkraft kämpfte und versuchte, ihr Gleichgewicht zurückzugewinnen.

Madison spürte, dass Evelyn neben ihr panisch mit einem Arm ruderte. Diesmal presste sie ihre Freundin geistesgegenwärtig sehr fest gegen die Steinwand und rettete ihr damit das Leben.

Evelyn hielt inne. Sie zitterte am ganzen Körper und hatte noch immer Angst, dass ihre wackeligen Beine einfach nachgeben würden.

Die beiden verharrten kurz an Ort und Stelle - warfen sich einen emotionalen Blick zu, in dem sie vor Erleichterung fast in Tränen ausbrachen. Doch viel Zeit blieb ihnen nicht, um zu feiern, was sie gerade Grausames abgewendet hatten. Noch immer sahen sie nicht, was sich vor ihnen am Ende des Tunnels abspielte. Und dennoch konnten sie es ganz genau hören.

Es fielen immer mehr Schüsse. Sienna schrie so hoch, dass es in den Ohren schmerzte. „Bitte, tut uns nichts!"

Liam übertönte sie mit seiner dunklen rauen Stimme. Er hatte viel mehr Volumen hinter seinen Worten: „Auf den Boden. Waffen weg. Leg dich hin, na los, wird's schon!"

Seine Worte waren so eindringlich und bedrohlich, dass Evelyn sofort alles getan hätte, was er sagte, wenn er es zu ihr gesagt hätte.

Wieder folgten Schüsse.

In Evelyns Ohr setzte ein unangenehmes Kreischen ein. Ein Kreischen, das einem Tinnitus glich, der sich penetrant vom Gehörgang bis ins Gehirn bohrte.

Wie durch Watte drangen weitere Geräusche zu ihr hindurch.

„Alexander", hörte sie Liam plötzlich kleinlaut säuseln und sofort gefror das Blut in ihren Adern.

Er war tatsächlich hier.

Das war ein absoluter Alptraum.

Wieso verdammt nochmal stand sie immer noch hier? Sie versuchte Madison weiterzuschieben, doch die blieb immer noch wie angewurzelt stehen.

Hätte Evelyn kein Knalltrauma, das sie so benebelte, hätte sie vielleicht verstanden, was in Madison vor sich ging. „Was machst du denn?", rief sie ihrer Freundin daher benommen zu.

Diese antwortete nicht. Doch Evelyn sah in ihre mit Panik erfüllten Augen und wusste auf einmal, was Sache war.

Madison war paralysiert vor Angst.

„Scheiße Madison, geh weiter", drängelte sie dennoch immer ungeduldiger.

Sie musste ihrem Freund und ihrer Freundin zu Hilfe kommen.

Sie musste Riley zu Hilfe kommen.

Die Drei waren absolut in der Unterzahl und hatten daher ohne sie überhaupt keine Chance gegen die Opposites anzukommen.

„Ich drehe gleich durch, wenn du nicht weitergehst!"

„Evelyn! Madison!", schrie Sienna plötzlich. Hatte sie sie etwa gesehen? Aber was fiel ihr ein, sie zu verraten? Jetzt waren sie erst recht verloren.

Evelyn hielt die Luft an und zog ihren Kopf ein.

Schüsse. Eindeutig Schüsse, die auf sie gerichtet waren. Sie erahnte die Geschosse, die an ihnen vorbeischnellten und sie um wenige Zentimeter verfehlten. So knapp, dass die Bewegung in der Luft zu spüren war.

Sie schnitten die dicke, heiße stehende Luft entzwei und zogen dabei einen unerträglich beißenden Geruch von Ruß hinter sich her. So intensiv hatte Evelyn noch nie die Munition einer Waffe zu spüren bekommen.

Und viel intensiver sollte es auch nicht werden.

Schwer atmend presste sie ihren mittlerweile klitschnassen Körper gegen die Wand des Tunnels und betete, dass irgendwas passieren würde, um sie aus der ungünstigeren Position in die überlegenere Position zu bringen.

Ein weiterer lauter verzweifelter Schrei ließ sie aufhorchen. Ein ohrenbetäubendes Zischen folgte. Evelyn wagte endlich wieder einen Blick über Madison hinweg, bereute diesen aber sofort.

Alles, was sie sah, war das schwarze Hosenbein einer Person, dessen restlicher Körper bereits von der Lava verschluckt und verdampft worden war. Mit Verschwinden des Beins in der rotglühenden Masse, erstickte auch das unerträgliche Zischen, das sie zuvor keinem Ursprung hatte zuordnen können.

Sie schluckte schwer.

Wer war da gerade hineingefallen?

Die schwarzen Hosen trugen sie alle. Schwarze Schuhe ebenfalls.

Liam. Oder Riley. Beides wäre unfassbar schlimm für sie.

„Los, Madison. Beweg dich schon. Ich muss wissen, wer da gerade in die Lava gefallen ist", stotterte Evelyn mit zittriger Stimme. Ihr war schlecht.

Ihr war so schlecht wie noch nie in ihrem Leben.

Ob aus Angst, Sorge oder vom Kreislauf vermochte sie nicht zu sagen. Vermutlich war es ein Zusammenspiel aus allen Faktoren.

Madison machte endlich einen weiteren Schritt in Richtung Ende des Tunnels. Evelyn schob sie an und zückte gleichzeitig ihre Kurzwaffe. Gleich war es so weit. Gleich stand sie auch vor den Opposites und konnte ihren Kollegen nach viel zu langer Zeit des Wartens beistehen.

Sie fasste die Waffe mit ihren schwitzigen Händen nach, als Madison das Ziel erreicht hatte und sich ins Gefecht stürzte. Dann - endlich - trat auch Evelyn hinter der Wand am Ende des Tunnels hervor und richtete die Mündung ihrer Waffe nach vorne.

26

Ungläubig ließ sie diese jedoch sofort wieder sinken, als sie sah, was in der Zeit ihrer Abwesenheit geschehen war.

Liam hatte vier der Opposites niedergestreckt. Vermutlich weil diese nicht damit gerechnet hatten, dass jemand durch den Tunnel kommen konnte. Evelyn atmete erleichtert aus. Das hatte sie wirklich nicht erwartet. Ihr Blick wanderte weiter zu ihrem Freund, der schweißnass und vollkommen verdreckt war. Schwer atmend sah er zu ihr, schwieg aber. Sein Gesichtsausdruck war angespannt und ängstlich zugleich. Evelyn konnte seine Emotionen eindeutig lesen, wusste sie aber nicht einzuordnen. „Oh mein Gott", winselte Madison neben ihr entsetzt.

Riley lag reglos am Boden. Aus seinem Kopf strömte ein Rinnsal von Blut, seine Augen waren geschlossen, Arme und Beine von sich gestreckt.

„Ist er…?", begann Madison ihre Frage, doch Evelyn fiel ihr ins Wort.

„Liam, sag mir nicht, dass du ihn im Gefecht erschossen hast."
Ihre Stimme drohte zu brechen, so viel Kraft kostete es sie, diesen Satz zu Ende zu sprechen.

Liam schüttelte benommen den Kopf.

„Nein", tönte plötzlich eine weitere ihr unbekannte Stimme durch den Raum. Evelyn erstarrte. *Das* war Alexander.

Ihre Aufmerksamkeit verlagerte sich nach rechts zu einem riesigen, muskulösen Mann. Seine schweißnassen schwarzen Haare klebten in seiner Stirn und am Hals. Die markanten Gesichtszüge waren unfassbar angespannt und Evelyn erkannte einige Narben in seinem Gesicht. Seine dunklen Augen blitzten vor Erregung auf, als sich ihre Blicke kreuzten.

Vor seiner Brust hielt er die verzweifelte und gefesselte Sienna. Sie war etwa zwei Köpfe kleiner als er, weshalb es für ihn ein Leichtes war, sie im Zaum zu halten. An ihren Hals hielt er ein großes scharfes Messer, das ihr bei einem falschen Wort vermutlich die Kehle aufschneiden würde.

Evelyn schluckte schwer. Sie sah Sienna in die Augen und spürte sofort die Todesangst, die sie haben musste.

„Er lag schon am Boden, ehe dein kleiner Freund etwas machen konnte. Es hat ihn ziemlich blöd erwischt", sagte Alexander gespielt mitleidig und schob seine Unterlippe vor.

Was hieß *erwischt*?

War Riley bereits tot?

Ehe sie diesen angsteinflößenden Gedanken überprüfen konnte, gewann Alexander erneut ihre Aufmerksamkeit.

Er packte Sienna noch fester. So fest, dass sie schmerzerfüllt aufschrie. „Eurer kleinen Freundin hier könnte es noch schlechter ergehen als ihm." Er nickte in Rileys Richtung. „Es sei denn, ihr bringt mich zum Portal und lasst es mich zerstören."

Evelyn bekam Gänsehaut.

Das war's. Sie hatten verloren. Alexander war stärker und abgebrühter als sie alle zusammen.

Und er hatte Sienna in seiner Gewalt. Ein besseres Drohmittel gab es nicht.

„Bringt ihn nicht dorthin!", keuchte Sienna noch gerade so, bevor er ihr die Luft mit seinem dicken Bizeps abdrückte.

„Sei still Sienna. Natürlich bringen wir ihn dorthin. Dein Leben ist wichtiger", antwortete Madison stellvertretend für sie alle.

Evelyn und Liam sahen sie kurz an. Sie schien dies zu bemerken: „Schon gut, Leute. Ein zerstörtes Portal wird schon nicht so schlimm sein."

„Da wäre ich mir nicht so sicher. Und die Entscheidung möchte ich mir auch nicht anmaßen", entgegnete Liam ihr.

Etwas angegriffen wandte sie sich ihm zu: „Und *ich,* möchte *mir* nicht anmaßen, über das Leben von *Sienna* zu entscheiden. Sie ist unsere Freundin. Natürlich rette ich sie."

„Das ist egoistisch gedacht. Gegenüber allen anderen Menschen auf der Welt!", versuchte Sienna sich wieder einzumischen, doch ihre Worte erstickten in Alexanders Ellenbeuge.

„Tick Tack. Tick Tack", sagte er daraufhin nur und sah belustigt zu den anderen Dreien.

„Na gut. Folg uns Alexander", sagte Evelyn und ging voraus auf den einzigen Gang, der aus dem Raum hinausführte. Sie wusste genauso wenig, wo das Portal war wie Alexander, aber es schien so oder so nur noch einen Weg zu geben.

Sie ahnte, dass er sie nur dorthin mitnahm, um sie nicht aus den Augen zu verlieren. Er war schließlich von nun an alleine.

Oder erwartete sie dort ein weiterer Opposite?

War es eine Falle?

Würden sie gleich alle getötet werden?

Wie von allein addierten sich die bereits toten Opposites in ihrem Kopf. Vier Tote hatten am Boden gelegen, einer war in die Lava gefallen. Und dann war da noch Alexander. Insgesamt konnte sie also sechs Opposites zählen. Das in etwa musste der Anzahl an Männern entsprechen, die sie entsandt hatten. Demnach durfte eigentlich niemand mehr übrig sein, außer…

Außer der Schlimmste von ihnen.

Langsam erhöhte sie ihr Tempo. Jetzt hatte sie nicht mehr so große Angst, jemandem in die Arme zu laufen.

Dennoch ließ sie die Pistole in ihrer Hand nicht eine Sekunde sinken oder gar zurück ins Holster wandern.

Es dauerte nur noch wenige Minuten, bis sie den altbekannten orangefarbenen Schimmer an den Wänden erkennen konnte.

Das Portal war ganz in der Nähe.

„Wunderbar machst du das. Frauen können ja doch noch zu was gut sein", raunte Alexander unmittelbar hinter ihr. Es versetzte Evelyn einen Stich in den Rücken, als sie merkte, wie nah er ihr war.

Nicht nur ein Mörder, sondern auch noch ein frauenverachtendes Arschloch.

Sympathische Mischung.

Sie führte ihn mit klopfendem Herzen in den kreisrunden Raum hinein, in dessen Mitte sich das altbekannte Holzpodest befand. Der ganze Raum erinnerte sie unheimlich an den Raum im Keller der Villa in Australien. Die Wände zeigten das Geschehen in der ersten afrikanischen Ära.

Evelyn wusste nicht mehr genau, welches Jahr gerade in der afrikanischen Vergangenheit war, aber sie konnte auf den ersten Blick kaum einen Unterschied zu dem heutigen Ägypten erkennen. Sand, Dünen, Sonne. Überall.

Von anderen Menschen war zunächst keine Spur. Nur in der Ferne ließ sich eine kleine Stadt erahnen.

Der Wind pfiff über die kleinen Dünen und trug dabei Mengen an Sand mit sich. Der Himmel war strahlend blau – keine einzige Wolke erkennbar.

„Seht euch diese Hölle nur mal an. Sand über Sand. Kein Wasser und kein Schatten. Für jemanden wie mich, der in kalten Gefilden wie Russland geboren wurde, ist es absolut unvorstellbar, dort zu überleben. Ich verstehe nicht, wieso ihr diese Dreckswelten verteidigt. Diese Welten kosten Leben!“, wetterte Alexander und bekam dabei auf einmal ein merkwürdiges Glänzen in seinen schwarzen Augen, das Evelyn nicht genau deuten konnte. Es war ein gieriger und hungriger Ausdruck.

„Tu doch nicht so, als ob das Leben anderer Menschen dich interessieren würde“, sagte Liam und ließ dabei gelassen seine Hände in die Hosentaschen gleiten.

Bei diesen Worten fixierte Alexander ihn blitzschnell mit seinem Blick.

„Natürlich ist mir das Leben anderer egal. Aber mir ist nicht egal, was diese scheiß Welt *mir* angetan hat. Und schon gar nicht, was sie mir weggenommen hat.“

Liam bekam eine Gänsehaut. Davon konnte er ein Lied singen. Die dritte australische Ära – genauer gesagt Spiel 32 – hatte ihm seine Schwester genommen. Er war noch immer nicht darüber hinweg, was dort passiert war.

Irgendwie interessierte ihn Alexanders Geschichte.

„Was hat sie dir denn genommen?“, fragte er daher.

Evelyn verdrehte die Augen. Liam sollte bloß nicht auf die Idee kommen, sich mit Alexander zu solidarisieren, nur weil sie beide eine Gemeinsamkeit hatten.

„Sie hat mir meinen besten Freund genommen. In der dritten europäischen Ära starb er.“

Liams Augen blitzten auf. „Zufälligerweise in einem Spiel?“

Alexander nickte.

„Ja. Es hieß Domino. Wir spielten getrennt voneinander – mussten Fragen beantworten, um weiterzukommen. Es war wie ein Quiz, in dem dich jede Frage das Leben kosten konnte. Nach jeder Antwort, die ich gab, tat sich eine neue Tür auf. Entweder führte diese Tür weiter in Richtung Sieg oder sie führte dich auf einen völlig falschen Weg, von dem du nicht wusstest, dass er am Ende den Tod für dich bereithalten würde. Mein Kumpel war schon nach seiner dritten Antwort totgeweiht. Davon wusste er aber nichts. Das Spiel hat ihn ganze zwei Stunden weiter in dem Glauben gelassen, dass am Ende der Türen die Freiheit auf ihn warten würde. Stattdessen gelangte er in eine Sackgasse. Was dort mit ihm geschah, weiß ich nicht. Ich weiß nur, dass ich ihn seitdem nie mehr gesehen habe."

„Das tut mir leid", sagte Liam und spürte das erste Mal so etwas wie Verbundenheit und Verständnis für diesen Mann.

Evelyn konnte nicht fassen, was hier gerade passierte. Sie versuchte, Liams Blick einzufangen, doch der war vollkommen im Tunnel.

Alexander drückte Sienna noch immer sehr fest an seine Brust und hielt dabei das Messer an ihre Kehle. Es war keine Zeit für ein ausgiebiges Pläuschchen mit dem Feind.

„Aber wenn du in den europäischen Ären warst, musst du doch..."

„In der Hartwood Klinik gewesen sein?!", fiel er Madison ins Wort. „Das ist absolut richtig. Ich wurde nach meinen Verbrechen schuldunfähig gesprochen und in die geschlossene Psychiatrie eingewiesen. Dort lernte ich damals meinen Kumpel kennen."

Liam sah ihn nachdenklich an. Die Worte „*meine Verbrechen*" schien er gekonnt überhört zu haben. Er hing noch immer daran fest, dass Alexander so ziemlich den gleichen Schicksalsschlag durchgemacht hatte wie er selbst mit Loreena.

Ihm lagen so viele Fragen auf der Zunge. Dabei vergaß er auch nahezu, dass seine Kollegin Sienna noch immer in Gefahr schwebte.

Er vergaß alles. Auch, dass sie sich unmittelbar neben dem Portal befanden und Alexander vermutlich nur eine Sekunde brauchen würde, um sowohl Sienna als auch das Portal aus dem Weg zu räumen. Vermutlich würde er dann nicht mal eine Weitere benötigen, um auch Liam, Madison und Evelyn auszulöschen.

„Wie war das so für dich, als du realisiert hast, dass dein Freund nicht mehr wiederkommen wird?", fragte Liam und kämpfte dabei gegen die aufsteigenden Tränen an. Der Moment war emotionaler, als er sich eingestehen mochte.

Doch auf eine Antwort brauchte er nicht zu hoffen, denn im nächsten Moment spritzte Liam Blut entgegen. Literweise Blut. Erschrocken schloss er die Augen und drehte sich weg.

Was war passiert?

Er wollte nachsehen, denn er hörte Sienna schreien, doch er hatte Blut in den Augen, das auf seiner Netzhaut brannte und sich wie ein dunkler Schleier über alles um ihn herum legte.

Hinter ihm fiel keuchend jemand zu Boden. Ein verzweifeltes Glucksen erstickte alle anderen Geräusche, ehe die Person, von der es kam, selbst daran erstickte.

Liam fluchte, während er sich die Augen rieb und hoffte, endlich wieder etwas sehen zu können.

Er drehte sich mit pochendem Herzen um und sah Evelyn, die die weinende Sienna aus ihren Fesseln befreite. Beide waren blutüberströmt und vollkommen aufgelöst. Sein Blick wanderte weiter zum Boden, wo der tote und regungslose Körper von

Alexander lag. Erleichterung machte sich in ihm breit. Seine Knie begannen zu zittern und seine Brust zu beben.

„Was…", stotterte Liam fassungslos. „Was? Wie hast du das gemacht?! Er ist der gefährlichste Killer Russlands und du hast ihn gerade… Du hast ihn getötet!", entfuhr es Liam immer wieder.

Evelyn schniefte. „Ja, ich habe einen verletzlichen Moment ausgenutzt. Er war ungeschützt und hat zum ersten Mal nicht darauf geachtet, was um ihn herum geschieht. Das war die einzige Gelegenheit."

Sienna fiel ihr weinend um den Hals. „Danke, Evelyn. Du hast mich gerettet."

„Aber wie hast du das gemacht? Ich habe es irgendwie gar nicht richtig mitbekommen", fragte Liam noch immer ratlos.

Evelyn sagte nichts, hob aber die Hand, in der sie das Messer ihres Multitools hielt. Sie musste es sich während des Gespräches aus der Hosentasche gezogen und ihm in einem passenden Moment von der Seite in den Hals gerammt haben.

Madison sah angewidert auf Alexander herunter. „Er war ein Schwein. Er hat es nicht anders verdient", sagte sie abwertend.

Im selben Moment erlosch das orangefarbene Licht um sie herum. Die friedliche und endlose Wüstenlandschaft, die soeben noch auf den Wänden des kreisrunden Raums um sie herum zu sehen gewesen war, verschwand mit einem Mal.

Liam schluckte. „Der Selbstschutz."

„Leute, seht mal! Ein Ausgang!", Evelyn rannen Freudentränen über die Wange, als sie das sagte. Tatsächlich hatte sich da ein kleiner schmaler Gang mit Treppen hinter den Bildern versteckt, durch den eine frische Brise der kühlen Wüstenluft zu ihnen herunter kam und ihnen um die Nase wehte.

Tageslicht konnten sie keines erkennen, schließlich war draußen gerade die Nacht hereingebrochen. Als sie das realisierte, erinnerte sie sich wieder an den Fluss und die wechselnden Uhrzeiten. Sie erstarrte. „Wir müssen Riley holen. Der Fluss wird sich gleich zu Schwefel oder Säure verändern. Dann wird er definitiv sterben, wenn er noch da liegt. Wir dürfen die giftigen Substanzen auch auf keinen Fall einatmen. Lasst ihn uns holen und dann nichts wie weg hier! Sienna bleibst du hier und setzt schon mal einen Notruf ab?"

Sienna nickte. Die anderen rannten los. Der Weg zu Riley war zum Glück nur kurz und sie fanden ihn auch genau an der Stelle wieder, an der sie ihn liegen gelassen hatten.

Evelyn kniete sich mit wummerndem Herzen neben ihn in den Sand und ertastete seinen Puls. Liam sah sie angespannt an, während er auf eine Rückmeldung wartete.

Sie nickte nur, um zu signalisieren, dass er noch lebte und half dann Liam dabei, seinen regungslosen Körper zu schultern.

„Er ist schon viel zu lange bewusstlos. Da stimmt irgendwas nicht!", schrie Madison im Rennen.

Sie eilten aus den Katakomben nach oben an die frische Luft. Endlich. Endlich konnten sie ein bisschen durchatmen.

Sie hatten keine Opposites mehr im Nacken, keinen Fluss mehr, um den sie sich Sorgen machen mussten und keine dunklen endlosen Gänge, in denen sie sich verirren konnten.

Geister und Dämonen gab es hier oben zum Glück auch nicht.

Jetzt mussten sie nur noch auf die Rettung warten und hoffen, dass Riley so lange durchhalten würde.

27

„Was können wir tun?", rief Sienna hektisch. Ihre Stimme brach
bei jedem Wort ein wenig mehr und ihre Augen füllten sich
Stück für Stück mit Tränen.

Der Sanitäter Marcus, der an Bord des Helikopters war, schob
sie mehr oder weniger sanft beiseite, um sich einen Überblick
zu verschaffen und die Situation einschätzen zu können.

„Hier kann ich nicht viel für ihn tun. Das Wichtigste spielt sich
in seinem Inneren ab. Wir müssen warten, bis wir im
nächstgelegenen Krankenhaus sind", sagte er und versuchte, die
blutende Wunde an Rileys Hinterkopf zu versorgen. Er legte
eine sterile Kompresse direkt auf die Wunde an seinem Kopf.
Den Verband, den er darum wickelte, fixierte er zuerst mit zwei
Wicklungen in der Vertikale über dem Kinn und anschließend
befestigte er horizontal die Wundauflage. Das Ende des
Verbandes fixierte er mit einigen Streifen Tape. Es sah sehr
provisorisch aus, doch es erfüllte seinen Zweck, denn es stoppte
die Blutung.

Er kontrollierte noch einmal den Zugang, den er an Rileys Arm gelegt hatte, und setzte sich dann neben ihn. Den Bildschirm, der Rileys Werte anzeigte, ließ er keine Sekunde aus den Augen.

Immer wieder richtete auch Sienna einen kontrollierenden Blick auf den Bildschirm, der Rileys Atmung und seinen Puls überwachte. Sie war die einzige, die hatte mitfliegen dürfen. In dem kleinen Hubschrauber war gerade genug Platz für sie, den Sanitäter und Riley.

Sein Puls und seine Atmung waren bedrohlich langsam und ruhig. Seit dem Angriff auf ihn, war er nicht mehr bei Bewusstsein. Er war nicht ansprechbar, bewegte sich nicht und wachte auch nicht auf.

Durch seine Venen lief ein Schmerzmittel, das den Schmerz, welchen auch immer er hatte, diesen hoffentlich linderte.

Sienna ließ sich verzweifelt neben Marcus auf den Sitz sinken. Er legte eine Hand auf ihre Schulter und sah sie eindringlich an.

„Es wird alles wieder gut, Sienna!"

„Aber wieso wacht er dann nicht auf? Hat es etwas mit seiner Kopfwunde zu tun? Wird er denn wieder aufwachen?" Immer mehr Fragen schossen Sienna durch den Kopf. Und mit jeder Frage wurde die Verzweiflung in ihrer Stimme hörbarer und lauter.

„Dazu kann ich dir leider noch nichts Genaueres sagen. Ich habe hier nicht die Mittel und die Ausrüstung, die es benötigt, um eine solche Untersuchung durchzuführen, um dir deine Fragen beantworten zu können. Wir müssen warten, bis wir im Krankenhaus angekommen sind. Dort wird seine Wunde versorgt und ein Röntgenbild seines Schädels gemacht, um festzustellen, ob der Schlag auf den Hinterkopf eventuell bleibende Schäden hinterlassen haben könnte."

Mit einer solchen Antwort hatte Sienna nicht gerechnet.

Bleibende Schäden?

Sie wusste nicht, mit was für einer Antwort sie gerechnet hatte. Vermutlich hätte sie keine zufrieden gestellt, denn das Gefühl, nicht zu wissen, was mit jemandem passierte, den man auf eine gewisse Art und Weise liebte, war niemals zufriedenstellend.

Gedankenverloren sah Sienna aus dem kleinen Fenster des Hubschraubers und beobachtete die vorbeiziehenden Wolken.

Ein eindringliches Piepen riss sie aus ihren Gedanken.

Rileys Sauerstoffwert sank erschreckend niedrig. Marcus sprang hektisch auf und griff sofort nach einem der Notfallkoffer, die unter den Sitzen verstaut waren.

„Was machst du da? Was passiert mit ihm?", fragte sie verzweifelt.

Marcus vollzog einen prüfenden Blick in Rileys Luftröhre, die er zuvor vergessen hatte zu kontrollieren.

„Es hat sich während des Kampfes zu viel Ruß und Staub in seiner Luftröhre abgesetzt. Ich muss intubieren."

Hilflos trat Sienna vor seine Liege und griff nach seiner Hand.

„Du musst mir etwas Platz machen, bitte", ermahnte er sie.

„Ich weiß, dass du Angst hast und dass das alles sehr erschreckend für dich ist, aber du musst mich meine Arbeit machen lassen."

Sienna nickte und machte einige Schritte von der Liege zurück.

„Ich werde jetzt den Tubus durch den Mund und den Kehlkopf in die Luftröhre einführen. Der Tubus schafft einen freien Atemweg und schützt ihn vor Aspiration. Ich werde ihn auch an ein Beatmungsgerät anschließen. Ich glaube nicht, dass er es schafft, von alleine weiter zu atmen, bis wir im Krankenhaus angekommen sind", erklärte Marcus, damit sie ihm folgen konnte.

Nachdem sie auf dem Landeplatz des Krankenhausdaches gelandet waren, ereignete sich alles unglaublich schnell. Bereits an dem Landeplatz standen mehrere Arzthelfer und Arzthelferinnen, um Marcus bei der Überführung von Riley in den OP-Saal zu helfen. Sienna folgte ihnen.

Sie konnte nur gedämpft hören, was die Ärzte sich untereinander zuriefen. Sie rannten mit der Liege, auf der Riley lag, durch die Flure.

„Wunde am Hinterkopf."

„Tubus."

„Röntgenaufnahme und CT."

All diese Wörter schnappte sie auf, konnte sie jedoch in keinen logischen Zusammenhang bringen.

„Er hat einen Puls, aber ist kritisch hypotensiv. Blutdruck 80 zu 54. Ich habe auf dem Flug die Blutung an seinem Hinterkopf gestoppt, musste jedoch intubieren, als sein Sauerstoffwert immer niedriger wurde", sagte Marcus und klärte die anderen über sein Handeln während des Fluges auf.

Sienna blieb stehen.

Die Worte vermischten sich in ihrem Kopf. Sie verstand keinen klaren Satz, kein klares Wort mehr. Alles Gesagte zerfloss zu einem bloßen Brei.

Das Atmen fiel ihr schwer und ihre Brust spannte. Die Ärzte nuschelten noch etwas, was Sienna sowieso nicht verstand, und verschwanden dann hinter der Tür zum OP-Bereich. In diesem Moment kamen ihr die anderen auf dem Flur entgegen. Evelyn ging auf Sienna zu und rüttelte sie am Arm. „Ist alles gut? Sienna hörst du mich?"

Doch sie antwortete ihr nicht. Es wirkte beinahe so, als würde sie Evelyn nicht einmal bemerken. Als würde sie nicht einmal hören, dass sie mit ihr redete. Dass sie sie fragte, ob es ihr gut ging, war nebensächlich.

Wie konnte das nur passieren?

Und wieso Riley?

Tränen liefen ihr die Wangen hinunter.

„Hallo?! Sienna?!", rief Evelyn jetzt etwas eindringlicher und lauter. Sie musste sie aus ihren Gedanken gerissen haben, denn Sienna wandte sich ihr zu und sah sie aus verweinten Augen an.

„Ich muss hier raus", flüsterte sie, machte auf dem Absatz kehrt und verließ ohne ein weiteres Wort das Krankenhaus.

28

„Hey Sienna warte mal!", rief Evelyn, während sie ihr hinterherlief. Doch Sienna hörte ihr nicht zu und antwortete ihr auch nicht. Ganz im Gegenteil, Evelyn hatte das Gefühl, sie würde eher schneller als langsamer werden.

„Wo willst du hin?", rief Evelyn ihr erneut zu. Doch wieder keine Antwort. Sienna rannte durch die Notaufnahme raus aus dem Gebäude. An einer Bank im Park des Krankenhauses kam sie abrupt zum Stehen und stützte sich mit ihren Händen auf den Knien ab. So, als würde viel zu viel Last auf ihren Schultern liegen, um sie noch tragen zu können. Als Evelyn bei ihr ankam, erkannte sie, wie schwer sie atmete.

„Hey, was ist denn los? Beruhig dich erst einmal. Atme. Tief ein und aus und nochmal ein und aus", versuchte Evelyn, sie zu beruhigen. Mitfühlend strich sie über ihren Rücken und atmete weiter mit ihr laut ein und aus. Nachdem sie sich ein wenig beruhigt hatte, setzte Sienna sich auf die Parkbank. Der Vollmond stand direkt über ihnen und erhellte die dunkle Nacht.

Vereinzelt waren Sterne zu erkennen, die den Himmel schmückten.

„Ich weiß, dass das total bescheuert klingt, aber ich mache mir unglaublich doll Vorwürfe. Ich habe das Gefühl, ich hätte eher mit ihm reden müssen. Ich hätte ihm sagen müssen, dass es mir leid tut, wie alles gelaufen ist. Ich habe das Gefühl, ich hätte mich um ihn kümmern müssen. Versteh mich nicht falsch, ich bereue nicht, dass ich mich für Tarek entschieden habe, weil mein Herz für ihn schlägt, aber trotzdem habe ich Schuldgefühle. Warum?", fragte sie verzweifelt.

Einen Moment blieb es still. Niemand von ihnen wusste, was er sagen sollte, denn niemand von ihnen fand die richtigen Worte. Gab es überhaupt richtige Worte für eine so falsche Situation?

„Ich habe Angst, Evelyn", flüsterte Sienna und brach so das Schweigen, welches zwischen ihnen herrschte.

„Ich habe Angst, dass er nicht mehr aufwacht. Ich habe Angst davor, dass ich mich immer schlecht fühlen werde. Was machen wir denn, wenn er nicht wieder aufwacht? Oder, wenn er niemals wieder der Alte sein wird?"

Evelyn atmete überfordert aus. „Ganz ehrlich… Ich weiß es nicht. Wir können nur hoffen, dass alles gut wird und dass er wieder der Alte wird. Aber wir wussten alle, worauf wir uns einlassen. Wir wussten alle, dass diese Missionen uns unser Leben kosten können. Und wir sind dieses Risiko alle eingegangen, auch Riley. Ich hoffe genauso wie du, dass alles gut wird und dass die Ärzte ihm irgendwie helfen können…und glaub mir, auch ich habe Angst, dass wir ihn verlieren werden, aber, dass du dich schuldig fühlst, weil du nun mal Tarek und nicht ihn liebst, das verstehe ich nicht wirklich. Du kannst nichts für deine Gefühle, Sienna. Und schon gar nicht kannst du etwas dafür, dass er dich liebt und du ihn nun einmal leider nicht. Riley weiß, dass er dir trotz alledem immer noch sehr viel bedeutet, und er war dir nie böse für die Entscheidung, die du getroffen hast. Du solltest nicht zu hart zu dir selbst sein und schon gar nicht solltest du dich schuldig für etwas fühlen, für das du nichts kannst", erklärte Evelyn.

„Ja, du hast ja recht. Und eigentlich weiß ich das auch. Aber irgendwie ist im Moment alles so schwierig. Ich weiß gar nicht so richtig, wo mir der Kopf steht und ständig diese Kopfschmerzen", krächzte Sienna, während sie sich schmerzerfüllt den Kopf rieb. Sie kramte in ihrer Tasche und holte ein kleines Pillendöschen heraus. Sie öffnete es und warf sich zwei davon ein.

Evelyn runzelte die Stirn.

„Also, wenn ich ehrlich bin, dann mache ich mir so langsam wirklich Sorgen um dich und deine Kopfschmerzen. Du solltest wirklich nochmal zum Arzt gehen und das untersuchen lassen. Du kannst doch nicht ständig nur Schmerztabletten einwerfen und hoffen, dass es davon besser wird. Und auch die Halluzination, die du hattest…Ja, wir alle hatten schon einmal eine Halluzination, aber ich glaube bei niemandem hat sie sich so real angefühlt, wie bei dir und ich glaube, das solltest du dringend abchecken lassen. Also bitte versprich mir, dass du, sobald wir im IFS sind, noch einmal zum Arzt gehst, bevor wir zum nächsten Portal aufbrechen." Sienna nickte nur und wandte sich ab.

Ihre Kopfschmerzen und ein Besuch beim Arzt waren nun wirklich das Letzte, worüber sie sich jetzt den Kopf zerbrechen wollte. Sie konnte an nichts anderes denken, außer an Riley.

„Was glaubst du, wie lange dauert die OP noch?" fragte Sienna.

„Nicht mehr allzu lange", ertönte hinter ihnen eine Stimme.

Liam kam auf sie zu und setzte sich neben sie auf die Bank.

„Einer der Ärzte kam gerade kurz raus und ich habe mit ihm geredet. Die Kopfverletzung macht ihnen Sorgen. Er hat wohl

Hirnblutungen, aber sie versuchen alles, um ihm zu helfen. Sie hoffen, wenn er aufwacht, dass er wieder ganz der Alte wird und alle Funktionen seines Körpers und seines Geistes wieder vollkommen funktionsfähig sein werden. Nach der OP werden sie Riley in ein künstliches Koma versetzen. Zur Überwachung muss er ein paar Tage noch im Krankenhaus bleiben, bis er zum IFS überführt werden kann. Sie hoffen, dass er sich während des künstlichen Komas besser und schneller regenerieren kann, um danach wieder vollkommen gesund zu werden", erklärte Liam. „Aber ich bin mir sicher, dass William noch einmal auf uns zukommen wird, denn Riley wird für die nächste Mission und mit Sicherheit auch für die nachfolgenden erst einmal ausfallen. Wir werden also Ersatz brauchen, denn lange wird es nicht mehr dauern, dann müssen wir uns schon für das nächste Portal bereit machen."

Evelyn nickte und griff nach Liams Hand.

„Künstliches Koma?", fragte Sienna verwirrt. An eine nächste Mission oder irgendwelchen Ersatz für Riley konnte sie jetzt keinen Gedanken verschwenden. Ihre Gedanken kreisten einzig und allein um Riley. Und darum, wie es ihm wohl gerade ging.

„Ja, ein künstliches Koma. Sie hoffen, dass es seinem Körper so leichter fällt, gegen die Verletzungen anzukämpfen", erklärte Liam. „Ich weiß, dass es jetzt wirklich schwer ist, einfach den Kopf auszuschalten und schlafen zu gehen, aber wir brauchen Ruhe. Auch wir haben bei dem Kampf einiges abbekommen und auch wir müssen fit für die nächste Mission sein. Es geht um Leben und Tod. Wir müssen schlafen. Wir müssen uns ausruhen und wir müssen vorbereitet sein. Vor allem müssen wir uns vorher nochmal dem ärztlichen Check unterziehen. Der Arzt hat mich gerade noch darauf angesprochen, dass auch die anderen sich durchchecken lassen müssen. Madison ist sofort dageblieben und ich habe gesagt, dass ich euch suchen und holen werde", erklärte Liam, stand auf und signalisierte den anderen beiden, dass sie ihm folgen sollten.

Evelyn nickte zustimmend, stand ebenfalls auf und griff nach Liams Hand. „Geht ihr schon mal vor. Ich brauch noch eine Minute und komme dann nach", erklärte Sienna und schenkte den beiden ein kleines, aber ehrliches Lächeln.

„Bist du dir sicher? Soll ich bei dir bleiben? Ist wirklich alles in Ordnung?", vergewisserte Evelyn sich, bevor sie mit ihm mitging.

Sienna nickte nur und wünschte den beiden eine gute Nacht.

Einige Minuten noch saß sie einfach so da und schaute ins Leere.

Sie konnte sich jetzt nicht einfach ins Flugzeug setzen, schlafen und Riley hier zurücklassen. Sie musste wissen, wie sich sein Zustand entwickeln würde. Sie wollte bei ihm sein, falls er es nicht schaffen würde.

Einige Zeit verging, in der Evelyn und die anderen sich dem ärztlichen Check unterzogen. Sie saßen im Wartebereich und warteten darauf, dass auch endlich ihr Sorgenkind Sienna mit der ärztlichen Untersuchung durch war. Als diese über die Türschwelle trat, sprangen Evelyn, Madison und Liam fast gleichzeitig aufgeregt von ihren Plätzen auf. „Was hat der Arzt gesagt?"

„Alles gut", antwortete sie kurz und knapp. „Also hast du dir keine Kopfverletzung bei dem Absturz zugezogen?", fragte Liam sie.

„Nein, habe ich nicht."

Madison fiel ihr erleichtert um den Hals. „Gott sei Dank! Ich hatte schon Angst, dass du auch Hirnblutungen haben könntest!"

Evelyn fiel ebenfalls ein Stein vom Herzen, aber sie freute sich verhaltener als ihre Freunde. So ganz traute sie der Situation immer noch nicht. „Sienna, hast du den Arzt wenigstens mal gefragt, woher deine Kopfschmerzen kommen, die du schon seit Beginn des Studiums hast?"

Sienna nickte, während sie sich auf einem Stuhl neben den beiden niederließ. „Natürlich habe ich das. Der Arzt hier sagt das Gleiche, wie der Arzt vom IFS es seit Jahren predigt. Der Stress hat bei mir chronische Kopfschmerzen verursacht. Meine Tabletten sind eine Notlösung für die Fälle, in denen ich es kaum mehr aushalte. Eigentlich rät der Arzt mir schon seit Jahren zu kündigen, aber ich bin zuversichtlich, dass auch wieder bessere Zeiten kommen werden."

Nach dieser Antwort war Evelyn auch etwas beruhigter. „Na gut, immerhin nichts Ernstes. Aber das ist doch belastend für dich. Vielleicht solltest du wirklich mal darüber nachdenken."

Ehe Sienna antworten konnte, taten sich die Türen des OP-Saals auf. Der leitende Arzt kam auf sie zu, während er sich langsam die OP-Haube vom Kopf zog. Bedrückt sah er zu ihnen und kündigte damit ein wohl sehr schweres Gespräch mit schlechten Nachrichten an. Sienna überkam ein Schwall von Übelkeit.

War sie bereit für ein solches Gespräch?

„Und? Wie geht es ihm?", rief sie ihm ungeduldig entgegen.

„Setzt euch erstmal hin", sagte der Arzt, der seinem Namensschild zufolge Dr. Wilson zu heißen schien. „Die OP ist soweit gut verlaufen. Wir haben alles getan, was in unserer Macht stand und konnten so seine Vitalfunktionen stabilisieren. Er schwebt nicht mehr in Lebensgefahr. Das ist wohl die beste Nachricht, die ich euch überbringen kann. Denn leider waren seine Hirnblutungen bereits so drastisch, dass sie irreparable Schäden verursacht haben. Wir versetzen ihn jetzt auf unbestimmte Zeit ins künstliche Koma. Dennoch solltet ihr euch darauf einstellen, dass, wenn er aufwacht, er nicht mehr derselbe sein wird. Er wird sich aller Wahrscheinlichkeit nach wieder zurück ins Leben kämpfen müssen. Je nachdem, wie sein Zustand dann sein wird, kann dieser Weg leichter oder härter werden. Leider können wir jetzt aber noch nicht feststellen, wie schwer die Schäden wirklich sind, die die Hirnblutungen verursacht haben. Daher kann diese Prognose erst gegeben werden, wenn er wieder wach ist. Er wird so lange hierbleiben. Eine Überführung in seinem Zustand ist viel zu riskant. Das können wir nicht verantworten." Dr. Wilson strich sich schwermütig über seine dunklen Bartstoppeln. Diese waren nur wenige Millimeter lang und ließen ihn ein wenig ungepflegt aussehen. Vermutlich trug er sonst Vollbart, wenn er sich nicht gerade für Operationen rasieren musste. Seine Augen saßen tief in den Augenhöhlen und waren umrandet von dunklen Augenringen. Seine schwarzen, schon etwas lichten Haare waren durchzogen mit einzelnen grauen Härchen. Man sah ihm die harte Arbeit der letzten Jahre an. Solch ein Gespräch musste Routine für ihn sein und doch wirkte es, als würde es ihm alles andere als leichtfallen.

„Okay, also könnte es sein, dass er danach alles neu lernen muss?", fragte Liam betroffen und beobachtete dabei die Mimik der drei Mädchen, die immer mehr aus den Gesichtern wich. Tränen stahlen sich in Siennas Augen, während sie nur noch körperlich anwesend zu sein schien.

Dr. Wilson seufzte einmal kurz. „Es könnte sein. Wie gesagt, aktuell ist es uns nicht möglich, eine Aussage zu treffen. Das maße ich mir auch gar nicht an. Er könnte aufwachen und nichts mehr können. Weder sprechen, noch laufen oder sich bewegen. Er könnte aber auch aufwachen und nur Kleinigkeiten verlernt haben."

Liam nickte nur. Er wollte nicht weiter nachhaken, was genau er unter diesen *Kleinigkeiten* verstand. Er wollte weiterhin Hoffnung haben dürfen.

„Ihr könnt jeden Augenblick zu ihm. Auch wenn er im Koma liegt, wird er merken, dass ihr da seid. Also schenkt ihm etwas Kraft und steht ihm bei. Auch wenn er nicht reagieren kann." Mit diesen Worten verabschiedete Dr. Wilson sich wieder von ihnen und verließ das Wartezimmer, das mittlerweile bis auf die Vier menschenleer war.

Zunächst trat eine beklemmende Stille ein, in der sie die Worte des Arztes sacken ließen. Evelyn wagte einen vorsichtigen Blick zu Sienna, die neben ihr saß und mit verschränkten Armen auf die Glasscheibe gegenüber von ihnen starrte. Sie beobachtete mehr oder weniger aufmerksam die vorbeigehenden Menschen, Ärzte und Arzthelfer.

„Ich kann es nicht fassen", entfuhr es ihr plötzlich.

„Ich auch nicht", stimmte Madison mit ein.

„Stellt euch nur mal vor, er hätte danach eine Behinderung. Geistig und körperlich. Das würde mich so treffen. Er tut mir so unfassbar leid", sagte Evelyn und machte damit absolut gar nichts besser.

Wieder setzte ein kurzes Schweigen ein, bevor Sienna laut und genervt seufzte. „Ja, also was ist? Wollen wir zu ihm? Ich kann nicht mehr länger warten. Ich muss ihn sehen", sagte Sienna. Es klang schon fast ein wenig schnippisch. Vielleicht war sie sauer über das, was Evelyn eben gesagt hatte. Schließlich war das doch etwas unsensibel gewesen, wenn sie so darüber nachdachte.

Aber diese Angst spukte nun mal in ihrem Kopf herum, was sollte sie also machen? Sie hatte bestimmt nur ausgesprochen, was sie alle sowieso schon befürchteten.

Gemeinsam machten sie sich auf den Weg zur Intensivstation, auf der Riley lag. Evelyn fand schon immer, dass auf diesen Stationen eine ganz andere Stimmung herrschte. Die Geräusche der piependen Geräte aus jedem Zimmer machten ihr einmal mehr klar, dass die Patienten auf dieser Station um ihr Leben kämpften.

Rileys Zimmer befand sich hinter der ersten Tür auf der linken Seite. Sienna ging voraus, hielt jedoch einen Moment inne, bevor sie die Klinke herunterdrückte und hineinging. Sie musste sich scheinbar sehr überwinden.

Kaum hatte Madison die Tür als Letzte hinter ihnen geschlossen, erstickten die Geräusche vom Flur, was die Geräusche von Rileys lebenserhaltenden Geräten jedoch umso lauter – umso unerträglicher – machte.

„Hey", sagte Sienna mit sanfter Stimme als sie um die Ecke bog und Riley in seinem Krankenbett liegend erblickte. Sie trat langsam und vorsichtig neben das Kopfteil und ließ ihren Blick über das Bett wandern. Er lag unter einer großen Decke, die bis auf seinen Kopf und linken Arm den ganzen Körper bedeckte. In seinem Handrücken steckte die Infusionsnadel, über die er für unabsehbare Zeit seine Nahrung und Flüssigkeit beziehen würde. Ihre Aufmerksamkeit glitt nun zu dem Monitor, auf dem sein Herzschlag überwacht wurde. Ein kleines rotes Herz pochte in regelmäßigem Takt unter der grünen Zahl 55. Das war wohl sein Ruhepuls, den er hatte, wenn seine Körperfunktionen auf das Nötigste heruntergefahren waren. Kein Wunder – er war schließlich ein sehr trainierter Mann.

Daneben erkannte sie die Herzfrequenz in einer grünen Linie, die in regelmäßigen, langsamen Abständen ausschlug.

Soweit sie das beurteilen konnte, sahen die Werte alle ganz gut aus.

„Was ist das für eine Decke?", fragte Madison, als sie hinter den anderen ans Fußteil des Bettes trat. „Eine Kühldecke. Die senkt seine Körpertemperatur, um den Stoffwechsel und andere Funktionen des Körpers zu verlangsamen", erklärte Liam ihr, der sich schon immer sehr für die Medizin interessierte und daher schlau gemacht hatte.

„Wir beten für dich. Hoffentlich wirst du ganz bald wieder aufwachen", wisperte Evelyn, die kaum noch einen Ton herausbringen konnte.

„Und, dass du dann schnell wieder der Alte bist", ergänzte Madison schnell.

Sie standen eine Weile um sein Bett herum, schwiegen sich an und suchten dennoch irgendwie seine Nähe, ohne ihn zu viel zu berühren. Sienna nahm vorsichtig die Hand, die neben der Decke lag und legte die kalten Finger zwischen ihre Handflächen. „Ich habe dir noch so viel zu sagen", wimmerte sie leise.

Doch die anderen hatten es gehört. „Sollen wir dich nochmal kurz mit ihm alleine lassen? Wir können draußen im Auto auf dich warten, wenn du möchtest", schlug Liam vor.

Sienna nickte nur.

„Lass dir aber nicht allzu viel Zeit. Der Flieger zum IFS steht für uns bereit. Wir fliegen noch heute Nacht zurück", fügte er hinzu, während sie den Raum verließen.

29

Leise schloss sich die Tür hinter ihnen und Sienna wandte ihren Blick wieder Riley zu. Sie musste schlucken. Wie er so dalag - im Krankenbett - und sich überhaupt nicht bewegte.

Wieder stiegen ihr Tränen in die Augen. Sie konnte kaum in Worte fassen, wie furchtbar sich gerade alles anfühlte. Was für ein unglaublich schlechtes Gewissen sie hatte und wie sehr sie sich wünschen würde, dass er aufwachte und sie ihm sagen könnte, dass er ihr wichtig war und dass es ihr leid tat, wie alles gelaufen war. Vorsichtig setzte sie sich auf einen Stuhl, der neben dem Bett stand.

Ob er sie wohl hören konnte?

Ob er wohl verstand und mitbekam, was gerade mit ihm passierte?

Sie holte tief Luft und schluckte den Kloß hinunter, der sich in ihrem Hals gebildet hatte. „Riley", flüsterte sie mit zittriger Stimme. „Wenn du mich hören kannst, dann musst du aufwachen. Du musst einfach wieder aufwachen. Du kannst mich jetzt nicht alleine lassen. Du kannst uns alle doch nicht alleine lassen. Wir brauchen dich!"

Sie griff wieder behutsam nach Rileys Hand und strich vorsichtig mit ihrem Zeigefinger über seinen Handrücken.

„Es tut mir so unglaublich leid, dass das passieren musste. Du solltest mir nicht folgen. Ich hätte alleine in die Fänge der Opposites geraten sollen. Mein Leben bedeutet mir nichts mehr. Ich bin ein Wrack im Gegensatz zu dir."

Sie machte eine kurze Pause und überlegte, wieviel sie sagen sollte. Wieviel davon er wohl hören und sich merken würde. Nein. Sie wollte ihn nicht mit ihren Sorgen belasten.

„Als ich sah, wie Alexander dich k.o. schlug und du ungebremst mit dem Kopf auf den Boden geknallt bist...", sie schluchzte kurz. „Da wusste ich, dass du schwer verletzt wurdest." Wieder brauchte sie eine kurze Pause, in der sie ihre Tränen wegatmete. „Es tut mir so leid, dass ich dich in diese Situation gebracht habe, indem ich einfach weggeschwommen bin. Ich hätte damit rechnen müssen, dass du mir folgst. Und noch mehr tut es mir leid, dass das erst passieren musste, damit ich hier sitze und mit dir rede. Ich hätte schon viel früher das Gespräch mit dir suchen müssen, warum ich so zu dir war. Ich kann an meinen Gefühlen nichts ändern und ich kann nichts daran ändern, was Tarek mir bedeutet, aber genauso wenig kann ich ändern, dass du mir natürlich auch noch etwas bedeutest. Ich würde niemals wollen, dass es dir schlecht geht oder dass du leidest. Es tut mir wirklich leid, wie alles gelaufen ist. Ich hoffe einfach, dass alles wieder gut wird und dass du schnell wieder aufwachst."

Sienna blieb noch eine ganze Weile einfach so neben seinem Bett sitzen, umschloss seine Hand und hoffte inständig, dass er merken würde, dass jemand bei ihm und für ihn da war. Sie beobachtete, wie seine Brust sich hob und senkte. Beinahe so, als hätte sie Angst, dass er jeden Augenblick damit aufhören könnte. Dabei trug er eine Beatmungsmaske, über die seine Atmung kontrolliert und geregelt wurde. Seine Augen waren geschlossen und er wirkte so friedlich, als sie ihn betrachtete. Vermutlich war er das auch. Sie wusste es nicht, schließlich hatte sie keine Erfahrungen mit Komata.

Eine ganze Weile blieb sie noch regungslos sitzen, bis sie sich endlich aufraffen und von seinem Anblick losreißen konnte.

Sie musste zurück zu den anderen.

Zurück zum IFS. Das Leben ging weiter. Im Zweifel auch ohne ihn.

30

In der darauffolgenden Nacht lag Sienna bereits wieder in ihrem heimischen Bett beim IFS.
Mit Evelyn auf einem Zimmer.
Sie waren zu Hause.
Es war alles wie immer und doch war nichts mehr wie vorher.
Sie wälzte sich von einer auf die andere Seite. Ihr Blick fiel auf die Zeitanzeige ihres Weckers: 7:43 Uhr.
Um 9:30 Uhr würden sie sich mit William und dem gesamten Team im Konferenzraum treffen, um den weiteren Ablauf der Mission zu besprechen.
Obwohl sie noch etwa 20 Minuten hätte liegen bleiben können, beschloss sie, ihren Wecker auszuschalten und aufzustehen.
Sie trottete ins Badezimmer und machte sich frisch für den Tag.
„Mach das Licht aus", nuschelte Evelyn genervt und drückte sich ihr Kissen aufs Gesicht.
Als ihr Wecker 15 Minuten später klingelte, stand auch sie widerwillig auf und schleppte sich zu Sienna ins Badezimmer.

Verschlafen rieb sie sich die Augen.

„Guten Morgen", flüsterte sie und kniff, geblendet von dem hellen Licht, schmerzerfüllt die Lider zusammen.

„Bist du auch schon so aufgeregt? Ich frage mich wirklich, wen wir als neues Mitglied für unsere Gruppe bekommen. Ich habe schon gerätselt, ob es einer der Neuen sein könnte. Hoffentlich nicht. Die sollen uns mal jemanden von den Erfahrenen zuteilen", sagte Sienna, während sie sich ihr Gesicht eincremte.

„Wie lange brauchst du noch? Ich habe Hunger und will das Frühstück nicht verpassen."

Evelyn sah sie genervt an. „Ich bin vor zwei Sekunden aufgestanden. Gib mir fünf Minuten", sagte sie und steckte sich daraufhin ihre Zahnbürste in den Mund.

Sienna zog sich derweil eine Jeanshose und einen schwarzen Pullover an. Ihre Haare band sie sich zu einem hohen, strengen Pferdeschwanz zusammen.

„Es ist schon 9:20 Uhr", sagte Madison, die in der Cafeteria zu ihnen gestoßen war, nach einem prüfenden Blick auf ihre Armbanduhr. Sienna schob sich schnell ihre letzten zwei Gabeln Rührei in den Mund, bevor sie ihre Tabletts zu dem dreckigen Geschirr stellten und sich auf den Weg zum Konferenzraum machten.

William erwartete sie bereits und winkte die Drei ungeduldig in den Raum. Marco und Liam saßen schon an ihren Plätzen und schenkten ihnen ein aufmunterndes Lächeln.

Auch Thomas stand neben William und kam sofort auf Evelyn zu, um sie in seine Arme zu schließen. „Na, mein Schatz. Wie geht es dir?", flüsterte er ihr zu und strich besorgt über ihren Rücken.

Evelyn zuckte mit den Schultern. „Ach ja, den Umständen entsprechend. Gibt es denn etwas Neues von Riley?", fragte sie und löste sich aus dem engen Griff ihres Vaters.

„Setzt euch doch erstmal. Alles Weitere besprechen wir gleich alle gemeinsam", sagte Thomas und zeigte auf die drei leeren Stühle neben Liam und Marco.

Sienna nickte und setzte sich auf den Stuhl neben Marco.

William räusperte sich. „Guten Morgen. Wir hoffen, dass es Ihnen allen den Umständen entsprechend gut geht. Wir wollten Sie von vornherein noch einmal darauf aufmerksam machen, dass wir alle vom IFS immer für Sie da sind, falls Sie Redebedarf haben. Es ist wirklich schlimm, was Ihrem Team auf der letzten Reise zugestoßen ist. Wir fühlen alle mit Ihnen und sind in Gedanken bei Riley. Wir hoffen, dass es ihm bald und schnell wieder besser gehen wird. Und um direkt Ihre Frage zu beantworten: Ich habe heute Morgen noch einmal mit dem diensthabenden Arzt telefoniert. Rileys Zustand ist unverändert. Seine Vitalwerte sind bis auf Weiteres stabil. Er liegt allerdings weiterhin im künstlichen Koma und das voraussichtlich auch noch für einige Wochen. Die Ärzte können darüber leider keine genaue Auskunft geben", erklärte William.

„Sie müssen sich nur dessen bewusst sein, dass Rileys Weg ein wirklich schwerer Weg wird. Er wird hier im IFS immer einen Platz haben, sofern er diesen nach allem, was ihm passiert ist, noch will. Aber Ihnen muss klar sein, dass solche Hirnblutungen schwere Folgen mit sich bringen", fügte er noch möglichst bedacht hinzu.

„Ja, das wissen wir. Dr. Wilson hat uns bereits über alles aufgeklärt und lange mit uns darüber geredet. Alles, was wir wollen, ist, dass Riley aufwacht und lebt. Was danach passiert und was alles auf ihn zukommen wird, wird sich dann mit der Zeit zeigen. Wir werden ihn auf seinem Weg unterstützen, egal wie schwer dieser sein wird", sagte Liam und warf den anderen einen vielsagenden Blick zu.

„Alles klar, das freut uns zu hören. Wir alle sind natürlich voller Zuversicht und Hoffnung auf eine alsbaldige Besserung seiner Umstände. Aber na gut. Zurück zum Wesentlichen. Ihre Mission ist leider immer noch nicht vollendet. Ihnen fehlt jetzt für die Reise zum letzten Portal, dem nordamerikanischen, ein weiterer Agent. Wir können Ihnen für diese Reise allerdings glücklicherweise sogar zwei neue Agenten zur Verfügung stellen. Der Appalachian Trail ist kein Spaziergang und womöglich die schwerste Reise der Mission, die Sie antreten werden. Aber darüber wird Marco Sie gleich noch aufklären und Ihnen die wichtigsten Informationen über den Trail mitgeben. Sie werden nämlich bereits heute Nachmittag losfliegen, denn ihre Flugdauer beträgt ungefähr einen Tag."

Bei diesen Worten rollte Evelyn mit den Augen. Das ständige und endlos lange Fliegen nervte sie wirklich. Nicht nur das. Sie hatte auch Angst davor. Immerhin war sie vor wenigen Tagen beinahe in einem Flugzeug umgekommen. Der einzig tröstende Gedanke war dieser daran, dass dies ihre letzte Reise der Mission sein würde. Danach hatten sie sich alle eine wirklich lange und ruhige Auszeit verdient. Evelyn plante jetzt schon gemeinsam mit Sienna und Madison, wo es für sie alle hingehen würde. Eine entspannte Reise auf die Malediven oder auf die Philippinen wäre Evelyn am liebsten. Doch Liam, der konnte einfach nicht entspannen. Er wollte richtig was erleben und am liebsten nach Südafrika auf eine Safaritour. Klar, das war natürlich auch wunderschön, aber Evelyn wollte nichts anderes tun, als am Strand zu liegen, sich zu sonnen und zu entspannen. Das, was sie eigentlich schon vor drei Jahren in Sydney gewollt hatte.

„Also", sagte Thomas und riss sie damit aus ihren Gedanken. „Die zwei neuen Agenten, die Sie auf die letzte Reise begleiten werden, sind Niran Boonya und Araya Boonya. Sie sind seit ein paar Tagen mit der Ausbildung fertig. Wir wissen, dass die beiden noch recht neu und unerfahren sind, aber leider sind alle erfahreneren Agenten bereits einer Mission zugeteilt oder zurzeit gar nicht im IFS. Die beiden sind vor drei Jahren ins japanische Portal gelangt und haben sich uns danach angeschlossen", erklärte Thomas.

Bruder und Schwester also, dachte Evelyn. Sofort war sie mit ihren Gedanken wieder bei Loreena und wandte sich Liam zu. Dieser wirkte jedoch gelassen. Vielleicht ein wenig zu gelassen. Evelyn hatte über die Jahre gelernt, dass Liam unglaublich gut darin war, seine Gefühle und Gedanken zu verstecken und alles, was ihn bedrückte, für sich zu behalten. Sie umschloss seine Hand und sah ihn erwartungsvoll an. Sie wusste, dass allein der Gedanke an Loreena immer noch schmerzte. Sie hatte ein Loch in seinem Herzen hinterlassen, was nichts und niemand jemals wieder füllen könnte. Er sah sie eindringlich an, befreite seine Hand aus ihrem Griff und umschloss ihre. Er drückte seine Hand zu. Das war mal ihr Zeichen dafür gewesen, dass alles in Ordnung sei. Erleichtert wandte Evelyn ihre Aufmerksamkeit wieder William zu, der derweil die zwei neuen Agenten zu sich rief. Die Tür zum Konferenzraum tat sich auf und zwei zum Verwechseln ähnlich aussehende Asiaten betraten den Raum.

Niran hatte schwarze kurze Haare und dunkelbraune Augen. Seine Schwester Araya trug ihre schulterlangen pechschwarzen Haare offen, wovon sie jeweils die vordere Strähne hinter ihr Ohr gesteckt hatte. Auch sie hatte dunkelbraune Augen und sah sie freudig an. Ihre Zähne waren strahlend weiß und ihr Lächeln herzlich und offen. Sie begrüßten die anderen und setzten sich zu ihnen an den Konferenztisch.

Marco stand auf und ging zu William und Thomas herüber.

„So, nehmt euch alle mal ein Tablet von denen, die vor euch liegen und öffnet die Datei *Missionsgruppe 48 Appalachian Trail*. Ich habe euch die wichtigsten Informationen darauf geladen: eine Karte der Appalachen mit dem gekennzeichneten Wanderweg darin, sowie die wichtigsten Mythen und Legenden über den Trail. Erstmal möchte ich euch ein paar grundlegende Informationen über den Wanderweg geben, egal wie oft ihr sie schon im Unterricht gehört habt. Eine kleine Auffrischung kann nie schaden. Der Trail ist etwa 3500 Kilometer lang und befindet sich im Osten der USA. Genauer gesagt durchquert er eine Gebirgskette, die durch 14 US-Bundesstaaten verläuft – die Appalachen. Der Weg startet in Georgia am Springer Mountain und endet am Mount Katahdin im Baxter State Nationalpark in Maine. Georgia markiert den südlichsten Punkt des Trails, Maine den nördlichsten. Dort werdet ihr auch euren Einstieg in den Wanderpfad wählen. Von dort aus wandert ihr eine wesentlich kürzere Strecke von gerade mal etwa 105 Kilometern. Dies ist die letzte Etappe des Trails. Dort müsst ihr ungefähr 30.000 Höhenmeter überwinden. Das ist selbst für erfahrene Wanderer sehr herausfordernd. Ihr werdet nach meinen Berechnungen daher vermutlich zwei Kilometer in einer Stunde schaffen, was bedeutet, dass ihr vier Tage brauchen werdet, um den Wanderweg zu bestreiten. Vorausgesetzt, ihr wandert etwa 12 Stunden am Tag." Marco machte eine kurze Pause, in der er einen kontrollierenden Blick in die Gesichter seiner Kollegen warf, um herauszufinden, ob sie ihm noch folgen konnten. Als er sich bestätigt fühlte, sprach er weiter: „Wir wissen, dass das Portal sich in Maine befinden muss. Einer unserer Hüter war aufgrund der anspruchsvollen Route in diesem Bundesstaat als Guide tätig und betreute ausschließlich die letzte Etappe." Wieder wartete er einen kurzen Augenblick, bevor er fortfuhr: „So viel zu den reinen Fakten. Ein paar weniger erfreuliche Nachrichten habe ich auch noch für euch. Die Mythen über den Trail sind alles andere als Gute-Nacht-Geschichten, die eure Eltern euch vor dem Schlafengehen vorgelesen hätten. Ehrlich gesagt habe ich nicht herausgefunden, ob es sich bei *einem* Mythos wirklich nur um einen Mythos handelt oder ob er der Wirklichkeit entspricht. Leider ist dieser Mythos auch nicht so ganz unwichtig für euch. Abseits des Appalachian Trails im nördlichsten Teil der Appalachen soll es ein Dorf mit Ureinwohnern geben, das sich jenseits von einem zivilisierten Leben bewegt. Dieser Ureinwohnerstamm nennt sich die „Ojibwe" oder auch „Anishinaabe". Der Legende nach beten die Dorfbewohner eine mystische Gestalt an. Den Wendigo, zu Englisch „Der Menschenfresser". Was genau der Wendigo für eine Gestalt sein soll, habe ich noch nicht so ganz herausfinden können. Ich denke, es ist ein Dämon oder Ähnliches. Die Dorfbewohner drangen damals in sein Revier ein. Nur über einen Pakt konnten sie sich mit ihm verbünden und seine Erlaubnis erlangen, dasselbe Gebiet wie er zu bewohnen. Hierzu müssten sie ihm jedoch zu jedem Neumond ein Opfer bringen. Ein Menschenopfer. Die Opferung soll wohl auf einem Altar stattfinden. Wie genau sie abläuft, kann ich nicht sagen. Danach wird das Opfer vor die Festung des Dorfes gelegt, damit der Wendigo sich den Körper in der Nacht holen kann. Von diesem Körper ernährt sich das Wesen einen Monat. Bis zum nächsten Neumond. Dann macht es sich voller Hunger auf die Jagd nach neuem Fressen. Wenn in der vereinbarten Nacht kein Opfer vor der Festung der Dorfbewohner liegt, dringt der Wendigo in das Dorf ein und erlegt einen von ihnen. Ich habe euch alles in die Datei geladen. Ihr könnt sie euch während des Fluges genauer durchlesen", erklärte Marco.

Ach du heilige Scheiße, dachte Sienna. Wendigo, urzeitlebende Dorfbewohner, Dämonen, Opferungen bei Neumond auf einem Altar…

Konnte es noch schlimmer und abgedrehter kommen?

Sie hatten ja schon wirklich so einiges erlebt, aber eine Opferung bei Neumond?

Liam schnaubte beinahe genervt aus. „Auf so Irre hab ich ja jetzt gar keinen Bock. Die aus der Hartwood Anstalt haben mir wirklich gereicht", sagte Liam und scrollte durch die verstörenden Bilder auf dem Tablet, die Marco für sie hochgeladen hatte.

Unter anderem waren es Bilder, die den Wendigo zeigten. Er war eine Mischung aus Wolf und Hirsch, hatte schmutziges graues und zerzaustes Fell. Auf dem Wolfskörper saß ein böse dreinschauender Hirschkopf mit bedrohlich großem und spitzem Geweih, das ihn vermutlich jeden Kampf ohne Mühe gewinnen ließ. Da er aufrecht auf seinen Hinterbeinen stand, konnte er vermutlich auch aufrecht gehen. Liams Nackenhaare stellten sich zu Berge. Viel zu menschlich, dachte er. Gruselig.

Am Ende seiner langen Arme, dort wo seinem Wesen nach eigentlich Pfoten hätten sein müssen, fanden sich große pelzige Hände mit langen knöchrigen Fingern. Auch die Füße, auf denen er stand, waren keine Pfoten, sondern Hufe. Seine gesamte Statur war schlank und doch so unfassbar kräftig. Legenden zufolge sollte er übernatürlich stark sein.

Das, was Evelyn als erstes aufgefallen war, waren seine feuerroten Augen gewesen. Sie ließen ihn kampflüstern wirken. Bei dem Gedanken daran, durchfuhr Evelyn eine plötzliche Schockstarre.

Liam bemerkte dies und schloss die Datei. Er griff nach ihrer Hand und sprach ihr Mut zu.

„Wir haben schon so Vieles geschafft. Das werden wir auch schaffen. Gemeinsam", sagte Liam ermutigend und strich ihr dabei sanft mit dem Finger über ihren Handrücken.

Marco nickte. „Genau Liam. Ihr werdet das mit Sicherheit schaffen. Ich bin weiterhin zu jeder Tageszeit telefonisch für euch erreichbar und werde während eurer Reise zeitgleich noch nach weiteren Informationen suchen. Ich habe euch ein paar Stellen auf der Karte markiert, von denen ich glaube, dass sie ideal für das Portal wären. Dafür müsst ihr allerdings den Appalachian Trail verlassen…" Marco machte eine kurze Pause und schluckte den Kloß, der sich in seinem Hals gebildet hatte, herunter. „Die Wege zu verlassen ist gefährlich. Niemand, der den Appalachian Trail bewanderte und sich vom Weg entfernte, wurde je wiedergesehen. Ob tot oder lebendig. Gerade auf der letzten Etappe ist es enorm riskant. Die Dorfbewohner haben überall Fallen aufgestellt, um Wanderer einfangen zu können. Die Wanderer sollen dann dem Wendigo zum Opfer gebracht werden. Ihr solltet euch vor denen, wie auch vor den vermutlich anderen übernatürlichen Wesen, die sich rund um das Portal ansammeln, gut in Acht nehmen", erklärte Marco.

„Ach mit so Neandertalern kommen wir wohl zurecht, oder Leute", sagte Niran und lächelte sie überzeugt an.

Liam nickte nur. Niran hatte wohl absolut keine Ahnung, worauf er sich hier eingelassen hatte. Er war viel zu unschuldig, viel zu unbedarft. Er würde mit Sicherheit nicht lange überleben.

„Ja, vermutlich. Wie immer wird das Nervigste sein, das Portal ausfindig zu machen, aber nun gut. Immerhin wissen wir, dass es irgendwo auf diesen 105 Kilometern sein muss. Ob auf oder abseits des Pfades", sagte Liam und legte das Tablet vor sich auf den Tisch.

„Falls noch irgendwelche Fragen bezüglich der Reise aufkommen sollten, wenden Sie sich bitte an Marco. Nun sollten Sie ihre Ausrüstung packen. Ihr Flugzeug wird gerade schon vollgetankt und ist gegen 15 Uhr für den Abflug bereit. Sie haben ja dann während des Fluges genügend Zeit, um sich kennenzulernen und miteinander vertraut zu machen", erklärte William.

Evelyn warf einen Blick auf ihre Armbanduhr: 11:14 Uhr.

Gut, sie hatten noch genug Zeit, ihre Sachen zu packen und vernünftig zu Mittag zu essen.

William und Thomas verabschiedeten sich damit, dass sie ihnen auf der Reise viel Erfolg und Durchhaltevermögen wünschten und verließen anschließend gemeinsam den Konferenzraum.

Kaum hatten sie den Raum verlassen, stand Liam auf und ging auf Niran und Araya zu.

„Moin, ich bin Liam", stellte er sich vor und schlug mit Niran ein. Araya umarmte er.

„Hey, ich bin Araya und das ist mein Zwillingsbruder Niran. Wir kommen aus Thailand, sind damals ins japanische Portal gelangt und freuen uns jetzt riesig, euch bei eurer letzten Reise unterstützen zu dürfen, auch wenn es unter nicht so schönen Umständen dazu gekommen ist. Mein Beileid für euren Kollegen."

Sienna senkte den Blick und kämpfte gegen die aufsteigenden Tränen an.

„Wir hoffen natürlich, dass es eurem Freund bald wieder besser geht und er aufwachen wird", fügte Niran den Worten seiner Zwillingsschwester hinzu.

„Ja, danke. Das hoffen wir auch", flüsterte Sienna.

„Aber wir freuen uns natürlich auch, euch kennenzulernen und mit euch arbeiten zu dürfen", fügte Evelyn hinzu.

„Habt ihr Lust, gleich noch mit uns zu Mittag zu essen, bevor wir aufbrechen?", fragte Liam, während sie sich auf dem Weg aus dem Konferenzraum zu ihrem Komplex begaben, um ihre Ausrüstung zusammenzupacken.

Niran und Araya nickten lächelnd.

31

Nach etlichen Stunden in der Luft landeten sie an ihrem Zielflughafen in den USA. Hier war es jetzt ebenfalls 15 Uhr am gleichen Tag.

Als sei keine einzige Sekunde vergangen, seitdem sie auf ihrer Heimatinsel abgehoben waren.

An das typische Jetlag hatten sie sich mittlerweile gewöhnt. Bei ihnen zu Hause war es jetzt immerhin 6 Uhr morgens. Dennoch spürten sie die fehlende Nacht in den müden Knochen und das Tageslicht erleichterte es ihnen nur ansatzweise, dieses Gefühl von Schwäche zu verdrängen.

Ein schwarzer Geländewagen brachte sie zum Einstieg in den Trail. Von hier an trennten sie nur noch etwa 105 Kilometer vom Baxter State Nationalpark.

Liam verabschiedete den viel zu gesprächigen Fahrer des Wagens, der ihnen auf dem Weg hierher einiges über die Geschichte und Mythen des Pfades erzählt hatte. Nicht zuletzt auch über Horrorgeschichten aus den USA, über True Crime und noch mehr unnötige Angstmachereien, von denen sie gar nichts wissen wollten.

Kopfschüttelnd flüchtete Liam aus der Staubwolke, die die Reifen bei der Abfahrt aufwirbelten, und marschierte in den Wald hinein. Dicht gefolgt von den anderen.

„Was für ein nerviger Mensch", fluchte er leise vor sich hin, was Evelyn ein kurzes Schmunzeln entlockte.

Diese Meinung teilten sie sicher alle. Die Blicke, die sie auf der Rückbank getauscht hatten, hatten jedenfalls Bände gesprochen.

„Ist doch jetzt egal. Konzentrieren wir uns auf die letzte Aufgabe unserer Mission", sagte sie etwas belustigt und legte ihrem Freund beruhigend eine Hand auf die Schulter.

Liam schnaubte, fügte dem aber nichts weiter hinzu.

Dass sie alle müde und erledigt waren, spiegelte sich vor allem in den fehlenden Konversationen wider.

Sonst waren sie immer gut darin gewesen, sich stundenlang zu unterhalten, angeregt zu diskutieren oder Scherze zu machen. Selbst dann, wenn es nichts mehr zu lachen gab.

Aber diesmal…

Diesmal war es anders.

Sie hatten keine Kraft – keine Energie – mehr für überflüssige Worte.

Liam und Evelyn tauschten die notwendigen Informationen aus, um sich zu orientieren und die Gruppe zu führen. Sie folgten dem Pfad etwa zehn Kilometer in den Wald hinein, bis Sienna besorgt den Blick gen Himmel richtete.

Die dichten Baumkronen machten es ihr nicht gerade leicht zu sehen, aber sie erkannte dennoch die bedrohlich schwarzen Wolken über ihnen.

„Leute, ich glaube es fängt gleich an zu regnen. Wir sollten unser Zelt aufschlagen, wenn wir nicht nass werden wollen."

Liam blieb stehen und warf einen Blick auf seine Armbanduhr. 20 Uhr.

„Ja, du hast recht. Es ist Zeit für unser Lager."

Schnell breiteten sie das Equipment etwas abseits vom Pfad auf einer ebenerdigen Fläche aus und begannen die Zelte aufzubauen. Der Wind, welcher immer stärker und kälter wurde, machte es nicht gerade leichter, die Plane entlang der Stangen aufzuspannen, doch wenn das Zelt einmal stand, dann war es absolut wetterfest und windbeständig.

Der IFS steckte schließlich sehr viel Geld in die Ausrüstung seiner Mitarbeiter. Insbesondere für die Missionen wurde immer wieder jede Menge Geld in die Hand genommen und investiert.

Leises Donnergrollen in der Ferne ließ sie aufschrecken.

„Ein Sturm zieht auf", warnte Liam die anderen, ehe er den letzten Hering in den Boden hämmerte. „Wir sollten schnell etwas essen und uns dann in die Zelte zurückziehen. Es könnte ziemlich ungemütlich werden heute Nacht."

Sein Blick fiel über die Schulter zu Madison, die mit dem Gaskocher gerade einige Dosenravioli erwärmte.

„Das Essen ist fertig. Ihr könnt euch was nehmen", sagte sie und rührte die dampfende Masse noch ein paar Mal um.

Die anderen schnappten sich Pappteller und Besteck, bevor sie sich in einem Kreis niederließen und das Essen restlos auf die Teller verteilt wurde.

Einige Tropfen kündigten den herannahenden Regen an. Gemütlich war anders, aber als störend empfanden sie es auch noch nicht.

„Wir stehen morgen um fünf Uhr in der Früh auf, damit wir loskönnen, wenn die Sonne aufgeht. Stellt eure Wecker dementsprechend", sagte Liam schließlich, um das Schweigen zu brechen.

Sienna nickte stellvertretend für Araya und Madison, mit denen sie in einem Zelt schlafen würde.

Sie zweifelte kurz, ob sie die folgenden Worte laut aussprechen sollte, war dann aber doch zu neugierig, um auf die Meinung der anderen zu verzichten: „Glaubt ihr die ganzen Geschichten?"

Evelyn schluckte schnell den letzten Bissen herunter, um zu antworten. „Meinst du die Geschichten über den Wendigo und das Ureinwohnervolk?"

Sienna nickte.

„Ja, tu ich", antwortete sie trocken und nahm die nächste Gabel in den Mund.

Die anderen sahen Evelyn verunsichert an.

„Wieso?", wollte Araya wissen und bekam es jetzt ganz offensichtlich mit der Angst zu tun. Sie hatte das alles bisher wohl eher auf die leichte Schulter genommen.

„Weil uns an den Portalen schon viel größere Scheiße passiert ist. Die Erzählungen über diesen Pakt mit dem Wendigo und das Opfer zu Neumond klingen für mich schon fast zu normal, um wahr zu sein, wenn ich daran denke, was wir bisher schon alles gesehen haben."

Araya hörte jetzt auf zu kauen. Scheinbar war ihr der Appetit vergangen. „Was habt ihr denn bis jetzt schon alles gesehen?", fragte sie mit piepsiger Stimme, unsicher klingend, ob sie die Wahrheit wirklich hören wollte.

Evelyn sah sie nachdenklich an.

Sollte sie es ihr sagen?

Sollte sie ihr Angst machen?

„Sag schon. Niran und ich müssen doch wissen, was auf uns zukommt."

Evelyn seufzte. Sie wusste gar nicht, wo sie anfangen sollte.

„Unsere Mission begann im japanischen Todeswald. Den kennt

ihr ja selbst. Wir verliefen uns, verloren jegliche Orientierung und waren gefangen in der Dunkelheit. Die Sonne ging irgendwann nicht mehr auf. Stattdessen begegneten wir Seelen von Verstorbenen, die uns heimsuchten. Liam wurde fast ertränkt, als er dem Zauber einer solchen Seele erlag. Ich rettete ihn."

Evelyn sah zu ihrem Freund, der ihr ein sanftes Lächeln schenkte. Die Erinnerung daran war nur noch blass. Dabei war es nicht einmal zwei Monate her.

„In Australien wären wir fast verbrannt, weil die Opposites Granaten nach uns warfen", fuhr Liam fort. Dazu konnte Evelyn nichts sagen, denn sie hatte mit einer Schulterverletzung im Krankenhaus gelegen.

„Danach waren wir in Europa. Davon möchte ich gar nicht anfangen. Es war das gruseligste und schlimmste Portal von allen", stieg sie wieder ein. „Wir wurden von einem unsterblichen Fetisch-Mörder verfolgt, der sich selbst als Arzt bezeichnete und Leichenteile zusammennähte, um sich daraus Puppen zu basteln, mit denen er dann seine Zeit verbringen konnte."

Araya verzog das Gesicht zu einer Grimasse. „Was?!"

Niran ließ angewidert die Gabel auf seinen Teller fallen. „Das ist doch ein schlechter Scherz", murmelte er mehr zu sich selbst als zu den anderen.

„Nein, leider nicht. In Argentinien wurden wir von Geistern und Dämonen verschont, aber hier traf mich eine einbrechende Eiswand des Gletschers, als wir im See nach dem Portal tauchten. Ich wäre beinahe ertrunken, wenn Evelyn mich nicht gerettet hätte."

„Und in Afrika kam es zu einer ganz eigenartigen Halluzination, bei der Sienna in unserem Beisein mit einem unsichtbaren Geist sprach und danach in einer völlig anderen Welt ihrer toten

Schwester begegnete." Als Liam das erzählte, wanderte Arayas und Nirans Aufmerksamkeit zu ihrer hellblonden Kollegin, die nervös am Ende ihres geflochtenen Zopfes spielte. Siennas Blick senkte sich und es wirkte fast so, als schämte sie sich.

„Naja...", ergänzte sie Liams Erzählung. „Jedenfalls fanden wir danach einen Fluss in den Katakomben, der sich zu bestimmten Uhrzeiten veränderte. So wurde das schwarze Wasser kurzerhand zu Lava und hätte uns fast umgebracht."

„Ganz zu schweigen von den Begegnungen mit den Opposites. Wenn ich an Rileys Zustand denke, wird mir schlecht", stimmte Madison schließlich ein.

„Absolut. Und ehrlich gesagt...", Evelyn kratzte das letzte bisschen Sauce auf ihrem Teller zusammen. „Rechne ich fast damit, dass mindestens noch einem von uns etwas zustoßen wird."

Auf ihre Worte hin brach Stille aus.

Eine Stille, die unerträglich laut war und dennoch besser für ewig gehalten hätte als von diesem einen Geräusch durchbrochen zu werden - diesem einen verdammten Geräusch, das gerade all ihre Befürchtungen wahr machte: dem Ruf eines Tieres.

Genau genommen, dem Röhren eines Hirsches.

„Oh mein Gott", wimmerte Sienna. „Das...das ist..."

Der Wendigo.

Keiner sprach den Namen aus.

Aber alle wussten es.

Der Sturm wurde jetzt immer stärker. Regen prasselte erbarmungslos auf sie nieder, der Wind ließ Äste und Blätter umherfliegen, während das Donnergrollen immer lauter und von immer mehr zuckenden Blitzen begleitet wurde.

Sie flohen in die Zelte und vergruben sich tief in ihren Schlafsäcken.

Evelyn zitterte vor Angst und kuschelte sich an Liam heran, doch obwohl in seinen Armen der sicherste und wärmste Ort für sie war, fröstelte es sie.

Eisige Kälte breitete sich aus. So eisig, dass sie ihren eigenen Atem in der Luft sehen konnte.

Immer genau dann, wenn die Blitze draußen die Dunkelheit durchstießen und es für einen Wimpernschlag taghell wurde.

Wie zur Hölle sollte sie bloß bei diesem Sturm an Schlaf denken?

Wie zur Hölle konnten sie überhaupt hier liegen, wenn da draußen ein Monster unterwegs war?

Fragen über Fragen fluteten ihren Verstand und machten alles nur noch schlimmer.

Niemals würde sie ein Auge zu bekommen.

Liam und Niran waren ebenfalls hellwach.

Stunden vergingen, in denen der Sturm immer stärker wurde. Der Wind pfiff zwischen den Bäumen her und verursachte dabei ein unheimliches Heulen.

Das Zelt drohte den Kampf gegen den Sturm zu verlieren, so gefährlich weit verbogen sich die Stangen mittlerweile.

„Ich…", begann sie stotternd und schmiegte sich noch enger an ihren Freund. „Ich bin es so leid…Angst zu haben."

Liam streichelte beruhigend über ihr Haar und für einen Moment schien es tatsächlich zu helfen, doch als ein erneuter Donnerschlag die Welt erschütterte, schreckte sie wieder hoch.

Blitze folgten – erhellten den Nachthimmel – und gaben die Sicht auf eine Silhouette vor dem Zelt frei.

Evelyns Herz setzte aus. Ihr Magen zog sich schmerzhaft zusammen und sie hielt den Atem an – saß jetzt kerzengerade auf ihrer Luftmatratze.

„Liam…", flüsterte sie und suchte im Dunkeln nach seiner Hand. Mit der anderen hielt sie ihre Glock 44. „Da ist jemand vor dem Zelt."

Sie sah zur Seite. Zu ihrem Freund, der sich ebenfalls erschrocken aufgerichtet hatte. Auch Niran war in höchster Alarmbereitschaft.

„Nicht *Jemand,* Evelyn. *Etwas.* "

Die Silhouette ließ keine Zweifel daran, dass es ein riesengroßes, dürres Wesen mit Geweih war.

Die Kälte bildeten sie sich ebenfalls keineswegs ein. Sie musste zu dem Wesen gehören, das gerade in unmittelbarer Nähe war und um ihr Lager schlich.

Es hatte sie bemerkt und ganz genau im Blick. Ob es angreifen wollte und würde, stand allerdings auf einem anderen Blatt Papier.

Evelyn lauschte angestrengt. Doch der Regen und das Gewitter waren zu einnehmend, um Schritte oder Bewegungen auszumachen.

Niran entfuhr ein verzweifeltes leises Stöhnen. Sein Atem ging stoßweise. „Ist das krass", ächzte er.

So viel Adrenalin hatte er sicher noch nie gespürt.

Mit zittrigen Fingern holte Evelyn das Magazin aus ihrer Kurzwaffe und kontrollierte die Anzahl der Patronen darin.

Mehr als genug Schüsse hatte sie noch. Aber würden sie ihr auch im Zweikampf gegen ein übernatürliches Wesen helfen? Die Begegnung mit dem Arzt in Europa hatte sie eines Besseren belehrt.

Sie schob das Magazin zurück in den Schacht und wartete auf das altbekannte Klicken, welches ihr verriet, dass alles an Ort und Stelle saß und die Pistole wieder funktionsfähig war.

Vorsichtig öffnete sie den Reißverschluss des Schlafsackes. Wenn der Wendigo sie angreifen würde, wollte sie nicht wie ein Wurm am Boden liegen.

Wieder zuckte ein Blitz durch die Nacht, gepaart mit einem ohrenbetäubenden Donnerschlag.

Einem Donnerschlag, der viel lauter – viel eindringlicher und bedrohlicher- war als jeder andere davor.

Niran hielt sich erschrocken die Ohren zu. „Ahh, verdammt", fluchte er.

Auch Evelyn und Liam sahen sich geschockt an. Sie dachten beide dasselbe: Das war kein normales Geräusch gewesen.

Der Blitz war irgendwo eingeschlagen.

Ein verdächtiger orangefarbener Schimmer an der Decke ihres Zeltes ließ böse Vorahnungen in ihnen aufkommen.

Der Geruch von Rauch und das Knacken von Ästen mischten sich dazu.

Liam schluckte. Er riss die Öffnung des Zeltes auf – ungeachtet der Kreatur, die gerade noch um sie herumgeschlichen war – und erkannte es.

Das Flammenmeer in den Baumkronen über ihnen.

32

„Sienna, Madison, Araya – Raus aus dem Zelt, los!", schrie er
so laut es seine Stimme zuließ.

Bei diesem Wetter Unterschlupf in einem Wald zu suchen, war
wirklich keine gute Idee gewesen – aber sie hatten ja keine Wahl
gehabt.

Es dauerte keine fünf Sekunden bis die drei Mädels aus dem
anderen Zelt stolperten und ihren Blick verängstigt auf das
Feuer über ihnen richteten.

„Ach du scheiße", rief Sienna hustend und presste den Saum
ihrer feuchten Kleidung auf Mund und Nase, um atmen zu
können.

„Wir müssen alles liegen lassen! Rennt!", forderte Liam sie auf
als er erkannte, dass der erste Instinkt der Mädels war, ihre
Sachen zusammenzusuchen.

Alles, was sie mitnehmen konnten, waren die Waffen und ihre
Rucksäcke.

Die Zelte und all das restliche Equipment mussten
zurückbleiben.

Herunterfallende brennende Äste und Blätter entzündeten jetzt auch den Boden um sie herum.

Die Zeit wurde knapper. Flammen kletterten von Baum zu Baum.

Lange würde das Feuer nicht wüten können. Immerhin war es viel zu nass, um einen Großbrand zu verursachen. Dennoch breitete es sich gerade ungeheuer schnell aus.

Der Baum, in den der Blitz eingeschlagen war, drohte am Stamm zu brechen und auf das Lager der Sechs zu stürzen.

Liam forderte die Gruppe noch einmal eindringlicher auf, ihm zu folgen, bevor er sich mit enormem Tempo von ihnen absetzte und in die Dunkelheit hineinrannte.

Evelyn wagte einen letzten Blick über die Schulter, ehe auch sie sich in Bewegung setzte. Die tosenden Flammen schienen langsam etwas abzuklingen, doch der umkippende Baum hing bedrohlich tief über den Zelten.

Inmitten dieser ganzen roten und orangefarbenen Lichter erhaschte Evelyn zwei glühend rote Punkte, die sie fixierten und ihr damit einen eiskalten Schauer über den Rücken jagten.

Ihre Knie wurden weich, als ihr klar wurde, wer oder besser *was* ihr da gerade genau in die Augen geschaut hatte.

„Lauft! Schnell, schnell, schnell!", kreischte sie panisch und jagte an Sienna und Araya vorbei.

Weg von diesem Wesen, einfach weg hier.

Ein unangenehmes Stechen im Rücken fühlte sich an wie die Blicke des Wendigos, die sie noch immer verfolgten.

Ganz gleich wie weit sie schon gerannt war.

Verzweiflung, Panik, Todesangst. Das alles trieb sie an, immer weiter zu laufen, immer schneller zu werden.

Nicht nachzulassen oder stehen zu bleiben, auch wenn ihre vor Schmerz brennenden Beine so sehr nach einer Pause verlangten.

Je weiter sie rannten, desto später wurde es.

Das Feuer hinter ihnen war außer Sicht- und Hörweite, aber da war immer noch der Wendigo, der auf der Lauer lag.

Er konnte überall sein.

Überall auf sie warten.

Die Morgendämmerung brach herein und mit ihr ließ auch das Sturmtief der Nacht nach.

Das erste Mal nach endlosen anderthalb Stunden des Rennens, die sich für Evelyn wie eine Ewigkeit angefühlt hatten, kam Liam vor ihr zum Stehen.

Erschöpft stützte sie sich mit den Händen auf den Knien ab und rang nach Luft.

Hinter ihr hörte sie jemanden zu Boden fallen, doch sie war nicht mehr in der Lage, zu schauen, wer das war.

„Sienna!", hörte sie Madison keuchen. „Alles gut bei dir?"

Ein Röcheln war zu vernehmen und am liebsten hätte Evelyn sich direkt umgedreht und ihrer Freundin geholfen, aber sie konnte nicht.

Ihr Körper ließ sie nicht.

Ihr war selbst so unfassbar schlecht. Alles drehte sich. Ihre Beine zitterten und drohten jeden Augenblick einfach unter ihrem Gewicht nachzugeben.

Irgendwann war der Schwindel so stark und die Kraft so aufgebraucht, dass es sie übermannte und zu Boden riss.

„Evelyn!" Liams besorgten Rufe drangen nur dumpf zu ihr durch.

Sie spürte eine Hand auf ihrem Rücken, die sanft auf und ab strich. Schließlich sah sie eine Wasserflasche direkt vor ihren Augen.

Benebelt nahm sie sie entgegen und trank einige große Schlucke. Es dauerte ein paar Minuten, bis sie sich einigermaßen erholt hatte und realisierte, was gerade geschehen war.

Sienna lag noch immer am Boden – schien sich mehrfach übergeben zu haben.

Madison kümmerte sich um sie, während Araya und Niran ebenfalls am Boden kauerten und vor Anstrengung husteten und würgten.

Sie waren alle bis auf die Knochen durchnässt.

Eine ekelhafte Mischung aus Schweiß und Regenwasser, die sie auszukühlen drohte.

Liam holte ein frisches T-Shirt und eine wärmende Funktionsjacke aus Evelyns Rucksack, bevor er ihr dabei half, das nasse T-Shirt auszuziehen und auszuwringen.

Immerhin waren die Rucksäcke regenabweisend und hielten die Ersatzkleidung und Ausrüstung im Inneren trocken.

Er reichte ihr ein kleines Mikrofasertuch, mit dem sie ihren Oberkörper abtrocknen konnte und zog ihr dann die frische Kleidung über.

Die nasse Hose wechselte sie einige Zeit später – als sie die Kraft wieder hatte, auf ihren Beinen zu stehen.

Eigentlich hätten sie nach dieser massiven Anstrengung eine Pause von mindestens einem Tag gebraucht, doch die Gegebenheiten ließen dies nicht zu.

So viel Zeit hatten sie nicht.

Also wagten sie es, weiterzugehen, nachdem Sienna aufgehört hatte, sich zu übergeben und Niran und Araya ebenfalls wieder zurück auf die Beine gefunden hatten.

Ihre nassen und verdreckten Uniformen ließen sie am Wegesrand liegen. Die würden sie so oder so nicht mehr anziehen und die Feuchtigkeit wäre nur zusätzliches Gewicht in ihrem Gepäck.

Der Pfad führte sie weiter in Richtung Norden.

Dorthin, wo die Sonne nie zu sehen war.

Trotzdem konnten sie den zart-rosafarbenen Sonnenaufgang zu ihrer Rechten bestaunen.

Der Anbruch des neuen Tages war für sie eine Erlösung.

Eine Erlösung von einer unfassbar schlimmen und anstrengenden Nacht, die es dennoch vermutlich nicht einmal unter die Top Drei ihrer schlimmsten Nächte schaffte.

Mit Sonnenaufgang zog auch das Sturmtief weiter und hinterließ einen strahlend blauen Himmel bei angenehmen 15 Grad.

Liam versuchte, sich mit dem Kartenmaterial einen Überblick über die neue Situation zu verschaffen. Wenn er richtig lag, hatten sie nach dem Feuer tatsächlich um die zwölf Kilometer zurückgelegt.

In nur anderthalb Stunden.

Mit den Waffen, Rucksäcken und der fehlenden Energie war das eine der größten körperlichen Herausforderungen überhaupt gewesen.

Ihrem Ziel waren sie damit trotzdem kein gutes Stück näher gekommen. Denn sie hatten die Zeit überhaupt nicht genutzt, um sich nach dem Portal umzuschauen.

„Was ist, wenn wir schon längst an dem Portal vorbeigerannt sind und jetzt in die völlig falsche Richtung laufen?", sprach Araya plötzlich Liams Gedanken aus.

Grübelnd warf er einen Blick auf die Karte.

Er hatte dieselben Sorgen, aber als Anführer war es seine Aufgabe, jetzt etwas Beruhigendes zu sagen: „Ich denke nicht. Die Wahrscheinlichkeit ist sehr gering. Das waren gerade einmal zwölf Kilometer von 105. Das macht in der Summe etwa ein Neuntel aus."

Araya nickte nur. Sie hatte keine Kraft, selbst darüber nachzudenken und sich Sorgen zu machen.

Sie musste all ihre Kapazitäten da reinstecken, überhaupt vorwärtszugehen.

Nach einer Weile, in der sie stur dem Pfad gefolgt waren und sich nach einem möglichen Versteck des Portals umgesehen hatten, hörten Evelyn und Liam hinter sich, wie jemand zischend einatmete.

Alarmiert drehten sie sich um und erkannten, dass es Niran war, der etwas entdeckt zu haben schien.

„Da vorne!", rief er und zeigte in den Wald hinein.

Evelyn kniff die Augen zusammen, doch so sehr sie sich auch anstrengte und bemühte, dort etwas zu erkennen, sie konnte nicht ausmachen, was ihr Kollege meinte.

„Ich habe, glaube ich, einen kurzen orangefarbenen Schimmer gesehen. Ich gehe mal eben nachsehen", sagte er und verließ mit diesen Worten den Pfad.

„Sei vorsichtig", mahnte Evelyn ihn.

Sie hatte Zweifel daran, dass er wirklich gefunden hatte, wonach sie suchten. Ausschließen konnte sie es aber auch nicht.

Nirans Weg führte ihn einen Abhang hinunter - einige Meter weit weg vom Pfad.

Evelyn ließ ihn nicht aus den Augen. Genauso wenig wie sonst jemand von ihnen.

Er schien sich umzusehen und nicht zu finden, was er gesehen hatte.

Verwirrt drehte er sich einige Male im Kreis, kratzte sich am Kopf und fasste die Waffe nach, die ihm immer wieder aus der Hand zu rutschen drohte.

Er entfernte sich noch einige Schritte weiter.

Weiter und weiter. Bis er fast nicht mehr zu sehen war.

Doch sie erkannten noch genau, wie er über irgendetwas stolperte und anschließend mit einem lauten und angsterfüllten Schrei im Boden verschwand.

„Wo ist er hin?!", rief Araya entsetzt und suchte Liams Blick.
Die Farbe war binnen Sekunden aus ihrem Gesicht gewichen.
„Scheiße", fluchte dieser nur.
Was auch immer sie sich für eine Antwort von ihm erhofft hatte
– diese war es ganz sicher nicht gewesen.
„Niran!", schrie Araya jetzt laut und inbrünstig, bevor sie
losrannte und den Abhang hinunter jagte.
„Araya, warte! Pass auf!", versuchte Evelyn sie zu erinnern,
dass auch ihr etwas Ähnliches passieren könnte und eilte ihr
besorgt nach.
Die anderen waren den beiden dicht auf den Fersen.
Es dauerte nicht lange, da waren sie an der Stelle angekommen,
an der sie den Blickkontakt zu Niran verloren hatten.
Araya kam schwer atmend vor einem Loch im Boden zum
Stehen.
Ehe die anderen dasselbe Schicksal ereilen konnte, hielt sie sie
auf. „Leute, stopp, stopp, stopp! Hier ist ein Stolperseil vor dem
Loch. Nicht, dass ihr auch noch reinfallt."
Evelyn, die unmittelbar hinter ihr gewesen war, bremste abrupt
ab und kam wenige Zentimeter davor zum Stillstand. Die
anderen schafften es auch noch rechtzeitig, das Tempo zu
drosseln.
Mit Tränen gefüllten Augen blickte Araya erst zu den anderen,
dann in das Loch unter ihnen.
„Helft mir!" Das Keuchen ihres Bruders war schmerzerfüllt und
zerriss ihr das Herz.
Das ungute Gefühl in ihr bestätigte sich, als sie die vielen
spitzen Pfähle sah, in denen Niran lag.
War er etwa aufgespießt worden?
Das durfte nicht sein.
Das durfte einfach nicht wahr sein.

„Niran, was ist passiert?!", weinte sie und ließ sich auf die Knie fallen. Versucht, ihm die Hand zu reichen.

„Ich glaube, ich habe mir den Knöchel verstaucht, als ich hier runter gefallen bin", ächzte er leidend.

„A...aber...was ist mit den Baumpfählen?", fragte sie mit zittriger Stimme.

Was war, wenn sich einer davon, in seinen Rücken oder seine Beine gebohrt hatte?!

Niran sah einmal an sich herunter.

„Die stecken nur in meinem Rucksack. Mir ist nichts passiert. Außer eben meinem Knöchel", sagte er und ließ sie alle damit aufatmen.

„Okay, Kumpel. Wir helfen dir da raus. Dann schauen wir uns deinen Knöchel an", sagte Liam mit einem Lächeln auf den Lippen und wollte gerade zu ihm herunterklettern, als sie plötzlich Stimmen ganz in ihrer Nähe vernahmen.

Alarmiert sahen sie sich um, doch noch konnten sie niemanden ausmachen.

Die Stimmen kamen näher, wurden klarer.

Da erhaschte Liam die Quelle dessen hinter zwei Bäumen im Dickicht.

Es waren vier Männer, die alle bewaffnet waren und braune Kleidung trugen, die er aus der Ferne nicht genau erkennen konnte, doch er war sich sicher, dass sie Ähnlichkeit mit der Tracht eines Wikingers hatte.

Wikinger.

Als ihm das Wort durch den Kopf schoss, fiel es ihm wie Schuppen von den Augen.

Das war eine Falle der Anishinaabe.

„Versteckt euch!", befahl er den anderen, ohne einen Blick von der herannahenden Bedrohung zu lassen.

Sie flüchteten möglichst lautlos einige Meter weiter hinter ein paar Bäumen, wo Araya sich nur widerwillig hinter schieben ließ.

Wie befürchtet, steuerten die fremden Männer auf die Grube zu, in dem der hilflose Niran lag.

„Warum erschießen wir die nicht einfach? Wir können Niran doch nicht einfach so ausliefern!", fluchte sie verzweifelt und eine Träne kullerte ihr dabei über die Wange.

„Weil wir niemanden erschießen, der zu einem Volk mit hundert und mehr Einwohnern gehört. Wir sind in der Unterzahl und wissen auch nicht, über was für Waffen die noch alles verfügen. Wenn wir jetzt das Kugelfeuer eröffnen, machen wir uns nur Probleme. Und damit meine ich große Probleme. Probleme, aus denen du nicht lebend herauskommen wirst. Niemand von uns."

Auf diese Worte entgegnete sie nichts mehr. Sie quittierte sie nur mit einem leisen Schluchzen.

Die vier Männer kamen wie befürchtet vor dem Loch, das mit absoluter Sicherheit eine Falle war, zum Stehen und begutachteten ihren neuen „Fang" spöttisch.

Sie lachten und tauschten irgendwelche Belanglosigkeiten aus, die die anderen Fünf aus der Entfernung nicht verstehen konnten.

Auch konnten sie kaum erkennen, wie die Männer aussahen.

Was hatten sie nur vor?

Wie musste es Niran wohl gerade gehen?

Evelyn wollte es sich keineswegs ausmalen.

Als sie machtlos dabei zusehen mussten, wie ihr Kollege aus dem Loch gezogen und entführt wurde, noch viel weniger.

„Fuck. Das ist nicht gut", sprach Liam das Offensichtliche aus.

„Das ist gar nicht gut", ergänzte Evelyn.

Araya schluchzte kurz etwas zu laut, doch die Männer waren mit Niran schon auf dem Weg dorthin zurück, von wo sie gekommen waren, und hörten es nicht.

„Mir nach!", knurrte Liam wutgeladen und folgte den Männern mit einigem Abstand.

Sie trugen Niran wie ein erlegtes Tier – gefesselt mit Händen und Füßen an einen Baumstamm, der auf ihren Schultern lag.

Er hatte einen Sack über den Kopf gestülpt und rührte sich keinen Zentimeter.

Was sollte er auch tun?

Seine Lage war aussichtslos.

Nach einigen Gehminuten kamen sie vor einer Festung aus.

Auf ihre Rufe hin wurde das gigantische Eingangstor heruntergelassen und es ermöglichte Liam, einen kurzen Blick aus der Ferne auf einige Hütten dahinter zu erhaschen, ehe es wieder hochgezogen wurde und die Fremden zusammen mit Niran dahinter verschwanden.

„Was machen wir jetzt?", wimmerte Araya nach einigen Sekunden des Schweigens.

„Wir holen ihn da raus. Folgt mir." Mit diesen entschlossenen Worten setzte Liam sich wieder in Bewegung.

33

Die Festung, die sich vor ihnen auftat, war überwältigend. Liam blieb stehen und erstarrte. Die anderen hinter ihm stießen unsanft gegen seinen Rücken. Leises Fluchen mischte sich unter das schwere Atmen der Fünf.

Liams Blick glitt an der Außenfassade der Mauer hinauf. Sie war mindestens fünf Meter hoch und bestand aus eng aneinandergereihten massiven Baumstämmen. Sie ließen kein Hindurchsehen zu. Weder für die Fünf auf der Außenseite noch für das Volk auf der anderen Seite der Mauer.

„Ich würde mir gerne einen Überblick verschaffen, wie das Dorf aufgebaut ist, bevor ich mich in die Höhle des Löwen schleiche", überlegte Liam laut. Das Volk musste etwa auf einer Fläche von einem Quadratkilometer leben. Diese Schätzung gab ihnen aber immer noch keinen Aufschluss darüber, wie die Häuser innerhalb der Festung angeordnet waren. Noch viel weniger gab es ihnen eine Antwort auf die Frage, wo die Dorfbewohner ihren Kollegen gefangen hielten. Liam spielte kurz die Möglichkeiten im Kopf durch: Sie konnten versuchen, einen Hintereingang zu suchen und sich so unbemerkt in das Dorf schleichen. Das aber wäre sicher die zeitaufwendigere Taktik und würde ein hohes Risiko bedeuten, schon vor Eindringen entdeckt zu werden. Die andere Option war, das Tor mit gemeinsamer Kraft einzutreten und die Festung zu stürmen – die Waffen im Anschlag mit direkter Schussabgabe.

Eine Schlacht zu eröffnen war aber vielleicht auch nicht gerade die schlauste Idee. Schon gar nicht, wenn sie in der Unterzahl waren. Zudem verfügte ein Volk, das Fallen aufstellte und Menschenopfer brachte, mit Sicherheit über einen reich gefüllten Vorrat an Waffen. Nichts von dem, was Liam sich überlegte, schien ein guter und sicherer Plan zu sein.

„Bitte", flüsterte Araya am Ende der Formation und riss Liam damit aus seinen Gedanken. „Lasst uns meinen Bruder retten. Schnell." Die anderen versuchten ihr ein aufmunterndes Nicken zu schenken. Doch, ob das wirklich so zuversichtlich wirkte wie es sollte, war fraglich.

Schließlich wussten sie genau, welche Nacht bald bevorstand: Neumond.

Und sie wussten auch ganz genau, wer diese Menschen waren, in dessen Falle Niran geraten war. Sie wussten genau, wer die Menschen waren, die hinter der Festung lebten und sie wussten auch, was diese mit Arayas Bruder vorhatten. Sie würden ihn dem Wendigo zum Fraß vorwerfen, wenn die Fünf nichts dagegen unternahmen.

Der Wendigo existierte leider eben nicht nur in Märchen, wie sie bis vor einigen Stunden noch inständig gehofft hatten.

Er war nicht nur ein Fabelwesen oder eine Gruselgeschichte, die sich die Wanderer abends in ihrem Camp am Lagerfeuer erzählten. Er war real. Er war eine absolut reale Bedrohung.

Sie hatten ihn gesehen – mit ihren eigenen Augen. Und dieses Wesen – diese Mischung aus Hirsch und Wolf – war in echt noch viel angsteinflößender als auf jeglicher Zeichnung. Eigentlich wussten sie, dass niemand je wiedergesehen worden war, der den Pfad verlassen hatte. So standen auch die Chancen für Niran unfassbar schlecht. Aber keiner der Wanderer war wohl je mit Waffen und Schutzausrüstung ausgestattet gewesen. Und keiner der Wanderer hatte eine Ahnung von all dem kranken Scheiß, der sich hier zutrug. Diesen Vorteil hatten Liam, Evelyn und die anderen immerhin auf ihrer Seite.

Sie wussten mehr über die Dorfbewohner als diese über sie.

„Was ist dein Plan, Liam?", fragte Evelyn, die schräg rechts hinter ihm stand und sich mit ihrer linken Schulter gegen seine rechte lehnte, um mit ihrer Maschinenpistole die rechte Seite der Formation abzusichern. Auf der anderen Seite tat Sienna es ihr gleich. Madison war in der „Verschnauf"-Position. Sie hatte die Mündung ihrer Waffe gen Himmel gerichtet und suchte ständigen Kontakt zu Araya, die rückwärts mitlief und so den hinteren Bereich sicherte.

„Wir bewegen uns erstmal möglichst unauffällig um die Festung herum. Ich möchte mich vergewissern, dass es keinen Hinter- oder Seiteneingang gibt, ehe wir das Haupteingangstor stürmen."

„Du willst das Dorf stürmen?!", entfuhr es Evelyn entsetzt. Zugegeben, der Plan war riskant, aber sie hatten womöglich keine andere Wahl.

„Das ist mein Plan B. Den werden wir nur umsetzen, wenn Plan A nicht aufgeht. Oder hast du eine bessere Idee?", fragte er ein wenig aufgebracht darüber, dass Evelyn seine Überlegungen in Frage stellte.

Sie schwieg einen Moment. Dann seufzte sie geschlagen. „Nein."

„Äh doch, ich hätte da eine Idee!", rief Sienna und wurde durch ein mahnendes Zischen hinter ihr direkt daran erinnert, leise zu sein. „Ich habe in Australien eine Handgranate von den Opposites mitgehen lassen", flüsterte sie nun.

Statt einer Antwort bekam sie jedoch nur ein kollektives Schweigen.

„Von dem Typen, den ich im Keller des Hauses erschossen habe", wieder sagte keiner etwas.

„Als es gebrannt hat. Wisst ihr noch?", fügte sie nun hinzu.

Liam drehte sich genervt zu ihr um. „Danke, wir wissen ganz genau, was du meinst. Ich glaube, die Frage, die wir uns gerade stellen, ist, warum du uns bisher nichts davon gesagt hast? Das ist eine 1a-Waffe. Wir hätten damit vielleicht Rileys Unfall verhindern können", entfuhr es ihm entsetzt.

Sienna schnaubte verächtlich. „Ach ja, wie denn, Superman?"

„Okay okay, ganz ruhig Leute", ging Evelyn dazwischen. „Bevor wir uns streiten, wechseln wir lieber das Thema und konzentrieren uns auf das Wesentliche. Das mit der Granate ist ein guter Hinweis Sienna – der hätte tatsächlich gerne schon eher kommen können. Allerdings würde ich sagen, dass es hier zu riskant ist. Wir wollen ja nicht das Dorf sprengen und schon gar nicht Niran gefährden. Also lasst uns lieber Plan A nachgehen."

Liam nickte. Er fühlte sich bestätigt. „Okay, dann lasst uns mal schauen, wo diese Spinner hier sonst noch rein- und rauskommen", sagte er und atmete schwer aus, ehe er sich zielstrebig in Bewegung setzte. Die anderen folgten ihm. Madison tippte Araya auf die Schulter, um ihr zu signalisieren, dass sie weitergehen sollte. Liam bewegte sich so eng wie möglich an der Mauer. Falls es einen Späher-Posten oder einen Aussichtsturm gab, von dem herannahende Feinde und Fremde identifiziert wurden, wären sie hier im toten Winkel sicher davor.

Obwohl es zu dieser Jahreszeit auch in Nordamerika noch nicht besonders warm war, lief Liam schon jetzt der Schweiß von der Stirn. Die Rinnsale brannten in seinen Augen, tropften von seiner Nasenspitze und wurden immer intensiver. Sie waren in den letzten Wochen ein ständiger Begleiter geworden und erinnerten ihn ständig daran, was für kritischen Zuständen und Situationen sein Körper ausgesetzt war. Er fragte sich, wann der Punkt käme, an dem einer oder eine von ihnen unter der Last zusammenbrechen würde.

Während seine Gedanken Karussell fuhren, legte die Gruppe immer mehr Meter zurück. Sie hatten mittlerweile eine ganze Seite der Festung hinter sich gelassen und damit gut einen Kilometer zurückgelegt. Doch von einem Seiteneingang war bisher noch keine Spur.

Liam hielt an der Ecke kurz inne und erspähte mit der Mündung seiner Waffe voran den ungesicherten Bereich dahinter. Wieder kletterte sein Puls in die Höhe – immer genau dann, wenn er dachte, sein Herz könne nicht noch schneller schlagen.

Niemand. Erleichtert atmete er aus und ließ seine Waffe sinken. „Sicher", warf er den anderen über die Schulter zu und griff nach dem Fernglas, das er immer um den Hals hängen hatte.

Jetzt verschaffte er sich noch einen genaueren Überblick. Die vergrößerte Ansicht half ihm dabei, mögliche Personen auf der Mauer der Festung zu erkennen, doch auch hier schien keiner Wache zu halten.

Ein wenig merkwürdig erschien ihm das zwar schon – immerhin hatten sie überall im Wald Fallen aufgestellt und waren demnach Eindringlingen gegenüber feindselig gestimmt – aber darüber beschweren wollte er sich auch nicht.

Die kurze Pause nutzten die Mädels um durch zu rotieren. Evelyn übernahm die Back-Sicherung, während alle anderen einen Platz aufrutschten. Nun war Araya in der „Verschnauf"-

Position. Für sie war das alles hier besonders stressig. Immerhin war sie gerade ein paar Tage fertig mit dem Studium. Und jetzt musste sie auch noch um das Leben ihres Bruders bangen.

Als Liam sich sicher war, dass er jeden Winkel erhascht hatte, setzten sie die Suche fort.

Doch auch diese Seite der Mauer versprach keinen Erfolg. Ebenso wenig wie die anderen beiden darauffolgenden Seiten. Es gab tatsächlich nur diesen einen Eingang an der Front. Zumindest soweit sie das beurteilen konnten.

Ein wenig niedergeschlagen entfernten sie sich aus der Sichtweite der Festung, um das weitere Vorgehen zu besprechen. Als sie sich in Sicherheit wähnten, legten sie die Rucksäcke und Pistolen ab, um sich gleich darauf in einen Kreis zu setzen und ein paar Schlucke Wasser zu trinken. Liam hatte noch einige Trinkgele mit Elektrolyte bei sich, die im Notfall ihre Nahrung ersetzen und ihnen die nötigen Kräfte für die langen Tage geben sollten. Diese verteilte er an die anderen.

„Danke, das ist jetzt genau das, was ich brauche", sagte Sienna und griff gierig nach dem Quetsch-Drink.

„Araya, kommst du klar? Wie geht's dir?", wollte Madison noch wissen, bevor sie mit ihrer Besprechung fortfuhren. Araya nickte nur. Sie wollte nicht schwach wirken, das wusste Evelyn genau. Auch wenn das dumm war, denn sie durfte ruhig zugeben, dass sie das alles unterschätzt hatte. Dass ihre Vorfreude schnell der Angst gewichen war. So war es ihnen schließlich allen am Anfang ergangen.

Außerdem durfte sie zugeben, dass sie sich Sorgen machte. Schließlich war ihr Bruder in Gefangenschaft.

„Und wie geht es euch? Sienna und Riley sind aus dem letzten Einsatz ja nicht ganz unbeschadet rausgekommen", versuchte sie vom Thema abzulenken.

Sienna runzelte die Stirn. „Äh, wieso ich? Ich bin doch noch hier."

„Na, weil du doch diese Kopfverletzung hast", sagte Araya und hatte dabei keine Ahnung, wovon sie sprach. Sie hatte in den letzten Tagen nur vereinzelte Gesprächsfetzen aufgeschnappt, die sie noch lange nicht in einen Gesamtzusammenhang bringen konnte.

Wobei – wer von ihnen konnte das schon? Nicht einmal Sienna schien zu verstehen, was mit ihr los war. Oder besser gesagt, verschloss sie sich vielleicht auch davor.

„Sienna beteuert, dass es ihr gut gehe. Eine kurzzeitig Amnesie nach einem Flugzeugabsturz ist nicht ungewöhnlich. Sie wird sich mit Sicherheit den Kopf gestoßen haben. Alles, was danach kam – in den Katakomben unter der Pyramide – war etwas Übernatürliches. Zumindest vermuten wir das", antwortete Liam stellvertretend für Sienna, die der Frage scheinbar lieber aus dem Weg gegangen wäre.

„Das mit Riley ist aber trotzdem ständig in unseren Köpfen. Auch wenn wir uns auf das Hier und Jetzt konzentrieren müssen", fügte Evelyn noch hinzu.

Die anderen beiden nickten.

Araya sah nachdenklich auf ihren Schoß hinunter. Sie saß im Schneidersitz. „Ich hätte nicht gedacht, dass es so hart wird", gestand sie schließlich nicht nur der Gruppe, sondern auch sich selbst ein.

„Du wirst dich auch nicht dran gewöhnen, so viel kann ich dir sagen", sagte Liam wenig taktvoll und räumte seine Sachen zurück in den Rucksack, ehe er sich räusperte, um mit der Besprechung fortzufahren. „Also, Plan A hat nicht gezogen. Dann kommen wir jetzt zu Plan B. Wir werden die Festung stürmen."

Doch ehe er weitersprechen konnte, schnellte ein Pfeil wenige Millimeter an seinem Kopf vorbei und ließ eine glühend heiße Spur auf seiner Haut zurück, ehe die Spitze sich mit unsagbarer Geschwindigkeit in der Mitte ihres Kreises in den Boden bohrte.

34

Stille.

Das Entsetzen in den Gesichtern der anderen machte Liam klar, dass er sich das gerade nicht eingebildet hatte.

Ebenso wie der Pfeil, dessen Ende noch immer von der Erschütterung wippte, während sich die Spitze im Waldboden keinen Zentimeter bewegte.

Ehe sie zu ihren Waffen greifen konnten, fiel ein Fangnetz von oben auf sie nieder, das ihnen jegliche Bewegung verbot.

Verzweifelte Versuche, sich daraus zu befreien, verliefen ins Leere.

Evelyn erkannte nicht, woher die Bedrohung kam, aber eines wusste sie ganz genau: Es waren die Dorfbewohner.

Ihr Hals schnürte sich zu, nicht zuletzt wegen des Netzes, das sich so eng über sie spannte wie eine Vakuumverpackung.

„Wenn wir eines nicht mögen, dann sind das ungebetene Gäste", erschütterte sie plötzlich eine Stimme, so tief und männlich wie noch keine andere je zuvor. Erschrocken hielten sie inne.

„Ihr zappelt wie kleine glitschige Fische im Netz, wenn sie an die Luft gezogen werden", fügte die Stimme ihren Worten hinzu und verlieh den Fünf mit diesem Vergleich etwas Schwächliches.

In der Stimme lag ein Akzent, den Evelyn nicht so recht deuten konnte. Dieser hatte etwas Hartes, das an nordische Sprachen wie die der Wikinger oder Kelten erinnerte. Sie musste unbedingt wissen, wer da zu ihnen sprach, weshalb sie mit Mühe versuchte, sich ein Stück aufzurichten, doch erkennen konnte sie noch immer nichts.

Auf das kurze Schweigen, das eingesetzt hatte, folgten Schritte, die sich ihr langsam näherten. Aber die Schritte gehörten nicht nur einer Person, so viel war sicher.

Ihr Herzschlag jagte wieder einmal in unsagbare Höhen, bis schließlich zwei große schwarze Stiefel vor ihrem Gesicht zum Stehen kamen. Die Stahlkappen vorne waren Waffe genug, um Evelyns Schädel binnen Sekunden zu zertreten. Wenn die Person gewollt hätte, hätte sie es gekonnt.

Zu Evelyns Glück blieb dieser Alptraum aber aus.

Die Person hockte sich nun hin, womit Evelyn einen etwas besseren Blick auf sie hatte. Es war schwer aus dieser Position zu schätzen, wie groß der Mann wohl war, aber sie schätzte anhand der Eindringlichkeit seiner Stimme, dass er ein großer und massiver Kerl sein musste. Seine Statur war jedenfalls eine Mischung aus breit und massig. Aber nicht massig dick, sondern trainiert und stark. Er trug eine lederne braune Tunika, um die Hüften legte sich ein dreifach gebundener Gürtel aus schwarzem Leder. Seine massiven Schultern zierte ein Mantel aus Echtfell, der eher einem Umhang glich. An den Schienbeinen und Unterarmen schützten ihn blecherne Schoner. Diese Kleidung zeigte seine Gesinnung. Und die war feindselig.

Evelyns Blick wanderte noch weiter nach oben zu seinem Gesicht. Er trug einen langen schwarzen Bart, den er unterhalb des Kinnes zu einem Zopf geflochten hatte. Der Bart war bereits durchzogen von grauen Strähnen. Die kleinen Fältchen neben seinen eisblauen Augen verrieten ebenfalls sein Alter. Er war bestimmt schon zwischen 40 und 50 Jahren alt, schätzte Evelyn. Nachdenklich legte der Mann, dessen Namen sie noch nicht kannte, seine Stirn in Falten. Dabei fielen Evelyn seine kurz geschorenen dunklen Haare und markanten Augenbrauen auf, in die er sich eine Lücke geschnitten hatte. Die eisblauen Augen waren umrandet von einem dunklen Wimpernkranz und stellten damit einen unheimlichen Kontrast zu den dunklen Haaren dar. Sie gaben ihr das Gefühl, er könne in ihre Seele blicken.

Langsam erschienen hinter ihm immer mehr Dorfbewohner, die gekleidet waren wie Krieger. Sie waren alle wesentlich jünger als er, aber zum Großteil männlich.

Ein Junge von ihnen, er mochte etwa 17 Jahre alt sein, hielt noch Pfeil und Bogen in den Händen. Er war wohl derjenige, der soeben den Pfeil auf sie abgeschossen hatte.

Ob er wohl eigentlich hatte treffen wollen?

Oder hatte er sie extra verfehlt?

Wut stieg in Evelyn auf. Was für ein Rotzbengel. Er war jünger als sie und nahm sich so eine Frechheit raus.

Sie waren ausgebildete Agenten. Was bildete er sich ein, sich mit ihnen anzulegen?

Ehe sie sich in diese Gedanken reinsteigern konnte, lenkte sie der Mann, welcher scheinbar der Anführer war, wieder ab.

Er führte seine Hand zu Evelyns Kopf und strich sanft über das wellige Haar.

Am liebsten hätte Evelyn seine großen Pranken weggeschlagen, doch sie war absolut nicht imstande dazu, sich zu bewegen. Ein eiskalter Schauer durchfuhr sie, als sie seine Berührung spürte.

„Wie heißt du?", raunte er, wobei die Aussprache des *H* durch einen eigenartigen harschen Laut aus seiner Kehle mehr hart als weich klang. Seine Hand wanderte von ihrem Haar über ihr Gesicht zu ihrem Kiefer, den er mit seinen rauen Fingern behutsamer nachfuhr als erwartet, bis er schließlich an ihrem Kinn angelangt war, sodass er ihren Kopf nach oben drücken und sie forcieren konnte, ihn anzusehen. Er beugte sich noch weiter zu ihr hinunter: „Also, meine Kleine. Wie ist dein Name?", hauchte er. Seine kratzige tiefe Stimme erschütterte Evelyn bis in Mark und Bein. Sie wollte ihm nicht antworten. Er sollte so wenig wie möglich über sie wissen.

„Judy", antwortete sie daher schnell, damit er keinen Verdacht schöpfte, dass dies bloß eine Lüge war.

Auf ihre Antwort hin schnaubte er, „Was für ein dämlicher Name. Ich werde dich anders nennen." Mit diesen Worten ließ er endlich von ihr ab und richtete sich wieder auf, um eine Runde um das Fangnetz zu drehen, unter dem die Fünf sich immer noch wanden.

„Ich nehme an, ihr gehört zu unserem kleinen Fang von vorhin, richtig? Da seid ihr wohl auf eurer heldenhaften Rettungsaktion gescheitert. Doof gelaufen." Mitleidig sah er zu ihnen hinab und stellte dabei einen Stiefel auf Liams Rücken, um ihn weiter auf den Boden zu drücken und seine Überlegenheit noch deutlicher zu demonstrieren. Nachdem Liam ihm lang genug vor Schmerzen gestöhnt hatte, ließ er von ihm ab und ging weiter. „Interessante Gruppe. Vier Frauen und zwei Männer." Auf der anderen Seite blieb er stehen. Diesmal betrachtete er Madison und Sienna. „Viele schöne Frauen hast du da an deiner Seite, Kleiner. Bist bestimmt der Anführer, was? Wie heißen die anderen Drei?", fragte er.

„Sag ich dir nicht", ächzte Liam, der verzweifelt versuchte, nach seiner Waffe zu greifen, ohne dabei aufzufallen.

„Na schön." Der rauchige Ton seiner Stimme jagte Evelyn erneut eine Gänsehaut über den Rücken. Sie ahnte, dass er das alles nicht ohne Grund fragte. Er wollte irgendwas. Aber was? Eine Weile schien er nachzudenken. Zumindest sprach er für einige Augenblicke nicht, in denen er mit langsamen und bedachten Schritten weiter um sie herumwanderte. Gedankenversunken strich er über seinen Bart.

„Ich entscheide mich für Judy. Jungs, herkommen!", mit einer auffordernden Handbewegung winkte er vier junge Männer heran, die allesamt älter schienen als Evelyn. Sie waren groß und kräftig. Scheinbar lag das in der Genetik der Dorfbewohner.

„Was?! Nein, das lasse ich nicht zu! Du spinnst ja vollkommen, was hast du mit ihr vor?!", schrie Liam und brachte mit seiner Wut nun das ganze Netz zum Beben. Mit all seinen Mitteln versuchte er sich aus diesem Netz zu befreien. Doch es hatte viel zu viel Gewicht.

Der Mann lachte ein dunkles fieses Lachen und wieder fühlte sich die Luft um Evelyn mit einem Schlag fünf Grad kälter an.

„Na sieh mal einer an. Der Anführer hat sich die schönste Frau von den Vieren geschnappt."

Bei diesen Worten tobte Liam noch mehr als vorher. „Ich hab sie mir nicht geschnappt!"

Wieder setzte dieses tiefe, inbrünstige Lachen ein. „Kleiner, du musst mir nichts vormachen. Ich sehe an deiner Reaktion, dass du die Kleine flachlegst. Jetzt will ich sie noch mehr. Jungs, ihr wisst, was zu tun ist." Er klatschte zweimal in die Hände, woraufhin sich die vier Männer in Bewegung setzten und Evelyn unter dem schweren Fangnetz hervorzogen.

Diese begann zu kreischen und zu zappeln, aber nichts half. Die Männer waren stärker als sie und sie spürte die festen Griffe an ihren Beinen und ihrem Oberkörper, die schmerzhafter wurden, je mehr sie sich wehrte.

„Widersetz' dich nicht, Süße. Schon bald wirst du dich freuen, dass du ausgewählt wurdest."

Ausgewählt wofür? Panik machte sich in ihr breit, erhitzte jede Zelle ihres Körpers. Sie wollte das nicht. Sie wollte zurück zu den anderen, Niran retten und dann nichts wie weg.

Ihr war egal, was danach mit dem Portal geschehen würde. Sie wusste nur, dass sie das alles hier nicht mehr konnte.

Sie wollte nach Hause. Nach Perth.

Zu ihrer Mutter.

Und ein ganz normales Leben führen.

Die Männer schleppten Evelyn weiter in Richtung Festung, bis sie nicht mehr zu sehen waren.

„Die anderen kommen als Vorrat in den Kühlschrank. Mal sehen, wie lange sie sich halten."

„WAS?!", entfuhr es Madison geschockt. Auch den anderen war bei diesen Worten das Herz in die Hose gerutscht.

Vorrat?

Kühlschrank?

Haltbar?

Was hatte man mit ihnen vor? Würde man sie umbringen und zerhacken, um sie danach zu essen? Oder waren sie Vorrat für die nächsten Neumonde? Zur Opferung?

„Wir hätten niemals herkommen sollen", krächzte Liam verbittert, bevor die anderen Männer und Jungs zu ihnen kamen, sie einzeln aus dem Netz befreiten, nur um sie gleich darauf wegzuschleppen.

„Also, ich für meinen Teil freue mich, dass ihr hier seid, Kleiner", rief der Mann ihnen belustigt hinterher und fing sich damit das Lachen und zustimmende Jubeln der anderen Dorfbewohner um sich herum ein.

266

„Was macht ihr mit uns, ihr kranken Schweine?!", schrie Liam immer noch außer sich. Doch seine Schreie und Rufe hatten keinerlei Wirkung. Sie konnten nicht verhindern, was sowieso passieren sollte.

Man brachte sie nicht zur Festung, sondern zu einer Schlucht zwischen zwei hohen Felswänden in der Nähe der Festung. Auf dem Weg, der zwischen diesen beiden Felsen hindurchführte, wurde die Luft dünner und kälter, je tiefer man sie in die Dunkelheit trug. Nach wenigen Minuten der Schwärze kamen sie zum Stehen. Liam hörte das Öffnen eines Schlosses, danach das Knatschen einer aufgehenden Stahltür. Wieder machten die Männer und Jungs einige Schritte mit ihnen, dann wurde die Tür geschlossen. Scheinbar waren sie gerade hindurchgegangen. Die Vier wurden zu Boden geworfen wie Kadaver, die kein Gefühl und keinen Wert hatten.

Schmerzerfüllt stöhnten sie nacheinander auf, während die Unbekannten ihnen alle Habseligkeiten und Waffen abnahmen, die sie an ihnen finden konnten.

Eine Erklärung für all das blieb aus. Stattdessen ließ man Liam und die Mädchen wortlos zurück und legte das Vorhängeschloss an die Tür, um sie zu verschließen und ihnen damit jede Hoffnung auf einen Ausweg zu nehmen.

35

Finsternis umgab sie.

Liams Atmung beschleunigte sich während er in seiner Hosentasche nach einer Taschenlampe kramte.

„Leute, ich habe noch eine Ersatztaschenlampe in meiner Hose, die sie beim Durchsuchen nicht gefunden haben." Als er das schwache Licht einschaltete, atmeten die anderen erleichtert auf.

„Viel Batterie hat sie nicht mehr, aber es sollte reichen, um sich mit den Gegebenheiten vertraut zu machen. Vielleicht finden wir ja einen Ausweg", sagte Liam etwas zuversichtlicher als er sich innerlich fühlte.

Die anderen drehten sich einmal um die eigene Achse, um sich einen Überblick zu verschaffen. Sienna legte ihren Kopf in den Nacken. „Wir sind doch nicht etwa in einer…"

„Höhle? Doch, genau da sind wir Sienna", vervollständigte Madison den angefangenen Satz ihrer Freundin. Die Höhlendecke musste einige Meter über ihnen liegen. Zumindest reichte das Licht nicht bis ganz nach oben, sondern verlor sich zwischen den teilweise enger werdenden Wänden.

Die Steinwände waren grau und kantig und vereinzelt fanden sich rote Anhaftungen daran. Liam ging auf die suspekten Farbkleckse zu und strich mit dem Finger darüber. Sie waren getrocknet, aber ihn beschlich dennoch mehr und mehr eine böse Vorahnung.

„Das ist nicht das, was ich denke, oder?", brachte Araya sich mit zitternder Stimme ein.

Liam presste seine Lippen aufeinander, ehe er ihr antwortete: „Doch Araya. Leider ist es genau das. Es ist Blut. Immerhin nicht frisch, aber trotzdem beunruhigend."

„Es sieht aus, als hätte sich jemand mit blutigen Fingern an der Wand festgekrallt", stellte sie ergänzend fest.

Doch als Liam mit seiner Fußspitze gegen etwas Hartes stieß, verlagerte sich seine Aufmerksamkeit schneller als gedacht auf den Boden. Er brauchte einen Moment, bis er es begriff. Dann schluckte er schwer.

„Das ist ein Knochen." Mit diesen Worten ließ er das Licht seiner Lampe weiter durch die Dunkelheit wandern. Diesmal jedoch deutlich schneller und hektischer als zuvor.

Knochen über Knochen fanden sich auf dem Boden, ein fast noch vollständiges Skelett direkt zu Liams Füßen.

„Die Blutspuren sind doch nicht etwa von dem Toten da, oder?", fragte Madison und zeigte auf das Skelett, das bei ihrem Kollegen lag.

Liam schüttelte den Kopf. „Keine Ahnung", noch während er das sagte, ging er ein paar Schritte weiter. Hier machte die Höhle einen Knick und ein neuer Bereich wurde sichtbar.

Ein kurzer Schwenk der Taschenlampe in die Dunkelheit gab ihnen Sicherheit, dass außer ihnen niemand mehr hier war.

Wenig später glitt sein Blick auf eine rote Schrift neben ihm an der Wand.

Sorry.

Das kurze Schweigen der anderen sagte ihm, dass sie es auch gelesen hatten.

„Sorry? Sag mir nicht, jemand schreibt mit dem Blut seines Opfers sowas an die Wand, um sich bei ihm zu entschuldigen, dass er ihn getötet hat. Das ist ja total bekloppt", entfuhr es Sienna und sprach damit einen Gedanken aus, der den anderen noch gar nicht gekommen war.

Liam runzelte die Stirn. „Was? Das könnte aus allen möglichen Gründen dort stehen."

Sienna zuckte mit den Schultern. „Ja gut, das war jetzt meine erste Idee. Ich denke nicht, dass man mit seinem eigenen Blut Sorry an die Wand schreibt, oder?"

Kaum hatte sie das gesagt, fröstelte es sie. Je tiefer sie in die Höhle eindrangen, desto kühler wurde es.

„Ich weiß jetzt auf jeden Fall, was sie mit Kühlschrank gemeint haben", sagte Madison mit bebender Unterlippe, während sie ihre Arme rieb, um sich aufzuwärmen.

Araya nickte. „Die wollten uns bestimmt nur Angst machen und nennen es deshalb so."

Liam ging weiter und säuselte dabei etwas Unverständliches.

Die Worte „Wir" und „Nächsten", kamen völlig zusammenhangslos bei den anderen an.

Da er die einzige Taschenlampe bei sich trug, folgten sie ihm, wie die Motten dem Licht.

Sienna schlich unmittelbar hinter ihm her. „Ohne meine Waffe fühle ich mich so schutzlos", flüsterte sie und suchte Kontakt zu seiner Schulter, auf die sie ihre Hand legte.

Liam summte zustimmend. Er sich auch.

Und leider hatte er zudem alles andere als das Gefühl, hier alleine zu sein. „Leute, hier wartet noch irgendwer auf uns. Ich spüre das."

Nervös fasste er die Taschenlampe nach, die aus seinen schwitzigen Händen zu rutschen drohte.

Madison und Araya suchten ebenfalls die Nähe zu ihm und Sienna und sahen sich immer wieder ehrfürchtig um.

„Was glaubt ihr, machen die mit Evelyn?", sprudelte es plötzlich aus Araya heraus.

Liam hielt kurz inne und nahm einen tiefen Atemzug. Daran wollte er gerade wirklich nicht denken. Noch viel weniger wollte er es sich bildlich vorstellen.

Er musste so schnell wie möglich hier rausfinden, damit er sie retten konnte.

„Ich will es nicht wissen", antwortete Sienna stellvertretend für ihn und sprach damit mehr oder weniger seine Gedanken aus.

„Hoffentlich tun sie ihr nicht weh", fügte Araya noch wispernd hinzu.

„Ich glaube, die Hoffnung kannst du begraben", schnaubte Liam wütend und merkte, dass seine Emotion der Angst in Trotz umsprang. Plötzlich war ihm vollkommen egal, was mit ihm geschah. Er wollte sich nur noch rächen.

Rächen an diesen irren Dorfbewohnern, die sie hier eingesperrt hatten.

Die ihnen zwei Freunde weggenommen hatten und nun gefangen hielten.

Rache. Das war Liams neue Mission.

„Ich muss hier raus. Wenn ich meine Waffen wiedergefunden habe, richte ich den Dreckskerl, der sich Evelyn geschnappt hat, eigenhändig hin. Dann schnappen wir uns Niran und meine Freundin und Sienna, du jagst den ganzen Haufen dann in die

Luft. Ich will sie brennen sehen. Lichterloh", knurrte Liam und war dabei fast ein bisschen unheimlich.

Die Mädels tauschten skeptische Blicke.

Hoffentlich überstürzte Liam nichts. Hoffentlich brachte seine Rachsucht sie nicht in unnötige Gefahr.

Alles, was sie hier nicht gebrauchen konnten, war eine Schlacht.

Doch plötzlich war da etwas.

Geräusche, die von vorne zu kommen schienen, ließen sie aufschrecken.

Liam blieb wie angewurzelt stehen.

„Was war das?"; hauchte Sienna fast lautlos an seinem Ohr.

Ihr Atem war zittrig. Ebenso wie Liams Knie.

Er wusste es nicht. Aber es klang wie ein Kriechen.

Mehr ängstlich als entschlossen ging er diesen Geräuschen weiter entgegen. Doch sie erstickten nicht.

Im Gegenteil, sie wurden immer deutlicher. Immer lauter.

Es war ganz eindeutig ein Kriechen.

Und nicht nur das einer einzigen Person.

Liam schluckte schwer und ging weiter. Solange, bis im Schein seiner Taschenlampe eine Gestalt auftauchte.

Ein Stich in seiner Magengegend ließ ihn verkrampfen.

Es war ein Mensch. Aber was war mit ihm passiert?

Er war schrecklich zugerichtet.

Noch immer unfähig, irgendetwas zu tun, richtete Liam sein Licht auf die Person am Boden. Es war ein älterer Mann, so viel konnte er bereits erkennen.

Doch der Mann hielt den Kopf gesenkt, sodass sein Gesicht bisher im Verborgenen blieb. Er trug keine Kleidung, nur eine schmutzige ehemals weiße Unterhose.

Während er mit dem Rücken an der Steinwand lehnte, machte sich eine weitere Person – scheinbar ein kleiner Junge– am Bein des alten Mannes zu schaffen.

Das Schmatzen war unerträglich laut, machte den Vieren aber mit aller Grausamkeit deutlich, dass das Bild vor ihren Augen keine Einbildung, keine Halluzination war.

Dem älteren Mann fehlte der linke Unterschenkel und der Junge knabberte genüsslich an dessen blutigem Stumpf.

Liam drohte das Gefühl von Übelkeit zu überwältigen. Gerade noch so schaffte er es, sich auf den wackeligen Beinen zu halten. Immer noch fixierte der Lichtstrahl seiner Taschenlampe die beiden. Wieso sahen sie das denn nicht?

Irgendeine Anwesenheit schienen sie dennoch zu bemerken, denn sie richteten sich jetzt beide auf. Der Junge ließ vom Bein des alten Mannes ab und auch der alte Mann hob seinen Blick.

Sie schauten den Vieren jetzt unmittelbar in die Augen.

Der Junge war blutverschmiert um den Mund und leckte sich seine rot verfärbten Zähne.

„Wer ist da?", tobte plötzlich die Stimme des alten Mannes durch die Höhle, wobei sie zornig zwischen den Wänden widerhallte.

Liam schaute noch einmal genauer hin. So hell war das Licht nicht, dass es sie blenden könnte.

Waren sie etwa schon so lange hier unten, dass ihre Augen mit den Jahren erblindet waren?

Hatten sie schon so lange kein Licht mehr gesehen?

Liam wurde misstrauisch - schaute genauer hin - und in dem Moment, als ihm die Erkenntnis kam, wünschte er sich, es nicht getan zu haben.

Die Augen der beiden waren verbrannt. Es sah aus, als habe man ihnen ein heißes Eisen darauf gedrückt, um sie zu brandmarken und ihnen die Fähigkeit zum Sehen zu nehmen.

Er schluckte, doch seine Kehle war mit einem Mal staubtrocken. „Wie sollen wir an denen vorbeikommen?", flüsterte Sienna. Ihr liefen einige Tränen über die Wange. Ob aus Angst oder Mitgefühl, vermochte sie selbst nicht zu sagen.

„Täuschen mich meine alten Ohren, oder hat da gerade jemand gesprochen? Hast du das auch gehört, Jason?", donnerte der alte Mann wieder.

Der Junge, welcher Jason zu heißen schien, antwortete mit einer viel dünneren und helleren Stimme, die es nicht schaffte, die gesamte Höhle zum Beben zu bringen.

„Doch. Ich habe es auch gehört."

„Na also. WER IST DA?!", schrie der alte Mann hieraufhin völlig unvermittelt und jagte Liam, Madison, Sienna und Araya damit nur noch mehr Angst ein.

Wie in Gottes Namen sollten sie an den beiden vorbeikommen, ohne dass sie es merkten?

Doch ehe sie sich diese Frage stellen konnten, kroch aus einer kleinen Nische links von ihnen eine weitere Person hervor. Dieser fehlte ein Arm und ein Fuß, weshalb sie nur krüppelig und schwerlich vorankam.

Es war eine alte Frau, die mit einem weißen Nachthemd bekleidet war und die sie bis gerade noch nicht bemerkt hatten.

„Das war bestimmt ich, Walter. Ich führe manchmal Selbstgespräche ohne es zu merken", sagte sie und rettete die Vier damit unbewusst aus ihrer misslichen Lage.

Der Mann namens Walter nahm die Erklärung hin und auch Jason begann wieder hungrig dessen Bein zu essen.

Immer noch schauderte es Liam. Er wollte da nicht vorbeigehen. Aber es ging nicht anders.

Es war der einzige Weg.

Also knipste er das Licht aus und wartete.

Am liebsten hätte Sienna ihm ein *WAS MACHST DU DA* an den Kopf geworfen. Doch das ging jetzt nicht. Sie wollte nicht noch mehr auf sich aufmerksam machen.

Aber wie in aller Welt konnte er es jetzt verantworten, nach dem, was sie da gerade gesehen hatten, das Licht auszumachen?!

Liams Plan war undurchsichtig für die anderen, aber für ihn glasklar: Sie hatten nicht mehr viel Batterie. Also wartete er eine kurze Zeit und begab sich dann in den Vierfüßler Stand.

36

Wieder und wieder sah Evelyn sich in dem kleinen Raum um, in dem sie sich befand.

Der Sessel, auf dem sie saß, stand in der hintersten rechten Ecke direkt neben einem Fenster. Doch das Fenster war verhangen mit einem Vorhang aus Leinen. Nur das hereinfallende Licht verriet ihr, dass die Sonne noch immer nicht untergegangen war. Links von Evelyn stand ein Bett an der Wand, das ungefähr von einem Meter Breite sein musste. Zwischen dem Sessel und dem Bett lag ein großes Lammfell und verdeckte den hölzernen Fußboden, der bei jedem Schritt knarzend nachgab. Ein runder Durchlass in der Wand führte unmittelbar in den Wohn- und Essbereich der kleinen Hütte.

Evelyn ließ ihren Blick über den Esstisch an der Wand zu der winzigen Küchenzeile gleiten, auf dessen Herd gerade ein Topf mit dampfendem Wasser stand.

Seit einer gefühlten Ewigkeit war sie nun alleine hier. Die etlichen Trophäen von geschossenen Hirschen und Bären, die die Wände schmückten, hatte sie schon zu Genüge studiert.

Auch die unzähligen Waffen, die fein säuberlich über dem Kamin aufgehängt waren, hatte sie bereits entdeckt.

In dem Kamin loderte ein Feuer, das beruhigend knisterte und die schreckliche Stille ein bisschen erträglicher machte.

Evelyns Arme waren an die Sessellehne gefesselt, ihre Knöchel an die Sesselbeine.

In der vergangenen halben Stunde hatte sie mehr als einmal versucht, sich zu befreien.

Ohne Erfolg.

Was auch immer dieser Mann von ihr wollte – er hatte es ihr noch nicht gesagt. Stattdessen verschwand er lieber für unbestimmte Zeit und ließ sie in ihrer Verzweiflung alleine zurück.

Doch mit einem Mal hörte sie seine tiefe Stimme auf der anderen Seite des Fensters, was bedeutete, dass er vor der Hütte sein musste. Hoffnungsvoll hob Evelyn den Kopf und lauschte.

„Was hast du mit ihnen vor?", fragte eine andere ihr unbekannte Stimme, woraufhin die dunkle rauchige Stimme des Anführers „Das weiß ich noch nicht", antwortete.

Die kurz aufgekeimte Hoffnung schwand schneller, als sie gekommen war. Immer noch hatte sie keine Ahnung, was mit den anderen geschehen war oder geschehen sollte. Und was ihre eigene Aufgabe sein würde, oder wo Niran gefangen gehalten wurde, wusste sie schließlich auch nicht. Fragen über Fragen, die ihr in den Sinn kamen und nicht beantwortet wurden.

Dennoch war die Aussage, dass er es noch nicht wisse, sicher besser als jegliche andere es gewesen wäre.

Schritte folgten der kurzen Konversation und bewegten sich in Richtung Eingang der Hütte, bis die Tür schließlich aufging und ein vertrautes wie auch zugleich fremdes Gesicht die kleine Wohnung betrat.

Evelyn schluckte, als die eisblauen Augen sie fixierten.

Gerade noch hatte sie sich gewünscht, nicht allein zu sein und jetzt konnte sie schon wieder gut auf seine Gesellschaft verzichten.

„Judy", sprach er sie an, wobei der Name in seinen Worten irgendwie etwas Melodisches bekam. „Der Name gefällt mir nicht und ich habe eine Weile überlegt, wie ich dich stattdessen nennen möchte", fuhr er fort, während er seinen Echtfell-Mantel über eine der Stuhllehnen am Esstisch legte. „Ich werde dich Anna nennen." Die Worte kamen nur gedämpft bei Evelyn an, da er ihr dies über die Schulter zurief und gleichzeitig zum Herd ging, um den Topf mit heißem Wasser von der Platte zu nehmen. Die kleine blaue Gasflamme unter der Platte schaltete er über einen Hebel ab, bevor er das Wasser in eine Schüssel gab und mit einem Löffel begann, darin zu rühren.

Schön, dann sollte er sie eben Anna nennen. Judy war schließlich auch nur ein erfundener Name gewesen. Sie fühlte sich mit beiden nicht angesprochen.

Nach einer Weile kam er mit der Schüssel in der Hand auf Evelyn zu. Gerade als er direkt vor ihr stand, wollte er sie ihr reichen. „Ach, entschuldige", sagte er sarkastisch. „Habe ich glatt vergessen, dass du gar nicht selber essen kannst, Kleine."

Er stellte die Suppe kurz auf dem Nachttisch seines Bettes ab und holte einen Stuhl vom Esstisch heran, auf dem er sich mit dem Schritt zur Lehne niederließ.

„Was ist das?", wollte Evelyn misstrauisch wissen. Was auch immer er da für ein Pulver im Wasser aufgelöst hatte – das würde sie mit Sicherheit nicht trinken.

Der Mann lachte wieder sein fieses und dunkles Lachen, das seine ganze Brust zum Beben brachte.

„Eine Suppe, Kleines. Die bringt dich wieder zu Kräften."

Evelyn verengte ihre Augen zu Schlitzen. „Warum glaube ich dir das nicht?", gab sie schnippisch zurück.

Der Mann griff nach der Suppe und machte einen Löffel voll, den er zu ihrem Mund führte. Doch Evelyn ließ die Lippen fest geschlossen.

„Du willst dich doch nicht direkt am ersten Tag unbeliebt machen, Anna?!" Genervt ließ er den Löffel sinken und wieder in die Suppe fallen.

„Was willst du?", fragte er geduldiger als sie erwartet hätte.

Auf diese Frage war sie nun wirklich nicht vorbereitet.

Was wollte sie eigentlich?

War das nicht offensichtlich?

„Ich möchte, dass du mich und meine Freunde gehen lässt. Niemandem muss etwas passieren. Auch nicht euch."

Diesmal lachte er nicht, aber seine Lippen wurden von einem kurzen Lächeln umspielt.

„Anna...", begann er seinen Satz. Eine Pause, in der er die Unterarme auf der Lehne des Stuhls ablegte und verschränkte, während er die stählerne Brust gegen die Lehne drückte und Evelyns Blick erneut einfing, sollte wohl besonders dramatisch wirken. „Im Moment geht von euch keine Bedrohung aus. Wieso sollte ich mich darauf einlassen? Der Spaß hat doch gerade erst begonnen!", trällerte er und streckte die Arme aus, wobei Evelyn einige schlecht gestochene Tattoos an seinen mit Adern überzogenen Unterarmen auffielen. Diese waren nicht weniger eindrucksvoll als die große Spannweite seiner kräftigen Arme.

In diesem Moment kam Evelyn eine Idee. Sie musste sich bestimmt nur sein Vertrauen erarbeiten. Dann würde er irgendwann schon nachlässig werden, da war sie sich sicher.

„Na gut. Dann möchte ich mehr über dich erfahren", startete sie daher einen neuen Versuch.

In den eisblauen Augen war ein Anflug von freudiger Erregung zu erkennen. Doch so schnell ihm seine Mimik entglitten war, hatte er sie auch wieder fest im Griff.

Er räusperte sich. „Ich heiße Eric und bin mit meinen 35 Jahren der jüngste Anführer in der Geschichte der Anishinaabe. So nennt sich unser Volk. Wir stammen von den Ureinwohnern Nordamerikas ab und leben in unserem kleinen Dorf am Appalachian Trail. Aber das weißt du ja schon, schließlich hat es dich nicht ohne Grund hierher verschlagen." Er nahm einen reichlichen Löffel von der Suppe und gab Evelyn damit ein besseres Gefühl, gleich auch davon essen zu können, wenn er es ihr nochmal anbieten würde. Denn auch wenn sie sich das nicht eingestehen wollte: Sie hatte verdammt großen Hunger.

„Was willst du noch wissen?", fragte er und schob sich noch einen Löffel in den Mund.

„Was sind das für Tattoos an deinen Unterarmen?" Instinktiv wollte sie ihre Hand danach ausstrecken, um die Prägung nachzufahren – die Muster und Schriften waren nämlich eindeutig nicht glatt in die Haut gestochen – aber die Fesselung stoppte sie.

Eric stellte den Teller mit Suppe zur Seite und krempelte die Ärmel noch ein Stück weiter hoch, sodass nun auch sein muskulöser Bizeps zum Vorschein kam.

„Die hat meine Frau mir gestochen. Das hier ist das Wappen unseres Stammes." Er zeigte auf ein verschnörkeltes A im Fünfeck. Dann fuhr sein Finger weiter zu einem Schriftzug.

„Anna", las Evelyn laut vor und wusste nicht, was sie dazu sagen sollte. Unkommentiert ließ er dies stehen und wanderte weiter zu einem Datum aus römischen Zahlen.

„IV.VIII.MMXIX" Dieses Tattoo sah anders aus als die anderen beiden. Es war besser gestochen und bildete mehr eine Einheit mit seiner Haut.

„Das ist mein neuestes Tattoo von den Dreien. Aber hier am Oberarm habe ich auch noch eins." Er schob den rechten Ärmel seiner Tunika so weit nach oben, dass zwei dicke schwarze Linien, die sich wie perfekt angegossene Ringe um seinen Arm legten, auftauchten. Doch Evelyn hing noch immer an dem Datum fest.

„Der 4. August 2019? Was ist da passiert?", fragte sie.

„Darüber möchte ich nicht sprechen", sagte er frustriert und krempelte beide Ärmel wieder herunter.

„Hier, du musst etwas essen", versuchte er nun, vom Thema abzulenken und wollte ihr erneut den Löffel in den Mund schieben.

„Ich esse erst etwas, wenn du mir von der Bedeutung des Tattoos erzählt hast", sagte sie trotzig und drehte den Kopf weg. Ein genervtes Seufzen ertönte und bestätigte ihr, dass er angebissen hatte.

„Also schön. An dem Tag verstarb meine Frau. Sie hieß Anna - wurde Opfer eines Angriffs. Der Wendigo hatte zu Neumond keinen Kadaver erhalten und stürmte daraufhin unser Dorf. Wir hatten schon damit gerechnet und uns alle in unseren Hütten verschanzt. Bewaffnet bis an die Zähne. Anna lag hochschwanger in unserem Bett. Unser Plan war, ihn von Annas und meiner Hütte wegzulocken, damit sie kurz vor der Geburt nicht so massivem Stress ausgesetzt sein würde. Daher war ich nicht bei ihr, sondern habe Köder gespielt. Doch der Wendigo ist nicht drauf angesprungen. Er kam zu ihr in die Hütte und verschleppte sie. Ich habe einige Tage später ihre Überreste gefunden." Sein Blick senkte sich und zum ersten Mal seit Evelyn ihm begegnet war, hatte dieser Mann etwas Verletzliches.

„Das tut mir leid. Du hast in einer Nacht nicht nur deine Frau verloren, sondern auch dein Kind."

Stillschweigend stimmte er ihr zu.

„Hast du noch mehr Fragen?", hauchte er vorwurfsvoll und sah sie endlich wieder an.

Evelyn konnte ihn viel besser lesen, wenn sie in seine Augen schaute.

„Was willst du von mir und wieso hast du mich ausgewählt?" Er machte wieder einen Löffel voll und versuchte erneut, sie damit zu füttern. Diesmal hatte sie keine Ausrede mehr. Sie hatte es ihm versprochen und öffnete daher brav den Mund.

„Sehr gut, Kleine. Schmeckt gut, oder?" Kaum hatte sie geschluckt, spürte sie, wie ein Rinnsal an Suppe ihren Mundwinkel zum Kinn hinunter lief. Behutsam wischte er es mit seinem rauen Daumen weg und umfasste sanft ihr Kinn.

„Was ich von dir will?", raunte er. „Ich möchte, dass du meine Geliebte wirst. Ich möchte, dass du mich zum Mann nimmst und meine Kinder für mich gebärst. Ich stehe in der Blüte meines Lebens und bin schon viel zu lange allein. Es wäre eine Schande, meine guten Gene nicht weiterzugeben. Einfach zu verschwenden, weißt du?" Langsam fuhr er ihre Konturen und Wangenknochen nach, während die strahlend blauen Augen den Bewegungen seiner Finger aufmerksam folgten. „Ich habe dich gewählt Kleines, weil du mit Abstand die schönste Frau bist, die mir seit Anna untergekommen ist. Unsere Kinder würden wunderschön werden. Deshalb."

Wieder schob er einen Löffel in ihren Mund - erstickte ihre möglichen negativen und ablehnenden Antworten damit auf geschickte Art und Weise.

Mit jedem Löffel, den sie aß, spürte sie eine immer stärker werdende Trägheit und Müdigkeit, die sie bald zu übermannen drohte.

„Und bis du diese Einsicht auch gewonnen hast, muss ich dich auf anderem Wege für mich gewinnen. Mit kleinen

Hilfsmitteln.", hörte sie ihn noch sagen. Verschwommen nahm sie wahr, dass er sie aus der Fesselung befreite und auf dem Arm zu seinem Bett trug.

37

Vorsichtig bewegte Liam sich kriechend vorwärts. Die anderen hinter ihm taten es ihm gleich. Tarnung war manchmal die einzig richtige Strategie. Vor allem, wenn man keine Waffen bei sich trug. Sein Herzschlag beschleunigte sich zunehmend, je mehr Meter er in der Dunkelheit zurücklegte.

Die einzigen Sinne, auf die er sich jetzt verlassen musste, waren sein Tast- und Hörsinn.

Noch immer klang dieses Schmatzen in seinen Ohren, begleitet von einem Röcheln. Es war ekelhaft.

Mit zugeschnürter Kehle kroch er weiter. Doch schon bald stieß er auf einen Widerstand. Seine rechte Hand streifte etwas.

Genau konnte Liam nicht sagen, was es war.

„Walter, Jason?!", fauchte plötzlich die alte Frauenstimme unmittelbar vor ihm.

Jetzt wusste er, *wen* er gestreift hatte. Wie erstarrt verharrte er für einige Sekunden.

„Ich sagte euch doch schon mal, dass ihr meinen Stumpf in Ruhe lassen sollt! Ein Fuß und ein Arm waren die Abmachung.

Mehr bekommt ihr von mir nicht. Bedient euch bei den anderen. Dafür lasse ich euch auch in Ruhe. Das wisst ihr."

Die alte Männerstimme lachte heiser auf. „Schätzchen, das waren wir nicht. Jason ist immer noch mit meinem Bein beschäftigt - war bestimmt nur eine Maus."

Liam spürte, wie Sienna neben ihm verkrampfte. Sie hatte Angst vor Ratten und Mäusen. Wie so oft konnte er über sie nur den Kopf schütteln. Wie konnte jemand Agentin sein und zeitgleich so eine Prinzessin? Abgetrennte Gliedmaßen von Menschen waren in Ordnung, Leichen und andere Gestalten…aber Mäuse?! Das war zu viel für sie.

Er betete innerlich, dass sie nicht schreien würde. Denn auch wenn es Liams Hand gewesen war, die die Dame am Stumpf gestreift hatte, wussten sie nun, dass es hier Mäuse gab.

Im Dunkeln suchte er ihre Hand und drückte sie einmal mahnend. *Gib bloß keinen Ton von dir,* sollte ihr das sagen.

Sie drückte einmal zurück und gab ihm damit das Versprechen, ihrer Angst keinen Raum zu geben.

Vorsichtig krabbelten sie weiter, nachdem sie einige Minuten gewartet und gelauscht hatten, dass die Frau weiter ihres Weges gekrochen war und nun wieder in einer Nische in der Höhlenwand Platz gefunden hatte.

Die Geräusche wurden lauter, immer lauter, was ihnen unweigerlich verriet, dass sie jetzt unmittelbar neben dem Jungen und dem alten Mann waren. Liam bewegte sich mit einem großzügigen Abstand zu den beiden und orientierte sich hierzu an der rechten Höhlenwand. Der Geruch von verfaultem Fleisch stieg ihm in die Nase und machte es ihm nahezu unmöglich, ein Würgen zu unterdrücken. Schnell, er musste hier weg. Sofort. Sonst würde er sich selbst verraten.

Als die Geräusche hinter ihm endlich etwas leiser wurden, ließ er die Luft aus seiner Lunge entweichen, die er unbewusst darin gefangen gehalten hatte.

Von hier an wussten sie nicht, wie es weiterging. Sie hatten keine Ahnung, wie die Höhle weiter verlief und wer noch alles durch die Dunkelheit kroch.

Liam wagte es daher, seine Taschenlampe noch einmal einzuschalten.

Vor ihm bot sich der Anblick einer Abzweigung aus drei Gängen, was ihnen nicht gerade in die Karten spielte und ihm daher immer mehr der anfänglichen Hoffnung nahm.

„Wo lang?", flüsterte er den anderen über die Schulter hinweg zu. Er war müde davon, alle Entscheidungen zu treffen.

„Geradeaus", bestimmte Madison und schob sich an ihm vorbei, um nun voraus zu krabbeln.

Liam folgte ihr – froh darüber, dass endlich auch mal jemand anders das Zepter in die Hand nahm.

Eine gefühlte Ewigkeit führte sie der Weg weiter in die Tiefe des Höhlengeflechts. Glücklicherweise waren sie seither auf keine weiteren Menschen gestoßen. Dabei wussten sie, dass es auf jeden Fall noch welche geben musste, die sich hier herumtrieben. Denn die Frau hatte genau davon gesprochen – von den anderen.

Sie, der Mann und der Junge waren nicht alleine hier unten und es war nur eine Frage der Zeit, bis auch die Vier mit diesen „anderen" Bekanntschaft machen würden.

„Madison, lass uns ab hier erstmal wieder mit der Taschenlampe weitergehen. Wer weiß, wie groß das hier alles ist. Vielleicht kommen wir so schneller voran", schlug Liam vor und stellte sich dabei wieder auf die Beine.

Die anderen befürworteten seinen Vorschlag dankend und klopften sich den Staub und Dreck aus ihrer Uniform, während Liam die Taschenlampe hervorholte und wieder einschaltete.

Mit der Zeit war sie ein kleines bisschen schwächer geworden. Lange würden die Batterien sicher nicht mehr mitspielen. Aber „Lange" war auch definitiv nicht die Zeit, die sie hier unten noch verbringen wollten.

Geschlossen machten sie sich weiter auf in die Finsternis. Vorbei an weiteren Skeletten und Schriften aus Blut an den Wänden. Zerfressene Leichen und weitere Blinde mit fehlenden Gliedmaßen ließen sie auf ihrem Weg schnell hinter sich.

Zu ihrem großen Glück wurde auch niemand von diesen mehr auf sie aufmerksam.

Denn hier war es wesentlich lauter und heller.

Sie schienen sich anderen Menschen und Licht zu nähern. Die Hoffnung auf einen Ausgang trieb sie mit schnelleren Schritten an.

Nach einer Weile kamen sie tatsächlich an der Quelle der Geräusche aus.

Ein fest in das Gestein eingelassenes Gitter gab die Sicht auf ein Kellergewölbe frei, das von zahlreichen Fackeln an den Wänden ausgeleuchtet wurde.

Hektisch rannte Liam zu den Gitterstäben und sah sich in dem Keller um. Die Geräusche, die sie gehört hatten, waren Stimmen von weiteren Gefangenen. Diese waren allerdings in anderen, für sie nicht zugänglichen Zellen eingeschlossen. Liam scannte die Zellen hinter den anderen Gittern, die sich ringsherum an den Wänden befanden.

Evelyn.

Niran.

Irgendwo hier mussten sie doch bestimmt sein.

Doch bis auf wenige heruntergekommene und verängstigte Fremde konnte er keine bekannten Gesichter ausmachen.

Niedergeschlagen entfernte er sich wieder einige Meter von dem Gitter.

„Das kann doch nicht wahr sein. Ich habe wirklich gehofft, sie hier zu finden", sagte er traurig.

Araya nickte mit Tränen in den Augen. „Ich auch. Ich habe so eine Angst, dass ich Niran nie wieder sehe."

„Wer seid ihr denn?", tönte plötzlich eine unbekannte Stimme durch den Keller und ließ die Vier erschrocken herumfahren.

Einer der Häftlinge war zu den Gitterstäben gekommen und schaute sie aus seinen dunkelbraunen Knopfaugen an. Sein Bart musste seit Wochen nicht rasiert worden sein, ebenso wenig wie seine Haare. Diese fielen ihm in dunklen fettigen Strähnen ins schmutzige und blasse Gesicht. Unter seinen Augen saßen dunkle Ringe, die darauf schließen ließen, dass die letzte Zeit für ihn wohl alles andere als erholsam gewesen sein musste.

Mit seiner schmutzigen Tunika, die dieser der Dorfbewohner glich, sah er vollkommen anders aus als die übrigen Gefangenen, die eher nach Wanderern und Touristen aussahen.

Liam überlegte kurz, ob er ihm wahrheitsgemäß antworten sollte. Doch er hatte irgendwas Wissendes in seinem Blick.

Irgendwas Vertrautes.

Dennoch war Liam skeptisch. Auf wen oder was konnte er sich hier schon verlassen?

„Wir sind hier unten eingesperrt worden. In eine Höhle mit anderen Menschen, die sich gegenseitig auffressen", gab er daher zunächst ausweichend zurück.

Der Fremde nickte. „Dann weiß ich nicht, wieso ihr noch Augen im Kopf habt."

Liam schluckte schwer. „Wie meinst du das?"

Er ahnte, die Antwort bereits zu kennen.

„Den Menschen in der Höhle wurde vom Gericht die Strafe der Dunkelheit auferlegt, weil sie sich für Gefangene eingesetzt haben. Entweder haben sie sie aus den Fallen befreit, geraten, den Trail nicht zu verlassen oder während der Gefangenschaft Essen und Trinken gebracht. Aufgrund dieser eigentlich guten Taten wurden sie für den Rest ihres Lebens in diese Höhlen gesperrt. Doch zuvor werden ihnen die Augen ausgebrannt. Alles danach ist ein Selbstläufer. Kannibalismus ist ein normales Geschehen in den Höhlen, um sich gegenseitig am Leben zu halten."

Er machte eine kurze Pause. „Obwohl ich lieber sterben würde als so ein Leben zu führen. Aber was weiß ich schon, ich war schließlich nie dort eingesperrt. Warum man euch da eingesperrt hat, verstehe ich nicht so ganz. Vermutlich wollten sie euch erstmal Angst machen, bis sie euch auch zu den sogenannten Vorräten für die Opferung sperren können. Zu uns."

Sienna wandte sich kurz von ihm ab. Einen Augenblick musste sie sich sammeln, nach dem, was er da gerade von sich gegeben hatte. In diesem Dorf schien noch viel mehr kranke Scheiße abzugehen als sie sich in ihren kühnsten Träumen jemals hätte ausmalen können.

„Und worin wird hier unterschieden?", fragte Liam neugierig, während er die anderen Gefangenen in den Zellen betrachtete, die ihre Augen und Gliedmaßen offensichtlich noch besaßen.

„Das kommt ganz darauf an, was du verbrochen hast, oder, wer du bist", antwortete der dunkelhaarige Mann, der nur wenige Jahre älter sein musste als sie.

„Verräter werden mit den Wanderern des Trails über einen Kamm geschert. Sie werden hier bis zu ihrer Neumond-Opferung gefangen gehalten. Ich warte bald schon seit sechs Wochen auf meine Opferung. Noch einen Mondzyklus überstehe ich, denke ich nicht. Ich befürchte, dass ich beim nächsten Neumond fällig sein werde."

Liams Blick wanderte noch einmal seine Tunika hoch und runter. Hinter ihm hörte er Araya erleichtert aufatmen. Sie schlussfolgerte daraus wohl, dass Niran nicht der Nächste sein würde. Da er nicht hier zu sein schien, war überhaupt fraglich, ob man vorhatte, ihn dem Wendigo zum Fraß vorzuwerfen.

„Was bist du? Ein Verräter oder ein Wanderer?", fragte Liam indessen, ohne den Blick von seiner Kluft abzuwenden. Er kannte die Antwort bereits. Er war ein Verräter.

Kein Wanderer trug eine Tunika. Er war der einzige.

„Ich bin ein Verräter", gab er zurück. „Zumindest betitelt man mich hier so."

„Darf man fragen, was du gemacht hast?", platzte es aus Liam heraus. Er war einfach zu neugierig. Wobei er sich auch einredete, jede Information, die er kriegen konnte, zu brauchen, um zu verstehen, wie das Dorf funktionierte.

„Fragen darfst du mich das, ob ich dir antworte steht auf einem anderen Blatt Papier."

Niedergeschlagen nickte Liam. Das war klar gewesen.

„Aber vielleicht kannst du mir vorher eine Frage beantworten. Womöglich bin ich dann kooperativer", fügte der Fremde seinen Worten hinzu.

„Schieß los", sagte Liam aufgeregt.

„Wer ist sympathischer? William oder Thomas?"

Was? Woher kannte er die Leiter des IFS? Wusste er etwa von der Existenz? War er einer von ihnen?

Ein unsicheres Lächeln huschte über Liams Lippen.

„Thomas ist der Vater meiner Freundin, also bin ich verpflichtet, seinen Namen zu nennen."

Der Fremde lachte kurz. „Ich hörte davon. Dann seid ihr wohl Gruppe 48, richtig?"

Liam räusperte sich. „Ja, sind wir. Leider nicht mehr komplett. Meine Freundin und der Bruder von ihr fehlen", sagte er und zeigte auf Araya. „Außerdem hatte einer von uns einen schlimmen Unfall in Afrika und liegt jetzt im Koma."

Der Mann mit den dunklen Haaren und den braunen Augen presste seine Lippen aufeinander. „Leider passiert sowas immer wieder. Wir haben keinen leichten Job. Ich wünsche ihm alles Gute."

„Was heißt denn hier wir? Du bist auf der anderen Seite gewesen - bei den Dorfbewohnern. Du warst einer von ihnen. Wie kannst du hier stehen und dich mit uns vergleichen?!", wetterte Sienna, ein wenig verblüfft darüber, wie das Gespräch in diese Richtung gehen konnte.

„Vertrau ihm bloß nicht, Liam. Er ist ein Verräter. Das haben sogar die Dorfbewohner erkannt." In dem Moment, als diese Worte über ihre Lippen kamen, erkannte sie es.

„Ist der Groschen gefallen?", fragte Liam despektierlich.

„Oh mein Gott, du bist einer der Hüter!", rief sie und wurde gleich darauf von Madison angezischt. „Denk daran, dass hier noch Leute sind, die nichts von uns wissen", fauchte sie wütend.

Sienna entschuldigte sich kurz, machte dann aber weiter.

„Aber…aber ihr seid doch alle vergiftet worden!"

Der Hüter nickte. „Sind wir. Mein Kollege Ben hat es leider nicht überlebt. Er war Tourguide für die letzte Etappe des Trails und damit sicher ein leichteres Opfer als ich. Zudem bin ich glücklicherweise mit *der* Frau des Volkes verheiratet, die Wundsalben herstellt und über Medikamente, hierunter auch Gegengifte, verfügt. Sie war so gnädig, mich zu retten. Aber nur mich. Durch die Vergiftung kam ans Licht, wer wir wirklich sind. Meine Legende wurde aufgedeckt und meine Frau wollte die Scheidung. Die bekommt sie nicht, dafür aber wird sie bald Witwe sein, sagte man ihr. Ich wurde eingesperrt und habe seither keinen Ausbruchversuch gewagt. Ich habe euch erwartet."

Wieder war Liams Mund viel zu trocken, um darauf etwas zu entgegnen. „Wie heißt du eigentlich?", fragte er stattdessen.

„Richard."

„Ich bin Liam, schön dich kennenzulernen, Richard. Das hier sind Madison, Sienna und Araya. Und wir suchen Niran und Evelyn."

Richard nickte. „Wir werden sie finden und gemeinsam hier rauskommen. Wir alle."

Er schaute in die anderen Zellen, wo er in neugierige Gesichter blickte. Die anderen Gefangenen hatten ihm in den letzten Wochen Tag und Nacht zur Seite gestanden. Sei es auch nur mit Gesprächen gewesen. Er konnte sie hier nicht zurücklassen.

Doch ein Rumpeln und Schritte auf der Treppe ließen sie alle mit einem Mal verstummen.

Ein junger Mann fiel ungebremst die steinigen Stufen der Treppe zu den Verließen hinunter. Araya hielt die Luft an.

Sie erkannte ihn direkt. *Das* war ihr Bruder Niran.

Ein breit gebauter grauhaariger Mann stapfte ihm nach und verpasste ihm einen Tritt in die Magengegend, bevor er ihn an den Ohren wieder auf die Beine zog und in die nächste offene Zelle auf der rechten Seite sperrte.

„Du wirst der Nächste sein. Das haben wir einstimmig entschieden. Du kannst schon mal deine letzten Tage zählen."

Mit diesen Worten verschloss er Nirans Zellentür und verschwand wieder die Stufen nach oben.

Die letzten Tage zählen. Viel zu zählen gab es da nicht mehr. Denn der Neumond stand schon morgen Abend bevor.

38

Als Evelyn langsam wieder zu sich kam, wurde das verschwommene Bild vor ihren Augen klarer. Sie war noch immer in der Hütte von Eric. Diesmal lag sie in seinem Bett, doch von *ihm* war wieder einmal keine Spur.

Ihr fiel der Sessel ins Auge, auf dem sie zuvor noch gefesselt gewesen war. Auf dessen Sitzpolster lag fein säuberlich gefaltete Kleidung. Evelyn beschlich eine ungute Vorahnung. So sah sie an sich herunter und erkannte, dass sie nicht mehr in ihrer Uniform steckte, sondern in einem viel zu großen T-Shirt, das offensichtlich Eric gehörte.

Wütend wollte sie sich aus dem Laken schälen, das ihren Körper bedeckte, doch eine Fessel an ihrem linken Handgelenk hielt sie auf.

„Ernsthaft?!", krächzte sie heiser. Sie hatte keine Ahnung, wie lange sie bewusstlos gewesen war, aber sie wollte es auch gar nicht wissen. Was sie noch viel weniger wissen wollte, war, was Eric in dieser Zeit mit ihr gemacht hatte.

Er kam gerade wie gerufen durch die Tür, damit sie ihm ihre Fragen an den Kopf werfen konnte.

„Wo warst du?!", schrie sie wutentbrannt.

Ihren Plan, sich Vertrauen zu erarbeiten, hatte sie schon wieder komplett vergessen.

„Hey hey hey. So möchte ich aber nicht von meiner Zukünftigen begrüßt werden", gab er spielerisch zurück und zog sich wieder den Mantel aus, um ihn über den Stuhl am Esstisch zu hängen.

„Dann kette mich nicht ans Bett. Das machen Ehemänner nämlich auch nicht", sagte sie nun etwas besonnener.

Auf Erics Lippen stahl sich ein Lächeln. „Kommt auf die Situation an würde ich sagen."

Mit diesen Worten schenkte er zwei Tassen Tee ein und kam damit zu Evelyn ans Bett. Er ließ sich auf der Bettkante nieder und reichte ihr eine Tasse.

„Vergiss es. Denkst du, ich trinke auch nur noch ein Gesöff, von dem, was du zubereitest?!", zickte sie ihn an. Am liebsten wäre sie ihm an die Gurgel gegangen. Was bildete dieser Arsch sich nur ein?

Für einen kurzen Augenblick, als er ihr von seiner Frau erzählt hatte, hatte sie gedacht, er wäre menschlich. Aber jetzt zeigte sich wieder mit aller Grausamkeit, was für eine Schattenseite er in sich trug.

„Anna, ich bitte dich. Das war nur zu deinem Besten. Dann beruhigen sich deine aufgeregten Nerven."

Evelyn verdrehte die Augen. „Sollte man sich nicht besser fühlen, wenn das Gegenüber den Geschlechtsakt mit einem auch möchte?", sagte sie herausfordernd und funkelte ihn geladen an.

Eric lachte. „Wow, schießen kannst du gut. Aber bitte verwende doch nicht das gebildete Wort des Geschlechtsaktes dafür. Das finde ich ziemlich abstoßend."

„Von mir aus", knurrte sie.

Genau das wollte sie doch auch bezwecken. Er sollte sie abstoßend finden. Lieber würde sie in einer Zelle verrotten oder dem Wendigo geopfert werden als diesem Dreckskerl seine Ehefrau zu sein.

„Ich bevorzuge lieber ein anderes Wort dafür."

Genervt und angeekelt drehte Evelyn sich weg. Dieses Gespräch war hier für sie beendet. Es interessierte sie nicht, was er zu sagen hatte.

Nicht *dazu*.

Sowas wollte sie einzig und allein mit Liam teilen. Als er Evelyns Stimmung bemerkte, wechselte er zu ihrem Glück das Thema.

„Anna, ich habe dir das Beruhigungsmittel gegeben. Das gestehe ich. Aber ich habe nichts mit dir gemacht. Ich habe dir nur saubere Kleidung angezogen und dich ins Bett gelegt, damit du schlafen kannst."

Evelyn schnaubte spöttisch. „Genau. Ich glaube dir kein Wort."

Er grinste schief. „Es ist mitten am Tag. Ich habe genügend andere Dinge zu tun. Du musst dir keine Sorgen machen, dass ich dich angefasst hätte. Das werde ich erst heute Nacht tun."

Das konnte doch nicht sein Ernst sein?!

Statt ihm eine Antwort zu geben, trat sie ihm die Tassen Tee aus den Händen, was mit einem Mal das gesamte brühend heiße Wasser in seinen Schoß katapultierte. Schmerzerfüllt schrie er auf, während Evelyn sich erschrocken eine Hand vor den Mund schlug.

Dann wurde es still.

Mit klopfendem Herzen beobachtete sie, wie an seiner Schläfe eine Ader zu pochen begann und seine Gesichtsfarbe sich langsam rötlich verfärbte.

Shit.

Er war sowas von sauer.

Evelyn schluckte mühevoll. Was hatte sie sich nur dabei gedacht?

Eric hielt den Blick gesenkt und atmete schwerfällig. Es kostete ihn all seine Beherrschung, jetzt nicht völlig aus der Haut zu fahren. Das erkannte sie genau.

Wenige Augenblicke später stand er von der Bettkante auf, ging zur Eingangstür der Hütte, schloss sie ab, lief hinüber zum Sessel und zog den Vorhang noch ein Stück weiter vor das Fenster.

Seine Bewegungen waren langsam und besonnen. Er schien sich mit jedem Schritt ermahnen zu müssen, nicht auszurasten.

Danach streifte er die Tunika über den Kopf und zum Vorschein kam sein straffer muskulöser, aber auch behaarter Oberkörper. Schneller als Evelyn gucken konnte, waren auch die Schienbein- und Unterarmschoner abgestreift. Nachdem er sich schließlich der Hose entledigt hatte, kam er wieder zu ihr ans Bett.

Als er ihre Beine packte und sie auseinander drückte, um seinen Oberkörper dazwischen zu drängen, fing Evelyn an zu schreien. Gewaltsam presste er eine Hand auf ihren Mund. „Schrei nur Kleines, dir wird sowieso niemand helfen. Und weißt du auch warum?", schwer atmend zog er sich nun mit der anderen Hand das letzte Stück Stoff – seine Boxershorts – aus. „Weil deine Freunde alle gefangen sind und keine Möglichkeit haben, zu entkommen. Sie werden dich noch nicht mal hören."

Seine rauen Finger schoben das T-Shirt hoch, das sie trug, und fuhren anschließend unter ihren String. Verzweifelt wand sie sich, doch unter seinem Körpergewicht und mit nur einem Arm hatte sie keine Chance gegen ihn.

„Sie werden nicht hören, wie du röchelst und bettelst, dass ich aufhören soll." Er war ihr jetzt so nah, dass sein Atem sie am Hals und am Ohr kitzelte.

„Wie du stöhnst, wenn ich dich ficke."

Kaum waren die Worte über seine Lippen gekommen, fanden seine Finger ihre Mitte.

Evelyn keuchte auf. Sie spürte seine Härte zwischen ihren Schenkeln und wünschte sich zum ersten Mal in ihrem Leben lieber tot zu sein als lebendig.

„Bitte nicht", winselte sie unter Tränen.

„Je mehr du bettelst, desto geiler macht mich das", raunte er an ihrem Ohr und führte seine Finger noch tiefer in sie hinein.

Wieder entfuhr Evelyn ein schmerzerfülltes Stöhnen.

Doch plötzlich stockte er und begann sich zu versteifen.

Die Farbe wich aus seinem Gesicht - er wurde kreidebleich.

„Du...", begann er stotternd. „Du hast ja deine Periode, du Drecksschlampe!", schrie er und zog seine Hand aus ihr heraus, um ihr gleich darauf mit den blutigen Fingern eine Backpfeife zu verpassen.

Diese tat unsagbar weh. Aber es war immer noch besser als eine Vergewaltigung. Die im Übrigen gerade schon stattgefunden hatte, so viel wusste Evelyn. Dennoch hätte sie es nicht ausgehalten, wenn er noch weiter gegangen wäre.

Das war die erste Situation, an die sie sich erinnern konnte, in denen ihre Tage sie vor etwas retteten. Sie hatte selbst nicht einmal bemerkt, dass sie sie bekommen hatte.

Angewidert begab Eric sich zur Küchenzeile und wusch sich die Hände. Er konnte scheinbar nur schlecht damit umgehen, dass Frauen einmal im Monat eine Regelblutung hatten. Denn ihm schien schwindelig zu werden. Er ließ sich ein Glas Leitungswasser ein und trank drei große Schlucke davon, ehe er aus einer Schublade einen Tampon hervorholte.

„Hier, die sind noch von meiner Frau. Schieb dir den Korken unten rein. Du kannst von Glück sprechen, dass du deine Periode hast. Die nächsten Tage werde ich dich in Ruhe lassen", sagte er und zog sich dabei wieder etwas an. Anschließend öffnete er ihre Fessel.

Evelyn atmete erleichtert aus.

„Aber freu dich nicht zu früh. Dafür werde ich es dir danach mit doppelter Härte besorgen", schimpfte er und ging zur Tür.

„Du hast zwei Minuten. So lange warte ich draußen. Danach führe ich dich durchs Dorf und zeige dir wie wir leben."

39

Nachdem Evelyn seiner Anweisung nachgekommen und wieder in die Uniform geschlüpft war, ging sie zum Waschbecken und wusch sich ihr eigenes Blut von den Wangen.

Noch immer zitterte sie am ganzen Körper. Sie konnte kaum glauben, was da gerade beinahe passiert wäre.

Wenn sie diese letzte Reise der Mission lebend überstehen würde, dann bräuchte sie mehr als nur einen Urlaub.

Dann bräuchte sie eine intensive Psychotherapie. Welcher Mensch war schon in der Lage, die ganzen schrecklichen Eindrücke und Geschehnisse der letzten sechs Wochen zu verarbeiten?

Sie fragte sich, wie ihr Leben jetzt ausgesehen hätte, wenn sie sich vor drei Jahren nicht dafür entschieden hätte, mit Liam zum IFS zu gehen.

Wenn sie einfach auf ihr Bauchgefühl gehört hätte und in Perth geblieben wäre.

Wenn sie nicht mit einer Entscheidung all ihre Lebenspläne über den Haufen geworfen hätte.

Ehe sie sich in diesen Eventualitäten verlieren konnte, erinnerte sie sich an Erics Worte: „Du hast zwei Minuten."

Diese waren bestimmt schon verstrichen und wenn sie eines ganz sicher nicht wollte, dann noch einmal seinen Zorn auf sich zu ziehen.

Sie wusste, mit ihm war nicht zu spaßen. Das hatte er soeben unter Beweis gestellt.

Schnell atmete sie die aufsteigenden Tränen weg und trat vor die Tür der Hütte, wo dieses unfassbare Ekelpaket stand und ungeduldig auf sie wartete.

„Anna, da bist du ja. Gut" In seiner Aussage lag etwas, das Evelyn nicht ganz deuten konnte.

Aber sie wusste, dass er sich im Kopf schon überlegt hatte, wie er sie bestrafen würde, wenn sie jetzt nicht gehorcht hätte.

Er hielt ihr den Arm hin und für den Bruchteil einer Sekunde überlegte sie, ihn einfach zu Boden zu bringen, doch dann spielte sie ihre Optionen durch und endete immer wieder damit, dass sie als Verliererin aus der Sache herausgehen würde. Also hakte sie sich wohl oder übel bei ihm unter und ließ sich von ihm durch das Dorf führen.

Kaum waren sie von einem kleinen Nebenpfad, der zu der Hütte von Eric führte, wieder auf den Hauptpfad abgebogen, erkannte Evelyn zu ihrer Linken das große Tor, auf dessen anderer Seite sie wenige Stunden zuvor noch mit den anderen gestanden hatte.

„Der Pfad, auf dem wir gerade stehen, führt einmal vom Tor geradewegs zum Ende unseres kleinen Dorfes. Direkt zu Beginn finden sich die Hütten unserer Bewohner. Wie du unschwer erkennen kannst, liegt meine unmittelbar neben dem Eingangstor, weswegen auch dies damals der erste Weg des

Wendigos war. Eine verheerende Position des Grundstückes im Dorf. Zugleich habe ich hier aber auch den besten Überblick über herannahende Bedrohungen oder Feinde. Ich überwache die Frequentierung meiner Leute und auch dafür eignet sich die Hüttennummer 1 hervorragend."

Evelyn drehte sich einmal um die eigene Achse. Er hatte Recht.

Wer das Dorf verlassen wollte, musste an ihm vorbei.

Und wer das Dorf betreten wollte, musste dies ebenfalls.

Von dem Hauptpfad gingen einige Nebenpfade ab, auf denen sich die anderen Hütten befanden. Neben Erics Hütte standen noch zwei weitere Hütten. So waren es stets drei pro Pfad.

„Wie du unschwer erkennen kannst, haben wir rechts die ungeraden Hüttennummern und links die geraden. Auf jedem Nebenpfad befinden sich drei Hütten. Insgesamt haben wir auf jeder Seite 10 Nebenpfade, was bedeutet, dass wir…"

„60 Hütten haben", vervollständigte Evelyn seinen Satz,

Eric überkam ein stolzes Strahlen. „Ganz genau. Du lernst schnell, Kleines."

Innerlich zog sich alles zusammen als er das sagte. Sie mochte weder die herablassenden Worte *du lernst schnell* noch den degradierenden Namen *Kleines*.

„Wir sind an der Zahl 173 Bewohner."

In dem Moment flog ein roter Ball so nah an Evelyns Kopf vorbei, dass sie erschrocken zurückwich.

„Emilia!! Gib mir den Ball wieder!", fluchte ein kleiner blonder Junge, der damit bis gerade eben noch Fußball gespielt hatte.

„Hol ihn dir doch, wenn du kannst!", zwitscherte ein ebenso blondes Mädchen, das augenscheinlich älter war als der Junge und rannte an ihnen vorbei, ohne nach rechts oder links zu schauen.

Evelyn musste abrupt stehen bleiben, um nicht in sie hineinzurasseln.

„Emilia, sei nicht so eine nervige Schwester. Gib deinem Bruder den Ball wieder und hilf mir lieber in der Küche." Diese Rufe gehörten einer jungen Frau. Evelyn schätzte sie auf ungefähr 30.

Sie stand in einem altertümlichen kakifarbenen Kleid auf der kleinen Veranda ihrer Hütte und hielt einen Porzellanteller in den Händen, den sie gerade mit einem Tuch abtrocknete. Um ihre Hüften war eine weiße Schürze gebunden, die allerdings schon einige Flecken abbekommen hatte.

Als sie Eric erblickte, strich sie sich hektisch eine der ebenfalls blonden Haarsträhnen aus dem Gesicht. „Hallo, Eric!", trällerte sie in einer plötzlich ganz anderen, viel zarteren Stimmfarbe als gerade und winkte ihnen fröhlich zu.

„Hallo, Martha! Schön dich zu sehen", warf er ihr über die Schulter im Weitergehen zu. Evelyn hätte schwören können, dass er der Dame auch ein kurzes Zwinkern schenkte, aber sie wusste nicht, ob sie ihn darauf ansprechen sollte und klemmte sich daher jeglichen Kommentar.

Sie gingen weiter und kamen an immer mehr Familien vorbei, die zum gemeinsamen Essen auf den Veranden ihrer Hütten saßen, an Kindern, die sich jagten und voreinander versteckten. Alles wirkte so normal.

Zumindest hier bei den Hütten. Den Rest des Dorfes kannte Evelyn ja noch nicht.

Schließlich kamen sie an den letzten beiden Nebenpfaden mit den Hüttennummern 55 bis 60 aus. Und hier schien es das erste Mal komisch zu werden.

Ein junger Mann, er musste etwa auch Erics Alter haben, schleifte in seinem winzigen Vorgarten einige Waffen und Werkzeuge.

Flüchtig ließ Evelyn ihren Blick über seine beachtliche Sammlung schweifen und erkannte neben etlichen Messern auch Äxte und Sensen.

Unwillkürlich kam ihr die Frage in den Sinn, ob das schon erste Vorbereitungen für die Opferung morgen Abend waren.

„Anna, das hier ist jemand, mit dem ich dich gerne bekannt machen möchte", sagte Eric plötzlich und riss Evelyn damit aus ihren Grübeleien.

Er legte eine Hand auf ihren Rücken und steuerte geradewegs auf besagten jungen Mann zu. Evelyns Knoten im Magen wuchs von Golfball-Größe auf Tennisball-Größe heran.

Sie versuchte ihre Gedanken zu sortieren, um ihr wummerndes Herz irgendwie zu beruhigen.

„Das hier ist Sam."

Evelyn sah ihn an und überlegte, ob so wohl jemand aussah, der ohne den Hauch eines Gewissens Menschen tötete.

Der Mann mit den kastanienbraunen Augen und Haaren sowie dem harmlos wirkenden Schnauzbart erhob sich von seinem Stuhl und reichte Evelyn die Hand.

„Hallo, freut mich, dich kennenzulernen. Es ist schön, Eric nach all der langen Zeit wieder mit jemandem an seiner Seite zu sehen."

Kurz wollte Evelyn sich vor seine Füße übergeben – einfach nur um ihre Abneigung zu demonstrieren – aber leider ließ ihr Magen sie bei diesem Plan im Stich.

Stattdessen erwiderte sie das gespielte Lächeln und drückte ihm die Hand so fest, dass seine Finger zwischen den ihren schmerzhaft zusammen gequetscht wurden.

Etwas irritiert sah er sie an und schüttelte die Hand aus, ehe Eric das Gespräch fortführte. „Er ist unser Sensenmann", sagte er und zwinkerte ihr dabei zu. „Er führt die Opferungen an Neumond durch. Daher besitzt er auch mit Abstand die meisten Waffen. Er stellt sie selbst her, repariert kaputte Exemplare und wartet regelmäßig den Vorrat unserer Krieger. Er ist sozusagen Waffenschmied und Waffenwart in einer Person. Egal, welche

Waffe du brauchst, du kannst sie bei ihm kaufen. Wenn du nett bist, handelt er dir sogar einen Freundschaftspreis aus", lachte Eric und klopfte Sam freundschaftlich auf die Schulter.

Evelyn verrutschte kurz die aufgesetzte Miene, dann antwortete sie: „Cool, dann hätte ich gerne meine Glock 44 und meine Maschinenpistole wieder." Fordernd streckte sie ihre freie Hand in Sams Richtung aus.

Sein Lächeln fror ein, während er verwirrt eine Augenbraue hochzog.

„Du bist doch Waffenwart, oder nicht? Dann wirst du doch bestimmt auch meine Schusswaffen und die meiner Freunde haben. Macht's klick?"

Sam räusperte sich. „Ja, die habe ich."

„Aber die wirst du so schnell nicht brauchen, Anna", fiel Eric ihm ins Wort und schob sie eilig von ihm weg, bevor das Gespräch eskalieren konnte.

Eine kurze Weile liefen sie schweigend nebeneinanderher, bis Eric sich wieder gesammelt hatte. „So langsam habe ich das Gefühl, dass ich besser eine andere Wahl hätte treffen sollen. Wie sagt man noch gleich? Schönes Aussehen ist nicht alles."

Evelyn musterte ihn von der Seite und grinste ihm provokant ins Gesicht. „Ja und manche haben noch nicht mal das anzubieten."

„Wie hält dein Freund es nur mit dir aus?!", raunte Eric kopfschüttelnd.

„Weiß nicht, vielleicht bringst du mich zu ihm und wir fragen ihn?"

Evelyns Aufmerksamkeit verlagerte sich nun auf Erics Schläfe, an der wieder eine Ader verdächtig schnell zu pochen begann. Das kannte sie ja bereits. Er stand kurz vor dem Explodieren. Vielleicht war das ein guter Zeitpunkt, um sich mal auf die Zunge zu beißen. Ihr loses Mundwerk brachte sie hier kein

Stück weiter. Zu ihrem Glück bot er mit seinem nun eingetretenen Schweigen auch keine weitere Steilvorlage für eine verbale Klatsche.

Einige Meter hinter den letzten Hütten, an denen sie Sam getroffen hatten, kamen sie nun in den Kern des Dorfes.

Ein kleiner Marktplatz mit einem Brunnen bildete die Mitte aller darum verteilten Geschäfte und Stände.

„Das hier ist das Herz unseres kleinen, aber feinen Dorfes", sagte Eric stolz und machte eine ausladende Geste auf das rege Treiben direkt vor ihren Augen.

Das Plätschern des Wassers im Brunnen war nur eines der vielen Hintergrundgeräusche, das unter den Gesprächen der Bewohner unterging. Offensichtlich konnte man hier alles besorgen, was man für das Leben in dieser kleinen abgeschirmten Welt brauchte.

Evelyn verschaffte sich einen kurzen Überblick und erkannte Stände mit frischem Obst, Fisch, Fleisch, teilweise sogar noch lebenden Tieren, die unmittelbar daneben in Käfigen zum Schlachten bereitgehalten wurden, aber auch Gemüse und Salat oder Kartoffeln.

An Lebensmitteln fehlte es ihnen hier scheinbar nicht.

„Woher kommt denn das ganze Essen? Ihr baut hier doch nicht selbst an, oder?", fragte Evelyn zum ersten Mal aufrichtig interessiert.

„Zum Teil schon. Wie du siehst, führt der Hauptpfad noch durch den Marktplatz hindurch. Dahinter kommen ein paar kleine Plantagen. Die Tiere, das Fleisch und den Fisch und auch andere Lebensmittel, die wir hier nicht anbauen können, kaufen wir aber regemäßig in Maine ein."

Von welchem Geld fragte Evelyn sich. Aber sie fürchtete, dass das schon wieder Zündstoff für eine neue Diskussion sein könnte und behielt es daher für sich.

Sie passierten die Stände und Geschäfte, wobei Evelyn feststellen musste, dass einige der Dorfbewohner ehrfürchtig Platz machten oder grüßten, was vermutlich an Erics Anwesenheit lag.

Evelyn fand es faszinierend, was für einen Respekt er sich hier erarbeitet hatte.

Wenn er immer so vorging wie bei ihr, dann konnte sie das sogar sehr gut nachvollziehen.

Er führte sie weiter den Pfad entlang, bis der Trubel sich hinter ihnen verlor. Dabei kamen sie an den soeben besagten Plantagen vorbei, die Evelyn zugegebenermaßen in leichtes Staunen versetzten.

Von innen war das Dorf doch um einiges größer als es von außen wirkte.

Nach einer Weile endete der Pfad in einer runden Steinarena, die vom Aufbau einem Amphitheater der Römer glich, nur dass sie wesentlich kleiner sein musste. Hier war auch das hintere Ende der Mauer, die sich um das Dorf erstreckte.

Sie traten an den Eingang heran, der durch einen bogenartigen Durchschlag in der Steinwand markiert wurde, und befanden sich damit auf Höhe der obersten Zuschauerränge. Die Tribüne führte tiefer hinunter zu der eigentlichen Arena, in dessen Mitte sich ein großer und eklatanter Steinaltar befand.

Mit einem Mal bildete sich ein so großer Kloß in Evelyns Hals, dass es ihr nicht möglich war, zu schlucken. Sie ließ ihren Blick durch die leeren Zuschauerränge und über den Altar gleiten, auf dem offensichtlich schon einige getrocknete Blutlachen zu erkennen waren. Außerdem entdeckte sie einen Eingang, an der unteren Arenafläche, der im alten Rom stets der Eingang für die Krieger gewesen war. Zwei große übergewichtige und grauhaarige Männer, die ihrem Äußeren nach fast Zwillinge hätten sein können, standen davor und winkten den beiden knapp zu.

In dem Moment, in dem sie die beiden Männer sah, wusste sie genau, wo der Eingang hinführte, den sie bewachten. Er führte in das Verließ des Dorfes, in dem Niran, Liam und die Mädels gefangen gehalten wurden.

Bei dem Gedanken daran, wie nah sie ihnen gerade womöglich war, begann sie zu zittern.

Ihr Herzschlag schoss in die Höhe und Schweißperlen bildeten sich auf ihrer Stirn.

Eric schien dies zu bemerken. Verwirrt runzelte er die Stirn. „Was ist denn los, Kleines? Du landest morgen doch gar nicht auf dem Altar! Du sitzt mit mir auf den Premiumplätzen und schaust zu." Er zeigte auf zwei Einzelplätze unten unmittelbar vor dem Altar.

„Und mach dir keine Sorgen, dein kleiner Freund auch nicht. Es wird den anderen treffen. Den, der uns in die Falle gegangen ist."

Niran.

Auch wenn Evelyn ihm absolut nicht nahe stand, konnte sie das niemals zulassen. Wenn Eric ihr noch einmal von der Seite weichen würde, würde er es bereuen.

Dann würde sie hier her zurückkehren und die anderen befreien.

Welchen Preis auch immer sie dafür zahlen müsste.

40

„Wie sieht der Plan aus?", fragte Liam den neuen Verbündeten. Auch Niran hatte sich erholt und war auf den neuesten Stand gebracht worden. Nun lauschte er dem Gespräch von seiner Zelle aus aufmerksam.

Bei Liams Frage überkam Richard ein Grinsen.

„Ich hatte gehofft, dass du fragen würdest. Schließlich war ich lange genug hier eingesperrt, um mir ausgiebige Gedanken darüber zu machen." Er wandte sich an Niran. „Es tut mir leid, dir das sagen zu müssen, aber sie werden dich morgen gegen 12 Uhr mittags noch einmal aus deiner Zelle holen. Sie werden deinen Körper vorher noch einmal reinigen wollen, um dein Fleisch für den Wendigo vorzubereiten." Während die Farbe aus Nirans Gesicht wich, sprach der Hüter ungehemmt weiter.

„Das bedeutet, dass meine Frau dir eine Entgiftungskur geben und der Priester des Dorfes eine Segnung mit dir durchführen wird." Nun wandte er sich wieder an die anderen. „Wenn der Wächter kommt, um Niran zu holen, wird sich jemand anders von euch freiwillig für die Opferung melden. Gegen ein freiwilliges Tribut werden sie nichts einwenden, weil sie wissen, dass die Durchführung damit grundsätzlich unproblematischer verläuft."

Die Mädels tauschten angespannte Blicke. Diese Frage müssten sie auf jeden Fall noch unter sich ausmachen. Auch wenn natürlich im Optimalfall keiner von ihnen geopfert werden sollte, stand hier doch ein Leben auf dem Spiel.

„Daraufhin wird der Wächter eure Zellentür aufschließen. Ihr werdet ihn gemeinsam überwältigen und ihm seine Schlüssel abnehmen. Damit schließt ihr alle anderen Zellentüren auf. Wir werden so lange aber noch hier unten bleiben, um keine Aufmerksamkeit zu erregen."

Er schaute einmal in die Augen aller Beteiligten, um sich zu vergewissern, dass alle noch verstanden, was er da sagte.

„Kommt ihr alle mit?"

Ein kollektives Nicken bestätigte ihn darin, weiterzuerzählen.

„Also, Niran wird dann nach oben in die Arena gehen."

„Wieso ich? Ich dachte, es meldet sich jemand anders?", kam es aus Nirans Zelle, dem das nicht sonderlich zu gefallen schien.

Richard räusperte sich kurz. „Weil das ja nur ein Vorwand war, damit der Wächter die Zelle der anderen aufschließt. Oben wird ein weiterer Wächter warten, der dich in Empfang nimmt. Er wird nicht wissen, dass sich jemand anderes gemeldet hat, weil der erste Wächter ja hier unten bleibt, verstanden?"

Niran nickte wenig begeistert.

„Du wirst dem anderen Wächter oben sagen, dass du alleine hochgeschickt wurdest, weil der andere sich unten noch um deine Zelle kümmern müsse. Dieser – sein Name ist Carl – ist nämlich auch für die Instandhaltung der Zellen und für unsere Versorgung zuständig. Das wird Hugo – den anderen - vermutlich nicht wundern, da das öfter vorkommt. Er wird dich dann mitnehmen zur Reinigung. In der Zwischenzeit schleiche ich mich raus und begebe mich zu Sam, dem Waffenwart. Er wird alle eure Waffen haben, da bin ich mir sicher. Da er jeden Tag zu dieser Zeit die Fallen kontrollieren geht, wird er gar nicht im Dorf sein."

Liam signalisierte ihm, kurz zu stoppen.

„Warte, aber dich kennt man doch in dem Dorf? Die werden doch wissen, dass du eigentlich gefangen bist."

Richard lächelte. „Meine Frau und der Anführer wissen es. Ob du es glaubst oder nicht, aber ansonsten weiß es niemand – außer natürlich die beiden Wächter. Da diese Vier jedoch zu dem Zeitpunkt bei der Reinigung sein beziehungsweise hier unten festgehalten werden, wird das kein Problem sein."

„Richard, du kannst mir nicht erzählen, dass man sich das im Dorf nicht erzählt hat, dass du ein Verräter seiest", fiel ihm Sienna ins Wort.

„Naja, wie erkläre ich das am besten? Ich habe ja unter einer vorgegebenen Legende gelebt. Dementsprechend war es mir ein Anliegen, niemandem – außer meiner Frau natürlich – näher zu stehen als ich musste. Man hat mich hier im Dorf unter dem *Stillen Mann von Irene* abgetan, was für sie und für mich auch okay war. Als sie aber herausfand, wer ich wirklich bin, schämte sie sich sehr dafür, meine Frau zu sein. Sie erzählte daher allen, dass ich für eine Weile zu meinen Eltern gereist sei, da mein Vater im Sterben liege. Niemand wird sich wundern, mich zu sehen. Wobei, wundern vielleicht schon, aber keinen Verdacht schöpfen."

Das klang tatsächlich plausibel. Siennas Frage war damit jedenfalls mehr als zufriedenstellend beantwortet worden.

„Naja, weiter im Text. Bei Sam werde ich mir so viele Waffen wie möglich schnappen. Am besten die Glock 44, die fallen nicht auf, wenn ich sie mir unter den Gürtel stecke. Damit bedrohen wir schließlich den stillgelegten Wächter. Er soll bei unserem Spiel mitmachen, sonst werden wir ihn erschießen. Da Carl nur böse aussieht, in Wahrheit aber ein großer Schisser ist, wird er alles tun, was wir sagen. Wir geben ihm die Schlüssel wieder und schließlich wird Niran von dem anderen Wächter, Hugo, in die Zelle gebracht."

„Sorry, wenn ich an dieser Stelle nochmal einhake, aber wie können wir uns so sicher sein, dass Carl nach unten kommen wird und nicht Hugo? Wenn wir nämlich plötzlich Hugo bedrohen müssen, sieht die Welt doch schon wieder ganz anders aus", brachte sich nun auch Madison ein, die bisher nur aufmerksam zugehört hatte.

„Ja, das stimmt, aber das wird nicht passieren. Die beiden haben klar geregelte Aufgaben. Carl verfügt über die Schlüssel und kümmert sich um die Zellen, während Hugo für Gefangenentransporte innerhalb des Dorfes sowie für die Wache oben in der Arena zuständig ist."

Er machte eine kurze Pause, in der er einmal durchatmete. Sein Mund war ganz trocken vom ganzen Reden.

„Also, wenn Niran wieder in seiner Zelle ist, zwingen wir Carl dazu, die Tür nicht abzuschließen und uns den Schlüssel wieder auszuhändigen. Dann nehmen wir die Beine in die Hand und flüchten durch eure Höhle ins Freie", sagte er triumphierend und zeigte auf Liam und die Mädels.

Während alle anderen Gefangenen in Jubel ausbrachen, schüttelte Liam energisch den Kopf. „Dann haben wir aber immer noch nicht meine Freundin gerettet. Sie ist irgendwo im Dorf. Ich habe keine Ahnung, wozu sie sie ausgewählt haben. Aber da war ein großer, breiter dunkelhaariger Typ, der aussah wie ein Wikinger und sie voll ekelig angebaggert hat."

Richard presste seine schmalen Lippen aufeinander.

„Das war Eric. Der Anführer. Er ist seit Jahren alleine. Seine schwangere Frau wurde vom Wendigo hingerichtet. Ich sage das nicht gerne, aber ich schätze, er wird Evelyn zu seiner Geliebten machen wollen."

Bei diesen Worten wurde Liam außer sich vor Wut. Er ergriff die Gitterstäbe vor sich und bog sie beinahe ein Stückchen auseinander, so viel Kraft und Wut legte er hinein. Sein Kopf färbte sich knallrot, während er immer lauter und schwerer atmete.

„Liam, beruhige dich. Ihr wird schon nichts passieren", versuchte Sienna ihn zu besänftigen, doch er hörte sie gar nicht.

„Wenn dieser Wichser ihr auch nur ein Haar krümmt oder sie anfasst, reiße ich ihm den Kopf ab", brachte er wütend heraus.

„Konzentrier dich verdammt nochmal. Ich bin mir sicher auch für diese Neuerung des Plans hat Richard eine Idee", sagte Madison zuversichtlich und hoffte auf gute Nachrichten, damit die tickende Zeitbombe Liam neben ihr nicht gleich explodieren würde.

„Ja, das wird riskanter, aber es gibt definitiv einen anderen Weg. Nachdem Niran zurück in seiner Zelle ist, warten wir auf die Opferung. Dafür wird Carl herunterkommen und Niran nach oben holen. Wir halten uns noch kurz zurück, bis die Wächter beide mit Niran am Altar sind, damit wir uns diesen Moment dann zunutze machen und alle gemeinsam hinausstürmen können. Dann stellen wir uns in der Arena in einem Kreis um den Altar herum auf und fordern die Herausgabe von Evelyn. Jeden, der uns zu nahe kommt, feuern wir gnadenlos ab. Wenn wir Evelyn haben, werden wir zurück nach hier unten rennen. Anschließend flüchten wir durch die Höhle. Wie beim ersten Plan auch."

Betretenes Schweigen nahm die Kellerräumlichkeiten ein.

Das war ein Plan.

Ein gut durchdachter Plan.

Dennoch gab es viele Situationen, an denen er schief gehen konnte.

Wenn nur eine Eventualität anders eintraf, würden sie improvisieren müssen.

Es war riskant.

Aber auch der einzige Weg, um sich zu retten.

41

Stunden verstrichen, die Nacht brach herein und auf diese folgte Tag X.

Der Tag von Nirans Opferung.

Die Nervosität aller Beteiligten nahm das gesamte Kellergewölbe ein, ließ keinen Platz mehr für ausgelassene Gespräche oder Scherze.

Niran hatte nicht eine Minute geschlafen, war nur in seinem Verließ auf und ab getigert.

Auch Liam und die Mädels hatten sich schwer damit getan, die Augen zu schließen. Immerhin befanden sie sich in einer Höhle mit blinden Kannibalen, die jegliches Gefühl für Raum und Zeit verloren hatten und daher nachts nicht schliefen. Aber das war nur eines der Dinge, die ihnen auf den Magen schlugen.

Sie wussten, dass sie nicht mehr viel Zeit hatten, um das Portal zu finden. Dass sie jetzt hier festsaßen, brachte sie in einen massiven Zeitverzug, der verheerende Folgen haben könnte.

Obendrein hatten die Dorfbewohner ihnen alle Habseligkeiten und Waffen abgenommen, weshalb sie noch nicht einmal in der

Lage dazu waren, Marco darüber in Kenntnis zu setzen. Das Portal war ungeschützt und die Opposites auf dem Weg dorthin. Zu guter Letzt war da noch das allergrößte und allgegenwärtigste ihrer Probleme: Nirans bevorstehende Hinrichtung.

Sie hatten keinen Schimmer, wie spät es war, als sie plötzlich Stimmen von oben vernahmen.

„Meine innere Uhr sagt mir, dass es 12 Uhr mittags sein könnte", flüsterte Sienna den anderen hoffnungsvoll zu, ohne dabei die Treppe aus den Augen zu lassen, auf der jetzt Schritte zu vernehmen waren.

Ein großer übergewichtiger grauhaariger Mann, der eindeutig einer der beiden Wächter war, trat in Erscheinung. Während er die letzten Stufen in den Keller hinunterkam und zu Nirans Zelle ging, klimperte der Schlüsselbund in seiner Hand verdächtig laut. Das war eindeutig: Niran wurde zur Reinigung abgeholt.

„Carl, guten Morgen! Schön, dich zu sehen", trällerte Richard gespielt fröhlich und hoffte so auf die Aufmerksamkeit des Mannes.

Der Mann, welcher offensichtlich auf den Namen Carl hörte, drehte sich schwerfällig zu Richard um und funkelte ihn genervt an: „Es ist schon längst Mittag, was soll der Schwachsinn?"

Richard ließ sich von dieser abweisenden Art jedoch nicht beirren. Er wusste, dass er ein Gespräch mit ihm beginnen musste, damit jemand von den anderen die Chance bekommen würde, sich freiwillig für die Opferung zu melden.

„Holst du ihn zur Reinigung ab?", fragte er daher unbehelligt weiter.

Carl verdrehte die Augen und aus seiner Kehle drang ein Laut, der nach einem Knurren klang. „Ja, du weißt doch wie das bei uns läuft, Verräter."

„Also wird Niran heute Abend geopfert?", brachte sich nun auch Sienna in das Schauspiel von Richard mit ein.

Diese Frage ignorierte Carl jedoch, wandte sich wieder Nirans Zelle zu und suchte dabei den passenden Schlüssel an seinem Bund heraus.

„Bitte, Carl. So heißt du doch, oder?", wimmerte Sienna überraschend überzeugend und klemmte sich zwischen die Gitterstäbe an der Höhle.

Wieder hielt Carl inne und quittierte dies mit einem zustimmenden Knurren.

„Bitte tu' Niran nichts! Ich kann das nicht mitansehen. Ich…" Sie weinte, Tränen liefen ihr die Wange hinunter und das Schluchzen war so echt, dass Liam es ihr für den Bruchteil einer Sekunde sogar abkaufte. „Ich melde mich freiwillig für die Opferung", wisperte sie und ließ sich auf die Knie fallen. Mit gesenktem Kopf faltete sie die Hände und sprach flüsternd ein Gebet.

Carl schnappte überrascht nach Luft, widmete sich aber dann wieder seinem Schlüsselbund und kam auf ihre Zelle zu.

Ehe er jedoch aufschließen konnte, drängte Araya sich an Sienna vorbei und rief: „Nein, ich melde mich für die Opferung! Er ist mein Bruder. Dann bin ich auch diejenige, die für ihn sterben wird."

Niran und Araya sahen einander an und tauschten leidende Blicke. Sie meinte all ihre Worte ernst, das spürte man.

Carl seufzte überrascht. „Also das hatte ich auch noch nicht, dass sich gleich zwei Freiwillige melden. Eigentlich hat sich noch nie jemand freiwillig gemeldet. Naja, muss ja ein wirklich toller Kerl sein der Niran, wenn gleich zwei Frauen für ihn sterben würden", gehässig lachte er auf. „Ich werde das oben mit meinem Kollegen besprechen und komme dann gleich wieder."

Er kehrte den Vieren in der Höhle wieder den Rücken zu und machte sich auf den Weg nach oben.

„Araya, was sollte das? Jetzt muss doch jemand von euch mitgehen!", fauchte Liam fast lautlos.

Araya zuckte mit den Schultern. „Er ist mein Bruder, es macht doch am meisten Sinn, wenn ich mich melde?!"

„Niemand hat die Sinnhaftigkeit von Siennas Freiwilligkeit hinterfragt", brachte Madison genervt mit ein.

Doch ehe die Diskussion in einen Streit ausufern konnte, zischte Richard sie an, leise zu sein, denn jetzt kamen die Schritte wieder die Treppe hinunter.

„Also...", keuchte Carl. „Wir haben beschlossen, die Schwester mitzunehmen."

Araya schluckte kurz, als ihr die Konsequenzen ihres Handelns bewusst wurden. Jetzt war sie diejenige, die der Plan retten musste.

Carl kam zu der Höhle und steckte den Schlüssel in das Schloss. In dem Moment als er ihn herumdrehte und die Tür öffnete, schlüpfte Araya durch den Spalt und Liam trat mit aller Wucht die Gittertür auf, sodass Carl kurz das Gleichgewicht verlor und zu taumeln begann. Araya machte sich diesen Moment zunutze und sprang an seinen Kopf, um ihn nach hinten zu reißen. Carl stöhnte kurz, doch sie presste ihm eine Hand auf Mund und Nase, sodass jedes seiner Geräusche erstickte. Als die beiden zusammen zu Boden gingen, stürzten die anderen drei hinterher und brachten ihn in Bauchlage, nur um gleich darauf seine Gliedmaßen mit ihrem eigenen Körpergewicht zu fixieren. Liam griff nach dem Schlüssel, der noch immer im Schloss steckte und ging damit von Zelle zu Zelle, um jede einzelne Tür aufzuschließen. Zu blieben sie zunächst dennoch. Das alles war schließlich Teil des Plans.

Araya übergab ihre Position anschließend Liam und rappelte sich wieder auf. Liam zwinkerte ihr zu: „Das war richtig stark gerade."

Mit einem nervösen Lächeln dankte sie ihm für das Kompliment, ehe Richard sich noch einmal einmischte: „Denk an das, was wir besprochen haben."

Sie nickte, klopfte ihre Kleidung sauber und ging zur Treppe nach oben.

Die Stimmen von ihr und dem anderen Wächter waren nur gedämpft wahrzunehmen. Als sie sich in der Ferne verloren, schlüpfte Richard aus seinem Verließ und machte sich auf den Weg zu Sams Hütte.

Während Liam, Sienna und Madison auf dem hechelnden Carl lagen, der immer noch keine Puste für ein Gespräch hatte, bedrohten sie ihn so lange bis er sich nicht mehr traute auch nur einen Mucks von sich zu geben.

Nach einer gefühlten Ewigkeit, in der sie auf ihm drauf gehockt hatten, kehrte Richard zu ihnen zurück. Ein erleichtertes Aufatmen ging durch die Zellen. Und Gott sei Dank: Sein Gesichtsausdruck sprach Bände!

Freudestrahlend holte er vier Glock 44, zwei Messer sowie zwei Handys und Taschenlampen unter seiner Tunika hervor. Er verteilte die Pistolen an Madison, Niran, Sienna und Liam und steckte sich selbst ein Messer ein. Das andere Messer behielt er für Araya. Die Taschenlampen waren wichtig für die anschließende Flucht durch die Höhlen und die Handys für alles, was danach kommen würde.

„Du bist genial!", freute sich Liam und steckte sich umgehend die Sachen ein. Die Pistolen ließen sie alle unter ihren T-Shirts im Gürtel verschwinden. Alle bis auf Sienna. Sie repetierte einmal und hielt Carl anschließend die Mündung an den Kopf. Wimmernd zuckte er zusammen, als ihm das kalte Eisen auf die Kopfhaut drückte. „Hör zu Carl, wenn dein Kollege gleich mit Araya wiederkommt, wirst du sie ganz normal in Empfang nehmen, als wäre nichts gewesen. Du wirst nicht auch nur einen Gedanken daran verschwenden, deinem Kollegen oder sonst irgendwem zu erzählen, was hier gerade geschehen ist. Wenn du das tust, werde ich dich und jeden Einzelnen, den du eingeweiht hast, eigenhändig abknallen, hast du mich verstanden?"

Gequält, aber eilig nickte Carl. Sein Kopf war hochrot, da er noch immer in den sandigen Boden des Kellers gedrückt wurde. Vielleicht hatte die Farbe aber auch etwas mit seinem Gemütszustand zu tun, der wie Richard versprochen hatte, mehr als ängstlich und eingeschüchtert war.

Sienna versicherte sich noch einmal, dass er es ernst meinte und ließ dann von ihm ab.

Schmerzerfüllt stellte er sich wieder auf die dicken Beine und klopfte seine Tunika aus, die vom Sand ganz staubig geworden war. Einen kurzen Moment benötigte er, um sich wieder zu sammeln und dann – wie gerufen – drangen die Stimmen von Araya und Hugo wieder zu ihnen nach unten. Immer noch etwas mitgenommen stapfte er zur Treppe. „Du kannst sie mir runterschicken", rief er seinem Kollegen hoch und nahm schließlich die sichtlich verstörte Araya in Empfang.

Wortlos führte er sie zur Höhle und schloss die Tür hinter ihr. *Verschließen* konnte er sie jedoch nicht. Denn die Schlüssel waren noch immer bei Liam. Da Hugo nicht heruntergekommen war, musste auch keine Zelle zum Schein abgeschlossen werden.

„Die Zeremonie geht um 22 Uhr los. Es ist eine längere Prozedur. Die Opferung selbst wird um Mitternacht stattfinden", sagte Carl etwas bedrückt, als habe er plötzlich Mitgefühl oder Schuldbewusstsein.

„Oder auch nicht", antwortete Sienna ihm und richtete ihre Waffe wieder auf Carl.

Dieser schluckte schwer. Schweißperlen bildeten sich auf seiner Stirn.

„Denk dran, uns trennt keine verschlossene Tür. Ich habe absolut kein Problem damit, nach oben zu kommen und dir den Schädel weg zu pusten." Siennas unverblümte Ausdrucksweise schien Anklang zu finden und genau das zu bewirken, was sie sollte: Carl war ihnen gehörig.

„Ich habe zwei jugendliche Kinder. Ganz bestimmt werde ich nicht riskieren, dass die beiden ohne Vater erwachsen werden."

„Besser wäre das", antwortete Sienna ihm trocken und bedeutete ihm mit einer Geste, dass er wieder hochgehen solle.

Kaum war er auf den Stufen nach oben verschwunden, glitt ihr Blick zu Richard.

„Jetzt heißt es abwarten", sagte dieser und strich sich nervös sein fettiges Haar aus dem Gesicht.

42

„Es ist soweit."

Das Zittern in Nirans Stimme war kaum zu überhören. Er hatte die Zelle direkt neben den Treppen und hörte daher als Erster, wenn jemand zu ihnen in den Keller kam.

Arayas unruhige Art hatte sich in den letzten Stunden mit jeder verstrichenen Minute gesteigert. Jetzt war sie kurz davor, durchzudrehen.

Rastlos lief sie in der Höhle auf und ab und atmete stoßweise.

„Beruhige dich Araya. Es wird alles gutgehen", sagte Madison mit möglichst sanfter Stimme und legte ihr eine Hand auf die Schulter.

Beiläufig schüttelte sie diese ab. „Du hast leicht Reden. Du wirst auch nicht gleich auf dem Altar liegen. Wenn irgendetwas schief geht, bin ich noch heute Nacht tot."

Das Schweigen auf ihre Aussage hin bestätigte ihr, dass sie recht hatte, mit dem was sie sagte.

„Araya", hallte es plötzlich durch die Gewölbe. Diese Stimme gehörte Carl.

Wie erstarrt blieb Araya stehen.

„Kommst du freiwillig heraus oder muss ich dich holen?" Sein Tonfall war ruhig und verständnisvoll.

Ein wenig Sicherheit gab es ihr schon, aber wer konnte ihm schon vollends vertrauen?

Araya atmete einmal tief ein, rückte dann das Messer in ihrem Hosenbund unter dem T-Shirt zurecht und trat vor die Gittertür, wo sie der grauhaarige dicke Mann bereits erwartete.

Zu ihrem Erstaunen hatte er sich scheinbar für den Anlass richtig herausgeputzt. Er trug ein herbes Aftershave und seine seidige Tunika war schwarz wie die Nacht. Der Gürtel glitzerte silberfarben.

„Wenn ich gewusst hätte, dass es einen Dresscode für heute Abend gibt, hätte ich mich auch nochmal umgezogen", scherzte sie und versuchte damit sichtlich ihre Anspannung zu überspielen.

Carl jedoch war nicht für Späße aufgelegt. Vermutlich war er genauso aufgeregt. Er wusste, dass diese Nacht nicht ohne Konsequenzen für ihn bleiben würde. Aber scheinbar war er sich sicher, dass er diese nicht mit seinem Leben bezahlen würde, sonst wäre er wohl kaum auf die Erpressungen von Sienna und den anderen eingegangen.

Oder aber er spielte hier ein abgekartetes Spiel, in dem schließlich sie alle als Verlierer herausgehen würden.

Von jetzt an musste alles klappen. Der Plan verzieh keine Fehler mehr.

Carl legte Araya eine Hand auf den Rücken und führte sie nach oben in die Arena. Als sie die letzte Stufe zu der kleineren Ausgabe des Colloseums überbrückt hatte, stand sie inmitten der „Bühne" auf der die Zeremonie stattfinden würde.

Das Tageslicht war inzwischen durch die Schwärze der Nacht verdrängt worden.

Doch ein Mond stand nicht am Himmel, denn es war Neumond. Die Nacht, in der der Wendigo einen Körper forderte. Die Zuschauerränge, die bei Tag noch menschenleer gewesen waren, waren jetzt bis auf den letzten Platz gefüllt. Fackeln ringsherum der Bühne sorgten für das nötige Licht bei dem Ritual. Während Carl Araya zum Altar führte, tobte die Menge. Wie konnte man ernsthaft Spaß daran empfinden, bei der Hinrichtung eines unschuldigen Menschen zuzuschauen?

Er bedeutete ihr, sich mit dem Rücken zum Altar zu stellen, dann winkte er vier junge Männer heran, die sich jeweils eine Fackel aus der Wandhalterung nahmen und damit zu Araya kamen. Zu jeder ihrer Seite stellten sich zwei, dann liefen sie gemeinsam in Kreisen um den Altar, während eine ältere Dame ein Instrument spielte, das vom Klang her Ähnlichkeit mit einer Flöte oder Oboe hatte. Dabei erblickte Araya Evelyn. Für den Bruchteil einer Sekunde stockte sie bei ihrem Anblick - wie sie da saß, neben dem Anführer, auf einem der beiden Throne direkt neben dem Altar, ihr Körper in ein schwarzes seidiges Gewand gehüllt, ihre welligen Haare wunderschön hochgesteckt. Doch dann spürte Araya die Hitze des Feuers in ihrem Rücken und ging weiter.

Evelyn hatte sie ebenfalls bemerkt, wobei ihre grünen Augen den kurzen Anflug von Panik nicht hatten verbergen können.

Araya versuchte, ihr ein aufmunterndes Lächeln zu schenken, um ihr zu signalisieren, dass alles gutgehen würde – auch wenn sie sich selbst gar nicht so sicher war, dass es so sein würde.

Als die vier Männer mit Araya in ihrer Mitte nach einigen Runden wieder vor dem Altar zum Stehen kamen, entzündeten sie vier Stabfackeln, die an den Ecken des Altars standen. Anschließend entfernten sie sich und hängten ihre Fackeln wieder zurück in die Halterungen an der Wand. Araya stand noch immer mit dem Rücken zum Altar, als der Mann neben

Evelyn sich erhob und nach vorne trat. Er sprach zu den Zuschauern und Zuschauerinnen in den Rängen: „Guten Abend verehrtes Volk! Wie zu jedem Neumond versammeln wir uns in unserer kleinen Arena, um einem Ritual beizuwohnen, das wir seit vielen Generationen pflegen. Unsere Vorfahren flohen vor dem Krieg in die Wälder der Appalachen und ließen sich hier für ihr ganz eigenes Leben fernab der Zivilisation nieder. Was sie nicht wussten, war, dass sie sich ihren neuen Lebensraum mit jemandem teilten."

Er machte eine theatralische Pause, in der er seinen Blick durch die Ränge gleiten ließ. „Genauer genommen wussten sie nicht, dass sie sich ihren neuen Lebensraum mit einem übernatürlichen Wesen teilten. Dem Wendigo."

Ein Raunen ging durch die Reihen und leises Getuschel sorgte für Unruhe. Allein der Name des Wendigos schien unter den Dorfbewohnern gefürchtet zu werden. Er musste sie wirklich in der Vergangenheit in Angst und Schrecken versetzt haben.

„Unsere Vorfahren schlossen einen Pakt mit dem jahrtausende alten Wesen. Einmal im Monat – zu Neumond – solle er einen Kadaver bekommen, von dem er einen Monat zehre. Dann werde er die Dorfbewohner in Ruhe lassen. Seither lief das Zusammenleben, Seite an Seite mit dem Wendigo, nicht ganz ohne Zwischenfälle ab. Wie ihr alle wisst, ist bei einem dieser Zwischenfälle vor ein paar Jahren meine Frau Anna ums Leben gekommen. Seither ist kein Tag vergangen, an dem ich nicht an sie oder unser gemeinsames Kind gedacht habe."

Bedrückende Stille hatte sich ausgebreitet. Scheinbar saß der Schock aus dieser Nacht noch tief in den Knochen der Bewohner. Doch Eric fuhr fort: „Umso glücklicher macht es mich, euch heute meine neue Herzensdame vorzustellen. Ihr Name ist Judy, aber ich nenne sie Anna", mit einer ausladenden Geste zeigte er auf Evelyn, die in seinem Rücken saß und sich nun von ihrem Thron erhob. Sie verbeugte sich vor der Menge, die für sie aufgestanden war und ihr einen tosenden Applaus schenkte.

„Sie wurde mir zusammen mit unserer Auserwählten für heute Abend geschickt." Bei diesen Worten zeigte er auf Araya, der nun der nächste Applaus und Jubel der Menge galt. Ihr Hals wurde staubtrocken.

Auserwählte. Wie beschönigend wollte er noch formulieren, dass man ihr gleich einen Dolch oder sonst was in die Brust rammen würde? Wie genau würde man sie eigentlich töten? So richtig hatte sie darüber noch gar nicht nachgedacht, da sie bisher jeden noch so detaillierten Gedanken daran zu vermeiden versucht hatte.

„Ein Geschenk Gottes, das uns gleich noch vier weitere Vorräte für die nächsten Neumonde bescherte." Weiteres Gejubel.

Es war eine reine Freakshow.

„Unsere Auserwählte für heute Abend trägt den Namen Araya." Nun kehrte er dem Volk den Rücken zu und wandte sich direkt an Araya, die noch immer wie versteinert vor dem Altar stand und das Spektakel ungläubig verfolgte.

„Araya, wir danken dir für deine Opfergabe in dieser historischen Nacht. Dein Name wird einen Platz an unserer Gedenkstätte für all die Helden und Heldinnen bekommen, die für uns ihr Leben gaben. Für den Bestand unseres kleinen Dorfes. Und…" Er drehte sich einmal um die eigene Achse, um wieder zu den Zuschauern sprechen zu können. „Unsere Auserwählte heute ist eine ganz besondere Heldin. Denn sie wird nicht nur ihr Leben für uns geben, sondern auch für ihren Bruder Niran, der als erstes für das Ritual heute vorgesehen war. Dafür verdient Araya einen mehr als ausgiebigen Dank und Applaus von uns, findet ihr nicht?", er hob auffordernd die Arme und brachte die Menge damit zum Toben.

Araya traute ihren eigenen Augen kaum. Was für ein Aufstand hier um eine Tötung gemacht wurde, war wirklich unbegreiflich. Zumal sie sie als Heldin betitelten. Ihr Schicksal heute Abend hatte rein gar nichts mit einer Heldentat zu tun. Sie war gefangen genommen worden und hatte keine andere Wahl gehabt.

Innerlich kochte sie, aber sie versuchte, es sich nicht anmerken zu lassen. Erst recht nicht, als Evelyn zu ihr kam und ihr das silberfarbene Amulett um den Hals legte, das sie bis vor wenigen Sekunden noch selbst getragen hatte. Wie Eric mitteilte, sei dies das Amulett seiner Frau gewesen, welches er damals bei der Leiche gefunden habe. Jetzt trage es seine neue Geliebte, doch er wolle, dass die Auserwählte es bei der Opfergabe trage, damit zu jener Stunde, dem Opfer seiner Frau gedacht werde.

Die Rede des Anführers wurde für Araya zu einer immer größeren Nebensächlichkeit, je mehr Zeit verging. Die Worte zerflossen in ihrem Kopf zu einem zähen Brei, den sie nicht mehr einordnen konnte.

Langsam wurde sie unruhig. Wann wollten die anderen denn hochkommen und die Veranstaltung stürmen? War etwas schief gegangen? Oder worauf warteten sie?

Mehr neben sich stehend als alles andere folgte sie nach einer gefühlten Ewigkeit der Anweisung eines Mannes, der den Namen Sam trug, und legte sich rücklings auf den Altar, wobei ihre Knöchel und Handgelenke an Ketten fixiert wurden.

Das Klicken der kalten Metallringe um ihre Gliedmaßen herum, machte ihr ein für allemal klar, dass sie ab jetzt wirklich auf die Rettung der anderen angewiesen war, da sie keine Chance mehr hatte, sich selbst aus der Situation zu befreien.

Sie bekam am Rande mit, dass Sam ein Schwert präsentierte, welches heute Nacht die Opferung vollbringen sollte. Ein

Priester kam hinzu und segnete die Klinge des Schwertes, welches gestern frisch geschliffen worden sei.

Gerade als alle wieder ihren Platz einnahmen und Sam mit dem Schwert an den Altar trat, erwachte Araya aus ihrem Delirium. Denn hinter ihr ertönten Schreie. Energische, kämpferische und bedrohliche Schreie, die ihr eine Gänsehaut über den Rücken jagten. Eine Herde an Menschen baute sich um sie herum auf und es vergingen wenige Sekunden, bis sich eine Schutzmauer um sie gebildet hatte. Panische Schreie von Kindern und Müttern gingen durch die Zuschauerreihen. Pistolen klickten, Messerklingen summten durch die Luft.

Das war ihre Rettung.

Das war ihr Sonderschutzkommando.

Araya überkam ein warmes Gefühl und ein Lächeln stahl sich auf ihre Lippen, wenngleich sie sich noch immer benebelt fühlte. Wovon konnte sie nicht sagen, aber vermutlich hatte das etwas mit der Reinigung ihres Körpers zu tun. Eines der Mittelchen, das sie hatte schlucken sollen, entfaltete sicher gerade seine beruhigende oder bewusstseinsverändernde Wirkung, damit sie zum Zeitpunkt der Opferung ruhig und still daliegen würde.

Ihr Herz wummerte so laut und stark, dass sie das Gefühl hatte, es wolle aus ihrer Brust herausspringen und das Blut rauschte in ihren Ohren.

Eines wusste sie dadurch aber ganz genau: Sie war am Leben.

Sie war verdammt nochmal am Leben.

„Lasst sie gehen, oder ich brenne euer ganzes Dorf nieder!", hörte sie Sienna schreien und lachte innerlich darüber, wie bedrohlich sie wirken konnte. Im Augenwinkel erkannte sie, dass diese eine schwarze runde Kugel nach oben hielt.

Die Granate schoss es Araya durch den Kopf.

Das würde sie doch nicht wirklich machen, oder?

Ein weiteres hektisches Raunen ging durch die Reihen. Was war geschehen?

Araya wollte nichts lieber als sich aufzurichten und nachzusehen, doch sie konnte nicht. Die Fesselung an Armen und Beinen ließ es nicht zu.

„Waffen weg!", hörte sie Eric rufen. „Waffen runter, oder sie stirbt!"

Verwirrt neigte Araya den Kopf. Wer sollte sie jetzt noch töten? Sie war doch umgeben von ihren eigenen Leuten.

Doch als sie durch eine kleine Lücke zwischen der Schutzmauer aus Menschen hindurchlinsen konnte, erkannte sie, wen der Anführer gemeint hatte.

Er hielt ein Messer in der Hand, das er – Evelyn fest an sich gepresst – an ihren Hals hielt. Auch wenn er selbst eigentlich viel größer war als sie, schaffte er es, sich so hinter ihr zu platzieren, dass ein Schuss in seine Richtung ein viel zu hohes Risiko für Evelyn dargestellt hätte. Die neue Situation brachte Araya einen Teil ihrer Sinne zurück, sie blickte auf und erkannte wie Sienna und die anderen nach und nach ihre Pistolen und Messer ablegten und gleich darauf ihre leeren Hände hoben.

„Gebt uns Araya und Evelyn und es muss kein Blut fließen!", hörte sie Liam mit ruhiger, aber bestimmter Stimme sagen.

„Wer ist Evelyn?", entgegnete Eric daraufhin.

„Deine Anna", sagte Sam, der noch immer gefährlich nah am Altar stand. Auch wenn eine Schutzmauer aus Menschen zwischen ihr und ihm war, war Araya nicht wohl bei der Sache.

„Nun gut. Ein Blutvergießen muss es heute Nacht aber geben, sonst wird der Wendigo kommen und sich einen von uns holen. Und ihm ist es egal, ob es ein Dorfbewohner oder ein Witzling von eurer Bande ist!", schimpfte Eric und führte das Messer noch näher an Evelyns Hals.

„Es muss nicht so laufen", hörte sie wieder Liam sagen.

„Fein, wir machen eine fairen Tausch." Erics Worte.

Noch ehe jemand fragen konnte, was das für ein Tausch war, spürte Araya neben sich ein Geschubse.

Evelyn war zu ihnen in den Kreis geschubst worden.

Lebte sie noch? Oder hatte er ihre Kehle durchtrennt?

Araya traute sich fast nicht nachzusehen, aber die entsetzten Rufe, die durch die Reihen gingen, ließen eine ungute Vorahnung in ihr aufkommen.

Kaum hatte sie sich ein Stück aufgerichtet, erkannte sie den Grund für den Schock um sie herum: Es war Sam, der mit erhobenem Schwert auf sie zukam und es in unmenschlicher Geschwindigkeit auf sie herabschnellen ließ.

43

Ein Schwert von etwa 130 Zentimetern Länge steckte in Arayas Brust.

Die Klinge war steinhart - bewegte sich keinen Millimeter in ihrem Körper.

Sam kniete über ihr auf dem Altar und hielt den Griff der silberfarbenen Waffe fest in beiden Händen. Seine Atmung ging schnell und flach, während er das Leben aus seinem Opfer weichen sah, das unter ihm auf dem schwarzen Gesteinsblock lag.

Eine Lache dunkelroten dickflüssigen Blutes breitete sich binnen Sekunden um sie aus, floss das schwarze Granit hinunter und tropfte auf den sandigen Boden.

„WAS HAST DU GETAN?!", schrie Niran ungläubig und eilte auf seine reglose Schwester zu. Tränen liefen ihm ungebremst die Wangen hinunter, nahmen ihm die Sicht auf das, was kein Bruder der Welt sehen wollte.

Auf das, was ihm den Tod seiner Schwester vielleicht begreiflicher gemacht hätte: ihren Leichnam.

Sam machte keine Anstalten, das Schwert aus ihrer Brust zu ziehen.

Dem Klang nach musste es sogar einen Teil des Gesteins unter ihr gespalten haben.

Ein Moment der Unachtsamkeit hatte sie bestraft. Sam war durch die Schutzmauer an Menschen gebrochen und hatte ihr die Klinge mit einer solchen Wucht ins Herz gerammt, dass sie das Atmen noch im selben Moment eingestellt hatte.

Sie war tot.

Und das, obwohl ihr alle versprochen hatten, dass sie überleben würde.

Sie hatte diese Bürde auf sich genommen, weil sie ihnen vertraut hatte. Und was war der Preis?

Sie hatte mit ihrem Leben bezahlt.

„Wie konntest du nur?!", weinte Niran, während er seine zittrigen Hände über ihren schlaffen Körper wandern ließ. Ihre Augen waren geschlossen, ihr Kopf zur Seite gefallen. Die schwarzen Haare verdeckten das Gesicht, das Nirans eigenem so ähnlich sah.

Das ihn von Tag eins seines Lebens jeden Tag begleitet hatte.

Wie benommen stand er da und starrte sie an, doch es war keine Zeit zu trauern. Schüsse ertönten und es verging nur ein Wimpernschlag, bis er am Arm mitgezogen wurde.

Seine Beine trugen ihn von alleine, sein Kopf aber war immer noch bei Araya. Wo seine Pistole war, wusste er schon lange nicht mehr.

Er wusste nichts mehr, folgte blindlings Liam, der die Gruppe anführte und ihnen den Weg durch die dunklen Höhlen leuchtete.

Vorbei an halb zerfressenen Menschen schmerzte der Verlust seiner Schwester noch mehr, weil ihm mit jedem Schritt bewusster wurde, was gerade passiert war.

Sie rannten etliche Meter durch die Gänge, dicht gefolgt von den wütenden Rufen und Schreien in ihrem Nacken.

Wer auch immer ihnen folgte, wollte sie scheinbar rächen für das, was sie angerichtet hatten.

Aber was hatten sie denn angerichtet? Die Opferung hatte dennoch stattgefunden.

Als sie nach einer gefühlten Ewigkeit endlich am Ende der Höhlen angelangt waren, stürmten sie aus der Tür und schmissen sich erschöpft auf den Boden, während Liam hektisch den Schlüssel suchte.

Schritte drangen durch das Höhlengeflecht zu ihnen.

Immer schneller.

Immer näher.

Liams Finger zitterten. Der Bund hatte einfach zu viele Schlüssel.

Doch endlich fand er den passenden und drehte ihn im Schloss herum, bevor jemand ihnen durch die Tür folgen konnte.

Erleichtert atmete er auf, realisierte aber sogleich, was gerade geschehen war.

„Alter, ich komm nicht klar. Was war das gerade?", brachte er schweren Atems hervor und musste dabei mit sich ringen, nicht in Tränen auszubrechen. Es war der erste Tod einer Gruppenangehörigen auf dieser Mission. Und er hatte auch noch direkt daneben gestanden und Arayas angsterfüllten Blick gesehen, der wenig später völliger Leere gewichen war.

Er hatte gesehen, wie sie realisiert hatte, dass sie sterben würde. Und doch war ihr keine Zeit geblieben, um den eigenen Tod abzuwenden.

Sienna hockte sich zu Niran, der immer noch vollkommen fertig am Boden saß. Sie nahm seine Hand und drückte sie fest. „Das hätte ich sein sollen, nicht sie", flüsterte sie ihm kaum hörbar ins Ohr und schenkte ihm anschließend eine Umarmung.

Er schluchzte verlegen. „Nein, ich."

Eine Weile schwiegen sie, in der Liam vorsichtig um die Ecke spähte und beobachtete, ob jemand kam.

„Kommt, wir müssen hier weg. Die werden bestimmt nach uns suchen."

Widerwillens rappelten sie sich auf und gingen weiter. Sie trauten sich aus der sicheren Schlucht heraus und schlichen sich tiefer in den Wald hinein.

Als hinter ihnen ein lautes Kreischen erklang, verharrten sie jedoch an Ort und Stelle und drehten sich zu der Quelle des Geräusches um. Leise schob sich die Gruppe, die etwa aus zehn ehemaligen Gefangenen bestand, hinter eine Böschung und legte sich flach auf den Waldboden, um zu beobachten, was die Ursache für das Kreischen war.

Denn, was sie nicht vergessen durften: Hier streunte auch immer noch der Wendigo durch die Wälder und dieser würde sie alle auf einen Schlag töten, wenn er ihnen begegnete.

Evelyn hatte es glücklicherweise unversehrt aus Erics Fängen geschafft, hatte zwischenzeitlich aber auch schon nicht mehr daran geglaubt. Sie wusste ganz genau, dass sie nur frei gekommen war, um die Gruppe abzulenken. Damit Sam Araya den Todesstoß verpassen konnte.

Sie war der „faire Tausch" gewesen, von dem Eric gesprochen hatte.

Und auch wenn es nicht ihre Schuld war, dass Araya ermordet wurde, gab sie sich diese trotzdem irgendwie.

Sie atmete immer noch unnatürlich schnell und aufgeregt, während sie beobachtete, wie das große Tor des Dorfes heruntergelassen wurde. Das Kreischen kam von den Ketten, die dabei aneinanderrieben. Noch in dem Moment, in dem sich das große Holztor mit einem dumpfen Knall auf den Waldboden legte, trat Eric allen voran, dicht gefolgt von Sam, der die leblose Araya im Arm hielt, aus der sicheren Schutzmauer ihres Dorfes in den Wald.

Evelyns Magen zog sich zusammen und sie warf einen verstohlenen Blick zu Niran, dessen Gesicht mittlerweile schmerzverzerrt war. Er weinte stumm. Aber er litt unfassbar laut.

Sienna ließ im Dunkeln eine Hand beruhigend über seinen Rücken streichen. „Wir müssen uns das nicht ansehen", hörte Evelyn sie neben sich flüstern. Aber Niran schüttelte den Kopf. „Es ist besser…wenn wir sehen…wo der Wendigo sie hinbringt…Damit wir in die entgegengesetzte Richtung gehen können." Seine Stimme versagte wieder und wieder.

Evelyn bezweifelte, dass er hiernach noch dienstfähig war. Wer konnte es ihm schon verübeln? Er hatte seine Schwester verloren.

Aber ohne ihn und ohne Araya würden sie das hier nicht zu Ende bringen können. Deswegen betete sie inständig dafür, dass er sich wieder beruhigen würde. Spätestens bis morgen früh.

Ihre Aufmerksamkeit verlagerte sich nun wieder in die Ferne, wo Eric jetzt seine Arme ausbreitete und einen lateinischen Satz in den Wald brüllte: „Sancte Wendigo, tibi loquor: accipe quod tuum est!"

„Was sagt er?", fragte einer der Wanderer panisch.

Evelyn, die das Latinum hatte, sah den grauhaarigen Mann im Alter von etwa 50 Jahren an und legte einen Finger an die Lippen. Er war solche Situationen nicht gewöhnt, das wusste sie, aber er war außer sich vor Angst und wenn sie etwas nicht gebrauchen konnten, dann war das, jemanden auf sich aufmerksam zu machen.

„Das bedeutet: *Heiliger Wendigo, ich spreche zu dir: Hole dir, was dir zusteht.* "

Der Mann atmete zischend ein. „Wer ist der Wendigo? Ich habe von all dem noch nie gehört." Er war immer noch sichtlich nervös.

„Ein übernatürliches Wesen. Unsere Freundin Araya wird ihm jetzt überreicht."

„Aber wieso?", entfuhr es ihm wieder.

„Pssst. Wir müssen still sein, es geht los", fauchte Liam, womit jegliche Gespräche eingestellt wurden.

Hinter Eric erschien nun Sam, der bewusst langsam mit dem toten Körper in der Hand über das am Boden liegende Tor stolzierte.

Das Schwert steckte nicht mehr in ihrer Brust. Aber das brachte sie ja auch nicht zurück.

Er legte sie vorsichtig auf Blätter und Geäst, bevor er ehrfürchtig einige Schritte zurück machte.

„Danke für dein Opfer, Araya. Erweisen wir dir deine letzte Ehre." Mit diesen Worten erhob die Schar an Dorfbewohnern, die hinter dem Zaun geblieben war, die Hände gen Himmel.

Im Chor riefen sie: „Sancte Wendigo, tibi loquimur: veni et posside corpus Araya!"

Was so viel bedeutete wie *Heiliger Wendigo, wir sprechen zu dir: Komm und nimm Arayas Körper in Besitz.*

Sam und Eric standen noch immer todesmutig direkt neben Araya. Evelyn wusste nicht, ob sie überhaupt noch vorhatten sich zurückzuziehen, aber sie konnte sich kaum vorstellen, dass sie sich dieser Gefahr aussetzen wollten.

Wenngleich der Wendigo einen Pakt mit ihnen geschlossen hatte, war er ihnen dennoch mehr als überlegen. Es wäre ein Leichtes für ihn, das gesamte Dorf auszulöschen.

Und ein Pakt konnte gebrochen werden. Nicht nur von Seiten der Dorfbewohner.

Ein ohrenbetäubendes, dunkles Röhren, das sie alle erstarren ließ, hallte mit einmal durch den Wald.

Nicht nur die Zehn hinter der Böschung, sondern auch die „Anishinaabe" waren starr vor Schreck.

Evelyn erschauderte. Es war so unsagbar laut, dass es nur von einem einzigen Wesen kommen konnte: dem Wendigo.

Gänsehaut machte sich auf ihrem Körper breit und ließ sie zittern. Vielleicht war es nicht nur das Geräusch, sondern auch die Eiseskälte, die sich plötzlich ausbreitete.

Eine dünne Schicht von Tau legte sich über den Boden - auf die Blätter - und die Erde unter ihnen gefror an oberster Schicht.

Er war da.

Er war ganz in der Nähe.

Wieder das Röhren. Der Klang war so bedrohlich und mächtig, wie Evelyn es sich niemals hätte vorstellen können. Der Schall hallte zwischen den Baumkronen wider - verlor sich erst nach etlichen Echos.

Es machte ihr unsagbare Angst. Am liebsten wäre sie einfach gerannt.

Weit, weit weg.

Aber sie konnte nicht. Sie war wie gelähmt.

Mit dem Röhren, das klang wie die Rufe eines Hirsches, begaben sich auch Eric und Sam sichtlich unruhig zurück hinter ihre sicheren Mauern. Das Tor wurde viel schneller hochgefahren als es eben noch heruntergelassen wurde.

Und dann war alles still. Alles dunkel.

Die Anishinaabe hatten sich in Sicherheit gebracht, während die zehn Entflohenen noch immer vollkommen schutzlos auf der Lauer lagen.

Ein Scharren und anschließendes Hufe Klappern verriet ihnen, dass er auf dem Weg zu ihnen war. Instinktiv hielten sie die Luft an. Wenn sie ihn endlich sehen könnten, wüssten sie wenigstens, wo er war!

Aber die Geräusche zu hören – ausschließlich - war eine Folter.

Evelyn drehte sich immer wieder panisch über die Schulter um.

Doch die unheimlichen roten Augen, die ihr noch vor wenigen Tagen begegnet waren und sie seitdem in ihren Träumen heimsuchten, tauchten nirgends auf.

Obwohl – einen Augenblick später erschienen sie plötzlich zwischen zwei Bäumen. Wieder ertönte das inbrünstige Röhren, das weniger zufrieden als kampflüstern klang.

Eine Gestalt, dürr und lang, trat Hufe scharrend aus dem Dickicht hervor. Die roten Augen leuchteten heller als Feuer und aus den sich aufblähenden Nüstern des Hirschkopfes stieg weißer Dunst auf. Sein Geweih war riesig und spitz. Evelyn wusste es nicht genau, aber sie glaubte, dass er mit seinem Kopfschmuck zusammen bestimmt an die drei Meter groß war.

Zu dem Frost hatte sich ein dichter Schleier aus Nebel gesellt, der sich wie ein Teppich über den Waldboden legte und Arayas Körper nahezu verschluckte.

Evelyns Atem stockte, als das Wesen auf Araya zuging und bei ihrem Anblick noch einmal ein Röhren in Richtung der Dorfbewohner ertönen ließ. Doch dieses Mal klang es anders. Friedlicher. Irgendwie freundlicher. Es war nicht so laut – nicht so fordernd und aufgeregt.

Ein Jubeln hinter den Mauern verriet Evelyn, dass er mit den Anishinaabe kommuniziert hatte.

Bestimmt hatte er das Opfer angenommen und sich bedankt.

Eric hatte ihr erzählt, dass der Wendigo auch Opfer ablehnen konnte. Das wäre zwar noch nie vorgekommen, aber die Angst sei bei jeder Opferung allgegenwärtig.

In diesem Fall konnte sie die erleichterten Schreie und Rufe des Volkes nachvollziehen.

Der Wendigo bückte sich nach Araya und schulterte sie mit nur einer Hand. Ohne jeglichen Kraftaufwand.

Araya war zwar schlank, mindestens 70 Kilo brachte sie aber schon auf die Waage. Er war ohne Zweifel unnatürlich stark.

Bei dem Anblick ihres schlaffen leblosen Körpers, der über seiner rechten Schulter hing, wurde Evelyn wieder schmerzlich bewusst, dass sie nie mehr wiederkommen würde.

In diesem Moment drehte er sich noch einmal zu ihnen um, fixierte mit seinen glühend roten Augen die zehnköpfige Gruppe, was sie noch tiefer hinter die Böschung rutschen ließ.

Er hatte ihre Anwesenheit die ganze Zeit gespürt.

Herzklopfen.

Bumm Bumm, Bumm Bumm, Bumm Bumm.

Evelyns Atem ging zittrig, Schweiß bildete sich auf ihrer Stirn.

Bitte komm einfach nicht hierher, dachte sie.

Todesmutig wagte sie einen letzten Blick über die Böschung, ehe sie erkannte, dass der Wendigo gerade mit Araya im Dickicht verschwand und der Nebel wie auch der Frost, den er mitgebracht hatte, sich langsam auflösten.

44

Nachdem sich eine Weile niemand von ihnen gerührt hatte, erhob Richard sich und forderte die anderen auf, ihm zum Wanderpfad zu folgen.

Er kannte sich aus und wusste ganz genau, wo dieser war.

Am Wanderpfad angelangt verabschiedeten sie die anderen Wanderer. Diese waren zwar verängstigt und wollten ungern zurückgelassen werden, doch Richard beschrieb ihnen den Weg zum nächsten Ort mit einem Motel, in dem sie die Nacht verbringen konnten, was sie schneller zufriedenstellte als gedacht.

Nachdem die vier Fremden sich von der Gruppe getrennt und in die andere Richtung abgesetzt hatten, warf Richard einen prüfenden Blick in die Runde. „Alles klar bei euch? Oder braucht ihr eine Minute?"

Anstatt eine Antwort zu geben, richteten sich die Blicke nur auf Niran, der immer noch benommen zu sein schien. Er nickte zögerlich, aber das reichte Richard bereits, um sich in Bewegung zu setzen.

„Also dann los, wir haben keine Zeit zu verlieren. Das Portal ist noch gute zwei Stunden Fußmarsch entfernt."

„Was?!", entfuhr es Sienna erschöpft. Evelyn drehte sich zu ihr um. „Alles gut bei dir?", fragte sie besorgt.

Ja, hinter ihnen lag eine sehr harte Zeit, aber das Adrenalin ließ sie funktionieren. Eigentlich war es untypisch für Sienna, so kraftlos zu sein.

Wenn Evelyn sie so betrachtete, bereiteten ihr die tiefen dunklen Ringe unter Siennas Augen ebenso große Sorgen wie die fade Hautfarbe ihrer Freundin.

Sienna senkte den Blick. „Ja, ich bin nur müde."

Evelyn zwang sich ein Lächeln ab. „Das sind wir alle. Aber wenn wir den Selbstschutz aktiviert haben, dann ist die Mission vorbei. Dann hat alles ein Ende. Niemand wird uns mehr zu den Portalen schicken."

In ihrer Stimme lagen Hoffnung und Zuversicht. Dabei konnte sie überhaupt nicht wissen, was danach geschehen würde.

Sie konnte nicht wissen, ob die Opposites weitere Angriffe auf die Portale planten.

Sie konnte nicht wissen, ob die Opposites nicht vielleicht schon längst vor ihnen waren und sie am Portal erwarteten.

Und ob es ein weiteres Blutvergießen geben würde.

Die offenen Fragen in den Köpfen der anderen, die auf Evelyns zielsichere Aussage hin entstanden waren, hinterließen ein bedrückendes Schweigen.

Sie folgten Richard unendliche zwei Stunden den Pfad entlang, bis sie endlich das Rauschen von Wasser vernahmen.

Er blieb kurz stehen, drehte sich zu ihnen um und lächelte dann siegessicher. Das Portal verbarg sich hinter einem Wasserfall.

Genauer gesagt hinter den „Katahdin Falls" im Baxter State Nationalpark.

So viel hatte er ihnen in den letzten Stunden schon verraten.

Euphorisch ging er weiter. Der Weg war an dieser Stelle steinig und steil, ein Stück mussten sie sogar klettern.

Die Erde unter ihren Füßen war matschig von der hohen Luftfeuchtigkeit. Sie gab bei jedem Schritt nach und machte es nur umso schwerer, Halt zu finden.

Keuchend kamen sie oben zum Stehen und fanden sich unmittelbar vor dem Wasserfall wieder.

Noch fehlte ihnen die Luft, um etwas zu sagen. Aber der Anblick der Wassermassen, die sich das Gestein hinunter in den dunklen See stürzten, hätte ihnen diese so oder so geraubt.

In der Dunkelheit war ein schwacher orangefarbener Schimmer hinter dem Wasserfall zu erahnen.

Da war es.

Das allerletzte Portal ihrer Mission. Und es war noch nicht angegriffen worden - von den Opposites keine Spur.

Erleichtert atmeten sie auf.

„Richard, ich kann dir gar nicht genug danken, dass du uns hierhin geführt hast", sagte Evelyn und schenkte ihm eine herzliche Umarmung.

Richard erwiderte die Umarmung ebenso herzlich. „Machst du Witze?! Ich habe euch zu verdanken, dass ich wieder ein freier Mann bin." Dann wandte er sich Niran zu und legte ihm eine Hand auf die Schulter. „Auch wenn es mir schrecklich leid tut, was deiner Schwester widerfahren ist."

Niran presste die Lippen aufeinander. „Ja."

„Also, wer ist bereit, sich verletzen zu lassen?", fragte Madison und brach damit die beklemmende Stille, die daraufhin eingetreten war.

Niran sah an sich hinunter und zog das Hosenbein seiner Uniformhose hoch, um den dicken Knöchel seines rechten Fußes zu präsentieren. „Ich bin sowieso schon verletzt und kann kaum noch laufen, dann wird es das Beste sein, wenn ich das mache."

„Nein, du musstest schon genug einstecken. Lass mich gutmachen, was ich heute morgen vermasselt habe", sagte Sienna. „Ich hätte nicht zulassen dürfen, dass Araya mit zur Säuberung geht."

„Es war nicht deine Entscheidung und auch nicht deine Aufgabe", entgegnete Niran ihr. Aus seinem Mund klangen die Worte eher liebevoll und dankbar als hart und ablehnend.

Ehe Sienna etwas erwidern konnte, ging Liam dazwischen.

„Na schön, dann lasst es schnell hinter uns bringen, damit wir hier wegkönnen. Ich möchte den Opposites beim besten Willen nicht auch noch begegnen."

Er zog sein Multikit und holte das Taschenmesser hervor, dann ging er zu Sienna und fasste sie bei den Schultern, um sie unmittelbar an das Ufer des Sees zu stellen. Ein letztes Mal sah er sie fragend an – um sich die Erlaubnis einzuholen, sie zu verletzen. Er wollte sehen, dass sie sich wirklich sicher war.

Sienna nickte entschlossen.

Also setzte er das Messer an ihrem Oberarm an und zeichnete einen Schnitt hinein.

Sienna schrie schmerzerfüllt auf, doch Liam führte das Messer weiter, bis die Wunde zu bluten begann. Zitternd ließ er die Klinge wieder sinken und sah zu ihr auf. „Alles okay?"

Diese nickte nur hektisch, aber die Tränen, die sich in ihren Augen gebildet hatten, verrieten ihm, dass der Schmerz schlimm sein musste.

„Schnell, halt deinen Arm ins Wasser", sagte er daher und legte ihr eine Hand auf die Schulter, um sie hinunterzudrücken.

Sienna tat wie geheißen. Der brennende Schmerz in ihrem Arm ließ sofort nach und auch das Ziehen in der Magengegend verschwand, als das eiskalte Wasser ihre Haut benetzte und sanft umspielte.

Sie machte ein paar schwere Atemzüge, dann hob sie ihren Blick und erkannte, dass das orangefarbene Licht hinter dem Wasserfall erlosch.

Hinter ihr brach leiser Jubel aus.

Das machte ihr einmal mehr klar: Sie hatten es geschafft.

Das letzte Portal war beschützt und ihre Mission beendet.

Evelyn holte ein Erste-Hilfe-Set hervor und desinfizierte Siennas Wunde, bevor sie sie verband. Anschließend widmete sie sich Nirans Knöchel. Dieser war beunruhigender Weise auf das Doppelte angeschwollen.

Besorgt betrachtete Evelyn seinen Fuß.

„Kannst du überhaupt noch weiterlaufen?", fragte sie misstrauisch, obwohl sie bereits die Antwort kannte.

Niran nickte verunsichert, doch als Evelyns Blick den seinen traf, ging das Nicken in ein Kopfschütteln über.

„Wie weit ist es bis zum nächsten Ort?", fragte sie Richard nun und erhob sich.

"Weit. Mindestens zweieinhalb Stunden in die Richtung, aus der wir gekommen sind. Da habe ich die anderen Wanderer hingeschickt. Es ergibt keinen Sinn, jetzt weiterzugehen. Wir haben eine schlimme und lange Nacht hinter uns. Es ist bereits drei Uhr morgens. Lasst uns wenigstens bis zum Morgengrauen schlafen. Dann haben wir auch wieder etwas Sicht." Richard hatte absolut recht. Es war das einzig Vernünftige, jetzt zu schlafen, aber die Opposites saßen ihnen im Nacken. Auch wenn der Selbstschutz bereits aktiviert war, bedeutete das nicht, dass ein Kampf zwischen ihnen ausbleiben würde, wenn sie sich begegneten.

„Ich fühle mich nicht sicher, wenn wir hier übernachten. Die Opposites könnten jederzeit vorbeikommen", gab Madison zu bedenken.

Richard nickte einsichtig. „Ja. Einer von uns muss Wache halten, damit die anderen schlafen können. Wir können uns ja auch stündlich abwechseln, damit jeder einmal schlafen kann."

Madison warf einen kurzen Blick in die Runde. „Ich mache das. Ich bin sowieso nicht müde nach all dem, was ich heute gesehen habe. Und da wir kein Zelt mehr haben, kann ich eh nicht schlafen. Unter freiem Himmel nur auf dem Waldboden würde ich vermutlich kein Auge zumachen. Ich kann die gesamte Wache übernehmen."

„Fein, dann ist es beschlossen. Danke Madison."

Mit diesen Worten legten sie sich schlafen.

45

„Ich kann es nicht fassen!", flüsterte Ava Tarek völlig außer
sich zu, während sie den langen Flur zu ihrem Zimmer
entlangeilten. Das kahle Grau der Betonwände hatte sie die
letzten sechs Wochen täglich begleitet und die Hölle, in der sie
sich befanden, noch unerträglicher gemacht.
Doch diese hatte jetzt endlich ein Ende.
Marco hatte sie vor wenigen Stunden angerufen und ihnen
mitgeteilt, dass die anderen das letzte Portal gefunden und den
Schutzschild aktiviert hatten.
Sie konnten also endlich diesen schrecklichen Ort verlassen.
Eine Nachricht, die nicht nur erleichternd, sondern auch
befreiend war.
Im wahrsten Sinne des Wortes. *Befreiend.*
Wäre da nicht diese eine Sache gewesen, die Tarek in einem
Gespräch zwischen Ruslan und einem anderen Trainer
belauscht hatte.
„Ich auch nicht!", zischte er Ava atemlos zu und versuchte dabei
noch immer zu verarbeiten, was er jetzt wusste.

Glücklicherweise waren die beiden nahezu allein auf den Fluren unterwegs.

Abgesehen von vereinzelten Personen befanden sich alle Opposites zum Abendessen im Speisesaal.

Kaum hatten sie ihr Zimmer erreicht, schlüpften sie durch die Tür und verschlossen sie hinter sich.

„Los, drück den Notknopf!", forderte Ava Tarek auf und begann in Sekundenschnelle damit, ihre Sachen zusammenzusuchen.

Eigentlich konnten sie selbst hier nicht unverschlüsselt miteinander sprechen, denn die Kabinen waren videoüberwacht, doch ihre Tarnung spielte jetzt so oder so keine Rolle mehr.

Denn jeder wusste, wer sie wirklich waren.

Schon lange.

Tarek fischte mit zittrigen Fingern das Telefon aus der Hosentasche und drückte den roten SOS-Button, den er nur für Notfälle benutzen durfte. Mit Drücken des Knopfes lief ein Alarm im russischen Stützpunkt des IFS auf, der die GPS-Koordinaten des Handystandortes teilte und umgehend einen Rettungshubschrauber entsandte.

„Jetzt weiß ich auch, warum die Besprechungen über die Einsätze hier immer so kurz gehalten wurden, wenn wir dabei waren. Die wussten alle, was wir unseren Leuten erzählen würden! Die haben uns gezielt die Infos mitgeteilt, die unsere Gruppe auch wissen durfte", fluchte Ava immer noch fassungslos.

„Ja genau. Das erklärt so einiges. Wie konnten wir so dumm sein, Ava?!"

Während sie sich aufgeregt austauschten, packten sie hektisch all ihre Sachen zusammen.

Sie mussten hier weg. Und zwar noch bevor Ruslan merken konnte, dass sie von dem Geheimnis erfahren hatten.

Gerade als sie mit den Rucksäcken aus der Hintertür ihres Zimmers in das kleine abgezäunte Gartenstück verschwanden, klingelte Tareks Telefon.

„Marco", murmelte er, als er den Namen im Display las.

Ehe er abheben konnte, machte Ava sich mit ihrem Multikit am Drahtzaun zu schaffen, um einen Ausweg hineinzuschneiden.

„Geh ran. Schnell", warf sie ihm über die Schulter zu, ließ sich aber nicht beirren in dem, was sie tat.

Tarek nickte und hob ab: „Marco, Hi."

Am anderen Ende der Leitung blieb es kurz still. Nur ein schweres Atmen war zu vernehmen.

„Tarek, ist alles in Ordnung bei euch? Ihr habt den Notknopf betätigt", fragte Marco schließlich. In seiner Stimme schwang Besorgnis mit.

Tarek wusste nicht, was er sagen sollte. Oder besser gesagt, wusste er nicht, *wie* er es sagen sollte.

Daher sagte er zunächst nichts weiter außer: „Wir sind okay."

Doch Marco wartete geduldig auf weitere Informationen.

„Komm schnell!", flüsterte Ava Tarek zu und winkte ihn zu sich. Mit einem letzten Blick vergewisserte sie sich, dass niemand sie sah, dann zwängte sie sich durch den schmalen Spalt im Zaun nach draußen.

Tarek folgte ihr ohne einen Ton von sich zu geben.

„Was ist da los bei euch? Tarek, was macht ihr? Sprich mit mir!" Marcos Befehl klang nervös.

Tarek schluckte den Kloß in seinem Hals hinunter, dann sprach er. „Wir müssen sofort hier weg. Die Opposites wissen, wer wir wirklich sind. Sie wussten es die ganze Zeit."

Mit diesen Worten stieg er in die Maschen des Zauns und zog sich hinter Ava hinauf auf das Dach des Käfigs.

Der Draht schnitt in seine Hände, aber er war bereit, den Schmerz zu ertragen, wenn das der Preis war, den er für seine Freiheit zahlen musste.

„O-okay. Leute, der Helikopter ist auf dem Weg zu euch. Er müsste gleich da sein. Der Stützpunkt des IFS ist ja nicht allzu weit von der Kaserne entfernt."

Marcos Worte beruhigten Tareks schnellen Herzschlag ein wenig. Doch spätestens wenn der Hubschrauber über den Dächern der Kaserne kreisen würde, wüsste jeder hier, was los war.

„Gibst du mir einmal Ava?", bat Marco ihn nun. Tarek nickte, auch wenn er das am anderen Ende der Leitung nicht sehen konnte, und reichte Ava das Handy.

„Marco?!", rief sie in den Hörer und wurde dabei sichtlich emotional. Es war das erste Mal seit Wochen, dass die beiden miteinander sprechen konnten.

Die Telefonate hatte immer nur Tarek geführt, um den privaten und persönlichen Anteil der Gespräche auf das Minimum zu reduzieren.

„Babe, was ist passiert? Warum müsst ihr fliehen?"

In Avas Augen bildeten sich Tränen.

Sie vermisste ihn. So, so sehr.

Mit weinerlicher Stimme säuselte sie etwas Unverständliches in den Hörer: „…ist Jennifer…und…alle wissen Bescheid."

Tarek legte ihr eine Hand auf die Schulter. „Beruhige dich und sag es nochmal, so versteht Marco dich niemals."

Ava schloss die Augen und versuchte, das Schluchzen zu unterdrücken, das die Worte in ihrem Satz verschluckte.

„Also, hör zu. In unserer Missionsgruppe ist eine Person, die nicht für *uns* arbeitet."

Marcos Verwirrung drohte überhand zu nehmen.

„W-was meinst du? Wieso sollte irgendwer nicht für uns arbeiten? Sprichst du von Niran?"

Ava schluckte. Ihre Kehle war wie zugeschnürt.

„Nein. Ich meine Jennifer."

Wieder machte sie eine Pause. Sie glaubte ihren eigenen Worten nicht. Aber es stimmte. Tarek hatte es gehört. Ruslan hatte es gesagt.

„Jennifer alias Madison. Sie ist eine Opposite und spioniert uns seit Tag eins aus."

Am anderen Ende blieb es still.

Madison – eine Betrügerin?

Wie konnte das sein? Sie war seit drei Jahren eine gute Freundin von ihnen. Sie war Tag und Nacht mit ihnen zusammen gewesen, hatte für sie gekämpft und ihr Leben aufs Spiel gesetzt.

Niemals konnte das stimmen. Er hätte seine Hand für sie ins Feuer gelegt.

Noch immer geschockt, ließ er die Worte Revue passieren. Das konnte nicht sein.

Das konnte nicht wahr sein.

Doch, wenn er genauer darüber nachdachte, fielen ihm ein paar Ungereimtheiten auf, die er zuvor nie beachtet hatte.

Zum einen hatte es im japanischen Todeswald einen Vorfall gegeben, bei dem eine Maschinenpistole nicht ausreichend aufmunitioniert gewesen war. Madison hatte sich für ihren Fehler entschuldigt, aber vermutlich war bereits dies ein Teil ihres Plans gewesen.

Auch war sie der festen Überzeugung gewesen, zu wissen, wo sich das Portal in Argentinien befand. Denn offenbar war sie selbst dort hineingeraten. Dennoch hatte sie Evelyn und Liam

349

an eine völlig falsche – sehr gefährliche - Stelle im Lago Argentino geführt, die Liam beinahe das Leben gekostet hätte.

Außerdem war da noch der Flugzeugabsturz gewesen, den Madison wie ein Wunder als einzige überlebt hätte, während alle anderen ohnmächtig und ausgeliefert gewesen waren.

Er dachte an den Schalter, der nicht auf *Automatik,* sondern auf *Manuell* gestanden und damit verheerenden Einfluss auf die Druckregulation in der Kabine genommen hatte.

Seine Nackenhaare stellten sich zu Berge. Die Erkenntnis traf ihn völlig unvorbereitet, brachte seinen Kopf zum Dröhnen.

Sie hatte den Schalter vor Start des Flugzeugs umgelegt.

Sie hatte die Absicht verfolgt, seine Freunde zu töten.

Madison - Jennifer - eine Verräterin.

Unfassbar.

„Sag schon was!", brüllte Ava ihn an. Sie hielt es nicht mehr aus.

„Ava, i-ich weiß ehrlich gesagt nicht, was ich dazu sagen soll. Es…es ergibt leider absolut Sinn."

Wieder kamen Ava die Tränen. „Ich kann es nicht glauben. Sie war eine Freundin", wimmerte sie.

Marco antwortete ihr, doch seine Stimme wurde zu einem bloßen Säuseln im Ohr, als sie das Geräusch eines herannahenden Hubschraubers über sich vernahm.

„Marco, Schatz", schrie sie gegen den zunehmenden Lärm an. „Ich liebe dich über alles. Wir sehen uns bald wieder. Sehr bald."

Gerade als Marco etwas erwidern wollte, ertönte ein Schuss.

Noch einer.

Und noch einer.

Etliche.

Sie vermischten sich zu einem einzigen Knallgeräusch, das zwischen den Bergen im Tal widerhallte.

Tarek und Ava tauschten entsetzte Blicke.

Wo zum Teufel kamen die Schüsse her?

Und wer war das Ziel?

Ihr Blick glitt über das mit Schnee bedeckte Dach, auf dem sie noch immer standen und auf die Landung des Hubschraubers warteten.

Niemand.

Es war niemand hier.

Doch viel Zeit zum Umsehen blieb ihnen nicht, denn der Hubschrauber über ihren Köpfen sank immer tiefer zu ihnen hinunter.

Tarek sah in den Himmel.

Rauch, Flammen.

„Tarek?", ertönte Avas brüchige Stimme neben ihm. Sie sah es auch.

Er bildete sich also nichts von dem ein, was gerade passierte.

Der Hubschrauber geriet in Schräglage - sank zu Boden, immer tiefer, immer unkontrollierter.

Tareks Herz setzte aus, als er realisierte, dass er nicht mehr abwenden könnte, was unmittelbar bevorstand.

Sein letzter Gedanke glitt zu dem ihm unbekannten Piloten im Cockpit, ehe der Helikopter mit einem ohrenbetäubenden Knall auf dem Boden aufschlug und innerhalb weniger Sekunden in einer monströsen Stichflamme explodierte.

Hitze breitete sich aus, machte das Geschehen nur noch realer.

Ihre Rettung – ihre einzige Hoffnung auf Rettung – war gerade vor ihren eigenen Augen zerstört worden.

„Tarek Tosun und Ava Garcia – Welch eine Freude, euch beide endlich einmal mit euren richtigen Namen anzusprechen."

Die einschneidende Stimme Ruslans brach wie ein lauter Donnerschlag über sie herein und löste ihre Augen mit nur einem Wimpernschlag von dem Flammenmeer zu ihren Füßen. Sie bedeutete nie etwas Gutes, aber jetzt – jetzt bedeutete sie das Ende.

„Ich denke, es ist an der Zeit, aufzulegen. Denn jetzt kommt so oder so jede Hilfe zu spät." In Begleitung vier weiterer großer, muskulöser Männer kam er ihnen auf dem Dach der Kaserne entgegen. Er stolzierte siegessicher und sein Lächeln war herablassend belustigt.

„Game Over", rief er und wies seine Männer an, zuzugreifen. Doch bevor die beiden sich überhaupt wehren konnten, wussten sie, dass sie verloren hatten.

46

Das Klingeln eines Telefons riss Evelyn unsanft aus dem viel zu kurzen Schlaf. Auch wenn der Boden ungemütlich und ekelig war – Nach den Strapazen der letzten Wochen hätte sie überall schlafen können.

Noch bevor es ihr möglich war, die Augen zu öffnen, ertastete sie ihr vibrierendes Diensthandy in der Hosentasche und zog es heraus.

Mit zusammengekniffenen Augen schaute sie auf das grelle Display, doch der Name erschien ihr nur verschwommen. Sie war noch viel zu müde, um etwas zu lesen. Also drückte sie auf den grünen Button und nuschelte ein verschlafenes „Hallo?", in den Hörer.

„Evelyn, ich bin's, Marco."

Die Hektik in seiner Stimme vertrieb jede Müdigkeit aus ihrem Körper. Sie machte einen kurzen Schulterblick, um sich zu vergewissern, dass die anderen noch schliefen, wobei sie in der Dunkelheit so oder so niemanden erkennen konnte, und rappelte sich dann auf, um sich einige Meter von der Gruppe zu entfernen.

Sie wollte nicht riskieren, sie zu wecken, auch wenn sie befürchtete, dass dies so oder so kurz bevorstand.

Marco schien nämlich keine guten Nachrichten überbringen zu wollen.

„Ja, ich höre dich. Ist etwas passiert?", fragte sie heiser.

Ein schweres Atmen auf der anderen Seite machte sie immer nervöser.

Was war denn los?

„Ihr müsst sofort nach Russland fliegen. Tarek und Ava wurden gefangen genommen."

„Was?!", entfuhr es ihr entsetzt. „Gefangen? Von wem? Von den Opposites?"

„Ja. Sie wissen, wer die beiden wirklich sind und dass sie bei ihnen spioniert haben."

Evelyns Herz setzte für einen Moment aus.

Wie in Gottes Namen hatten sie das herausgefunden? Es war doch alles gut gelaufen bisher.

„Woher wissen die das?" Die Worte sprudelten nur so aus ihr heraus. Sie hatte tausend Fragen.

Wieder seufzte Marco schwer. „Sie wussten es die ganze Zeit. Die haben mit uns gespielt – uns mit Informationen gefüttert, die wir kriegen *sollten.*"

Verwirrt runzelte Evelyn die Stirn. „Ich verstehe nicht…A-aber wir waren doch immer eher an den Portalen als die Opposites. Wir wussten doch immer, welches Portal angegriffen werden sollte. Wieso hat man uns dann nicht einfach zu einem anderen geschickt?"

„Keine Ahnung, angeblich aber, weil man die Schlachten zwischen denen und uns wollte. Das war wohl ein Teil ihrer Belustigungen, was auch immer – viel interessanter ist aber eigentlich der Teil deiner Frage, woher sie das von Anfang an wussten", antwortete Marco bestimmt, um sie von den unwichtigen Dingen abzulenken.

„Ja, das würde mich auch mal brennend interessieren. Genauso wie die Frage, wie sie dann trotzdem immer gegen uns verlieren konnten, wenn sie doch so im Vorteil waren?!" Evelyn konnte nicht fassen, was er ihr da erzählte.

„Das liegt daran, dass wir besser ausgebildet sind – denke ich. Aber Evelyn, hör mir zu! Es war Madison!"

Bei diesen Worten kam sie ins Stocken.

Madison? Was sollte Madison gewesen sein?

„Hä? Was redest du da?", gab sie fast schon etwas schnippisch zurück. Wie konnte er es wagen, Madison für so etwas Schreckliches die Schuld zu geben?!

„Madison ist ein Maulwurf. Sie arbeitet für die Opposites."

Kaum hatte er ihr dies offenbart, brach sie in Gelächter aus.

„Der war wirklich gut, Marco." Immer noch lachte sie. „Und jetzt erzähl mir nochmal die wahre Geschichte."

Langsam wurde er wütend. Wieso erkannte sie den Ernst der Lage nicht?

„Evelyn, ich mache keine Scherze. Madison heißt nicht Madison, sondern Jennifer."

Stille.

Konnte das stimmen? Nein. Niemals. Madison war neben Sienna ihre beste Freundin. Sie hätte ihr ihr Leben anvertraut. Alles. Einfach alles.

„Marco, das ist nicht witzig. Meinst du das ernst?"

„Ja, überleg doch mal: Im japanischen Todeswald fehlte euch ein ganzes Magazin in einer Waffe. Wer hatte diese aufmunitioniert? Madison. In Argentinien habt ihr an einer völlig falschen Stelle nach dem Portal gesucht, damit unendlich viel Zeit verloren und wurdet dann noch fast erschlagen, weil

355

wer euch dorthin geführt hat? Madison! Und nicht zu vergessen der Flugzeugabsturz, für den ein umgelegter Schalter gesorgt hat. Wer hätte diesen Absturz als einzige von euch überlebt? Richtig – wieder Madison! Evelyn, mach die Augen auf. Sie ist keine von uns."

Tränen stiegen in Evelyns Augen auf. Er hatte recht. Er hatte verdammt nochmal recht mit dem, was er sagte.

„Oh mein Gott", wimmerte sie.

„Ja, geh zu den anderen, weihe sie ein und dann macht ihr euch aus dem Staub. Hauptsache ohne diese Verräterin."

Evelyn nickte eifrig. Ihr ganzer Körper stand unter Strom. Jetzt war ohnehin nicht mehr an Schlaf zu denken. Dann konnten sie sich auch auf den Weg nach Russland machen.

„Alles klar, wir fliegen nach Russland. Wir helfen Tarek und Ava da raus."

„Sehr gut. Ich habe auch schon alle möglichen Gruppen hier im IFS mobilisiert. Sie sind alle auf dem Weg nach Russland. Es wird vermutlich eine riesige Schlacht geben."

„Wenn das der einzige Weg ist, diese Idioten aus dem Weg zu schaffen, dann soll es wohl so sein." Entschlossen drehte sie sich auf dem Absatz um und ging zurück zu den anderen.

„Ja, aber Evelyn – passt bitte auf euch auf. Und auf Ava", hauchte er noch ins Telefon, bevor sie sich mit einem „Machen wir" von ihm verabschiedete.

Die wenigen Schritte zurück zur Gruppe ließen ihren Puls in unsagbare Höhen schnellen.

Sie war bereit – sowas von bereit – ihre „Freundin" Madison zur Rede zu stellen. Bloßzustellen. Vor allen anderen. Was fiel dieser Idiotin ein, sie so zu belügen? Ihr Vertrauen so zu missbrauchen? Und das über drei Jahre hinweg?

Welcher Mensch war in der Lage, eine solche Rolle zu spielen?

In ihrer Frustration rannen ihr einige Tränen über die Wange, die sie wütend wegwischte.

Diese Frau war keine Träne wert.

Keine einzige.

Bei den anderen angekommen schaltete sie ihre Taschenlampe ein und riss alle damit ebenso unsanft aus dem Schlaf, wie das Telefonklingeln sie selbst gerade geweckt hatte.

„Aufstehen, los. Sofort. Macht euch bereit, wir fliegen jetzt nach Russland. Wir müssen so schnell wie möglich zum nächsten Ort." Sie klang bestimmt und herrisch. Fast schon etwas böse.

Aber das war sie auch. Böse auf Madison und böse auf sich selbst. Wie hatte sie so dumm sein können, ihr die falsche Identität abzukaufen?

„Madison, du verdammte Lügnerin!", schrie sie nun völlig außer sich, bevor die anderen überhaupt verstehen konnten, was los war.

„Evelyn, was ist denn?", ächzte Liam, der sich gerade aufsetzte und etwas Schlaf aus den Augen rieb.

„Ava und Tarek wurden von den Opposites gefangen genommen! Wir müssen sie befreien!"

Die anderen waren jetzt hellwach, dabei wussten sie noch nicht einmal das Erschütterndste von alldem.

Wieder wanderte Evelyns Lichtkegel über die Gruppe. „Achja, und das Wichtigste hätte ich fast vergessen: Madison ist eine Spionin!", rief sie wutentbrannt, in der Hoffnung das Licht würde sofort auf die Person fallen, die sie gerade mehr als alles andere hasste.

Aber diese Person war nicht hier.

Nicht hier bei ihnen und auch nirgendwo anders in ihrem Sichtfeld.

„Was?!", entfuhr es Liam, der bei Evelyns Worten aufgesprungen war.

„Wo ist sie?!", schrie Evelyn immer lauter. Sie kochte innerlich. Da war so viel Wut und Enttäuschung in ihr.

„Sie ist doch nicht etwa abgehauen?", fragte Sienna leise, die ebenso schockiert zu sein schien, wie Evelyn sich fühlte.

Klar, immerhin war es auch eine beste Freundin von ihr gewesen.

Die Drei waren ein unzertrennliches Gespann gewesen.

Freundinnen, die sich alles erzählten, Filmabende machten, aufeinander vertrauten, zusammen lachen und weinen konnten.

War das nicht die Definition einer *Freundin?*

„Sie wird sicher gewusst haben, dass jetzt alles auffliegen würde. Natürlich wollte sie deshalb Wache halten. Sie hat die Nacht genutzt, um sich unbemerkt aus dem Staub zu machen. Clever, die Kleine." Liam schüttelte fassungslos den Kopf.

„Wenn ich die in die Finger kriege, bring ich sie um. Los, lasst uns nach Russland und unsere Freunde befreien. Hoffentlich können wir unsere offene Rechnung mit Madison da dann auch begleichen."

Er nahm seine wenigen Sachen und folgte Richard in irgendeine Richtung, die hoffentlich schon bald einen Ausweg aus dem Trail bringen würde.

47

Sie hatten gerade einmal wenige Gehminuten hinter sich, als Nirans Fußgelenk schlapp machte. Mit schmerzverzerrtem Gesicht lehnte er sich an einen der Bäume und ließ sich daran zu Boden sinken. „Ich kann nicht weitergehen", krächzte er und nahm damit die Frage vorweg, die ihm vermutlich sonst jemand gestellt hätte.

„Okay…das ist ungünstig", stellte Liam fest und stemmte grübelnd die Hände in die Hüften. „Wir müssen aber weiter. Da führt kein Weg dran vorbei. Ava und Tarek sind in Gefahr."

„Gut erkannt, danke", Niran wirkte fast ein wenig beleidigt. Er konnte nun mal nichts dafür, dass er sich verletzt hatte.

„Wir tragen dich", kürzte Richard die Sache ab und ging auf Niran zu, um sich vor ihm hinzuknien und ihn quer über seine Schultern zu legen. Nachdem er sich - mit ihm als Gepäck – aufgerichtet hatte, sahen die anderen ihn beeindruckt an.

„Was denn? Ich habe viele schwere Säcke geschleppt in den letzten Jahren. Daran bin ich gewöhnt. Jetzt lasst uns keine große Sache draus machen und weitergehen."

Er setzte sich wieder an die Spitze der Gruppe und führte sie nach etwa anderthalb Stunden hinaus aus dem endlosen Wald der Appalachen.

Im nächsten Ort angekommen ließen sie sich an einem Feldrand nieder. Jetzt mussten sie nur noch auf den Hubschrauber warten, der ihnen vom Stützpunkt gesandt wurde. Anschließend würden sie in das Flugzeug Richtung Russland steigen.
Eine lange Reise stand ihnen bevor. Die Flugzeit alleine betrug etwa 10 Stunden. Wenn man sich vor Augen führte, dass sie eigentlich wegen einer Rettungsaktion auf dem Weg nach Russland waren, war das eine viel zu lange Zeitspanne, in der viel zu viel mit Tarek und Ava geschehen konnte.
Dennoch blieb ihnen nichts anderes übrig. Sie würden vermutlich sogar noch eher eintreffen als die anderen Missionsgruppen, die vom IFS gestartet waren.
Die kleine Pause von etwa fünf Minuten tat ihnen gut. Sie sprachen nicht viel miteinander, jeder hing seinen Gedanken nach.
Evelyn wechselte noch einmal Nirans und Siennas Verbände, ansonsten waren alle sehr schweigsam.
Araya. Madison…Jennifer.
Ein Tsunami von Emotionen hatte sie in den letzten Stunden brachial überflutet und mitgerissen. Nichts war mehr wie vorher.
Und nichts würde mehr wie vorher werden.
Sie lebten jetzt in einer anderen Realität. Und das musste jeder für sich erstmal sacken lassen.
Doch das Geräusch des herannahenden Hubschraubers riss sie wenig später aus den Tagträumereien. Die Piloten landeten den schwarz-weißen Helikopter in der Mitte des Feldes. Kaum hatte der Hubschrauber festen Boden unter den Kufen, sprangen die

Fünf an Bord und er hob wieder ab. Bis zum Stützpunkt dauerte es etwa 10 Minuten. Er lag ungefähr zwei Autostunden von dem Ort entfernt, an dem sie den Trail verlassen hatten.

Während das laute Knattern der Rotoren jeden anderen Ton erstickte, betrachtete Liam Niran nachdenklich. Jetzt konnte er es ihm wohl kaum sagen, denn er würde kein Wort verstehen, aber spätestens am Stützpunkt musste Liam ihm mitteilen, dass er nicht mit nach Russland konnte.

Er musste zurück zum IFS und verarztet werden.

Mit Sicherheit würde ihn das frustrieren, aber so lief das nun mal. Fast jeder von ihnen hatte schon mal wegen einer Verletzung aussetzen müssen.

Nach Landung des Hubschraubers begaben sie sich in den Stützpunkt zu den Vorräten.

Das Wasser und Essen hatten sie bei dem Feuer verloren. Sie hatten nichts mehr. Keine Zelte, keine Schlafsäcke, keine Hygieneartikel. Nichts.

Also nahmen sie sich ein paar Einwegtaschen und füllten diese bis zum Rand mit Wasserflaschen, Elektrolyte, Proteinriegeln, Nüssen, belegten Broten und Obst. Anschließend begaben sich Niran und Sienna ins Erste-Hilfe-Zimmer und ließen ihre Verletzungen professionell versorgen.

Evelyn und Richard waren indessen auf die Suche nach einem WC und einem Badezimmer gegangen, wo sie sich frisch machen konnten.

Nur Liam saß auf dem Flur vor dem Erste-Hilfe-Zimmer und wartete auf die beiden. Als Niran durch die Tür kam, richtete er sich auf.

Schnell schluckte er den letzten Bissen seines Proteinriegels herunter, dann setzte er zu der schlechten Nachricht an: „Niran…ich muss dir leider sagen, dass…"

„Ich nicht mit nach Russland kann?"", vervollständigte dieser seinen Satz.

Liam presste die Lippen aufeinander. „Ja…"

Niran nickte niedergeschlagen. „Ich weiß, das habe ich mir schon gedacht. Und der Kollege, der meine Verletzung versorgt hat, meinte das eben auch schon. Aber…" Er ließ sich neben Liam nieder und senkte seinen Blick auf die Schuhspitzen. „Wenn ich ganz ehrlich sein soll, glaube ich auch, dass es das Beste für mich ist, wenn ich nicht mitkomme. Ich weiß nicht, ob ich das alles hier kann – ob ich emotional gefestigt genug bin. Arayas Tod war direkt ein schlimmer Einschnitt. Ich denke, ich brauche erstmal eine Weile, um das zu verarbeiten."

Liam nickte verständnisvoll. Damit kannte er sich nur allzu gut aus. Er legte ihm einen Arm um die Schulter und schenkte ihm eine brüderliche Umarmung.

„Hey, man. Ich weiß genau, wie sich das anfühlt. Ich habe vor einigen Jahren meine Schwester verloren. In der dritten australischen Ära. Außerdem habe ich gesehen, wie mein Vater ermordet wurde, als ich noch ein Kind war. Ich kann deinen Schmerz fühlen, glaub mir. Wenn du jemanden zum Reden brauchst – ich meine, nachdem ich aus Russland zurück bin – dann bin ich immer für dich da, okay?"

Niran kamen die Tränen. Er kannte Liam kaum und doch spürte er irgendwie, dass er gerade die wohl verletzlichsten Worte aus dessen Mund gehört hatte.

Er war ihm dankbar dafür, dass er sich so öffnete. Das war sicher nicht leicht.

Im selben Moment tat sich die Tür zum Krankenzimmer auf und Sienna trat auf den Flur. „Ähm…okay – stör ich?", fragte sie etwas verwirrt.

Liam und Niran lösten sich aus der Umarmung und lachten.

„Nein, absolut nicht. Wenn du Evelyn suchst: Die ist da hinten bei den Toiletten", sagte Liam und zeigte in Richtung Ende des Ganges.

Sienna nickte. „Also doch", scherzte sie und lief grinsend an den beiden vorbei.

Nachdem sie sich alle kurz frisch gemacht hatten, verabschiedeten sie sich von Niran und begaben sich mit den vollgepackten Taschen an Bord der Cessna. Dort machten sie sich weiter über die neuen Reserven her.

Die Vitamine, Proteine und Kohlenhydrate taten ihren Körpern gut - gaben ihnen neue Energie. Nach den Tagen in Gefangenschaft waren sie vollkommen ausgehungert gewesen. Auch das Wasser gemischt mit der Elektrolyte ließ sie sich um einiges besser fühlen. Nach dem Essen versuchten sie einige Stunden zu schlafen, bis etwa eine halbe Stunde vor Landung der Wecker ging.

Jetzt waren sie wieder bei Kräften und konnten sich für das weitere Vorgehen besprechen.

Denn der letzte Kampf - die allerletzte Schlacht – gegen ihre Feinde rückte immer näher.

„Okay, wenn wir uns in die Höhle des Löwen begeben, dann brauchen wir einen durchdachten Plan", sagte Liam mit ernster Miene. Ihr Vorhaben, die Kaserne der Opposites zu stürmen, war der wohl waghalsigste und gefährlichste Plan, den sie je hatten. Sie kannten sich in den Räumlichkeiten überhaupt nicht aus und wussten daher nicht einmal, wo sie mit ihrer Suche nach Tarek und Ava beginnen sollten.

„Es könnte gut sein, dass wir erstmal alleine da rein müssen. Unsere Kollegen vom IFS sind zwar auf dem Weg, brauchen aber deutlich länger für die Anreise als wir. Nachdem wir Madison, Araya, Niran und Riley verloren haben, sind wir nur noch zu viert." Er wandte sich an Richard. „Danke, dass du uns begleitest. Du bist enorm wichtig für unsere Gruppe. Aber du hast noch nie mit uns zusammen gearbeitet, geschweige denn trainiert und du bist auch kein Agent. Als Hüter bist du zwar mit Nahkampf- und anderen Verteidigungstechniken vertraut, was aber noch lange nicht mit dem zu vergleichen ist, was wir auf unserer Mission tagtäglich erleben mussten." Richard nickte. Ihm war das Risiko bewusst, das er auf sich nahm, doch wenn eines ganz bestimmt nicht infrage kommen würde, dann war das, einen Rückzieher zu machen. Mit unterschreiben des Arbeitsvertrags vor einigen Jahren hatte er sich dazu verpflichtet, im Fall der Fälle sein eigenes Leben für die Sicherheit der Welt zu geben und dieser Unterschrift war er treu, komme, was wolle.

„Gut, du hältst dich an uns. Am sichersten ist es für dich, wenn du irgendwo in der Mitte unserer Formation läufst. Ich werde die Frontsicherung übernehmen, hinter mir wird Evelyn sein, dann folgst du und die Rücksicherung übernimmt Sienna." Liams Mundwinkel zuckten nervös. „Sollte einer von euch auf die Idee kommen, die Formation zu verlassen, sind wir alle verloren. Wir bleiben von Anfang bis Ende zusammen." Er scannte die Gesichter seiner Audienz, um sich zu vergewissern, dass sie auch verstanden hatten, was er da sagte. „Gut, dann wisst ihr, was zu tun ist. Wenn wir Ava und Tarek gefunden haben, versuchen wir, auf dem schnellsten Weg wieder aus der Kaserne herauszukommen. Im Optimalfall sind unsere Verstärkungskräfte zu diesem Zeitpunkt bereits eingetroffen. Wir werden die Kaserne dann großräumig umstellen und die Opposites darin festsetzen. So lautet zumindest der Auftrag von William und Thomas. Was dann passiert, steht nicht mehr in unserer Macht. Das entscheidet unsere Führung. Ich persönlich könnte mir aber vorstellen, dass sie einen Luftangriff wagen

werden, bei dem die Kaserne in Staub aufgehen wird."
Bei diesen Worten schnappte Evelyn nach Luft.

Sie konnte sich überhaupt nicht vorstellen, dass ihr Vater in der Lage war, einen solchen Massenmord mit seinem Gewissen zu vereinbaren - nicht nur mit seinem Gewissen, auch mit seinen Moralvorstellungen. Denn auch, wenn sie die Guten waren, hatten sie keinerlei Berechtigung dazu, die Opposites zu vernichten.

„Evelyn, ich weiß, was du denkst. Aber glaub mir, dein Vater ist zu so etwas in der Lage und nicht nur das, er wird es auch tun. Da bin ich mir sicher. Und es ist das Richtige. Wir müssen diesem Wahnsinn ein Ende bereiten. Sonst hört das nie auf. Du weißt ganz genauso wie ich, dass wir uns nicht einen einzigen Fehltritt erlauben dürfen, ohne dass dieser verheerende Folgen für die ganze Welt haben könnte. Diese tickende Zeitbombe muss eliminiert werden. Und dafür kämpfst du schon seit drei Jahren, also werde jetzt bloß nicht schwach."

Seine Worte trafen sie hart. So forsch hatte er noch nie mit ihr gesprochen. Es klang fast danach, dass er sich im Zweifel gegen sie und für den IFS entscheiden würde.

Oder bildete sie sich das nur ein?

Weil er sie damals schon für den Job im IFS verlassen hätte? Einerseits machte es sie stolz, mit was für einer Verbissenheit er die Welt retten wollte. Aber andererseits machte es ihr auch Angst. Denn sie wusste so langsam nicht mehr, wozu die Menschen, die sie liebte, alles fähig waren. Was sie bereit waren, zu tun, um die Feinde auszulöschen.

Dabei wusste sie nicht einmal, ob sie selbst bereit dazu war.

Sie nickte hektisch.

Auf keinen Fall sollte Liam ihre Zweifel an der Richtigkeit ihres Handelns bemerken. Sie wusste ja noch nicht einmal, ob diese Zweifel berechtigt waren.

Wer entschied das überhaupt?

Wer entschied über Richtig und Falsch?

Und wann hatte sie selbst eigentlich mal bewusst darüber nachgedacht, wofür sie hier kämpfte?

Was sie da eigentlich beschützte?

Die Antwort war: Nie.

Sie hatte immer nur auf Aussagen anderer vertraut. Sie hatte immer nur das gemacht, was ihr gesagt worden war. Und sie hatte immer nur das gemacht, was ihre Freunde gemacht hatten.

Doch jetzt war nicht der richtige Zeitpunkt, um Fragen zu stellen - schon gar nicht solche Fragen – jetzt musste sie funktionieren. Sie dachte daran zurück, was die Opposites ihr in den letzten sechs Wochen genommen und angetan hatten. Und plötzlich kam da wieder so ein Gefühl von unglaublicher Wut in ihr auf, die jede Frage von eben in die Tiefen ihres Unterbewusstseins verdrängte.

„Seid ihr bereit?", Liams Worte rissen sie aus ihrem Gedankenstrudel.

Was hatte er gerade alles erzählt? Sie hatte ihm gar nicht mehr zugehört.

Dennoch mimte sie ein lautloses „Ja" mit ihren Lippen, was Liam darin bestätigte, dass es losgehen konnte. Das musste es auch, denn das Flugzeug setzte jetzt zur Landung an.

48

Kaum waren sie aus der Kabine der Cessna auf die mobile Treppe getreten, die sie hinunter zum Rollfeld führte, wehte ihnen auch schon ein eiskalter Wind um die Ohren.

Obwohl sie auch in Japan, Europa und am Appalachian Trail auf der Nordhalbkugel der Erde gewesen waren und damit den Winter erlebt hatten, war er nirgendwo so klirrend kalt wie hier gewesen.

„Brrr", Sienna rieb sich fröstelnd die Arme. „Wie haben Ava und Tarek das die letzten Wochen nur ausgehalten?", fragte sie laut, als sie an die frische Luft trat.

„Gute Frage. Getauscht hätte ich nicht gerne. Ein Spion zu sein, ist bestimmt richtig schlimm", stimmte Evelyn ihr zu und rümpfte bei der Vorstellung die Nase.

„Darf ich dich daran erinnern, dass wir mehrfach fast gestorben wären und etlichen Geistern und Dämonen begegnet sind. Ich würde liebend gerne tauschen, wenn ich noch könnte", tönte Liam fast schon ein wenig belustigt und verzweifelt zugleich herum, bevor er an ihnen vorbeiging.

„Ich auch nicht, immerhin war ich Ewigkeiten eingesperrt",
flötete Richard. Er war viel zu entspannt und gut gelaunt für das
Vorhaben, das sie vor der Brust hatten.

Evelyn und Sienna tauschten leidige Blicke. Die beiden hatten
absolut recht. Irgendwie war keiner ihrer Jobs so richtig toll.
Außer vielleicht der von Marco.

„So, lasst uns keine Zeit verlieren. Wir brauchen neue Waffen.
Wo finden wir welche?", hörten sie Liam unten zu einem
russischen Kollegen sagen. Da fiel es ihnen wieder ein: Sie
hatten ihre Maschinenpistolen alle in Nordamerika bei den
Anishinaabe gelassen.

Der Kollege führte sie durch verschiedene Hallen und Flure, bis
sie schließlich nach einigen Minuten vor einer weißen Tür
stehenblieben, auf dessen Türblatt sich die Läufe zweier
schwarzer Gewehre kreuzten. Dies musste wohl die
Waffenkammer sein. Das Gelände des Stützpunktes war mit
Abstand das größte von allen, die sie bis jetzt gesehen hatten.
Hier hätten sie sich alleine mit absoluter Sicherheit verlaufen.
Zum Glück hatten sie jemanden bei sich.

Wortlos schloss das weißhaarige Muskelpaket mit der
markanten Narbe unter dem linken Auge die Tür auf und führte
sie in den dunklen Raum, in dem es nach kaltem Eisen und Ruß
roch. Der Mann betätigte den Lichtschalter und die
Röhrenlampen an der Betondecke gingen flackernd an. Der
Raum war nicht gerade einladend, ebenso wenig wie die kühle
Art des Kollegen, der optisch eher zum Militär gepasst hätte.

Die vielen Maschinengewehre, Maschinenpistolen und
Kurzwaffen waren an Halterungen an der Wand angebracht.
Verwirrt runzelte Liam die Stirn. „Habt ihr keine
Waffenschließfächer?"

Der Kollege sah ihn regungslos an „Nein."

„Okay, dann…ähh…welche können wir haben?", fragte Liam und sah sich im Raum um. Er fühlte sich sichtlich unwohl.

Der Kollege führte sie um die Ecke zu einer Wand, die vom Eingang aus nicht zu sehen war, und zeigte dann auf die Maschinenpistolen, die sie selbst im Einsatz immer verwendet hatten. „Eure Glock 44 habt ihr noch bei euch, sehe ich. Die Maschinenpistolen für Agenten haben wir hier. Damit kennt ihr euch aus. Nehmt sie mit, aber bringt sie auf dem Rückweg wieder vorbei."

Liam überkam ein Lächeln. „Ja, klar…sind ja eure. Danke…"

„Sascha. Kein Thema", vervollständigte der Kollege seinen Satz und setzte zu einem Handschlag an.

Er war scheinbar doch nicht so übel, wie er sich in den ersten Minuten verkauft hatte. Liam erwiderte den Handschlag und nahm anschließend die Waffen von der Wand, um sie gleich darauf an Sienna, Richard und Evelyn zu verteilen.

Anschließend brachte Sascha sie noch zum Ausgang. „Was habt ihr eigentlich vor? Also was ist eure Mission?", fragte er auf dem Weg dorthin. Liam fuhr sich seufzend durch die Haare. „Tatsächlich die aktuell schwerste Mission, die es gibt. Wie du sicher mitbekommen hast, wurden vor einigen Wochen die Hüter vergiftet. Deshalb wurden wir mit der Verteidigung der Portale gegen die Angriffe der Opposites beauftragt. Tatsächlich haben wir das auch erfolgreich geschafft. Genau genommen ist unsere Mission also eigentlich abgeschlossen, allerdings wurden zwei Spione unserer Missionsgruppe dabei von den Opposites gefangen genommen. Sie hatten bei ihnen spioniert und wurden enttarnt. Jetzt müssen wir dorthin und sie befreien. Anschließend soll noch Verstärkung kommen. Ich weiß nicht genau, wofür, aber ich habe den starken Verdacht, dass die Opposites heute endgültig vernichtet werden sollen."

Sascha hörte aufmerksam zu. Der letzte Satz aber ließ ihn nachdenklich stehenbleiben. Liam drehte sich verwirrt zu ihm um. „Was ist? Wir müssen los und sollten uns beeilen."

Sascha nickte. „Ich komme mit. Ich werde euch helfen."

Schweigen breitete sich aus. Was sollten sie dazu nur sagen? Sie kannten ihn überhaupt nicht. Sie kannten seine Fähigkeiten nicht, vielleicht war er keine Hilfe, sondern eine Belastung. Außerdem hatte er noch nie mit ihnen im Team agiert.

Auch wenn sie dringend Unterstützung brauchten, war es doch ein großes Risiko.

„Ich weiß nicht…", stammelte Liam. Irgendwie hatte er ziemlich großen Respekt vor diesem Kollegen und wusste daher nicht, wie er es ihm schonend beibringen sollte. „Das ist zwar ein sehr nettes Angebot, aber ich glaube, wir sind auf der sicheren Seite, wenn wir in dem Team agieren, das wir kennen. Wir wissen ja noch nicht einmal, welchen Studiengang du belegt hast und worin du ausgebildet bist."

Sascha verzog keine Miene. Er setzte sich wieder an die Spitze der Gruppe und führte sie weiter durch die Gänge. „Ich war jahrelang Agent. Irgendwann aber habe ich gemerkt, dass der Job ziemlich anstrengend und undankbar ist. Die viele Action und das ständige Abenteuer haben mich nach einigen Jahren müde gemacht. Ich wollte etwas Ruhigeres. Daher bot es sich an, umzuschulen. Der IFS eröffnete mir die Möglichkeit, Illusionist zu werden. Man schickte mich zum Militär in meinem Heimatland Russland. Ich wurde zum Stützpunkt des IFS versetzt und hier bin ich." Er machte eine ausladende Geste. In Saschas Stimme lag Stolz, doch seine Mimik verriet nichts von all dem. Das Pokerface musste er perfektioniert haben.

Im selben Moment kamen sie vor einer weiteren Tür zum Stehen. Der Russe verschwand kurz dahinter, kam wenige

Augenblicke später jedoch mit einer Langwaffe in der Hand zurück.

Liam huschte ein Lächeln über die Lippen. Das klang gut. Ziemlich gut sogar.

„Fein, du bist dabei."

Jetzt lächelte auch Sascha das erste Mal „Ihr werdet es nicht bereuen."

Mit diesen Worten brachte er sie zum Ausgang, wo bereits einer der typischen schwarzen Geländewagen mit den abgedunkelten Scheiben auf sie wartete.

Auf dem Weg zur Kaserne, die etwa anderthalb Stunden Autofahrt entfernt lag, weihte Liam den neu dazugewonnen Kollegen in seinen Plan ein. Ebenso rief er Marco an und setzte ihn über die neuen Mitglieder der Mission - Richard und Sascha - in Kenntnis. Ein letztes Mal überprüften sie die Ladung ihrer Waffen und die Vollständigkeit ihrer weiteren Einsatzmittel.

Während der Wagen durch die weiße Berglandschaft fuhr, wuchs ihre Nervosität. Sienna versuchte sich mit etwas anderem abzulenken, also stellte sie Sascha einige Fragen. „Auf was für Missionen warst du denn damals immer?"

Sascha schaute sie kurz an, bevor sein Blick wieder aus dem Fenster glitt. Die Natur war wirklich beeindruckend.

„Ähnliche Dinge wie das, was ihr gerade vorhabt. Spione und Hüter unbemerkt aus ihren Rollen befreien, teilweise mussten wir sie auch retten, oder aber Kräfte in den Ären unterstützen. Zum Beispiel ist es manchmal für Forscher sehr gefährlich, wenn sie für ihre Forschungen an Orte oder zu Personen reisen müssen, denen sie nicht gewachsen sind. Aber auch so einfache Aufgaben wie regelmäßige Besuche verschiedenster Illusionisten auf der Welt, um dessen Geheimhaltungseid zu überprüfen. Spione und Hüter aus ihren Rollen zu lösen oder

Illusionisten zu kontrollieren waren eher die Routine, während solche Rettungsaktionen wie diese gerade schon besonders waren. Demnach habt ihr richtig in die Scheiße gegriffen - gerade das Studium beendet und sofort zwei so anspruchsvolle Missionen hintereinander." Er grinste jetzt sogar breit. „Wobei, kann man sehen, wie man will. Manche finden es auch geil."

Sienna schluckte. Sie fand das alles andere als *geil*.

Viel lieber würde sie eine der Routinemissionen übernehmen, aber ihr Freund brauchte Hilfe.

Und für diesen hätte sie alles getan.

49

„Marco sagte mir gerade am Telefon, dass unsere Spione schon vor geraumer Zeit einen Geheimgang ausmachen konnten, der sich in einiger Entfernung zu der Kaserne befindet. Dieser Geheimgang führt in den Keller, wo sich auch die Zellen mit den Gefangenen befinden sollen. Wenn wir den Eingang zu diesem Geheimgang finden, könnten wir es schaffen, unbemerkt hineinzugelangen. Am besten wäre es natürlich, wenn wir auch wieder mit Tarek und Ava da rauskommen, ohne aufzufallen. Damit räumen wir den anderen umso mehr Zeit ein, sich auf den finalen Angriff vorzubereiten." Liams abschließenden Worte wurden von einer gewissen Hektik begleitet. Evelyn wusste, was das bedeutete: Sie würden jeden Augenblick am Ort des Geschehens eintreffen und loslegen. Liam packte seine Sachen zusammen und legte sich den Tragegurt der Maschinenpistole um, ehe der schwarze Geländewagen inmitten einer weißen Schneelandschaft zum Stehen kam.

Sienna runzelte die Stirn. „Hier soll die Kaserne sein? Ich sehe sie gar nicht. Hier ist weit und breit überhaupt nichts."

Liam nickte. „Das ist der Sinn der Sache. Natürlich fahren wir nicht direkt vor die Tore. Die restlichen Kilometer müssen wir fußläufig überbrücken. Außerdem befindet sich in diesem Radius der Eingang zum Geheimgang in den Keller. Den müssen wir erstmal finden."

„Weißt du wenigstens grob, wo der sich befinden soll?", fragte Sascha und legte sich ebenfalls die Maschinenpistole um. Ein zweites Magazin steckte er in die Hosentasche.

„Ja, auf jeden Fall auf der Nordseite der Kaserne. Da sind wir auch gerade, aber wir müssen natürlich trotzdem aufmerksam sein und schauen, ob uns Auffälligkeiten auffallen. Wir sollten vermehrt auf Veränderungen in der Schneedecke achten. Es soll sich nämlich um eine Klappe im Boden handeln, die praktischerweise unter den Schneemassen begraben ist." Mit diesen Worten stieg Liam aus dem Wagen aus.

Nach Öffnen der Tür kam Evelyn und den anderen nicht nur der kalte Wind entgegen, sondern auch die gleißende Helligkeit.

Geblendet kniff sie die Augen zusammen, folgte Liam aber sodann aus dem Fahrzeug hinaus ins Freie.

Draußen begaben sie sich zunächst an die besprochenen Positionen in der Formation, dann setzten sie sich in Bewegung. Das Vorankommen erwies sich bei der kniehohen Schneeschicht, die den so oder so schon unebenen Boden bedeckte, als deutlich schwerer. Die Sonne war inzwischen glücklicherweise hinter eine dichte Wolke gezogen, sodass zumindest die Sicht nicht mehr beeinträchtigt war.

Während sie sich einen Weg durch die Berglandschaft erkämpften, fiel Evelyn auf, wie bizarr diese Situation war. Alles war so malerisch und wunderschön.

Wie konnte ihnen hier und heute so eine schreckliche Aufgabe bevorstehen?

Wie konnten sie eine von Menschenhand geschaffene Schlacht austragen, bei der vermutlich Hunderte von ihnen sterben würden?

Sie hinterfragte immer mehr, wovon genau sie eigentlich ein Teil war.

Ob sie überhaupt ein Teil von so etwas sein wollte.

Aber jetzt gab es kein Zurück mehr.

In der Ferne tat sich eine große Mauer auf, die vermutlich die Kaserne der Opposites beschützte. Evelyn schluckte und musste ihre Beine kurz daran erinnern, weiterzugehen.

Sie irrten bereits viel zu lange durch die Gegend – Wo war denn nun dieser Geheimgang, von dem ihr Freund so lang und breit gesprochen hatte?

Doch schon mit dem nächsten Schritt, den sie machte, hatte sie ihre Antwort.

Das Geräusch unter ihrem Schuh war verräterisch.

Das klang nicht nach normalem Erdboden.

Vielmehr klang es nach einer Holzplatte, unter der sich ein Hohlraum befand.

„Ich hab ihn gefunden", entfuhr es ihr mit zittriger Stimme. Beim ersten Mal schien Liam sie gar nicht zu hören, denn er ging unbeirrt weiter, doch dann wiederholte sie die Worte wesentlich lauter und bestimmter.

Aufgeregt drehte er sich zu ihr um. „Wo?"

„Hier", sagte sie jetzt wieder viel leiser und räumte mit ihrem Schuh den Schnee beiseite, der die vermeintliche Falltür im Boden versteckte.

„Da!", rief Liam euphorisch und zeigte auf das kleine Stück Holz, das sich unter ihnen hervortat. Er ließ sich auf die Knie fallen und schaufelte wie besessen alles beiseite.

„Tatsächlich", flüsterte er. „Evelyn, genial!"

Beinahe wäre er ihr vor Freude um den Hals gefallen, doch dann erinnerte er sich daran, worauf die Priorität lag, und widmete sich dem Vorhängeschloss, das ihnen das Öffnen der Falltür verwehrte.

„Verdammt, das ist verschlossen. Wir müssen es irgendwie knacken oder die Tür eintreten", überlegte er laut.

„Das kriegen wir hin. Ich musste zufällig schon viele Schlösser bei uns auf der Arbeit knacken. Dafür braucht man nur zwei Schraubenschlüssel", sagte Sascha und bewies damit bereits das erste Mal, dass es eine gute Entscheidung gewesen war, ihn mitzunehmen.

„Hat jemand welche dabei?", fragte Liam, schien aber wenig Hoffnungen daran zu setzen, ein *Ja* als Antwort zu bekommen.

„Ich habe immer welche in der Beintasche. Die brauche ich ständig, um irgendwas zu reparieren", mischte sich wieder Sascha ein und kniete sich neben die Falltür in den Schnee. Währenddessen kramte er in der rechten Hosentasche und zog zwei große silberfarbene Schraubenschlüssel hervor.

„Ta-da", machte er einmal stolz und präsentierte den anderen begeistert die beiden Werkzeuge.

„Perfekt", flüsterte Sienna und stellte sich aufgeregt hinter ihn, um ihm dabei zuzusehen, wie er das Schloss knackte.

Sascha setzte beide offenen Enden der Schraubenschlüssel an die Bügel des Schlosses und drückte sie so in der Mitte zusammen, dass sie ein Widerlager bildeten. Mit nicht allzu großem Kraftaufwand zog er sie anschließend wieder auseinander, wobei einer der beiden Bügel aus dem Schloss sprang und so aus dem Riegel an der Falltür gelöst werden konnte.

Das Ganze hatte sie nicht mal eine Minute gekostet.

Anerkennend klopfte Liam ihm auf die Schulter. „Sauber!"

Einen kurzen Moment wartete er noch, bis Sascha die Falltür von den letzten Mengen Schnee befreit und geöffnet hatte, dann kletterte er schleunigst hinunter ins dunkle Loch.

Unten kam ihm eine lehmige und eiskalte Luft entgegen. Sie war fast noch kälter als die Luft draußen. Aber das mochte auch nur an den fehlenden Sonnenstrahlen liegen.

Hinter sich hörte er, wie die anderen jetzt ebenfalls von oben hinunter sprangen, doch erst als Evelyn ihm eine Hand auf die Schulter legte und zudrückte, wusste er, dass er weitergehen konnte.

Bevor er dies tat, schaltete er einmal kurz die Taschenlampe ein. Vor ihm tat sich ein langer dunkler Gang auf, der mit bloßem Auge kein Ende erkennen ließ.

„Okay, es scheint ganz so, als wenn wir erstmal eine Weile geradeaus laufen müssen, bevor wir überhaupt zu den Kellerräumlichkeiten kommen. Aber die Kaserne war ja auch noch einige 100 Meter von der Falltür entfernt", flüsterte er den anderen über die Schulter hinweg zu. „So lange lasse ich die Taschenlampe noch an. Trotzdem sollten wir versuchen, so leise wie möglich zu sein."

Mit Liams Ermahnung machten sie sich auf den Weg hinein ins dunkle Unbekannte.

Evelyns Herzschlag stieg Schritt um Schritt mehr an. Ihr Atem bildete weiße Wölkchen in der Luft und dennoch schwitzte sie wie verrückt. Das hier war die letzte Etappe ihrer Mission.

Vielleicht war das hier auch ihre letzte Amtshandlung für lange, lange Zeit. Wenn die Opposites heute zerstört werden würden, dann hatte dieser unfassbare Alptraum doch noch ein Ende.

Innerlich machte sie sich bereit für das vermutlich grausamste Massaker, das sie je in ihrem Leben sehen würde.

Dabei wusste sie ganz genau, dass nichts auf der Welt sie auf so etwas vorbereiten könnte.

Würde sie ihren Vater danach noch mit denselben Augen sehen können?

Oder hätte sie immer im Hinterkopf, wie viele Menschen er auf dem Gewissen hatte?

Je weiter sie sich von dem kleinen Lichtfleck an der Decke entfernten, durch den sie gerade gekommen waren, desto lehmiger und kühler wurde die Luft.

Und desto konkreter wurden ihre Gedanken.

Bald schon erkannten sie einen schwachen Schimmer in der Ferne.

„Da vorne ist etwas! Ich denke, dort beginnt der Keller der Opposites", hauchte Liam Evelyn zu. Seine Stimme war so dünn, dass sie bezweifelte, dass jeder der anderen ihn gehört hatte. Doch *sie* hatte ihn genauestens verstanden.

Seine Schritte wurden schneller, auch wenn Evelyn am liebsten umgedreht und in die andere Richtung gerannt wäre.

Sie wollte das alles nicht mehr.

Bereits bei Spiel 32 hatte sie eine Menge ihrer psychischen Gesundheit eingebüßt. Doch spätestens nach diesen sechs Wochen auf Mission war sie reif für eine Therapie.

Bald schon erkannte sie, worum es sich bei dem Licht handelte.

Es war eine Neonröhre an der Decke, die den Übergang vom reinen Erdtunnel in den mit Beton geformten Flur des Kellers markierte.

Jetzt wurde es endgültig ernst.

Mit ihren schwitzigen Händen fasste sie die Maschinenpistole nach, die trotz des geringen Gewichtes immer schwerer wurde und ihre Armmuskeln zum Brennen brachte.

Der Kellergang war kahl und nur mit dieser einen Neonlampe ausgeleuchtet. Am Ende des Ganges gab es eine weitere Tür mit einem kleinen Fenster in der Mitte.

Dahinter begann scheinbar der *richtige* Keller.

Liam atmete einmal tief durch und schaltete dann die Taschenlampe aus.

Sie waren der Tür jetzt so nahe, dass sie Stimmen dahinter vernehmen konnten. Zu den Stimmen mischten sich Schritte.

Als eine schwarze Gestalt im Fenster der Tür erschien, pressten sie sich so eng wie möglich an die Wand und hielten die Luft an.

Oh mein Gott, schoss es Evelyn durch den Kopf.

Bitte nicht. Bitte, bitte nicht.

Noch stand die Person mit dem Rücken zu ihnen und schien sich mit irgendwem zu unterhalten. Doch sobald sie sich umdrehen würde, würde sie sie ohne jeden Zweifel sofort sehen.

„Geh schon", presste Evelyn fast lautlos hervor. Das Herz rutschte ihr fast bis in die Hose.

Wenn sie jetzt entdeckt werden würden, dann wäre alles verloren.

Hier waren sie in der Unterzahl und im Nachteil, weil sie sich nicht auskannten.

Außerdem könnten sie niemandem Bescheid geben, dass sie versagt hatten.

Dieser Opposite durfte sich nicht umdrehen.

Es stand einfach zu viel auf dem Spiel.

Nach unzähligen Sekunden des Hoffens und Bangens ging er endlich weiter. Erleichtert atmeten die Fünf aus und lockerten sich ein wenig.

„Los. Wir müssen vorsichtig sein", zischte Liam und ging nahezu unverändert schnell weiter. Evelyn schluckte.

Sie war froh, dass er sie immer anführte, aber wenn es nach ihr gegangen wäre, dann hätte sie das Tempo ein wenig gedrosselt.

Immerhin durften sie kein Risiko eingehen.

Wieder näherten sich Schritte der Tür.

Liam hockte sich instinktiv hin, die anderen taten es ihm gleich.

Diesmal blieb die Person jedoch nicht vor der Tür stehen, zumindest verrieten das die Schritte, die sich ebenso schnell wieder entfernten, wie sie gekommen waren.

„Wir müssen vorsichtiger sein", wies Evelyn ihn leise aber erbost zurecht.

Schulterzuckend sah er sie an. Er schien ein wenig beleidigt zu sein, dass sie ihn kritisierte, aber er wusste auch, dass sie recht hatte, denn jetzt verharrte er eine kurze Zeit in der Position und lauschte in die Stille hinein.

Als auch nach einigen vergangenen Minuten keine weiteren Stimmen und Schritte zu vernehmen waren, wagte er einen Blick durch das kleine Fenster an der Tür auf den dahinter liegenden Flur.

Dieser verriet jedoch auch nicht viel mehr darüber, wer oder was dahinter wartete.

Es blieb ihnen wohl nichts anderes übrig, als diese zu öffnen und zu hoffen, dass sie ihrem Feind nicht direkt in die Arme laufen würden.

50

Liam umfasste vorsichtig den Türknauf und horchte noch einmal, bevor er ihn langsam herumdrehte.

Die Tür ging nicht völlig geräuschlos auf, doch es war niemand in der Nähe, der das Quietschen hören konnte. Zunächst erhaschte Liam einen weiteren Kontrollblick auf den dahinterliegenden Flur, indem er seinen Kopf durch den kleinen Spalt steckte, winkte dann aber schließlich die anderen hinter sich her, als er hindurchschlüpfte.

Evelyn folgte ihm, hinter ihr Richard, Sascha und Sienna, die als Letzte in der Reihe die Tür wieder schloss.

Ihnen boten sich jetzt zwei Möglichkeiten weiterzugehen: Entweder sie folgten dem schmalen Flur nach rechts oder sie folgten dem schmalen Flur nach links.

Evelyns Blick scannte die neue Umgebung.

Das Licht und die Wände auf diesem Gang waren nicht viel einladender als der Tunnel, durch den sie gerade gekommen waren. Kalt-weiße Farbtöne der Neonröhren wurden durch das triste und kahle Betongrau der Wände kein bisschen wärmer und einladender. Die Kaserne hatte eine genauso düstere Seele wie ihre Bewohner, dachte Evelyn in dem Moment nur.

Erst als ihr Freund einige Schritte den Flur linksseitig hinuntermachte, setzte auch sie sich wieder in Bewegung und ging ihm nach. Die Geräusche in ihrem Rücken verrieten ihr, dass die anderen ihnen dicht auf den Fersen waren. In dieser Position der Formation fühlte sie sich am wohlsten. Sie war von allen Seiten weitestgehend geschützt. Dennoch musste sie achtsam sein, denn ihre Bereiche waren die seitlichen. Wenngleich auch diese hier kaum eine Rolle spielten.

Es dauerte eine Weile, bis der Flur einen Knick nach rechts machte. An dieser Stelle wurde Liam langsamer und spähte erst möglichst unauffällig um die Ecke, bevor er „Sicher", flüsterte und aus der Deckung hervortrat.

Mit jedem Schritt, den sie machten, wuchs die Anspannung in Evelyns Körper.

Es musste sich nur eine einzige Person in ihren Weg stellen und schon wären sie gezwungen, zu schießen. Damit hätten sie dann die volle Aufmerksamkeit der Opposites auf sich gezogen, was die ganze Rettung von Tarek und Ava vereiteln würde. Am besten war es also, wenn sie niemandem begegneten.

Innerlich betete Evelyn, dass alles gutgehen würde, dabei wusste sie genau, dass das Glück wohl kaum die ganze Zeit auf ihrer Seite sein konnte.

Sie wartete schlichtweg nur auf den Moment, der alles zerstören würde.

Die Flure waren sehr verwinkelt.

Auf ihrem Weg kamen sie an einigen Räumlichkeiten, wie Technikräumen, Trainingsräumen, Waffenkammern und einer Tür mit der Aufschrift „Kinosaal" vorbei.

Evelyn konnte sich kaum vorstellen, dass diese Räume

regelmäßig genutzt wurden, denn bisher gab es hier wirklich kaum bis gar keine Frequentierung.

Vielleicht waren dies einmal die ehemaligen Trainingsräume gewesen.

Vielleicht war dies hier einmal die ehemalige Kaserne gewesen. Oder aber das Ganze diente als Bunker, um sich vor möglichen Luftangriffen in Sicherheit zu bringen. Unwillkürlich wanderten ihre Gedanken zum bevorstehenden Angriff seitens des IFS und sofort überkam sie wieder ein mulmiges Gefühl. Einerseits wollte sie nicht, dass ihr Vater so viele Menschen tötete, doch andererseits wollte sie auch nicht, dass die Opposites sich vor dem Angriff hier unten schützen konnten. Wenn die Kapazitäten und die Zeit es gleich noch hergeben würden, dann würde sie versuchen, den Zugang zum Keller mit irgendwelchen Mitteln zu versperren.

Ihre Kehle schnürte sich Stück für Stück enger zu. Es wurde alles immer konkreter, rückte immer näher. War sie bereit für eine Schlacht dieser Größe?

Sie bogen um weitere Ecken, folgten weiteren Gängen, drangen tiefer in die Welt ihrer Opposition ein.

Doch von den Zellen war noch immer keine Spur. Nach einer gewissen Zeit, die vergangen war, drangen das erste Mal wieder Stimmen zu ihnen hervor. Liam blieb wie erstarrt an Ort und Stelle stehen und lauschte, ob sich die Stimmen näherten oder entfernten. Evelyn rückte indessen ihren Helm zurecht, der allein schon etwa fünf Kilo auf die Waage bringen musste und ihren Nacken schmerzen ließ. Bisher hatten sie nie einen getragen, doch jetzt war die Gefahr zu groß, um ohne zu sein. Die Weste drückte auf Schultern und Rücken und für einen Moment wünschte Evelyn sich, diese Ausrüstung nicht tragen zu müssen. Doch dann erinnerte sie sich an den japanischen Todeswald, in dem die Opposites einem unschuldigen Mann mitten in den Kopf geschossen hatten. Sie hatte bereits den Namen des Mannes vergessen, doch seine freundliche, offene und unbeschwerte Art - die hatte sie ganz bestimmt nicht vergessen. Und schon gar nicht den Ausdruck in seinen Augen, als er realisiert hatte, dass ein Loch in seinem Gehirn war und sein Leben in wenigen Sekunden vorbeisein würde.

Ohne jede Vorwarnung durchfuhr ein stechender Schmerz ihre Schulter. Ach ja, da war ja noch was gewesen. Sie erinnerte sich an den Sturz aus dem Fenster, den Zweikampf mit dem Opposite und das Messer, das ihre Schulter so durchbohrt hatte, dass sie eine Woche im Krankenhaus hatte liegen müssen. Sie dachte an Madison und die vielen Versuche, sie alle umzubringen. Wut stieg in ihr auf, brachte ihr Blut zum Kochen. Nicht zuletzt deswegen rann ihr der Schweiß literweise den Körper hinunter und tränkte die gesamte Uniform. Auch wegen der Schritte, die jetzt immer näher kamen.

Hektisch drängte Liam sie alle in einen der Räume, die rechts von ihnen lagen.

Sienna schloss die Tür hinter sich, welche aufgrund der Hektik viel zu laut zufiel. Die anderen zuckten erschrocken zusammen.

„Scheiße Sienna", zischte Liam. Auch Evelyn fluchte leise, während sie sich mit pochendem Herzen nach einem möglichen Versteck umsah.

Der Raum war dunkel und nur das Licht der Taschenlampen suchte jede Ecke und jeden Winkel nach einer Rückzugsmöglichkeit ab. Scheinbar war das hier eine Waffenkammer.

Die Schritte auf dem Flur näherten sich schneller als gut war.

Hatte die Person sie gehört?

Evelyn schluckte. Wenn jemand sie hier in diesem Raum entdeckte, dann würde er in Sekundenschnelle nach einer Waffe greifen können.

Der Schweiß rann ihr immer noch unaufhörlich den Rücken hinunter, während sie krampfhaft überlegte, was sie jetzt tun sollte. Es musste schnellstens eine Entscheidung her.

Das wusste sie.

Ehe es zu spät war, drängte Liam sie zu einem der Spinde an der hinteren Wand und zwängte sich mit ihr dort hinein.

Die anderen taten es ihnen in den Spinden daneben gleich.

Zwar war es unheimlich eng, weshalb die Türen nicht mehr schlossen, aber es war auch die einzige Option.

Evelyns Finger legten sich um den kleinen Schließzylinder an der Innenseite der Spindtür. Verkrampft hielt sie ihn fest, damit die Tür sich nicht öffnete und nicht den Blick auf sie und Liam freigab.

Ihr Herz schlug noch immer schmerzhaft gegen ihre Rippen – wollte einfach nicht ruhiger werden.

Erst recht nicht als sie das Geräusch einer heruntergedrückten Türklinke vernahm und Sekunden später flackernd das Licht im Raum anging.

Das konnte sie durch die kleinen waagerechten Schlitze auf ihrer Augenhöhe in der Spindtür erkennen.

Erschrocken sah sie in Liams weit aufgerissene Augen. Normalerweise hätte das sanfte Braun sie beruhigt, doch jetzt war es eher ein Spiegelbild ihrer eigenen Emotionen. Sie sah Angst und Ungewissheit darin. Das tiefe Schwarz seiner Pupillen verschluckte fast alles von der freundlichen Farbe seiner Iris. Ein Wirbelsturm an Gefühlen zog in Evelyn auf.

Sie musste sich nur ein einziges Mal falsch bewegen, nur ein einziges leises falsches Geräusch machen.

Oder jemand anders von ihnen.

Mit angehaltenem Atem wandte sie ihren Blick wieder von Liam ab und sah durch die kleinen Spalte.

Ein schlanker junger Mann hatte den Raum betreten. Er mochte in etwa so alt sein wie sie, trug einen dunkelblonden Vollbart und seine Haare auf etwa 3mm. Von der Körpergröße und -statur war er ihnen definitiv nicht überlegen, aber die vielen Tattoos und Narben an seinen Armen, Hals und Nacken verrieten Evelyn, dass er mehr als zäh war.

Er machte misstrauisch ein paar Schritte in den Raum hinein und sah sich um. Dabei wirkte er weder verängstigt noch unsicher.

Er machte eher den Eindruck, jeden Eindringling ohne Probleme aus dem Weg räumen zu können.

Evelyn betete innerlich. Sie wusste, dass er die Tür zuknallen gehört hatte. Und mit Sicherheit war er auch nicht dumm - Er ahnte, dass jemand vom IFS kommen würde, um Ava und Tarek zu befreien. Den geheimen Zugang über den Tunnel kannte er sicher auch.

Die Chancen standen mehr als hoch, dass er von ihrer Anwesenheit wusste.

Immer noch hielt Evelyn den Atem in ihrer Lunge gefangen. Langsam hatte sie den Drang, sie wieder entweichen zu lassen, denn ihr Zwerchfell begann sich zu kontrahieren.

Doch sie musste still sein. Und zwar mucksmäuschenstill.

Der Fremde lauschte noch immer aufmerksam, während er vorsichtig einen Fuß vor den anderen setzte.

Evelyn duckte sich ein Stück. Ihrer Theorie nach hätte er sie entdecken müssen, wenn er durch die Schlitze sah. Sie legte ihren Kopf an Liams Brust und schloss die Augen – zählte innerlich die unendlichen Sekunden, bis sie wieder ein Geräusch vernehmen konnte.

Ein Klirren. Wie von einem Schlüssel.

Ihr Kopf schnellte hoch, womit sie Liam beinahe einen Kinnhaken verpasste, und ihr Blick fixierte erneut den Unbekannten auf der anderen Seite der Spindtür.

Er stand vor einer Wand mit Schlüsseln, in seiner rechten Hand ein Bund, den er um seinen Zeigefinger kreisen ließ.

Evelyn atmete geräuschlos auf.

Das also verursachte das Klirren.

Noch bevor sie sich die Frage stellen konnte, zu welchem Schloss diese Schlüssel wohl gehörten, kehrte der Opposite ihnen den Rücken zu, schaltete das Licht im Raum aus und verschwand hinter der Tür.

Die Schritte auf dem Flur entfernten sich binnen weniger Augenblicke.

Liam schaltete seine Taschenlampe wieder ein und wechselte einen misstrauischen Blick mit seiner Freundin. Seine Stirn legte sich in Falten, ebenso wie Evelyns.

Wo er wohl hin wollte?

„Folgen wir ihm?", flüsterte er ihr zu und sprach damit genau ihre Gedanken aus. Sie nickte und ließ die Tür los, welche sich daraufhin von alleine öffnete.

Die anderen gaben ebenfalls ihre Verstecke auf.

„Was habt ihr vor?", fragte Sascha, der sich zeitgleich noch interessiert die Waffen anschaute, die an den Wänden hingen. Insbesondere die Gewehre schienen es ihm angetan zu haben.

„Wir folgen ihm unauffällig. Er hat einen Schlüssel geholt", sagte Evelyn und suchte nach einem leeren Haken zwischen den 100 Schlüsseln an der Wand gegenüber von ihr.

Als sie ihn gefunden hatte, fiel ihr sofort der Schriftzug darüber auf.

Verließ.

„Und zwar die Schlüssel für die Zellen", sagte sie und das erste Mal seit langer, langer Zeit stahl sich ein Lächeln auf ihre Lippen.

Auch Liams Miene erhellte sich. Diese Worte musste er kein zweites Mal hören.

Sofort setzte er sich in Bewegung und begab sich hinaus auf den Flur. Mit einem kurzen Blick versicherte er sich, dass sie alleine waren, dann lief er schnellen Schrittes los, weil ihm drohte, den Unbekannten von eben aus den Augen zu verlieren.

Sie folgten ihm durch einige weitere Flure, doch es dauerte nur wenige Minuten, bis sie schließlich bei den Verließen auskamen. Der Opposite schien sich nicht verfolgt zu fühlen, denn er hatte sich kein einziges Mal umgedreht oder über die Schulter geschaut.

Als Liam an einer Ecke zum Stehen kam, verschaffte er sich einen kurzen Überblick über den Raum. Er war nicht besonders groß, in etwa 70 Quadratmeter. Ringsherum befanden sich Türen mit kleinen quadratischen Fenstern auf Kopfhöhe. Über den Türen hingen Schilder mit Zahlen von eins bis zehn darauf. Vermutlich waren dies die Zellennummern. Nur zwei dieser Schilder leuchteten.

Die Eins und die Zwei.

Vermutlich die einzigen beiden Verließe, die besetzt waren.

Vermutlich mit Tarek und Ava.

Der Opposite steuerte geradewegs auf Zelle Nummer eins zu und suchte dabei bereits den passenden Schlüssel am Bund in seiner Hand heraus.

Als er ihn gefunden und in das Schloss gesteckt hatte, zog er die offenbar schwere Tür mit erheblichem Kraftaufwand auf.

Evelyn hielt die Luft an.

Ein dunkelhaariger, südländischer junger Mann erhob sich, schwieg aber erwartungsvoll.

Evelyn brauchte einen Moment, bis sie ihn erkannte. Dabei wusste sie doch ganz genau, dass er es war. Tarek.

Sein Bart war viel voller und länger als noch vor sechs Wochen bei ihrer Verabschiedung. Seine Haare gingen ihm bereits bis über die Ohren.

Abgesehen von seiner sonst immer gut gebräunten Gesichtsfarbe, die jetzt einem kahlen Weiß gewichen war, saßen tiefe dunkle Ringe unter seinen Augen. Sein Gesicht war ein wenig eingefallen. Insgesamt wirkte er fast schon etwas hager.

Die letzten sechs Wochen waren scheinbar nicht spurlos an ihm vorbeigegangen. Im Gegenteil - Die Hölle, in der er gelebt hatte, zeichnete sich mehr als deutlich in seinem Äußeren ab.

Evelyn hörte Sienna hinter sich nach Luft schnappen. Vermutlich war sie sehr geschockt über den Anblick ihres Freundes.

Kein Wunder – Wer wollte seinen liebsten Menschen schon leiden sehen?

Noch bevor Evelyn oder sonst jemand sich mit Liam absprechen konnte, schlich er sich von hinten an den Opposite heran.

Evelyn erschrak, wollte ihn am Arm packen und sofort zurückziehen, aber sie reagierte nicht schnell genug.

Was machte er denn?!

Ihre Finger krallten sich in den Putz der Wand, die ihr jetzt mehr als alles andere Halt gab.

Was auch immer er vorhatte – Hoffentlich ging es gut.

51

Der Opposite sagte irgendetwas Unverständliches zu Tarek. Da sie so weit wegstanden, kam bei ihnen nicht mehr als ein dumpfes Murmeln an.

Liam schlich sich immer dichter an den Unbekannten im Türrahmen zu Tareks Zelle heran. Es dauerte nicht lange, da erblickte Tarek seinen Kollegen im Rücken des Feindes. Seine Augen weiteten sich ungläubig. Eine Mischung von Entsetzen und Erleichterung legten sich über seine Züge.

Dies war auch dem Opposite nicht entgangen, doch ehe dieser sich umdrehen konnte, sprang Liam einen letzten Schritt auf ihn zu und stieß ihn mit einem gekonnten Front-Kick in den Rücken zu Boden.

Völlig unvorbereitet fiel der Fremde auf sein Gesicht - konnte nicht einmal schmerzerfüllt aufschreien, ehe ihn die Ohnmacht überkam.

Evelyn musste ein Schmunzeln unterdrücken. In solchen Momenten hatte sie fast schon etwas Angst vor Liam – weil er sowas beim Kickboxen gelernt hatte – aber gleichzeitig fühlte sie sich auch so sicher in seiner Nähe.

Manchmal schon unschlagbar.

Tarek fiel Liam indessen ungläubig in die Arme.

„Alter, endlich sehe ich euch wieder!", rief er feierlich und eine kleine Freudenträne stahl sich auf seine Wange.

Als er die Augen wieder öffnete, fiel sein Blick auf Sienna, die immer noch am hinteren Ende der Formation stand.

Sein Lächeln wurde breiter und er löste sich von Liam, um gleich darauf auf Sienna zuzugehen.

Evelyn nahm nur im Augenwinkel wahr, dass sie sich weinend umarmten und küssten.

Sie selbst eilte unterdessen zum Schlüssel, der noch immer im Türschloss steckte und zog ihn heraus, um den anderen für Zelle zwei zu finden.

Nervös und mit zittrigen Fingern probierte sie einen nach dem anderen aus, bis sich schließlich einer herumdrehen ließ und das befreiende Klicken eines sich öffnenden Schlosses ertönte.

Liam half ihr dabei, die schwere Tür zu öffnen und zum Vorschein kam eine ebenso schwächliche und hagere Ava, die wie ein Häufchen Elend auf der Matratze ihres Bettes in der hinteren rechten Ecke der kleinen Zelle kauerte und jetzt fassungslos zu ihnen aufsah.

Die Wände waren mit schalldichtem Gummi verkleidet, was vermutlich dafür sorgte, dass sie weder Geräusche von draußen noch von den benachbarten Verließen vernehmen konnte.

Die Rettung musste für sie somit völlig überraschend kommen.

Ein Ausdruck purer Freude blitzte in ihren Augen auf und wenn sie nicht so müde gewesen wäre, wäre sie vermutlich viel enthusiastischer aufgesprungen, aber für den Moment reichte es, dass sie sich mit ihrer Umarmung mehr an ihnen festhielt als alles andere und bloß ein leises Dankeschön in Evelyns Ohr hauchte. Viel Zeit für Begrüßungen und Danksagungen hatten sie jedoch nicht.

Die Zeit saß ihnen im Nacken.

Liam setzte sich wieder an die Spitze der Formation, dahinter Evelyn, in der Mitte Tarek und Ava – die von all diesen Formationsläufen keine Ahnung hatten und daher möglichst gut geschützt werden mussten. Das Schlusslicht bildete wieder einmal Sienna.

Einige Minuten irrten sie durch die Gänge. Niemand wusste, woher sie gekommen waren und wo sie hinmussten.

Auch nicht Tarek und Ava. Sie waren vielleicht ein einziges Mal zuvor hier unten gewesen. Auskennen taten sie sich deswegen ganz sicher nicht.

Mit wackeligen Beinen folgte Evelyn ihrem Freund durch die schier endlosen Gänge – die Waffe stets im Anschlag. Flashbacks an die Psychiatrie, die Katakomben und sogar Spiel 32, wo sie ebenfalls tagelang durch irgendwelche Gänge geirrt waren - drohten all ihre letzten positiven Gedanken in einer gewaltigen Flutwelle mitzureißen und zu ertränken.

Ihre schwitzigen Hände fassten die schwere Pistole mehr als einmal nach, während die Aufregung von ihrem Bauch immer höher in ihre Brust kletterte.

Sie hatten es fast geschafft.

Gleich hatte das alles hier ein Ende.

Wenn sie einmal draußen waren, war das Schlimmste überstanden.

Danach war es die Aufgabe ihres Vaters, dem Wahnsinn endlich ein Ende zu bereiten. Nicht mehr ihre.

Ihr Atem ging mittlerweile nur noch stoßweise, so schwer bekam sie Luft. Erst als Liam ins Stocken geriet, merkte sie, dass der Weg nach draußen noch lange nicht geschafft war.

Denn er schien nicht zu wissen, wo sie waren.

Er, der sonst immer eine Lösung für alles hatte.

Mit einem Mal standen sie am Fuß eines Treppenhauses, das aller Wahrscheinlichkeit nach in die Kaserne nach oben führte.

Demnach waren sie die ganze Zeit in die falsche Richtung gegangen.

Ein Knoten bildete sich in Evelyns Magen.

Nein. Bitte nicht.

Stimmen von oben ließen sie aufschrecken. Ihre Aufmerksamkeit verlagerte sich in das Stockwerk über ihnen und plötzlich keimten diese ungeheuren Rachegelüste in ihr auf, als sie *sie* sah.

Dieser Hass.

Ein Gefühl, das sie noch nie zuvor gespürt hatte.

„Das ist Madison, versteckt euch", zischte Liam noch bevor Evelyn es konnte und schob die anderen unter die Treppe in eine dunkle Ecke, in dessen Schwärze sie alle Sieben verschwanden.

Schritte auf der Treppe kamen zu ihnen hinunter und noch immer unterhielten Madison und die weitere unbekannte Person sich.

Worüber, konnten sie nicht genau verstehen.

Jedenfalls schien noch nicht allgemein bekannt zu sein, dass Eindringlinge in der Kaserne oder gar im Keller unterwegs waren, die die Gefangenen befreit hatten.

Mit Sicherheit würde es aber nicht mehr lange dauern, bis es jemand bemerken würde.

Spätestens, wenn der ohnmächtige Opposite wieder zu Bewusstsein käme.

Als die Person, die scheinbar nicht Madison war, unten am Fuß der Treppe angekommen war und sich in die andere Richtung von ihnen entfernte, ohne sie zu sehen, atmeten sie alle erleichtert auf.

„Wo geht Madison hin?", fragte Sienna und wandte ihren Blick nach oben durch den Spalt zwischen den Treppen, durch den sie bis an die Decke des Gebäudes schauen konnte.

„Du meinst Jennifer", knurrte Liam, während Evelyn nur ein mürrisches „Ist doch egal", von sich gab.

Kaum war die andere Person außer Sicht- und Hörweite eilten sie wieder zu der Tür, durch die sie in das Treppenhaus gelangt waren.

Der Weg zurück war der Weg nach draußen.

So viel wussten sie jetzt.

Dann war alles, was sie noch tun mussten, in diese Richtung zu gehen.

Genau das taten sie auch.

Evelyn wusste nicht, wie viele Meter oder möglicherweise auch Kilometer es sein mussten, die sie zurücklegten. Aber die Zeit zog sich wie Kaugummi.

Die Hitze stieg in ihren Kopf, ließ den Schweiß von ihrem Haaransatz bis zu den Füßen fließen.

Ihre Arm- und Rückenmuskeln brannten vor Schmerz. Das Gewicht der Maschinenpistole zu halten, war mittlerweile kein Automatismus mehr, sondern eine Herausforderung.

Doch gerade als der Schmerz sie zu übermannen drohte, war da etwas anderes, das ihre volle Aufmerksamkeit gewann.

Jemand anderes.

Die Silhouette einer Person am Ende des Ganges ließ ihr das Blut in den Adern gefrieren.

Genau *das* hatte nicht passieren dürfen: die Begegnung mit einem Opposite.

Und dieser versperrte ihnen auch noch ausgerechnet den Weg nach draußen.

Wer war das?

Ungläubig kniff Evelyn die Augen zusammen – Nur verschwommen erkannte sie, dass sie unmittelbar in den Lauf einer Waffe schaute.

„Auffächern!", schrie sie geistesgegenwärtig. Das plötzliche Stechen in ihrem Magen ignorierte sie dabei gekonnt.

Schnell lösten sie die kompakte Formation, die sie zu einem viel zu leichten Ziel machte, zu einer Kette auf, aus der sich nun all ihre Mündungen auf die Einzelperson ihnen gegenüber richteten.

Schüsse ertönten. Unzählige.

Evelyn brauchte sich nicht umzuschauen, um zu wissen, dass jeder Einzelne von ihnen gerade den Abzug seiner Waffe betätigte.

Ein unsagbares Kugelfeuer brach aus und versetzte sie in einen Rausch aus Adrenalin, ohne den sie nicht mehr in der Lage gewesen wäre, auf ihren eigenen Beinen zu stehen.

Zu den lauten Schussgeräuschen mischten sich jetzt nun ein schriller Alarmton und ein rotes flackerndes Licht, das den gesamten Keller durchflutete.

Die Person am anderen Ende des Ganges hatte einen Knopf neben sich gedrückt.

Mit allerletzter Kraft, denn jetzt sank sie in sich zusammen und blieb regungslos am Boden liegen.

Evelyn realisierte mit einem Mal, was gerade geschehen war: Sie waren mit auslösen des Alarms verraten worden.

52

„Los, wir müssen hier sofort raus! Die wissen jetzt, dass Eindringlinge hier sind und werden vermutlich alle den Keller stürmen! Rennt, los!", schrie Evelyn verzweifelt.

Sie folgte ihrem eigenen Befehl, merkte jedoch schnell, dass keiner es ihr gleich tat. Irritiert blieb sie stehen und drehte sich zu den anderen um.

Ein Kloß bildete sich in ihrem Hals – so groß und schwer, dass sie kaum mehr in der Lage war, zu schlucken.

Am liebsten hätte sie sich an Ort und Stelle übergeben, als sie das viele Blut sah.

Richard fasste sich benommen ans Bein. Seine Hand rot verfärbt, sein Blick leer und starr.

Oh Gott. War er etwa getroffen worden?

Wie angewurzelt blieb sie stehen und sah dabei zu, wie Liam und Sascha sich die Arme vom verletzten Richard um die Schultern legten und begannen, ihn beim Gehen zu stützen.

Immer mehr Panik mischte sich zu dem Adrenalin in Evelyns Adern und sie fürchtete, ebenfalls getroffen worden zu sein, ohne es zu merken.

Also nutzte sie die wenigen Momente, bis die anderen bei ihr waren, um ihren Körper abzustreifen und nach möglichem Blut zu schauen.

Nichts.

Etwas erleichtert atmete sie auf, dann sprintete sie vor und suchte nach einem Weg hinaus. Die anderen konnten nur schwerlich mit ihr Schritt halten.

Richard war zu stark verletzt. Doch als schließlich auch Tarek mit anpackte und die Beine seines Kollegen trug, kamen sie schneller voran.

Evelyn hörte das angestrengte Keuchen der Jungs hinter sich.

Die Ausrüstung an sich war schon schwer genug, aber auch noch Richards Gewicht zu tragen, war vermutlich alles andere als ein Kinderspiel.

Sie verlangsamte das Tempo, auch wenn sie nichts als hier raus wollte. Sie wollte sprinten, bis sie keine Luft mehr bekam – Hauptsache weg von diesem Ort.

Nach einer halben Ewigkeit waren sie endlich an der Tür angelangt, die sie zurück in den Tunnel brachte.

Eine Welle von Optimismus durchströmte sie. Heimlich lächelte Evelyn in sich hinein – Ab hier, wusste sie, war es nicht mehr weit.

Das meiste und Schlimmste hatten sie geschafft.

„Ich renne schon mal vor und setze über Marco einen Notruf ab! Dann ist die Hilfe bestimmt schon hier, wenn ihr am Ausgang seid", rief sie den anderen über die Schulter hinweg zu. Ohne sich zu vergewissern, dass alle mit diesem Vorhaben einverstanden waren, setzte sie sich ab und rannte in die Dunkelheit hinein.

Ihre Beine taten höllisch weh. Der brennende Schmerz kletterte von ihren müden Oberschenkeln immer höher – bis in ihre Lunge.

Sie wusste, dass sie noch vor wenigen Tagen das letzte Mal so lange am Stück gesprintet war, aber für den Moment fühlte es sich an, als läge es schon Jahre zurück. Als wüsste ihr Körper nicht einmal, dass er sprinten konnte.

Alles tat weh – die Kraft fehlte – die Luft war knapp.

Sie schleppte sich vorwärts, quälte sich bei jedem Schritt mehr, doch ihre Verbissenheit wurde belohnt.

Irgendwann kam sie an der Öffnung aus, die sie wieder hinaus ins Tageslicht führte.

Erschöpft blieb sie stehen und stemmte ihre Hände auf die Knie, um zu Atem zu kommen. Nebenbei zog sie das Diensthandy aus ihrer Hosentasche und suchte in der Anrufliste nach Marcos Durchwahl in der Zentrale.

Kaum hatte sie sie gefunden, stellte sie fest, dass sie hier unten noch kein Netz hatte. Also kletterte sie unter letzter Kraftanstrengung nach draußen und wartete, bis sich die Balken oben rechts auf dem Bildschirm füllten.

„Ja!", freute sie sich leise als es endlich klappte und sie auf *Anrufen* klicken konnte.

Es dauerte keine Sekunde, bis er abhob.

„Evelyn, wie sieht`s aus?"

Seine Stimme zitterte. Er war ebenfalls sehr angespannt und wartete vermutlich gebannt auf jede Nachricht von ihnen. Immerhin ging es hier um die Rettung seiner Freundin.

Evelyn rang nach Luft.

„Ganz ruhig, komm erstmal zu Atem", sagte Marco daher sanft, wobei er aber auch alles andere als *ruhig* klang.

„Wir haben Ava und Tarek gefunden und befreit. Aber auf dem Weg nach draußen sind wir in eine Schießerei geraten.

Mindestens Richard ist getroffen und verletzt worden. Wir brauchen hier dringend einen Arzt. Wie es um die anderen steht, kann ich dir nicht sagen. Auf den ersten Blick schienen sie unversehrt zu sein, aber das merkt man ja meistens selbst nicht, wenn man so unter Adrenalin steht und bluten muss eine Schusswunde ja auch nicht sofort so stark...Ich selbst habe aber nichts, glaube ich. Es ging alles so schnell – Ich weiß nicht…"
Ehe Evelyn sich in ihren eigenen Worten verrennen konnte, unterbrach Marco sie. „Alles klar, Rettung wird bestellt. Schick mir deinen Standort."
Sie nickte aufgeregt und nahm das Handy vom Ohr, um ihren Standort mit ihm zu teilen.
Als dieser bei ihm auf dem PC aufleuchtete, forderte er Claudia auf, sofort den russischen Stützpunkt zu kontaktieren. Anschließend widmete er sich der immer noch aufgelösten Evelyn und versuchte, sie mit seinen Worten zu besänftigen.
„Okay, Evelyn. Wo sind die anderen jetzt gerade?", fragte er zunächst.
„Noch im Tunnel hier unten. Richard war nicht so schnell. Aber sie müssten gleich hier sein", sagte sie mit nun schon etwas festerer Stimme.
Marco stellte ihr weitere Fragen, um sie von der Aufregung abzulenken, die sie gerade so sehr im Griff hatte.
Für den Anfang funktionierte das auch ziemlich gut, doch als die anderen mit dem blutüberströmten Richard in den Armen zu ihr stießen, kehrten all die Hektik und Nervosität zurück.
Mit gemeinsamen Kräften schafften sie es, ihn aus dem Tunnel nach oben zu ziehen und in Evelyns Arme zu legen.
Schnell zog Sascha sich ebenfalls hinauf und hockte sich neben die beiden in den Schnee. Er holte ein Tourniquet aus einer kleinen Tasche, die er ums Bein gebunden hatte, und legte es möglichst nah am Stamm um Richards Oberschenkel an.

Richard begann zu schreien - so laut und verzweifelt, dass Evelyn sich die Ohren zuhalten wollte. Doch sie war viel zu beschäftigt damit, ihn zu fixieren, weil er sich mit all seiner Kraft gegen den Schmerz in seinem Bein wehrte, der mit jeder Umdrehung, die Sascha mit dem Tourniquet machte, schlimmer – unerträglich - wurde.

„Das hätte ich ihm schon viel eher anlegen müssen", fluchte Sascha kopfschüttelnd. „Wie hättest du das denn machen sollen?", fragte Liam verärgert, nachdem er sich ebenfalls neben sie gekniet hatte. "Wir mussten erstmal aus dem gefährlichen Bereich raus."

Sascha blieb stumm. Das wusste er selbst, aber er fragte sich dennoch, ob die Zeit nicht womöglich doch gereicht hätte, die Blutung schon eher zu stoppen. Denn am Ende waren es nicht nur Minuten, sondern auch Sekunden, die über Leben und Tod entschieden.

Richard war noch immer außer sich vor Schmerzen. Er versuchte, um sich zu treten, doch die anderen setzten sich mit ihrem Gewicht auf seine Unterschenkel, um es zu unterbinden. Nach einer Weile gab er auf. Nicht aber, weil er den Schmerz akzeptierte, sondern weil der Schmerz ihn betäubte.

„…Schieß…mi…", hörte Evelyn ihn plötzlich benommen säuseln.

Sie legte eine Hand auf sein schweißnasses Gesicht, das mittlerweile all seine Farbe verloren hatte.

„Was?", fragte sie atemlos.

„Er-schieß…mich", wisperte er jetzt und suchte ein letztes Mal Augenkontakt zu Evelyn, bevor sich seine Lider flatternd schlossen.

„Hey, bleib bei uns. Nicht sterben!", forderte sie ihn panisch auf und verpasste ihm mehrere Schläge mit der flachen Hand gegen die Wange.

Erschrocken öffnete er wieder die Augen. Doch er wirkte immer noch orientierungslos.

Sascha presste die Lippen aufeinander und holte eine Wärmedecke aus der kleinen Tasche. „Das Tourniquet verursacht so schlimme Schmerzen, dass viele Betroffene lieber sterben würden anstatt den Schmerz zu ertragen. Ignoriert seine Aufforderung bitte. Das Wichtigste ist, dass die Blutung gestoppt wurde."

Ehe Sascha die Wärmedecke um Richards Körper wickelte, warf er einen Blick auf die Wunde und erkannte zufrieden, dass kein weiteres Blut herausströmte.

In diesem Zustand war es vertretbar, auf den Rettungshubschrauber zu warten. So konnte Richard überleben. Vermutlich hatten sie ihm damit wertvolle Minuten geschenkt.

Doch nachdem der erste Schock verflogen war und Evelyn Zeit hatte, ihren kühlen Kopf wiederherzustellen, fiel ihr etwas anderes auf.

„Leute…" Sie schluckte und ein eiskalter Schauer lief ihr den Rücken hinunter. Eins, zwei, drei, vier, fünf, sechs…

Sechs von ihnen waren hier. Doch von Nummer Sieben war keine Spur.

Wer fehlte?

Evelyn scannte schnell die Gesichter um sie herum und da wurde es ihr klar: „Wo ist Sienna?", fragte sie beunruhigt.

Kaum waren die Worte über ihre Lippen gekommen, riss Tarek ungläubig die Augen auf.

„Ist sie etwa nicht hier?", schrie er, wobei er nicht mehr als ein schrilles Piepsen herausbekam.

Evelyn schossen Tränen in die Augen. Ein unfassbar ungutes Gefühl beschlich sie.

Wo war ihre beste Freundin nur? Wo hatten sie sie verloren, ohne es zu merken?

„Ich muss zurück. Wenn sie angeschossen wurde, liegt sie vielleicht noch dort und kämpft um ihr Leben!", wimmerte Tarek und war bereits im Begriff, wieder in den Tunnel zu springen, als Evelyn ihn davon abhielt.

„Warte, das bringt doch nichts! Marco soll sie anrufen."

Tarek schüttelte verwirrt den Kopf. Natürlich brachte das etwas. Es reichte ihm nicht aus, nur zu warten, ob Marco sie erreichen würde oder nicht. Er musste wieder hinein gehen und sie suchen. Nur so konnte er ihr auch direkt helfen, wenn ihr tatsächlich etwas zugestoßen war.

Immerhin konnten es wichtige Minuten sein, um die es hier ging. Vielleicht befand sie sich gerade im Kampf um Leben und Tod mit einer Schusswunde, die sie immobil machte.

Er konnte einfach nicht fassen, dass niemand von ihnen bemerkt hatte, wann sie Sienna verloren hatten.

Evelyns Stimme zerfloss im Hintergrund zu einem zähen Brei. Viel lauter – viel eindringlicher – war da die mahnende, fast schon schreiende Stimme in seinem Kopf, die ihn mit Schuldvorwürfen attackierte. Die schlimmsten Szenarien kamen ihm in den Sinn – trieben ihm trotz Minusgraden den Schweiß auf die Stirn.

Er war schuld an allem. Er hätte besser aufpassen müssen. Was für ein schlechter Freund er doch war – bemerkte nicht einmal, wenn seine Freundin fehlte oder in Gefahr war.

Am liebsten hätte er sich selbst geohrfeigt, aber dazu war er gerade nicht in der Lage.

Eigentlich war er zu überhaupt nichts mehr in der Lage.

Irgendwann in dieser Zeit, in der er weder Herr seiner Sinne noch Herr seiner Körperfunktionen gewesen war, schien Evelyn aufgelegt zu haben, denn Marco rief jetzt erneut an.

Wieviel Zeit war wohl vergangen?

Evelyns Augen leuchteten auf. „Endlich!", fluchte sie ein wenig erleichtert, aber auch ein wenig ehrfürchtig.

Was würde er ihr wohl sagen?

Hatte er Sienna erreicht? Oder mussten sie wirklich noch einmal nach unten?

Evelyns Knie wurden weich, als er die Worte aussprach, die sich für den Rest ihres Lebens in ihr Gedächtnis einbrennen würden: „Evelyn, ich habe wirklich alles versucht. Sag den anderen, dass es mir leid tut."

Stille breitete sich aus. So unerträglich laute Stille.

Die Sechs wechselten angsterfüllte Blicke.

Niemand wusste, was er damit sagen wollte.

Niemand.

Bis zu dem Moment, in dem eine ohrenbetäubende Explosion die Stille im Tal durchstieß und die Kaserne der Opposites von einer monströsen Stichflamme gesprengt wurde.

53

Eine halbe Stunde zuvor

„Das ist Madison, versteckt euch!" Liams Worte waren wie ein kräftiger Stromstoß, der durch Siennas Körper jagte.

Herzrasen, Zittern, Übelkeit.

Sie wusste, dass der Moment jetzt gekommen war. Dieser eine Moment, auf den sie schon seit Beginn der Mission in Japan gewartet hatte.

Ihre goldene Stunde - die *Golden Hour.*

Madisons jetzige Anwesenheit rundete die Perfektion ihres Plans nur noch ab.

Madison. Jennifer. Alias – ihre „beste Freundin".

Sienna war so unfassbar sauer und enttäuscht von ihr. Alleine diese Stimme zu hören, machte sie rasend vor Wut.

Nur nebenbei nahm sie wahr, dass sie von den anderen in die hinterste Ecke des dunklen Bereiches unter der Treppe geschoben wurde. Liam drehte sich zu ihnen um und legte einen Finger an die Lippen.

Sie sollten leise sein – schon klar.

Angestrengt hielt Sienna die Luft an. Durch ihren eigenen Atem verstand sie kein Wort, dabei wollte sie nichts lieber als zu hören, was die beiden oben redeten.

Sie musste wissen, was Madison sagte. Schritte auf der Treppe ließen sie noch genauer aufhorchen. Doch es war nicht Madison, sondern die andere Person, mit der sie sich unterhielt.

Ein wenig Enttäuschung keimte in ihr auf, doch diese wurde viel zu schnell von der immer noch präsenten Nervosität verdrängt.

„Wo geht Madison hin?", hörte sie sich selbst fragen und wandte dabei ihren Blick nach oben durch den Spalt zwischen den Treppen, durch den sie bis an die Decke des Gebäudes schauen konnte.

„Du meinst Jennifer", knurrte Liam, während Evelyn nur ein mürrisches „Ist doch egal", von sich gab.

Nein, das war alles andere als egal, dachte Sienna.

Durch den Spalt erkannte sie, dass Madison noch eine Weile im Flur stehen blieb und auf ihr Handy schaute.

Wenn die anderen jetzt schnell verschwanden, war das *die* Gelegenheit.

Vermutlich sogar die einzige, die sie bekommen würde.

Gerade als die andere Person sich in eine unbekannte Richtung entfernte, nutzten die anderen Sechs ihre Chance und eilten zurück zu der Tür, durch die sie gerade gekommen waren.

Nicht aber Sienna, die im Schutz der Dunkelheit unter der Treppe zurückblieb und dabei zuschaute, wie ihre Freunde hinter der Tür verschwanden.

Zu ihrem Glück war sie für die Rücksicherung der Formation zuständig gewesen. So würde niemandem direkt auffallen, dass sie nicht mehr bei ihnen war.

Aufgeregt drehte sie den kleinen metallenen Gegenstand in ihrer Hand, den sie zuvor aus der Waffenkammer hatte mitgehen lassen.

Den Schlüssel für die Tür in die Kellerräume.

Mit einem Mal fühlte sich alles so echt – so ernst - an.

Ihre Gedanken und ihr Plan hatten es aus ihrem Kopf in die Realität geschafft.

Wochenlang hatte sie von diesem Moment geträumt, ihn zugleich aber auch gefürchtet. Und jetzt war es soweit.

Bevor sie sich aus der Deckung traute, sprach sie ein kurzes leises Gebet, dann schlich sie zur Tür.

Ihre Finge zitterten und schwitzten schrecklich. Präzision fiel ihr daher mehr als schwer. Doch nach wenigen Versuchen gelang es ihr, den Schlüssel ins Schloss einzufädeln und herumzudrehen.

Das Klacken war wie Musik in ihren Ohren, denn dieser Moment hatte tiefe Bedeutung für sie. Es war der Augenblick, in dem sie sich von ihren Freunden trennte.

Diese konnten jetzt nämlich nicht mehr zu ihr gelangen.

Ebenso wenig wie die Opposites in den sicheren Bunker im Keller fliehen konnten.

Wieder richtete Sienna ihren Blick die Treppen hinauf und erkannte, dass Madison sich nun entfernte.

Schnell stieg sie die Stufen empor, ohne dabei den Blick von ihrem Ziel abzuwenden. Ihre Schritte waren nicht nur leise, sondern lautlos.

Es war unmöglich, dass Madison die Bedrohung in ihrem Rücken hören würde. Bemerken konnte sie sie natürlich dennoch. Zum Beispiel, wenn sie sich über die Schulter umdrehen würde.

Sienna hoffte inständig, dass das nicht passieren würde. Vermutlich hätte das ihren gesamten Plan in Gefahr gebracht.

Doch kaum war Madison in den Gang links von ihr eingebogen, verschwand sie auch schon hinter einer Tür.

Das war Siennas Chance. Vielleicht die einzige, die sie kriegen würde.

Also rannte sie hinterher und riss die Tür auf, ohne sich vorher Gedanken darüber zu machen, wer noch dahinter sein könnte.

Keine Sekunde später stand sie in dem Raum, bei dem es sich um ein Büro zu handeln schien.

Erschrocken fuhr Madison herum - sah Sienna mit weit aufgerissenen Augen an. Der Schock war ihr ins Gesicht geschrieben. Sie hatte scheinbar absolut nicht damit gerechnet, dass sie verfolgt worden war. Erst recht nicht von *ihr*.

Ihr - „Sienna."

Madison flüsterte den Namen, als wäre er ihr in der Kehle stecken geblieben und krallte sich dabei in das Holz des Schreibtisches hinter ihr. Sienna merkte, dass Madison gerne einige Schritte Abstand genommen hätte, doch der Raum ließ es nicht zu.

Ohnehin hätte es ihr nicht geholfen.

Nichts und niemand kann dir jetzt noch helfen, dachte Sienna.

Sie schlug wütend die Tür hinter sich zu und legte blindlings mit nur einer Hand das Schloss um.

Klack.

Wieder dieses befriedigende Geräusch.

Ein Lächeln schlich sich auf ihre Lippen, das, gepaart mit dem rachsüchtigen Ausdruck in ihren Augen, vermutlich mehr als angsteinflößend war. Zumindest entlockte es Madison ein leises Wimmern.

Außer ihnen war niemand hier und egal, auf wen Madison gewartet hatte – Die Person würde sie nicht mehr rechtzeitig retten können.

Langsam machte Sienna einige Schritte in den Raum hinein, legte dabei Helm und Schutzweste ab, nicht aber die Maschinenpistole, die sie noch immer vor ihrer Brust trug.

„Wenn du hier bist, um mit mir abzurechnen…", stammelte Madison mit Tränen in den Augen und sah verängstigt auf die Waffe in Siennas Hand. „Dann finden wir bestimmt eine andere Lösung. Ich mache alles, was du willst. Aber bitte erschieß mich nicht."

Siennas Mundwinkel zuckten kurz.

„Das habe ich nicht vor", entgegnete sie kurz, doch ihre Stimme war voller Hass.

Madison schien für den Hauch einer Sekunde erleichtert zu sein, dann hob sie jedoch deeskalierend die Hände. „Okay…was willst du dann?" Ihre Stimme war nicht mehr als ein dünnes Winseln.

Die sonst so falschen, sanften Gesichtszüge zitterten vor Angst.

„Wissen, wieso du uns das alles angetan hast. Wie du in der Lage dazu warst, Freunde töten zu wollen?!" Der Hass in ihren Worten wurde lauter. Immer lauter.

Madison schluckte und schaute beschämt auf ihre Fußspitzen.

„Ich weiß es nicht", wisperte sie. Tränen rannen ihr zu tausenden die Wangen hinunter und sie schniefte mehrmals.

„Ich kann nicht fassen, dass du mir nicht mal in die Augen schauen kannst, wenn du mich anlügst. Du weißt ganz genau, warum du es getan hast."

Sienna wartete einige Sekunden, in denen sie ihren eigenen Herzschlag schmerzhaft an ihren Rippen spürte. Doch Madison schwieg.

„Wahrscheinlich warst du nie in diesem Spiel, von dem du uns erzählt hast. Wahrscheinlich kommen deine Narben von etwas ganz anderem und sind absolut verdient gewesen", donnerte Sienna voller Wut und Abscheu.

Erneut senkte Madison den Blick. „Doch", flüsterte sie. „In diesem Spiel war ich wirklich und nichts von dem, was ich dazu erzählt habe, war gelogen. Es war die schlimmste Erfahrung meines Lebens und ich habe dort Freunde verloren. Das war ja der Grund, warum ich euch aufhalten wollte, die Ären zu schützen. Die sind gefährlich." Kaum hörbar fügte sie ein „So wie ihr", hinzu.

Sienna verengte die Augen zu Schlitzen. „Was redest du da für einen Schwachsinn? Weißt du eigentlich, was mit der Welt passiert, wenn die Ären zerstört werden?! Alles wird zugrunde gehen! Eine von der Natur geschaffene Parallelwelt ist allein schon physikalisch notwendig für das Gleichgewicht des Universums! Wie können du und deine Armee aus Witzfiguren sich bloß anmaßen, das alles zu zerstören?!" Sie bebte vor Emotionen. Negative, böse Emotionen, die sie noch nie zuvor irgendjemandem gegenüber verspürt hatte.

Wieder schwieg Madison.

„Wenn du ein guter Mensch wärst, wärst du nach all den Jahren mit uns niemals in der Lage dazu gewesen, irgendwem von uns wehzutun."

Jetzt begann Madison so richtig zu weinen. Erwidern konnte sie darauf so oder so nichts.

Sienna hatte schließlich recht. Sie *war* ein schlechter Mensch.

Im selben Moment vibrierte jedoch Siennas Handy in der Hosentasche. Sie ahnte bereits, wer das sein würde.

Marco.

Als sie den Namen auf ihrem Display las, ging sie ein letztes Mal in sich. Wenn sie jetzt abnahm und sagte, was sie sagen wollte, gab es kein Zurück mehr. Dann musste sie es tun.

Zitternd atmete sie ein und nahm dann das wohl schwerste Telefonat ihres Lebens an.

„Sienna! Gott sei Dank erreiche ich dich. Geht's dir gut? Wo bist du?"

Einige Sekunden blieb es still, ehe Sienna ein kurzes Schluchzen entfuhr. Sie wollte niemandem Sorgen bereiten und schon gar nicht weh tun, aber daran führte kein Weg mehr vorbei.

Sie hatte sich entschieden.

„Marco", brachte sie unter Tränen hervor. „Ja mir geht es gut. Mehr als gut."

Ein erleichtertes Aufatmen ertönte in der Leitung, ehe er wieder aufgebracht „Aber wieso bist du nicht bei den anderen? Wo bist du?" in den Hörer brüllte.

„Ich bin oben in der Kaserne bei Madison", sagte sie selbstsicher und bestimmt, als wäre dies die einzig richtige Antwort, obwohl sie ganz genau wusste, dass sie das Schlimmste noch vor sich hatte - dass er immer weiter fragen würde, ehe sie ihm nicht die ganze Wahrheit gesagt hatte.

„Sienna, was machst du da?! Willst du etwa draufgehen? Mach, dass du da wegkommst! Der IFS ist auf dem Weg zur Kaserne und sie werden sie in die Luft sprengen, ob mit oder ohne dich!" Gänsehaut überzog ihren Körper.

Sie glaubte selbst kaum, dass sie die Worte, die seit Wochen durch ihren Kopf spukten, jetzt laut aussprach: „Das wird nicht mehr nötig sein. Der IFS kann abdrehen. Ich werde euch alle retten. Auch wenn das bedeutet, dass ich dafür mein Leben gebe. Ihr werdet mir noch danken, dass ich dem Wahnsinn endlich ein Ende gesetzt habe."

Einen kurzen Augenblick der Stille, in dem es war, als würde die Zeit stillstehen, wartete sie noch ab, bevor sie das Telefon vom Ohr nahm. Marco hatte ihre Worte Sekunden später verarbeitet. Er wusste, dass sie es ernst meinte. Doch Sienna legte auf und erstickte damit seine hysterischen Rufe am anderen Ende der Leitung.

Einige Male klingelte ihr Telefon noch, aber sie hatte keinen Kopf – keine Worte - mehr dafür.

Madison beobachtete sie ehrfürchtig. Auch sie merkte, dass die Situation keinen Ausweg für sie bereithielt. Dass das Ganze hier gerade eine völlig falsche Richtung einschlug.

Sienna griff nach etwas in ihrer Hosentasche, das sie seit bereits fünf Wochen darin aufbewahrte.

Der kalte runde Gegenstand in ihrer Hand fühlte sich plötzlich wie die Lösung aller Probleme an.

Genau das, was sie sich erhofft hatte: Es fühlte sich nach wie vor richtig an.

Langsam zog sie ihn hervor und entlockte Madison damit einen kehligen Schrei nach Hilfe. „Bitte Sienna! Tu es nicht!", kreischte sie entsetzt und fiel bettelnd vor ihr auf die Knie – die Hände ineinander gefaltet, verzweifelt flehend um Nachsicht. Ihre Wangen waren tränennass, ihre Gesichtsfarbe kreidebleich. Doch Sienna verzog keine Miene.

„Weißt du, *Jennifer.* Wenn du wirklich die gewesen wärst, für die wir dich die ganzen Jahre über gehalten haben, dann hättest du auch den Grund hierfür erfahren…" Sie machte eine kurze Pause. „Weil du dann kein Teil meiner *Golden Hour* gewesen wärst."

„Deiner was?", fragte sie, aber ihre Stimme war nichts weiter als ein Krächzen.

„Meiner letzten Stunde auf dieser Welt, in der ich noch einmal scheinen kann."

„Scheinen?", wieder war es nur ein Winseln, das aus Madisons Mund kam. Sie musste bereits ahnen, worauf Sienna hinaus wollte, denn sie kauerte sich immer kleiner zusammen. Als würde mit jedem von Siennas Worten mehr von ihrer Hoffnung schwinden.

„Ich bin diejenige, die sich opfert, um diesen Wahnsinn zu beenden."

Kaum hatte Sienna die Worte ausgesprochen, löste sie den Pinn in der Granate und ließ sie aus ihrer Hand fallen.

Die tickende Zeitbombe fiel polternd zu Boden und kugelte sich noch einige Zentimeter durch den Raum.

Madison beobachtete sie mit glasigen Augen - zitternd am ganzen Körper.

Sie war wie erstarrt, während Sienna nur die Sekunden im Kopf herunterzählte.

5...

4...

3...

2...

1...

0...

Ein Knall drang zu ihr durch – dann wurde alles dunkel.

Die Welt war jetzt schwarz.

Und das würde sie auch bleiben.

Für immer.

54

So schnell seine Beine ihn trugen, rannte Tarek in das Zimmer, das er die letzten drei Jahre *Sein Zuhause* genannt hatte, knallte die Tür zu und ließ sich rücklings daran hinunterrutschen.

Stöhnend entwich ihm all die angestaute Luft aus den Lungen, während seine Gedanken fast zu explodieren drohten.

Den ganzen Rückflug hatte niemand von ihnen ein Wort gesagt.

Es hatte eine erdrückende Stille geherrscht.

Denn selbst, wenn irgendjemand die richtigen Worte gefunden hätte - fraglich, ob es diese überhaupt gab - hätte es nichts an der Situation geändert oder gar gebessert. Es hätte niemals das heilen können, was vor wenigen Stunden in ihnen allen zerbrochen war.

Nichts und niemand hätte ihnen den Schmerz, den sie gerade spürten, nehmen können.

Den Schmerz, den Tarek bei dem reinen Gedanken an Sienna empfand.

Den Schmerz, der ihm das Gefühl gab, bei lebendigem Leibe zu verbrennen.

Dieser tat so unsagbar weh, dass er gar nicht mehr wusste, wohin mit diesem ganzen unerträglichen Schmerz.

Wohin mit der Wut und der Trauer.

Alles, was sie ihm zurückgelassen hatte, war Unverständnis.

Unverständnis über ihre Entscheidung, nicht mehr leben zu wollen.

Aber war das wirklich alles gewesen?

In den letzten Stunden hatten sich seine Gedanken pausenlos um Siennas Worte während ihres letzten Telefonats gedreht:

„Achso, warte noch kurz. Ich hätte fast vergessen, dir zu sagen, dass ich dir etwas unter dein Kopfkissen gelegt habe. Ein kleines Geschenk für dich, wenn du wieder zurück bist."

Er hob den Kopf, den er mittlerweile in den Händen und zwischen den Knien vergraben hatte, und sah zu seinem Bett.

Was auch immer dort unter dem Kopfkissen lag, war das Letzte, was ihm von ihr blieb.

Vielleicht war es die Antwort auf all die Fragen, die ihn seither ununterbrochen quälten.

Er blinzelte die aufsteigenden Tränen weg und ging dann ganz, ganz langsam auf das Bett zu.

Einerseits konnte er es kaum erwarten, zu erfahren, was sie ihm hinterlassen hatte, und andererseits hatte er auch unheimliche Angst davor, dass er diesem kleinen Geschenk zu viel Bedeutung beimessen könnte.

Er setzte sich auf die Matratze und ließ seine Finger ehrfürchtig über den Stoff des Kopfkissenbezuges gleiten.

Mit zitternden Händen hob er das Kissen an und sah schließlich, was sich darunter verbarg.

Es war ein Brief.

Sie hatte ihm einen Brief unter sein Kissen gelegt.

Zurückhaltend griff er danach, roch an dem rosafarbenen Umschlag und musste bitterlich feststellen, dass sie ihn mit ihrem Lieblingsduft parfümiert hatte.

Es versetzte ihm einen Stich, ihren lieblichen blumigen Geruch wahrzunehmen, der ihm so vertraut war.

Den er die letzten Wochen so unglaublich vermisst hatte, ohne zu wissen, dass er ihn nie wieder an ihr riechen würde.

Wie ferngesteuert öffnete er die Balkontür, lehnte sich an das Geländer und legte seinen Kopf in den Nacken, um das aufgeregte Kribbeln in seinem Magen zu vertreiben.

Es war Abend und die Sonne tauchte die Bäume vor Tareks Balkon in ein kräftiges goldenes Licht. Der Abend war immer seine Lieblingszeit des Tages gewesen - Die sommerlichen Temperaturen fühlten sich wunderbar auf der frisch geduschten Haut an und die salzige Meeresluft prickelte bei jedem Atemzug in der Nase, eine frische Brise wehte durch seine Haare und eigentlich hätte der Moment wunderschön sein können - doch jetzt erinnerte ihn der Abend nur daran, dass der Tag sich dem Ende zuneigte und mit Hereinbrechen der Nacht vorbei sein würde.

Vorbei.

Dieser Tag würde nicht mehr wiederkommen. Nie wieder.

Ebenso wenig wie Sienna. Es erinnerte ihn viel zu sehr daran, dass auch Siennas Leben ein Ende gefunden hatte. Dass alles endlich war.

Tarek faltete den Brief auseinander. Wieder stieg ihm ihr Parfüm in die Nase, was jetzt seine Unterlippe zum Beben brachte.

Er schloss die Augen und sah sie vor sich, wie sie ihr bezauberndes Lachen lachte und seinen Namen sagte... *Tarek.* Aus ihrem Mund hatte es immer wie eine Melodie geklungen.

Am liebsten hätte er die Augen für immer geschlossen gehalten, wenn sie das Einzige gewesen wäre, das er dann noch sah.

Er sah sie vor sich, wie sie mit ihren Haarsträhnen spielte, die ihr ständig ins Gesicht fielen und dieser Blick…

Dieser Blick, mit dem sie ihn ansah, wenn es da, in diesem einen Augenblick, nur sie und ihn gab.

Das Funkeln und Blitzen in ihren blauen Augen, die Mundwinkel, die von einem sanften Lächeln umspielt wurden - Genau dieser Blick, der ihm verriet, wie sehr sie ihn liebte.

Wie rein ihre Seele war.

Und er erwiderte ihn jedes Mal mit genau derselben Intensität.

Seine Beine waren so weich und zittrig, dass sie ihm kaum mehr genügend Halt gaben, um darauf zu stehen.

Als könnten sie ihn nicht mehr tragen.

Weil die Trauer, die auf seinen Schultern lastete, zu schwer war.

Zu schwer, um sie zu tragen.

Nervös vor dem, was Siennas letzte Zeilen an ihn waren, atmete er aus und begann, den Brief von ihr zu lesen.

Liebster Tarek,

wenn du diesen Brief in den Händen hältst, bin ich vermutlich schon nicht mehr unter euch. Was auch immer dann passiert ist – diese Zeilen sollen dir die Antwort auf all deine Fragen geben.

Vor allem auf die Frage, wieso ich mich für diesen Schritt entschieden habe.

Ehrlich gesagt, weiß ich gar nicht, wie und vor allem wo ich anfangen soll…glaub mir, es fällt mir unglaublich schwer, dir gerade diesen Brief zu schreiben. Ich glaube, dass ich in meinem Leben kaum etwas Schwereres habe machen

müssen. Ich versuche einfach mal, am Anfang zu beginnen...

Es war der 26. Juli im Jahr 2009.
Die Tür zum Ärztezimmer stand offen und mein neunjähriges Ich rannte den Krankenhausflur herunter, auf dem Weg zum Zimmer meiner kleinen Schwester. „Sienna, langsam. Du rutschst sonst aus und tust dir weh", ermahnte mich eine der Krankenschwestern und gestikulierte aufgeregt mit den Händen. „Wie oft haben wir dir gesagt, dass du hier nicht so herumrennen sollst?! Dafür ist unser Innenhof da", schimpfte Clarissa streng und zeitgleich irgendwie liebevoll. Clarissa war eine der Schwestern, die auf der Kinderstation für Onkologie arbeitete. Sie war eine meiner liebsten Menschen dort. Aber in diesem Moment wollte ich einfach nur Kind sein, weshalb ich genervt abbremste und vor ihr zum Stehen kam. „Jaja, ich weiß", entgegnete ich trotzig und machte auf dem Absatz kehrt. Ich verstand mich mit allen Krankenschwestern dieser Station ziemlich gut, aber manchmal, da waren sie auch einfach ganz schön nervig.
Die Kinderstation war deutlich schöner und bunter als der Rest des Krankenhauses. Ich kannte beinahe jeden Winkel dort auswendig, so oft schon hatte ich jede einzelne Station erkundet. Und so oft schon war ich da gewesen – leider – um meine krebskranke Schwester zu besuchen.
An den Wänden hingen selbstgemalte Bilder der hier stationierten Kinder. Es gab einen Spielraum, wo allerlei mögliche Spielsachen zu finden waren. Von Brettspielen bis hin zu einer kleinen Rutsche. Aber das Allercoolste dort oben auf der „vierten Station" im dritten und höchsten Stock war es, dass es einen Innenhof gab. Mitten auf der

Station konnte man durch eine Glastür gehen, die ins Freie führte. Kein Dach, keine einengenden Wände, kein quietschender Fußboden, der einen so fühlen ließ, als wäre man in der dritten Klasse im Sportunterricht in der muffigen Turnhalle. Man lief zwar auf Kopfsteinpflastern und leider nicht im grünen Gras, aber immerhin konnte man in den Himmel schauen - Die vorbeiziehenden Wolken und die herumfliegenden Vögel beobachten, um für einen kurzen Augenblick all das Schlechte in seinem Leben zu vergessen.

Zu vergessen, dass man umgeben war von Kindern, die allesamt um ihr Leben kämpften.

Das Schönste und gleichzeitig Traurigste auf dieser Station war der „Altar". Die Schwestern hatten ihn so genannt. Auf diesem Altar brannten jeden Tag Kerzen. Und jedes Mal, wenn ein Kind den Kampf gegen seine Krankheit verlor, wurde eine neue Kerze angezündet. Über dem Altar hingen Bilder. Bilder von Jungen und Mädchen, die auf dieser Station verstorben waren. Oft schon hatte ich vor diesem Altar gestanden und die Bilder im flackernden Licht der Kerzen begutachtet.

Jeden Tag erfüllte mich eine unheimliche Angst, eine Kerze für meine Schwester anzünden zu müssen. Aber auch für all die Freunde, die wir beide bereits auf der Station gefunden hatten. Nichts schmerzte so sehr wie der Verlust eines geliebten Menschen. Diesen Schmerz würde leider jeder, der diese Station betrat, früher oder später spüren müssen.

Ich schlenderte gerade in Richtung des Innenhofes, als plötzlich ein paar Stimmen hinter der angelehnten Tür zum Ärztezimmer meine volle Aufmerksamkeit gewannen. Ich steckte meinen Kopf durch den kleinen Türspalt und

beobachtete, was sich in dem Büro ereignete. Es war das Büro des Arztes, welcher meine Schwester und all die anderen Kindern auf dieser Station betreute. Vor mir stand eine blonde große Frau. Sie trug eine Jeans und einen Wollpullover, an dem sich schon einige Fäden lösten, die sie nervös aus dem Stoff zupfte. Neben ihr stand ein großer, schlanker, ebenfalls blonder Mann, der verärgert ihre Hand griff, mit der sie die Fäden aus dem Pullover zog und ihr so signalisierte, dass sie damit aufhören sollte. Es waren meine Eltern: Lindsay und Richard Evans. Sie warteten aufgeregt auf irgendetwas oder irgendjemanden. Auf der anderen Seite des Raumes öffnete sich eine Tür und in schnellen Schritten betrat ein kleiner braunhaariger Mann in weißem Kittel den Raum. Sofort gewann er die gesamte Aufmerksamkeit der beiden. Meine Mutter strich sich mit zitternden Fingern eine blonde Strähne hinter das Ohr und atmete schwer aus. „Hallo Mr und Mrs Evans. Bitte setzen Sie sich", sagte der Arzt und zeigte auf die zwei Stühle vor seinem Schreibtisch. „Sie haben mich gebeten, auch bei Ihrer älteren Tochter Sienna einen Bluttest bezüglich des Li-Fraumeni-Syndroms durchführen zu lassen."
Meine Mutter nickte nervös, während mein Vater sich angespannt räusperte.
„Ich möchte Sie gar nicht unnötig auf die Folter spannen und muss Ihnen daher leider direkt mitteilen, dass die Tests nichts Gutes ergeben haben. Auch sie wurde positiv auf das Syndrom getestet..."
Ehe ich überhaupt verstehen konnte, worum es ging und was dieses Syndrom war, von dem ich irgendwann schon mal gehört hatte, schlug meine Mutter sich die Hand vor den Mund und brach in Tränen aus. Sie versuchte, ihr Schluchzen zu unterdrücken, doch es half nichts. So

bitterlich hatte ich meine Eltern das letzte Mal bei der Diagnose meiner Schwester weinen sehen. Auch meinem Dad fiel es sichtlich schwer, die Fassung zu bewahren. Er nahm Mum in den Arm und umarmte sie so fest, dass sie kaum mehr Luft bekam. Ob es nun an Richards Umarmung oder an dem Umstand lag, dass sie vor lauter Tränen vergaß zu atmen. Atemlos rang sie nach Luft.

„Nein, das darf nicht wahr sein. Das darf nicht passieren", nuschelte sie in ihre Hände, die sie noch immer auf das Gesicht presste.

„Es tut mir aufrichtig leid, Ihnen das mitteilen zu müssen. Dennoch gibt es auch Hoffnung. Allein, dass Sienna das Syndrom hat, bedeutet nicht automatisch, dass es bei ihr ausbrechen wird. Sie könnte noch jahrelang so weiterleben, wie sie es jetzt gerade tut und nicht einmal bemerken, dass sie dieses Syndrom in ihren Genen trägt. Womöglich bricht es sogar niemals aus. Dennoch darf man nicht außer Acht lassen, dass diese Möglichkeit leider gegeben ist. Wie Sie natürlich schon wissen, ist diese Krankheit unheilbar. Alles, was wir tun können, ist, sie regelmäßig zu untersuchen und regelmäßige Checks zu machen. Es tut mir wirklich unglaublich leid, dass ich nicht bessere Nachrichten für Sie habe", sagte er und rückte seinen Kittel zurecht.

Erschrocken stolperte ich ein paar Schritte zurück.

Ich hatte das Li-Fraumeni-Syndrom.

Viel wusste ich über diese Krankheit nicht. Meine Eltern hielten mich von sämtlichen Arztgesprächen fern und erzählten mir immer nur das Nötigste. Na gut, zugegebenermaßen verstand ich auch nicht einmal die Hälfte von dem, worüber die Ärzte und meine Eltern tagtäglich sprachen, aber was ich wusste, war das, was ich sah.

Ich sah meine Schwester.

Leiden.

Kämpfen.

Jeden Tag.

Jeden Tag kämpfte sie einen Kampf, den sie nicht gewinnen konnte. Einen Kampf, der aussichtslos war zu führen.

Und dennoch tat sie es und kämpfte jeden gottverdammten Tag weiter.

Ich wusste schon lange, dass der einzige Grund, weshalb meine Schwester jeden Tag aufs Neue wieder und wieder gegen den Krebs ankämpfte, meine Eltern und ich waren.

Unsere Familie.

Emily wusste um ihre aussichtslose Lage.

Der Krebs war ihr überlegen. Er war ihr immer einen Schritt voraus. Er bekämpfte sie nicht nur, er belagerte sie und zerstörte sie von innen heraus.

Meine Schwester so zu sehen, war das Schwerste, was ich je durchmachen musste.

Dass mir dasselbe passieren könnte, war bisher immer undenkbar gewesen.

Unvorstellbar.

Bis zu jenem Tag.

55

Ich wusste, dass die Möglichkeit besteht, dass auch bei mir das Li-Fraumeni-Syndrom ausbrechen würde. Dass es tatsächlich passiert, wusste ich natürlich nicht. Ich wollte es dir sagen, glaub mir, aber ich wusste nicht wie...gibt es überhaupt die richtigen Worte dafür, jemandem zu sagen, dass man sterben wird? Dass man lieber selbst entscheiden möchte, wann und wie man aus dem Leben scheidet, als einen Kampf zu kämpfen, der dich nach und nach zerstört? Für Angehörige ist so eine Entscheidung oft nicht nachzuvollziehen, weil es einfach keine Worte gibt, die beschreiben, wie wir Betroffenen uns fühlen.

Ich hatte bereits seit Beginn des Studiums beim IFS mit chronischen Kopfschmerzen und Schwindel zu kämpfen. Vielleicht erinnerst du dich, dass ich eine Zeit lang wirklich viele Schmerzmittel genommen habe...Der Auslöser für meine Symptome war zu diesem Zeitpunkt allerdings noch ein gutartiger Hirntumor, der mit der richtigen Behandlung wieder zurückgehen sollte. Ich hatte bereits da große Angst, doch noch viel mehr Angst hatte ich davor, euch zu Unrecht zu beunruhigen.

Dann…es war ein Tag vor etwa sechs Wochen, als ich mit erneuten Beschwerden zum Arzt ging.

„Also Doktor, sagen Sie schon, was stimmt nicht mit mir? Ich habe ständig solche Kopfschmerzen und diese ätzende Müdigkeit ist wirklich anstrengend. Ich habe schon so viel versucht, dagegen zu unternehmen, aber egal, wieviel ich schlafe, ich bin dennoch müde, egal wie viele Schmerztabletten ich nehme, ich habe dennoch Schmerzen und dieser ständige Schwindel bringt mich auch um den Verstand. Ich weiß nicht mehr, was ich noch tun soll", erklärte ich und rückte auf der Liege im IFS-Krankenzimmer hin und her. „Sienna", sagte er mit einer ruhigen Stimme und setzte sich auf seinen Drehstuhl neben mich. Seine Stimme war ruhig - zu ruhig, sodass ich mit einer unguten Vorahnung innehielt. „Ich habe mir aufgrund einiger Ihrer Blutwerte Ihre Krankenakte angesehen und dort gelesen, dass Sie eine Schwester hatten, die leider viel zu früh von uns gegangen ist", sagte er und schlug eine Akte, die auf seinem Schoß lag, auf.

Ich schluckte den Kloß, der sich in meinem Hals gebildet hatte, herunter. Mein Herz stockte für einen kurzen Augenblick. Ich wischte die schwitzigen Hände an meiner Hose ab und räusperte mich.

Unweigerlich wusste ich, was der Arzt mir gleich sagen würde. Welche Diagnose er mir stellen würde.

Jahrelang hatte ich diesen Augenblick gefürchtet. Um genau zu sein, seit dem 26.07.2009. Seit dem Moment, in dem ich das Ärztegespräch im Krankenhaus mitgehört hatte. Ich hatte gewusst, dass es mich eines Tages einholen würde.

Und heute.

Heute war genau dieser Tag.

Der Tag, an dem sich mein Leben für immer verändern würde. An dem ich das Leben, so wie ich es kannte und liebte, nicht mehr weiterleben konnte.

„Ich habe bei Ihren Untersuchungen feststellen müssen, dass Sie schon damals positiv auf das Li-Fraumeni-Syndrom getestet wurden. Ist Ihnen dies bekannt?"

Ich nickte stumm.

„Bei diesem Syndrom haben die Patienten ein mutiertes Tumorsuppressorgen, aus dem sich die verschiedensten Krebsarten entwickeln können. Ihre Schwester erkrankte an einem Hirntumor und Lymphdrüsenkrebs. Bei Ihnen ist es ebenfalls ein Hirntumor. Und diesmal spreche ich nicht von einer gutartigen Variante. Diesmal ist der Tumor bösartig und wächst viel zu schnell um ihn in den Griff zu bekommen. Es tut mir sehr leid. Wenn Sie Hilfe oder seelsorgerische Unterstützung benötigen, wenden Sie sich jederzeit an…."

Jedes weitere Wort aus dem Mund des Arztes wurde nur noch zur Nebensache. Es war nebensächlich. Alles, was ich verstanden hatte und verstehen musste, war, dass ich Krebs hatte.

Unheilbaren Krebs.

Ich war wie gelähmt. Diese Horrornachricht, von der ich immer gehofft hatte, sie niemals zu bekommen, war noch viel schlimmer, als ich es mir jemals hätte vorstellen können. Ich konnte mir das, was der Arzt mir über meine Krankheit erzählte, auch nicht weiter anhören. Denn egal, was er mir sagte, es gab nichts, was ich über dieses Syndrom - über diese Krankheit - nicht schon wusste. Schlagartig kamen mir wieder die Bilder meiner leidenden Schwester in den Kopf. Ich erinnerte mich nur zu gut an die Tage, an denen Emily zu schwach gewesen war, um überhaupt mit mir zu reden. An die

Tage, an denen ich einfach nur neben ihrem Bett gesessen und ihre Hand gehalten hatte. Ich war machtlos gewesen. Ich hatte ihr nicht helfen können. Das war beinahe das Schlimmste gewesen. Diese Machtlosigkeit. Das Wissen, dass ich nichts tun konnte, was meiner Schwester helfen würde. „Wir können mit einer Therapie beginnen. Mit der müssen wir jedoch sofort starten. Natürlich werden Sie von der Mission zurückgezogen und ich werde dafür sorgen…" Diese Worte rissen mich aus meinen Gedanken. „Nein!", unterbrach ich ihn mitten im Satz. Entsetzt hielt er inne und sah mich an.

„Nein. Ich will keine Therapie. Ich will keine Behandlungen, keine Chemotherapie, keine Bestrahlungstherapie! Ich möchte nichts davon…ich habe es bei meiner Schwester erlebt. Ich habe erlebt, wie der Krebs ihr immer mehr von ihrem Leben genommen hat. Wie er ihre Energie ausgesaugt und sie jeden Tag mehr und mehr geschwächt hat. Trotz unzähliger Therapien und Medikamente, die sie nahm, hat der Krebs sie letzten Endes besiegt. Ich möchte Schmerzmittel gegen meine Kopfschmerzen und die Erlaubnis von Ihnen, weiterarbeiten zu dürfen. Die Mission zu Ende bringen und für meine Freunde da sein zu dürfen…bitte." Entsetzt sah der Doktor mich an. „Sind Sie sich sicher? Sie dürfen den Ernst der Lage nicht verkennen. Sie sind krank. Sie haben Krebs!"

Tarek hielt inne und starrte wie gebannt auf die letzten Zeilen.
Sie haben Krebs.
Diese Worte wiederholten sich in seinem Kopf in Dauerschleife. Sein Körper reagierte auf eine Weise, die er nie für möglich gehalten hätte.
Drei Worte.
Es waren nur drei Worte.

Drei Worte, die sein Herz ein weiteres Mal entzweibrachen. Drei Worte, die er nie hätte lesen wollen. Fassungslos schüttelte er den Kopf, während die Tränen langsam über seine Wangen rannen. Er wischte sie weg und las weiter.

Der Arzt erfüllte jedoch nach einigen Diskussionen meinen letzten Wunsch und ließ mich weiterarbeiten. Tarek...ich weiß, du hättest dir gewünscht, dass ich kämpfe oder es zumindest versuche, aber glaub mir, wenn ich dir sage, dass dieser Kampf aussichtslos gewesen wäre und niemandem geholfen hätte - mir nicht und dir auch nicht – dann hättest du es vielleicht verstanden. Du hättest nur mit ansehen müssen, wie der Krebs mir jeden Tag mehr und mehr das Leben aus dem Körper saugt.
Ich habe es bei meiner Schwester miterleben müssen und für mich entschieden, dass ich euch das nicht antun kann.
Euch nicht und mir selbst auch nicht.
Ich hoffe, du kannst diese Entscheidung verstehen oder zumindest, selbst wenn du sie nicht verstehen kannst, akzeptieren. Es tut mir wirklich unglaublich leid. Es tut mir leid, dass ich dir nicht mehr geben kann als diesen Brief, dass ich dir nicht mehr geben kann als die letzten Jahre. Es tut mir leid, dass du keine Zukunft mit mir haben wirst und noch mehr tut mir leid, dass ich dir diesen Schmerz antue. Diese Krankheit ist für die Erkrankten schrecklich, aber noch viel schrecklicher ist sie für diejenigen, die hilflos daneben sitzen müssen und zurückbleiben wenn die Zeit gezählt ist. Die Familie, Freunde, Partner. Das sind diejenigen, die am meisten unter dieser Krankheit leiden. Denn ich kann dir nicht mehr dalassen als Schmerz und Wut. Ich kenne das Gefühl selbst zu gut. Ich habe gefühlt,

was du jetzt fühlst. Ich habe durchgemacht, was du jetzt durchmachst. Und glaub mir bei Gott, dass ich dir das antue, bricht mir das Herz. Es bricht mir das Herz, zu wissen, dass du so sehr leiden wirst, dass du das Gefühl hast, du möchtest einfach nicht mehr leben und es gibt nichts mehr, für das es sich zu leben lohnt.

Tarek hob den Kopf und ließ sich auf den Boden sinken. Sie hatte Recht. Sie hatte so verdammt Recht mit jedem einzelnen Wort, was sie schrieb. Es fühlte sich unerträglich an. Alles fühlte sich unerträglich an. Er schnappte nach Luft und schmeckte das Salz seiner Tränen auf der Zunge.
Die Gewissheit, von nun an ohne sie zu sein.
Einfach alles war unerträglich.
Er wischte die Tränen weg, nachdem er sich etwas beruhigt hatte und wandte sich wieder den Zeilen von Sienna zu.

Ich werde diese Mission zu Ende bringen. Und falls ich jemandem von euch das Leben dadurch rette, indem ich meines beende, dann würde ich es, ohne zu zögern, sofort tun.
Ich würde für jeden von euch mein Leben geben.
Lieber sterbe ich, um euch zu retten, als an ein Bett gefesselt und vom Krebs zerfressen zu werden.
Falls ich nicht mehr die Chance dazu habe, dir zu sagen, wie sehr ich dich liebe, dann lies diese Zeilen.
Und immer, wenn du traurig bist, soll dich dieser Brief daran erinnern, dass das Leben schön ist. Dass es sich lohnt, für das Glück zu kämpfen.
Dass das Leben, auch wenn es sich gerade nicht so anfühlt, schöne Momente für dich bereithält. Die Welt steht dir offen. Nutze die Chancen, die dir gegeben werden und

erkunde so viel von der Welt, wie du kannst. Auch wenn du gerade keinen Ausweg aus diesem dunklen endlosen Tunnel siehst, will ich, dass du weißt, was du mir bedeutest und wie sehr ich dich liebe. Ich will dir damit ein bisschen Trost spenden und zeigen, was für ein unglaublich wundervoller Mensch du bist. Ich habe dich immer geliebt und ich werde dich immer lieben, Tarek. Mit jeder Faser meines Körpers. Du bist die Liebe meines Lebens und ich weiß, dass du genauso empfindest.

Ich wünsche mir, dass dein Leben nicht anhält, nur weil ich nicht mehr bei dir bin.

Ich wünsche mir, dass du rausgehst und neue Leute kennenlernst – alles tust, wonach dir der Sinn steht.

Ich wünsche mir, dass du dein Leben lebst. Auch, wenn das bedeutet, dass du es ohne mich tust.

Tarek ließ den Brief sinken. Ohne zu wissen, was er als nächstes tun sollte. Ohne zu wissen, was er je wieder tun sollte. Er hatte das alles noch nicht verarbeitet. Wie auch?

Seine Freundin war tot.

Der Mensch, den er am meisten auf dieser Welt brauchte. Die ihm vertrauteste Person. Die ihm nächste Person war fort.

Sie hatte sich geopfert.

Der Mensch, den Tarek mit am meisten in seinem Leben geliebt hatte.

Geliebt hatte…was dachte er da nur?

Liebte.

Er liebte sie unaufhörlich. So sehr, dass alles - jeder Gedanke an sie - nur Schmerz auslöste. Jeder Atemzug. Jeder Herzschlag.

Schmerzte.

Und alles in ihm lechzte verzweifelt nach ihr.

Niemand konnte ihn in diesem Augenblick so sehr verstehen, wie seine beste Freundin.

Evelyn.

Sienna war ihre beste Freundin gewesen. Die beiden waren beinahe ein und dieselbe Person. Wenn jemand seinen Schmerz verstand, dann sie.

Er musste zu Evelyn. Und er wusste auch genau, wo er sie jetzt finden würde.

Mit schnellen Schritten lief er aus dem Gebäude in Richtung des Strandes.

Wie er es vermutet hatte, erkannte er Evelyn unten am Strand im Sand sitzen.

Sie trug eine weiße Leinenhose und ein weißes Oberteil, dessen Rückenausschnitt von ihren langen braunen Locken bedeckt wurde.

Ihr Blick war auf die sich brechenden Wellen gerichtet, die im Licht der untergehenden Sonne orange schimmerten.

Dieses Bild war überwältigend. Vielleicht viel überwältigender als jeder Sonnenuntergang, den Tarek bisher gesehen hatte.

Er riss sich von dem malerischen Anblick los und erinnerte sich daran, weshalb er hergekommen war.

Gerade als er auf Evelyn zugehen wollte, erkannte er, dass auch sie einen Brief in der Hand hielt. Hatte sie etwa auch einen bekommen?

Tarek machte vorsichtig ein paar Schritte auf sie zu. Als sie ihn bemerkte, drehte sie sich langsam zu ihm um. Sie musste gewusst haben, dass er es war, denn sie schien kein bisschen überrascht zu sein. Im Gegenteil: Sie schien ihn bereits erwartet zu haben.

Ihre Wangen und Augen waren gerötet.

Tränen überflossen.

Tarek setzte sich neben sie in den Sand und legte einen Arm um sie. Er zog Evelyn nah an sich heran und hielt sie so fest er konnte.

Sie schmiegte sich an ihn. Eine kurze Zeit hielten die beiden inne, dann sackte Evelyn in sich zusammen und begann bitterlich zu weinen. Es schien so, als wären gerade all ihre Schutzmauern gefallen.

Als hätte sie einfach losgelassen.

Verzweifelt schluchzte sie und krallte sich mit ihren Fingernägeln in Tareks T-Shirt. Sie brauchte Halt. Sie suchte Halt. Sie suchte jemanden, der sie auffing.

Eine ganze Weile saßen sie einfach so da und versuchten das, was vor nicht einmal 24 Stunden passiert war, zu verstehen.

Er konnte kaum ausdrücken, was ihr Tod in ihm kaputt gemacht hatte.

Sie hatte ein tiefes, endloses Loch in ihm hinterlassen, von dem er nicht wusste, wie es jemals wieder heilen sollte.

Nach einer Weile löste sich Evelyn aus seinem festen Griff. Sie ließ ihn nicht los, aber lockerer. Ihr Blick fiel auf die Weite des Ozeans, auf die friedlichen Wellen, auf die kreischenden Vögel und dann in den Himmel.

„Wir hätten schon viel eher merken müssen, dass irgendwas nicht mit ihr stimmt. Spätestens in Ägypten in den Katakomben. Sie hat auf eine Art und Weise halluziniert, die überhaupt nicht typisch war. Nicht so wie ich in Japan, wo mir Personen erschienen sind. Sienna war in einer anderen Welt – bei ihrer toten Schwester. Sie hatte sich bereits dort entschieden, zu sterben."

Ihr Gedankenfluss regte Tarek ebenfalls zum Grübeln an.

„Wahrscheinlich hatte sie deshalb auch diese kurzzeitige Amnesie, bei der sie sich nicht einmal an den Flugzeugabsturz erinnern konnte…Und wir dachten noch, dass sie eine

Kopfverletzung hatte." Fassungslos schüttelte er den Kopf. Jetzt ergab alles einen Sinn.

Die Halluzination, die Kopfschmerzen, der Schwindel, die vielen Arztbesuche und die vielen Schmerzmittel in den letzten Jahren.

„Ich kann nicht verstehen, wieso sie nie etwas gesagt hat...ich hätte ihr doch geholfen, beiseite gestanden, bei einfach allem...", flüsterte Evelyn.

Tarek nickte.

„Ja, das war auch das Erste, was ich mich gefragt habe, aber sie hat uns in ihrem Brief eine Antwort darauf gegeben. Das, was Sienna damals bei ihrer Schwester mitgemacht hat, wollte sie niemand anderem antun. Sie hat gesehen, was diese Krankheit bei ihrer Schwester angerichtet und zerstört hat. Sie hat gesehen, wie sie jeden Tag mehr und mehr von der Krankheit verschlungen wurde. Ich kann, auch wenn ich das kaum aussprechen kann, sogar verstehen, wieso sie keine Chemotherapie oder Bestrahlung gewollt hat. Ihre Krankheit war wie die ihrer Schwester: unheilbar. Sienna wollte nicht im Krankenbett liegen und an Schläuchen hängen, nicht mehr Herr ihrer Sinne sein, sie wollte diese Mission zu Ende bringen und ja, vielleicht hatte sie auch Angst davor, irgendjemanden von uns zu enttäuschen oder einfach sich selbst. Sienna war klar, das hat sie zumindest in meinem Brief geschrieben, dass sie sich, wenn es so sein sollte, für jeden von uns opfern würde, damit wir leben. Und das hat sie getan. Sie hat sich nicht nur für einen von uns geopfert, nein, sie hat sich für jeden von uns geopfert", erklärte Tarek rau.

Seine Stimme war gebrochen.

Gebrochen, so wie er.

Tränen liefen ihm immer und immer wieder die Wange hinunter. Doch er wischte sie nicht mehr weg.

Evelyn nickte. „Ja, ich kann auch verstehen, wieso sie nach den schrecklichen Erfahrungen mit ihrer Schwester keine Behandlung wollte, aber…aber wir konnten uns ja nicht einmal verabschieden", schluchzte sie und legte eine Hand auf ihren Brustkorb, als wäre es ihr unmöglich zu atmen.

Tarek sah sie aus gläsernen Augen an.

„Das brauchten wir auch nicht. Sienna wusste, was sie uns bedeutet, und sie wusste, was wir ihr hätten sagen wollen. Sie hätte niemals zugelassen, dass wir uns die ganze Mission über Sorgen machen und sie bemitleiden. So war sie nun mal nicht. Sie war so stark und so unheimlich emphatisch. Lieber schwieg sie, als dass sich auch nur einer von uns Sorgen machen würde. Sie wollte mit ihrem letzten Atemzug für uns kämpfen, denn so wurde sie ausgebildet. So wurden wir alle ausgebildet. Du hättest genauso gehandelt, genau wie ich oder Ava. Wir würden alle unser Leben für den anderen und für diese Sache geben. Sie wollte um jeden Preis gewinnen. Für sich und für uns", sagte Tarek und strich Evelyn beruhigend über den Rücken.

„Sie hat dich echt geliebt", flüsterte Evelyn nach einer kurzen Minute des Schweigens. „Sie hat dich wirklich sehr geliebt."

„Ich weiß", entgegnete Tarek. „Ich liebe sie auch sehr."

Er hielt seine beste Freundin weiter fest im Arm.

Schweigend.

Während seine Augen wieder und wieder zu den letzten Zeilen seines Briefes wanderten…

Und wenn du mich mal vermisst, dann schau einfach in den Himmel. Vertrau mir, wenn ich dir sage, dass ich immer und für immer bei dir sein werde.

In ewiger Liebe,
Deine Sienna

56

10 Jahre später

„Liebe Braut, Lieber Bräutigam – Willkommen zu dem wohl schönsten Tag eures Lebens. Der Tag, an dem ihr – Ava Garcia und Marco Rosetti – euch das Ja-Wort gebt."
Der Mann in dem beigefarbenen Jackett machte eine stilistische Pause, bevor er weitersprach, und wandte seinen Blick dann in das Publikum.
„Und natürlich: Liebe Freunde, Liebe Familie – Ein herzliches Dankeschön dafür, dass ihr heute so zahlreich hier erschienen seid, um diesen ganz besonderen Tag mit dem Brautpaar zusammen zu feiern."
Der Mann verflocht locker die Finger ineinander und suchte jetzt wieder den Blickkontakt zur Braut und zum Bräutigam.
„Ava und Marco – Ihr habt heute den Weg hierher gefunden, weil eure Herzen füreinander schlagen. Ihr habt den Weg hierher gefunden, weil ihr das Band eurer Liebe besiegeln wollt und weil ihr euren weiteren Lebensweg gemeinsam beschreiten

möchtet. Heute, an diesem wundervollen Tag, wollt ihr zusammen den nächsten Schritt wagen. Den Schritt in eure Ehe."

Evelyn holte ein Taschentuch aus ihrer kleinen rosafarbenen Handtasche und wischte sich die ersten Tränen weg, die sich auf ihre Wangen stahlen. Liam, der neben ihr saß, umfasste ihre Hand und schenkte ihr ein Lächeln.

Die Location für die freie Trauung war am Strand des IFS aufgebaut und bestand aus etlichen, mit Schleifen verzierten Holzstühlen, die fein säuberlich in Reih und Glied mit Blick auf den Traubogen ausgerichtet waren. Dieser stand dem wunderschönen Ambiente um nichts nach. Die weißen Leinenvorhänge tanzten sanft im Wind, der vom Meer hinüberwehte, und das satte Grün der Blätter, die sich rings um das Holgestell wanden, wurde von weißen und rostfarbenen Blüten verziert. Die Sonne glitzerte auf dem Meer und ließ es wie funkelnde Diamanten schimmern.

Die Worte des Trauredners drehten sich um die Beziehung der beiden, insbesondere um ihre Kennenlerngeschichte. Er machte ein paar Witze und brachte die Rede in guter Art und Weise auf eine persönliche Ebene. Er war ein langjähriger Freund von Ava und kannte die Beziehung der beiden daher in und auswendig.

Nach einer Weile wandten die Braut und der Bräutigam sich einander zu und strahlten dabei über beide Ohren.

Es erwärmte Evelyns Herz, diese Liebe zwischen den beiden zu sehen. Es war fast so, als könnte sie diese selbst spüren.

Marco nahm Avas Hand. „Ava, Ich nehme dich zu meiner Frau, verspreche dir die Treue in guten und in schlechten Tagen, in Gesundheit und Krankheit, bis dass der Tod uns scheidet. Ich will dich achten, lieben und ehren - alle Tage meines Lebens", sagte Marco und schenkte seiner Braut ein Lächeln voller Liebe und Vollkommenheit.

Sie trug ein weißes bodenlanges Kleid. Es sah nicht aus wie ein typisch pompöses Brautkleid mit Tüll, Spitze und Glitzer, sondern eher wie ein leichtes weißes Sommerkleid. Perfekt für eine freie Trauung am Strand.

Ihre sonst lockigen braunen Haare, die sie am heutigen Tage glatt trug, waren zu einem verspielten Knoten im Nacken gebunden und gaben so die Sicht auf den tiefen Rückenausschnitt des Kleides frei.

Auch sie sah Marco vollkommen glücklich und verliebt an. Ihre dunkelbraunen Augen waren mit Tränen gefüllt und die Grübchen auf ihren mit Sommersprossen übersäten Wangen kamen deutlich zum Vorschein.

„Marco, willst du Ava zu deiner angetrauten Ehefrau nehmen, so antworte jetzt mit -Ja, ich will -", sagte der Trauredner und musste selbst für den Hauch einer Sekunde um Fassung ringen.

„Ja, ich will", sprach Marco ihm nach und konnte nur mit Mühe seine Tränen zurückhalten. Er strahlte, als sei er der glücklichste Mann überhaupt. Mit Sicherheit war er das am heutigen Tage auch.

„Ava, willst du Marco zu deinem angetrauten Ehemann nehmen, so antworte auch du jetzt mit -Ja, ich will-."

„Ja, ich will!"

„Ihr dürft euch jetzt küssen."

Kaum waren die Worte ausgesprochen, gaben die beiden sich einen Schmatzer, bei dem sie aus dem Strahlen gar nicht mehr herauskamen.

Das war Tareks Stichwort. Er erhob sich von seinem Platz in der ersten Reihe und stellte sich neben Marco auf das Holzpodest. Ebenso wie Malia, die neben ihm gesessen hatte, und sich jetzt auf die Seite der Braut stellte. Sie war schon lange Avas beste Freundin.

Als Trauzeugen übergaben sie ihnen die Ringe.

Tarek trug eine beigefarbene Anzughose und ein weißes Hemd. Seinen Bart hatte er auf einen Dreitagebart gekürzt und seine braunen Augen blitzten auf, als er Marco ein verschmitztes Lächeln schenkte.

Evelyn musste ebenfalls lächeln. Wer hätte damals vor 13 Jahren gedacht – als sie zu viert in das Auto Richtung Flughafen gestiegen waren – dass Tarek einmal der Trauzeuge von Marco werden würde?

Vermutlich niemand.

Während das Brautpaar seine Ringe tauschte, senkte auch Evelyn selbst den Blick auf ihre rechte Hand mit dem filigranen goldenen Ehering daran.

Eine Träne kullerte über ihre Wange, doch sie wischte sie nicht weg. Denn es war eine Freudenträne.

Nicht oft in ihrem bisherigen Leben hatte sie vor Freude geweint. Doch heute, an diesem Tag, an dem sie mit all ihren Liebsten in ihrem Zuhause eine solch wundervolle Sache feiern konnte, gab es einen guten Anlass dafür.

„Hiermit ernenne ich euch zu Mann und Frau – Ava und Marco Garcia!" Die Menge jubelte und klatschte vor Freude, während die beiden sich wieder unter Tränen küssten.

Am Ende der Zeremonie standen alle Gäste auf, um dem frisch gebackenen Ehepaar zu gratulieren. Evelyn und Liam ließen sich bewusst Zeit damit, immerhin wollten sie in Ruhe mit ihren Freunden reden und nicht noch etliche weitere ungeduldige Leute hinter sich in der Schlange stehen haben.

Gerade als Ava sich aus der Umarmung von Richard löste, erblickte sie Evelyn und Liam und wandte sich ihnen zu. Ihr langes Kleid wehte im Wind und sie strich sich eine lockere Strähne hinters Ohr.

„Tante Ava", rief da plötzlich ein kleines braunhaariges Mädchen, das sich an Evelyn und Liam vorbeidrängelte und auf die Braut zurannte.

Ava ging in die Hocke und streckte die Arme aus, um das Mädchen darin einschließen zu können.

„Nicht so stürmisch, mein Schatz", wies Evelyn sie lachend zurecht.

„Du siehst wunderschön aus", flüsterte das kleine Mädchen Ava ins Ohr und spielte mit ihrer losen Haarsträhne herum.

„Danke, meine Süße", freute Ava sich und strich der Kleinen sanft über das altrosafarbene knielange Kleid. „Du siehst aber auch wunderschön aus", erwiderte sie und zeigte auf ihr blumenverziertes welliges Haar.

„Komm, mein Schatz", sagte Evelyn, doch die Kleine überhörte sie und belagerte die Braut weiter. „Sireena Mc Cartney, hörst du mir wohl zu?! Papa und ich wollen deiner Patentante und Marco jetzt auch mal gratulieren", mahnte Evelyn ihre Tochter jetzt etwas strenger und ging auf sie zu. Sie hockte sich neben sie und zeigte auf einen Freund der Familie. „Schau mal da. Da ist dein Patenonkel, Niran. Geh doch mal zu ihm", schlug sie der Kleinen vor.

Sireena hüpfte ein paar Mal jubelnd auf und ab, bevor sie zu Niran rannte und dabei freudig seinen Namen brüllte. Dieser nahm sie grinsend in Empfang und schloss sie fest in die Arme.

Evelyn wandte sich jetzt wieder Ava zu. „Herzlichen Glückwunsch, meine Süße! Du siehst umwerfend aus und auch hier ist alles wunderschön geschmückt!", flüsterte sie ihr ins Ohr, während sie sich umarmten.

„Danke", hauchte Ava berührt und löste sich von ihr. „Mama, guck mal", schrie Sireena von der Seite, die auf Nirans Schultern saß und Tarek jetzt aufforderte, mit ihr zu rangeln.

Ava und Evelyn schüttelten lachend den Kopf.

„Sie wird eines Tages mal eine genauso willensstarke und mutige Agentin wie du es warst, Evelyn", lachte Ava.

Evelyn beobachtete Tarek, wie er gespielt erschlagen zu Boden ging und um Hilfe rief, während Niran mit ihr auf den Schultern davonlief und total bescheuert in die Luft sprang. Sireenas braune Locken flogen im Wind und ihre aufwändige Hochsteckfrisur, für die Evelyn heute morgen eine halbe Ewigkeit gebraucht hatte, fiel komplett auseinander. Aber das war egal. Heute ging es nicht um Schönheit, sondern um Spaß und um Liebe.

„Womöglich. Aber ich erkenne auch viele Eigenschaften ihrer beiden Namensgeberinnen in ihr. Sie ist schon jetzt für ihr Alter unfassbar charmant und wickelt alle um den Finger – genau wie Sienna. Und außerdem ist sie total dankbar und genügsam – genau wie Loreena. Über den Mut in ihr müssen wir denke ich nicht sprechen. Den haben wir wohl alle in uns", sagte Evelyn nachdenklich.

„Genau deswegen haben wir sie ja auch nach ihnen benannt", warf Liam von der Seite ein.

Evelyn nickte. Ihr Blick blieb an Riley hängen, der jetzt genau auf sie zusteuerte. Extra für ihn hatten Marco und Ava sich für eine barrierefreie Hochzeitslocation eingesetzt. Der Sand war mit Holzpaneelen ausgelegt worden, damit er sich ohne Probleme und ohne Hilfe fortbewegen konnte.

Er war seit dem Unfall in den Katakomben vor zehn Jahren querschnittgelähmt und saß im Rollstuhl. Seine Beine konnte er zwar nicht mehr bewegen und das Sprechen war ihm anfangs auch noch sehr schwer gefallen, aber mit jahrelanger Physiotherapie und seiner Verbissenheit hatte er sich wieder zurück ins Leben gekämpft.

„Komm her", sagte er und winkte Marco zu sich. „Lass dich drücken! Herzlichen Glückwunsch euch beiden." Marco beugte sich zu Riley herunter und schloss ihn in seine Arme.

„Na Riley, wie geht's euch und wo hast du deine Frau gelassen?", fragte Liam und suchte nach der kleinen blonden Trauzeugin.

„Uns geht es wirklich sehr gut, danke. Malia kommt auch sofort, Niclas musste während der Zeremonie unbedingt auf die Toilette. Wie kleine Kinder nun mal so sind", erklärte Riley.

„Wem sagst du das?!", lachte Liam und nickte in Richtung von Sireena.

„Euch muss ich auch noch gratulieren, wo ihr hier jetzt alle zusammensteht. Immerhin seid ihr jetzt die Führungspersonen des IFS. Wirklich, ich hätte mir dafür niemand Besseren vorstellen können als euch Drei", sagte Riley und lächelte ihnen zu. Ava, Liam und Evelyn sahen sich gerührt an.

Sie waren die Kinder der einstigen Chefs des IFS – also waren sie vorbestimmt gewesen, in dessen Fußstapfen zu treten.

„Du bist hier immer willkommen, Riley. Wir freuen uns, wenn ihr uns besucht", sagte Ava.

Riley nickte. „Ich weiß, aber mir gefällt es in Sydney in meinem Job als Lehrer ziemlich gut. Das „normale" Leben ist wirklich schön", sagte er und bedankte sich mit einem Lächeln. „Aber dennoch komme ich sehr gerne hier her und denke an die alten Zeiten zurück. Mit einem weinenden und einem lachenden Auge!"

Der Tag neigte sich dem Ende zu. Die untergehende Sonne war beinahe komplett hinter dem Horizont des Ozeans verschwunden. Sie tauchte das Meer und den gesamten Himmel in ein dunkles Orange-Rot. Über den gesamten Strandabschnitt, auf dem die Hochzeitsparty stattfand, waren Lampions und

Lichterketten sowie einige Fackeln verteilt. Ein DJ spielte Musik und die meisten tanzten zu der Musik im Sand.

Evelyn stand mit einem Cocktail in der Hand im flachen Wasser und beobachtete die Hochzeitsgäste.

Auf der Tanzfläche erkannte sie ihren Dad, der gemeinsam mit ihrer Mum und Sireena tanzte. Nachdem Evelyn und ihr Vater wie versprochen zu ihrer Mutter nach Perth gereist waren, hatten die beiden sich wieder angenähert und beschlossen, es noch einmal miteinander zu versuchen. Seither waren zehn Jahre vergangen. Zehn Jahre, in denen die beiden als Paar glücklicher denn je waren. Ihr Dad war als Führungsposition des IFS zurückgetreten, um mehr Zeit für Penelope zu haben, und hatte seiner Tochter den Platz dort überlassen. Zusammen mit Liam - und Ava natürlich, die William ersetzen sollte.

Als Tarek seine beste Freundin alleine in der seichten Brandung stehen sah, gesellte er sich mit Marco zu ihr.

„Na, was machst du hier? Alles gut?", fragte er und boxte ihr einmal freundschaftlich gegen die Schulter.

Sie nickte. „Ja, alles gut. Ich wollte mich nur etwas abkühlen", sagte sie und spielte mit dem Wasser zu ihren Füßen. Evelyn wandte den Blick von den tanzenden, lachenden und jubelnden Menschen ab und blickte auf die Weite des Ozeans. Die Sonne war beinahe ganz verschwunden und der Mond stahl sich an den nächtlichen Sternenhimmel.

Niemals könnte sie sich an diesem wunderschönen Anblick satt sehen. Egal, wie oft sie schon am Abend hier gestanden und auf das Meer geblickt hatte - Der Ausblick wurde nicht weniger schön. Eher im Gegenteil. Sie hatte das Gefühl, er wurde jedes Mal ein bisschen wundervoller.

„Ich vermisse sie", flüsterte Evelyn.

Sie musste den Namen nicht aussprechen. Sie musste nicht sagen, dass sie Sienna meinte.

Tarek nickte verträumt, als er an sie dachte, während Marco tröstend die Arme um die beiden legte.

Eine Weile blickten sie schweigend in die Ferne.

„Wisst ihr noch, wie alles anfing?", fragte Marco in die Stille hinein, ohne seinen Blick von der untergehenden Sonne abzuwenden.

Tarek nickte. „Oh ja. Wir saßen zu viert im Auto auf dem Weg zum Flughafen und nur, weil Sienna ihren Lippenstift im Rückspiegel nachziehen wollte, sind wir vor einen Baum gefahren."

Die Drei lachten amüsiert.

Das war so typisch Sienna gewesen und doch passte es gar nicht mehr zu der Erinnerung, die sie an ihre verstorbene Freundin hatten.

„Wie lange ist das jetzt schon her?", wollte Marco erneut wissen und schüttelte belustigt den Kopf, als ihm die Situation wieder in den Sinn kam.

„13 Jahre", antwortete Evelyn und konnte sich kaum erklären, wo die viele Zeit geblieben war.

Sie war jetzt nicht mehr 18, gerade mit der Schule fertig und pausenlos mit der Frage beschäftigt, warum Tarek nichts von ihr, sondern von Sienna wollte.

Genauso wenig war sie noch 21, gerade frisch zur Agentin ausgebildet und tottraurig, weil sie dachte, dass Liam sie betrogen hätte.

Sie war jetzt 31, Ehefrau, Mutter einer dreijährigen Tochter, Leiterin des IFS und…

Überglücklich.

„Sienna wäre heute bestimmt gerne hier gewesen", sagte sie nun nachdenklich.

Tarek legte seinen Kopf in den Nacken und suchte nach diesem einen Stern, der heller und schöner leuchtete als jeder andere Stern am Himmel.

Und wenn du mich mal vermisst, dann schau einfach in den Himmel. Vertrau mir, wenn ich dir sage, dass ich immer und für immer bei dir sein werde.

Da entdeckte er dieses einmalige, unverkennbare Funkeln.

Und in dieser Sekunde wusste er:

„Sie ist hier bei uns. Immer und für immer."

Wie alles begann

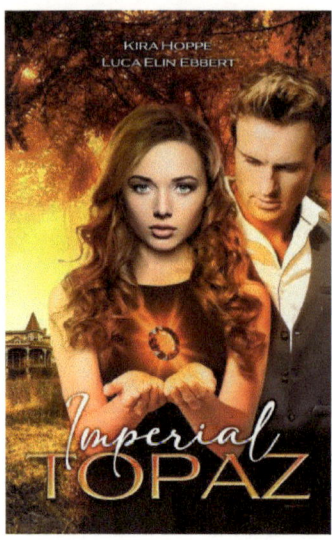

Teil 1

Kira Hoppe & Luca Elin Ebbert
Imperial Topaz
448 Seiten
978-3-7543-0389-4

Evelyn kann es nicht fassen:

Gerade hat sie die Schule beendet, da soll sie mit den Menschen, die sie am allerwenigsten leiden kann, zusammen in den Urlaub fahren. Als wäre das allein nicht schon Strafe genug, mündet der Urlaubstrip in ein Desaster. Statt in Sydney am Strand zu liegen, finden sie sich im 20. Jahrhundert fernab der realen Welt wieder. Schnell wird ihnen klar, dass hinter den Geschehnissen so viel mehr steckt, als sie denken, und dass das 20. Jahrhundert nicht der letzte Zeitsprung gewesen sein mag, den sie zu gehen haben. Ein Entkommen scheint lebensgefährlich.

Liebesdramen und der Kampf um das eigene Leben machen diese Reise zu der größten Aufgabe ihres Lebens. Werden sie ihre Differenzen untereinander überwinden und gemeinsam das Geheimnis lösen, wie sie aus dieser Parallelwelt fliehen können?

Kaum dachten sie, die größte Herausforderung ihres Lebens hinter sich gelassen zu haben, merken sie, dass dieser Gedanke ein großer Irrtum war. Nach wenigen Tagen in Sydney geraten sie in das Blickfeld einer Geheimagentur. Schnell wird ihnen klar, dass sie nicht die einzigen waren, die in den Ären um ihr Leben kämpfen mussten.

Und vor allem, dass dieser Kampf nicht ihr letzter gewesen sein wird.

Sie werden vor die Wahl gestellt: ein Leben in Sicherheit oder ein Leben für die Sicherheit.

Was wird ihre Entscheidung für sie bedeuten?

Teil 2

Kira Hoppe & Luca Elin Ebbert
Imperial Topaz – Beyond the Ocean
453 Seiten
978-3-7568-7960-1

Nach all den Jahren beginnen die Opposites plötzlich, ihre Drohungen in die Tat umzusetzen. Genau das, wovor jeder einzelne Angst hatte, wird nun zur Realität.

Hinter Evelyn und den anderen liegen drei Jahre Ausbildung. Trotz ihrer Unerfahrenheit werden sie mit der Verteidigung gegen die Opposites beauftragt. Dessen erster Angriff führt sie nach Japan. Von dort aus reisen sie um die ganze Welt.

Ihr Ziel: die Zerstörung aller Portale verhindern.

Teil 3

Kira Hoppe & Luca Elin Ebbert
Imperial Topaz – Around the World
414 Seiten
978-3-7583-1345-5

Weitere Werke

Du kannst lügen, aber du kannst niemals die Wahrheit verändern.

Merk dir das.

Denn die Wahrheit findet immer ihren Weg ans Licht. Ich bin Rose und ich blicke auf den schlimmsten Sommer meines Lebens zurück.

Der, der der beste überhaupt werden sollte.

Doch die Karten wurden anders gemischt,

weil das Schicksal die Regeln bestimmt.

Du kannst sie nicht ändern.

Aber du spielst das Spiel.

Thriller

Kira Hoppe & Luca Elin Ebbert
One Hundred Lies - Slaves of your desires
532 Seiten
978-3-7562-1269-9